MANESSE BIBLIOTHEK DER WELTLITERATUR

Daudet · Tartarin von Tarascon / Tartarin in den Alpen

ALPHONSE DAUDET

TARTARIN VON TARASCON
TARTARIN IN DEN ALPEN

Zwei Romane

Aus dem Französischen übersetzt
von Trude Fein
Nachwort von Hugo Meier
Mit zeitgenössischen
Illustrationen

MANESSE VERLAG

Titel der französischen Originalausgaben:
«Les aventures prodigieuses de Tartarin de Tarascon» (Paris 1872)
«Tartarin sur les Alpes. Nouveaux exploits du héros tarasconnais»
(Paris 1885)

ISBN 3–7175–1568–3 (Leinen)
ISBN 3–7175–1569–1 (Leder)

Copyright © 1979 by Manesse Verlag, Conzett + Huber, Zürich
Alle Rechte vorbehalten · Druck: Conzett + Huber AG, Zürich
Imprimé en Suisse · Printed in Switzerland

TARTARIN VON TARASCON

*«In Frankreich stammt jeder
ein wenig aus Tarascon.»*

Meinem Freund Gonzague Privat

ERSTE EPISODE

In Tarascon

I

Der Garten mit dem Baobab

Der erste Besuch, den ich Tartarin von Tarascon abstattete, bleibt ein unvergeßliches Datum in meinem Leben. Es sind jetzt schon zwölf oder fünfzehn Jahre her, aber ich erinnere mich besser daran als an den gestrigen Tag. Der furchtlose Tartarin wohnte damals am Rande der Stadt, Chemin d'Avignon, das dritte Haus links. Eine hübsche kleine Tarasconer Villa mit einem Gärtchen vorn und einem Balkon hinten, mit leuchtend weißen Mauern, grünen Jalousien, und vor der Haustür ein Häuflein von kleinen Savoyardenbuben, die mit Murmeln spielten oder, mit dem Kopf auf ihrem Schuhputzkasten, friedlich in der lieben Sonne schliefen.

Von außen sah das Haus nach gar nichts aus.

Nie wäre man auf die Idee gekommen, daß man vor der Wohnung eines Helden stünde. Aber wenn man dann hineinkam, meine Lieben!

Das Haus hatte vom Keller bis zum Dachboden etwas Heroisches an sich – sogar der Garten!

Ja, Tartarins Garten! Zwei von der Sorte gab es in ganz Europa nicht. Kein einziger einheimischer Baum, keine einzige französische Blume; nichts als exotische Pflanzen, Gummibäume, Flaschenkürbisse, Baumwollstauden, Kokospalmen, Mangobäume, Bananen, Palmen, ein Baobab, alle möglichen Sorten Kakteen, wie im tiefsten Zentralafrika, zehntausend Meilen von Tarascon entfernt. Das

alles, versteht sich, nicht in natürlicher Größe; die Kokospalmen waren nicht höher als Futterrüben, und der Baobab oder Affenbrotbaum *(Arbor gigantea,* Riesenbaum) hatte bequem in einem Resedatopf Platz. Egal, für Tarascon war das schon allerlei, und die Persönlichkeiten der Stadt, die sonntags der Ehre teilhaftig wurden, Tartarins Affenbrotbaum zu besichtigen, kamen voller Bewunderung heim.

Denkt nur, wie mir zumute war, als ich damals jenen Wundergarten durchschreiten durfte! Aber als man mich erst in das Studierzimmer des Helden führte!

Dieses Studierzimmer, eine der Sehenswürdigkeiten der Stadt, lag hinten, zu ebener Erde. Seine Glastür öffnete sich unmittelbar auf den Affenbrotbaum.

Man stelle sich einen großen Raum vor, der von oben bis unten mit Gewehren und Säbeln, mit sämtlichen Waffen aus sämtlichen Ländern der

Welt austapeziert ist: Karabiner, Flinten, Donner-
büchsen, korsische Messer, katalanische Messer,
Revolvermesser, Dolchmesser, malaiische Krumm-
dolche, karibische Pfeile, Feuersteinpfeile, Schlag-
ringe, Totschläger, Hottentotten-Keulen, mexikani-
sche Lassos und was es sonst noch alles gibt.

Und dazu die grausam glühende Sommersonne,
die den Stahl der Schwerter und die Läufe der
Feuerwaffen funkeln und blitzen ließ, als hätte man
nicht schon an der einen Gänsehaut genug... Was
einen ein bißchen beruhigte, war nur die auffallende Sauberkeit und Ordnung, die unter diesem
wüsten Kriegsgerät herrschte. Alles war peinlich
genau eingereiht, geputzt, poliert, etikettiert, wie in
der Apotheke. Hie und da warnte ein treuherziger
Zettel: «Vergiftete Pfeile, bitte nicht berühren!»
oder: «Achtung! Geladene Waffen!»

Ohne diese Zettel hätte ich mich nie und nimmer
hineingewagt.

Mitten im Zimmer stand ein Ziertischchen, und
darauf sah man eine Flasche Rum, einen türkischen
Tabaksbeutel, die Reisebeschreibungen von Kapitän Cook, die Romane von Cooper, von Gustave
Aimard, alle erdenklichen Jagdbücher: Bärenjagd,
Falkenjagd, Elefantenjagd und so weiter. Vor dem
Ziertisch schließlich saß ein Mann von vierzig bis
fünfundvierzig Jahren, klein, dick, untersetzt, mit
rotem Gesicht, kurzem, kräftigem Bart und blitzenden Augen, in Hemdsärmeln und Flanellunterho-
sen. In der einen Hand hielt er ein Buch, mit der anderen schwenkte er eine gewaltige Pfeife mit Blech-
deckel; und während er irgendeinen erschröckli-
chen Bericht über die Kopfjäger oder sonst was las,

schob er die Unterlippe zu einer furchterregenden Grimasse vor, die seinem biederen tarasconischen Rentnergesicht den gleichen Ausdruck gutmütiger Blutdürstigkeit verlieh, der sonst im ganzen Haus herrschte.

Dieser Mann war Tartarin, Tartarin von Tarascon, der furchtlose, der große, der unübertreffliche Tartarin von Tarascon.

II

*Allgemeiner Blick auf die gute Stadt Tarascon
Die Mützenjäger*

Zur Zeit, von der ich hier spreche, war Tartarin von Tarascon noch nicht der Tartarin von heute, der große Tartarin von Tarascon, der im ganzen französischen Süden bekannt ist. Doch sogar damals war er schon König von Tarascon.

Wir wollen erzählen, woher ihm diese königliche Würde zukam.

Zuerst müßt ihr wissen, daß dort unten jedermann ein Jäger ist, vom Allergrößten bis hinunter zum Allerkleinsten. Die Jagd ist die Leidenschaft der Leute von Tarascon, und zwar seit den sagenhaften Zeiten, da der riesige Lindwurm Tarasque sein Unwesen in den Sümpfen der Stadt trieb und die damaligen Tarasconer Treibjagden gegen ihn veranstalteten. Wie ihr seht, ist das schon ein hübsches Weilchen her.

Tarascon greift also jeden Sonntagmorgen zu den Waffen und zieht, den Ranzen auf dem Rücken, das Gewehr über der Schulter, unter Hundegebell und Horngeschmetter zur Stadt hinaus. Ein herrlicher Anblick, wahrhaftig! Nur leider gibt es kein Wild, es gibt absolut kein Wild.

Wie blöd die Tiere auch sein mögen, mit der Zeit haben sie doch etwas gemerkt.

Im Umkreis von fünf Wegmeilen steht jeder Hasenbau leer, ist jedes Vogelnest verlassen. Keine Amsel, keine Wachtel, nicht das kleinste Kaninchen oder der winzigste Steinschmätzer.

Dabei sind sie so verlockend, die hübschen Hügelchen von Tarascon mit ihrem Duft nach Myrte, Lavendel und Rosmarin; und die prallen, zuckersüßen Muskattrauben, die sich an den Hängen der Rhone aufreihen, sind gleichfalls verteufelt appetitlich... Ja, aber dahinter liegt Tarascon, und in der bepelzten und gefiederten Welt ist Tarascon sehr schlecht angeschrieben. Sogar die Zugvögel haben es auf ihren Reisekarten mit einem großen Kreuz markiert, und wenn die Wildenten auf ihrem Flug in die Camargue von weitem die Türme der Stadt erblicken, beginnt diejenige an der Spitze des lang ausgezogenen Dreiecks laut zu rufen: «Dort ist Tarascon! Dort ist Tarascon!» – und der ganze Schwarm schlägt einen scharfen Haken.

Kurz, was Wild anbelangt, gibt es in der ganzen Umgegend nichts als einen alten Halunken von einem Hasen, der wie durch ein Wunder den Tarasconer Septembermorden entkommen ist und der es

sich in den Kopf gesetzt hat, justament dort zu leben. Der Hase ist in Tarascon wohlbekannt. Man
hat ihm sogar einen Namen gegeben, er heißt *le Ra-
pide,* der Geschwinde. Man weiß, daß er auf dem
Grundstück von Monsieur Bompard haust – was,
nebenbei gesagt, den Wert dieses Grundstücks ver-
doppelt und sogar verdreifacht hat –, aber man
konnte ihm noch nicht beikommen.

Übrigens gibt es gegenwärtig bloß zwei oder drei
ganz Hartnäckige, die ihm immer noch nachsetzen.

Die anderen haben ihn aufgegeben. Er ist längst
schon in den Stand eines lokalen Aberglaubens
eingegangen, obwohl die Leute von Tarascon von
Natur aus sehr wenig abergläubisch sind und
Schwalbenpastete essen, wann immer sie welche
kriegen.

Ja aber! werdet ihr sagen. Wenn das Wild in Tarascon so rar ist, was machen denn all die Jäger, die
jeden Sonntag ausziehen?

Was sie machen?

Je nun – sie spazieren aufs Land hinaus, zwei,
drei Meilen vor die Stadt. Sie finden sich zu Grüpp-
lein von fünf oder sechs zusammen und lassen sich
im Schatten eines Brunnens oder eines alten Ge-
mäuers oder eines Olivenbaums gemütlich nieder.
Dann ziehen sie aus ihrer Jagdtasche ein tüchtiges
Stück geschmortes Rindfleisch, rohe Zwiebeln, eine
Wurst, ein paar Sardellen und machen sich an ein
nicht enden wollendes Mahl, reichlich begossen
von einem der freundlichen Rhone-Weine, die den
Menschen zum Lachen und zum Singen bringen.

Wenn man sich behaglich den Leib vollgeschla-
gen hat, erhebt man sich, pfeift die Hunde herbei,

lädt die Büschse und begibt sich auf die Jagd. Will sagen, jeder der Herren nimmt seine Mütze, wirft sie möglichst hoch in die Luft und erschießt sie dann im Flug mit einer Fünfer- oder Sechser- oder Zweierkugel, je nachdem, was man ausgemacht hatte.

Derjenige, der seine Mütze am häufigsten trifft, wird zum Jagdkönig ernannt und zieht abends, die durchlöcherte Mütze auf dem Lauf seines Gewehrs, inmitten von Hundegebell und Fanfarenklängen in Tarascon ein.

Überflüssig zu sagen, daß in Tarascon ein lebhafter Jagdmützenhandel blüht. Es gibt sogar Hutmacher, die zum Nutzen der Ungeschickten schon durchlöcherte und zerrissene Mützen verkaufen; doch außer von Bézuquet, dem Apotheker, weiß man von niemandem, der so etwas kauft. Das ist schimpflich!

Als Mützenjäger hatte Tartarin von Tarascon nicht seinesgleichen. Jeden Sonntagmorgen zog er mit einer neuen Mütze aus, jeden Sonntagabend kehrte er mit einem formlosen Fetzen heim. Der Dachboden des Häuschens zum Baobab quoll von diesen ruhmreichen Trophäen über. Die Leute von Tarascon erkannten ihn auch sämtlich als ihren Meister an, und da Tartarin überdies das ungeschriebene Gesetzbuch der Jäger auswendig kannte sowie sämtliche Hand- und Lehrbücher über alle nur denkbaren Jagden, von der Mützenjagd bis zur burmesischen Tigerjagd gelesen hatte, ernannten sie ihn zum obersten Gerichtsherrn in Jagdfragen und riefen ihn in allen strittigen Punkten als ihren Schiedsrichter an.

Im Laden des Büchsenmachers Costecalde sah man täglich zwischen drei und vier Uhr einen dikken Mann mit ernsthafter Miene, die Pfeife zwischen den Zähnen, in einem grünen Lederfauteuil sitzen, und rings um ihn standen Mützenjäger, die einander lebhaft widersprachen. Das war Tartarin von Tarascon, der Recht sprach, Nimrod und Salomon in einem.

III

«Nein! Nein! Nein!» – Fortsetzung des allgemeinen
Blicks auf die gute Stadt Tarascon

Zur Jagdleidenschaft gesellt sich bei der kräftigen Rasse der Tarasconer eine weitere Passion: der Gesang. Was in diesem Städtchen an Romanzen konsumiert wird, ist geradezu unglaublich. Sämtliche Schmachtfetzen, die anderswo zwischen den ältesten Notendeckeln vergilben, findet man in Tarascon in blühender Frische, in strahlendem Jugendglanz wieder. Alle sind sie da, alle. Jede Familie hat die ihren, und man kennt sie in der Stadt. Das Leiblied von Apotheker Bézuquet, zum Beispiel, geht so:

«Du lichter Stern meiner Träume…»

Das von Büchsenmacher Costecalde:

«Komm mit in mein ländliches Hüttchen…»

Der Steuereinnehmer hingegen bevorzugt ein schelmisches Liedchen:

«Wär ich unsichtbar, könnt mich niemand sehn…»

Und so geht es weiter, für ganz Tarascon. Zwei-, dreimal in der Woche lädt man sich gegenseitig ein und singt einander die Lieder vor. Sonderbar daran ist nur, daß es immer die gleichen sind und daß die guten Leute von Tarascon, die sie schon so lange singen, nie das Bedürfnis nach Abwechslung empfinden. Sie gehören mit zum Familienbesitz, gehen vom Vater auf den Sohn über, und niemand rührt daran: das ist etwas Geheiligtes. Man leiht sie sich nicht einmal gegenseitig aus. Bei den Costecaldes käme man nie auf die Idee, das Lied der Bézuquets zu singen, und vice versa. Dabei müssen sie doch alle ihre gegenseitigen Lieder auswendig kennen, sie singen sie einander seit vierzig Jahren vor. Aber nein! Jeder bleibt bei dem seinen, und alle sind zufrieden.

Mit den Romanzen ging es wie mit den Jagdmützen, auch hier war Tartarin der erste. Seine Überlegenheit über seine Mitbürger bestand in folgendem: Tartarin von Tarascon hatte kein eigenes Leiblied. Er hatte sie alle.

Ja, alle!

Bloß war es verteufelt schwer, ihn zum Singen zu bringen. Schon früh der mondänen Erfolge überdrüssig, zog der Held von Tarascon es bei weitem vor, sich in seine Jagdbücher zu vertiefen oder den Abend im Cercle zu verbringen, anstatt vor einem Pianino aus Nîmes zwischen zwei Kerzen aus Tarascon den Salonhelden zu spielen. Diese musikalische Parade schien ihm unter seiner Würde zu sein. Nur hin und wieder, wenn beim Apotheker Bézuquet musiziert wurde, kam er wie zufällig vorbei und geruhte, nachdem er sich lange hatte bitten lassen, mit Madame Bézuquet Mère, der Mutter des Apothekers, das große Duett aus *Robert le Diable* zum besten zu geben. Wer das nicht gehört hat, hat überhaupt nichts gehört. Was mich betrifft – und wenn ich hundert Jahre alt werden sollte, ich würde bis an mein Lebensende nicht vergessen, wie der große Tartarin sich mit feierlichen Schritten dem

Pianino näherte, den Ellbogen darauf stützte und im grünlichen Widerschein der gläsernen Apothekerkugel im Fenster seine berühmte Grimasse zog, um seinen gutmütigen Zügen den wild satanischen Ausdruck von Robert dem Teufel zu verleihen. Sobald er diese Position einnahm, erbebte der ganze Salon; man fühlte, daß Großes bevorstand. Erwartungsvolle Stille – dann begann die Frau Mama Bézuquet, die sich selbst auf dem Klavier begleitete:

«Robert, du, den ich liebe
Und dem ich Treue schwor,
Sieh meine bange Angst!
Sieh meine bange Angst!
Erbarm dich deiner selbst!
Erbarm dich meiner auch!»

«So, jetzt kommen Sie dran, Tartarin», fügte sie – etwas leiser – hinzu. Worauf Tartarin von Tarascon mit ausgestrecktem Arm, geballter Faust, bebenden Nüstern und einer Stimme, die wie ein Donnerschlag in den Eingeweiden des Klaviers dröhnte, dreimal hintereinander ausrief: «Nein! Nein! Nein!» Die Frau Mama Bézuquet wiederholte noch einmal:

«Erbarm dich deiner selbst!
Erbarm dich meiner auch!»

«Nein! Nein! Nein!» brüllte Tartarin noch lauter – und dabei blieb es. Wie ihr seht, dauerte die Vorführung nicht lange, aber es war so echt, so gut gespielt, so wahrhaft teuflisch, daß ein Schaudern durch die ganze Apotheke lief, und er mußte sein «Nein! Nein! Nein!» noch vier- oder fünfmal wiederholen.

Dann wischte sich Tartarin die Stirn, schenkte den Damen ein Lächeln, zwinkerte den Herren zu und verließ die Stätte seines Triumphs, um in den Cercle zu gehen und so nebenbei mit gleichgültiger Miene zu bemerken: «Jetzt habe ich gerade bei den Bézuquets das Duett aus *Robert le Diable* vorgetragen.»

Und das Schönste war, daß er es selber glaubte!

IV

Die dort

Diesen mannigfachen Talenten verdankte Tartarin sein hohes Ansehen in der Stadt.

Tatsächlich hatte dieser Teufelskerl alle Welt für sich einzunehmen gewußt.

In Tarascon war das Militär für Tartarin. Der tapfere Kommandant Bravida, Bekleidungsoffizier a.D., pflegte von ihm zu sagen: «Das ist ein famoser Kerl!» Und der Kommandant mußte es wissen, er hatte ja genügend famose Kerle eingekleidet.

Die Justiz war für Tartarin. Der alte Gerichtspräsident Ladevèze hatte zwei- oder dreimal, als die Rede auf ihn kam, in aller Öffentlichkeit erklärt: «Der ist ein Charakter!»

Schließlich war das Volk für Tartarin. Seine Statur, sein Auftreten, seine Miene, die Miene eines braven Trompeterrosses, das keinen Lärm scheut, der Ruf von Heldentum, der ihn vage umschwebte, ein paar klug verteilte Sou-Stücke und Backpfeifen an die kleinen Schuhputzer, die sich vor seiner Haustür niedergelassen hatten – all das hatte ihn zum Lord Seymour des Ortes, zum König der Tarasconer Hallen gemacht. Sonntag abends, wenn Tartarin, in seinen Jägerrock eingeschnürt, die Mütze am Gewehrlauf prangend, von der Jagd heimkehrte, verbeugten sich die Lastträger am Rhone-Quai respektvoll vor ihm und wiesen einander augenzwinkernd auf den gewaltigen Bizeps hin, den man unter seinem Ärmel schwellen sah, wäh-

rend sie bewundernd flüsterten: «Das ist dir ein
Starker! Der hat doppelte Muskeln!»

Doppelte Muskeln!

So was kriegt man nur in Tarascon zu hören.

Und dennoch! Trotz seinen zahlreichen Talenten und seinen doppelten Muskeln, trotz seiner allgemeinen Beliebtheit und der so schätzenswerten
Hochachtung des tapferen Kommandanten Bravida, Bekleidungsoffizier a.D., trotz allem war Tartarin nicht glücklich. Das Kleinstadtleben lastete
schwer auf ihm, es erstickte ihn schier. Der große
Mann von Tarascon langweilte sich in Tarascon.
Jeden Sonntag auf die Mützenjagd ziehen und im
übrigen beim Büchsenmacher Costecalde Recht
sprechen – für eine heroische Natur wie die seine,
für eine abenteuerliche, schwärmerische Seele, die
nichts als Schlachten, Prärieritte, Großwildjagden,
Sandstürme, Unwetter und Taifune erträumte, war
das tatsächlich nicht ganz... Armer großer Mann!
Auf die Dauer war dieser Zustand dazu angetan,
ihn an der Schwindsucht dahinsiechen zu lassen.

Vergebens umgab er sich mit Affenbrotbäumen
und anderen afrikanischen Gewächsen, um seinen
Horizont zu erweitern und ein wenig den Cercle
und die Place du Marché zu vergessen. Vergebens
häufte er Waffe auf Waffe, malaiischen Kris auf malaiischen Kris. Vergebens verschlang er Abenteuer-
geschichten, um sich wie der unsterbliche Don Quichotte durch die Macht seiner Träume den erbar-
mungslosen Klauen der Realität entreißen zu lassen. Ach, alles was er tat, um seine Abenteuerlust zu
dämpfen, erhöhte sie nur. Der Anblick seiner vielen
Waffen versetzte ihn in einen Zustand ständiger

Wut und Überreizung. Seine Büchsen, seine Pfeile, seine Lassos riefen ihm zu: «Auf zum Kampf! Auf zum Kampf!» Durch die Zweige seines Baobabs wehte der Wind der großen Fahrten und flüsterte ihm schlechten Rat zu. Und dazu noch, um ihm den Rest zu geben, Gustave Aimard und Fenimore Cooper!

Ach, wenn er an schwülen Sommernachmittagen allein in seinem Arsenal saß und las, wie oft war

Tartarin da brüllend aufgesprungen! Wie oft hatte er sein Buch hingeworfen und war zur Wand gestürzt, um eine Waffe vom Haken zu reißen!

Der Gute vergaß, daß er daheim in Tarascon saß, in Unterhosen und mit einem Schnupftuch auf dem Kopf. Er setzte seine Lektüre in die Tat um. Der Klang seiner eigenen Stimme erregte ihn, wenn er, ein Beil oder einen Tomahawk durch die Luft schwenkend, schrie: «Die dort sollen nur kommen!»

Die dort? Wer waren diese «die»?

Tartarin wußte es selber nicht recht. Eben die dort! Das war alles, was angreift, alles, was kämpft, alles, was beißt, was kratzt, was skalpiert, alles, was heult und brüllt... Das war der Sioux-Indianer, der seine Kriegstänze rund um den Marterpfahl aufführt, an den der unselige Weiße gefesselt ist.

Das war der schwerfällig watschelnde Grizzly-Bär aus den Rocky Mountains, der sich mit der blutigen Zunge das Maul abschleckt. Es war auch der Tuareg der Wüste, der malaiische Pirat, der Bandit aus den Abruzzen. Die dort – das waren eben die dort. Will sagen Krieg, Reisen, Abenteuer, Ruhm...

Doch ach! Der furchtlose Held aus Tarascon mochte *sie* noch so oft rufen und herausfordern – sie kamen nicht. *Pécaïré!* Was hätten sie auch in Tarascon suchen sollen?

Tartarin aber erwartete *die dort* noch immer – besonders wenn er abends in den Cercle ging.

V

Wenn Tartarin in den Cercle ging

Der Tempelritter, der sich zum Ausfall gegen die heidnischen Belagerer bereitmacht, der chinesische *Tiger,* der sich für die Schlacht rüstet, der indianische Krieger, der den Kriegspfad betritt – all das ist nichts gegen Tartarin von Tarascon, wenn er sich von Kopf bis Fuß bewaffnete, um sich um neun Uhr abends, eine Stunde nach dem Zapfenstreich, in den Cercle zu begeben.

Klarmachen zum Gefecht! Wie die Matrosen sagen. In der linken Hand trug Tartarin einen Schlagring mit Eisenspitzen, in der rechten Hand einen Stockdegen; in der linken Tasche einen Totschläger, in der rechten Tasche einen Revolver. Auf der Brust, zwischen Tuchrock und Flanellhemd, einen malaiischen Kris. Aber niemals einen vergifteten Pfeil. Das sind gar zu hinterlistige Waffen.

Vor dem Weggehen übte er sich noch einen Augenblick in der Stille und Dunkelheit seines Studierzimmers; er machte einen Ausfall, zielte gegen die Wand, ließ seine Muskeln spielen. Dann aber nahm er seine Schlüssel und durchquerte mit gemessenem Schritt, ohne zu hasten, den Garten. Auf englische Art, meine Herrschaften, auf englische Art! Das ist der wahre Mut. Am Ende des Gartens angelangt, öffnete er das schwere Eisentor. Er stieß es brüsk auf, mit einem harten Stoß, daß es draußen heftig gegen die Mauer schlug. Wenn *sie* dahinter gestanden wären, das hätte eine schöne Marmelade abgegeben! Aber leider standen sie nicht dort. Wenn das Tor geöffnet war, kam Tartarin heraus, warf einen Blick nach rechts und einen Blick nach links, machte die Tür zu und drehte den Schlüssel zweimal im Schloß um. Und dann schleunigst los!

Keine Katze auf dem Chemin d'Avignon. Türen geschlossen, Fenster verdunkelt. Alles in tiefster Finsternis. Von Zeit zu Zeit blinzelte eine Straßenlaterne matt durch den Rhone-Nebel.

Voll stolzer Ruhe schritt Tartarin von Tarascon durch die schwarze Nacht. Seine Absätze hallten im Takt, die Eisenspitze seines Stocks schlug Funken aus dem Pflaster. Boulevard, breite Straßen, schmale Gäßchen; wo immer er ging, hielt er sich genau in der Mitte der Fahrbahn – eine treffliche Vorsichtsmaßnahme, die es einem ermöglicht, die Gefahr kommen zu sehen und vor allem das, was in Tarascon manchmal abends aus dem Fenster auf die Straße geschüttet wird, zu vermeiden... Aber glaubt ja nicht, daß Tartarin etwa Angst gehabt hätte! O nein! Er übte bloß Vorsicht.

Der beste Beweis, daß Tartarin sich nicht fürchtete: Statt geradewegs über die Promenade in den Cercle zu gehen, wandelte er durch die Stadt, das heißt, er wählte den längsten, dunkelsten Weg durch eine Unzahl von üblen engen Gäßchen, an deren Ende man die Rhone unheilvoll schimmern sah. Der Gute hoffte noch immer, daß *sie* in einer dieser Mördergruben aus einem dunklen Winkel hervorstürzen und ihm in den Rücken fallen würden. Sie wären gut empfangen worden, das kann ich euch sagen! Doch leider! Ein höhnisches Geschick hatte bestimmt, daß Tartarin von Tarascon niemals, nein, nie und nimmer, das Glück einer gefährlichen Begegnung zuteil werden sollte. Nicht einmal ein Hund, nicht einmal ein Betrunkener – einfach nichts!

Manchmal gab es allerdings falschen Alarm – das Geräusch von Schritten, gedämpfte Stimmen... «Achtung!» sagte sich Tartarin und blieb wie angewurzelt stehen. Er spähte angestrengt in die Finsternis, schnupperte in die Windrichtung, preßte nach indianischer Art ein Ohr gegen den Erdboden... Die Schritte näherten sich, die Stimmen klangen deutlicher. Kein Zweifel mehr – *sie* kamen! *Sie* waren da! Schon duckte sich Tartarin mit glühenden Augen und keuchender Brust in sich zusammen wie ein Jaguar, um im nächsten Moment mit lautem Kriegsgeschrei auf den Feind loszuschnellen – da vernahm er heimatliche Stimmen, die ihn in der Dunkelheit gemütlich anriefen: *«Té vé!* Das ist ja Tartarin. *Salut,* Tartarin!»

Verdammt! Es war der Apotheker Bézuquet mit seiner Familie, auf dem Heimweg von Costecalde, wo er *sein* Lied gesungen hatte. «Guten Abend!» brummte Tartarin, wütend über seinen Irrtum, und mit wilder Miene und hoch erhobenem Stock tauchte er wieder in die Nacht.

Vor dem Cercle angelangt, ging der furchtlose Tartarin noch einen Augenblick vor dem Eingang auf und ab. Des Wartens müde und sicher, daß *sie* sich nicht mehr zeigen würden, warf er schließlich einen letzten herausfordernden Blick ins Dunkel und murmelte zornig: «Nichts! Wieder nichts!»

Worauf der Gute in den Cercle ging, um mit dem Kommandanten seine Partie Bézigue zu spielen.

VI

Die beiden Tartarins

Diese Abenteuerwut, dieses Bedürfnis nach heftigen Aufregungen, diese Reiseleidenschaft – wie zum Teufel war es zu erklären, daß Tartarin bei alldem noch nie seine Heimat verlassen hatte?

Denn das ist Tatsache. Bis zu seinem fünfundvierzigsten Jahr hatte der furchtlose Kämpe keine einzige Nacht außerhalb von Tarascon verbracht. Nicht einmal die berühmte Reise nach Marseille, die jeder richtige Provenzale sich zur Feier seiner Großjährigkeit leistet, hatte er absolviert. Bestenfalls kannte er Beaucaire, und dabei ist Beaucaire wirklich nicht sehr weit von Tarascon, man braucht nur über die Brücke zu gehen. Unglücklicherweise ist diese verteufelte Brücke so oft den Stürmen zum Opfer gefallen, sie ist so lang, so gebrechlich, und die Rhone ist an dieser Stelle so breit – na also, ihr versteht. Tartarin von Tarascon hatte lieber festen Boden unter den Füßen.

Nämlich, ich muß es euch gestehen – in unserem Helden wohnten zwei sehr unterschiedliche Naturen. «Ich fühle zwei Menschen in mir», hat irgendein Kirchenvater gesagt. Er hätte es auch für Tartarin sagen können, der die Seele Don Quichottes in sich trug: den gleichen ritterlichen Schwung, das gleiche heroische Ideal, die gleiche Schwärmerei für alles Romantische und Großartige. Doch leider besaß er nicht den Körper des berühmten Hidalgo, den mageren knochigen Körper, über den das

Materielle keine Macht hatte, weil er sozusagen kaum existierte und imstande war, zwanzig Nächte zu verbringen, ohne seine Rüstung abzulegen, und achtundvierzig Stunden lang mit einer Handvoll Reis auszukommen. Im Gegensatz dazu war Tartarins Körper ein ganzer Kerl von einem Körper, sehr fett, sehr schwer, sehr sinnenfreudig, sehr verweichlicht, sehr quengelig, voll von bourgeoisen Gelüsten und Ansprüchen auf häusliche Bequemlichkeit – der kurze schmerbäuchige Körper des unsterblichen Sancho Pansa.

Don Quichotte und Sancho Pansa in ein und demselben Menschen – das konnte ja nicht gutgehen. Welche Kämpfe! Welche Zerrissenheit! Ach, welch schönen Dialog hätte Lukian oder Saint-Evremond da schreiben können, einen Dialog zwischen den beiden Tartarins – Tartarin-Quichotte und Tartarin-Sancho! Tartarin-Quichotte, der bei der Lektüre von Gustave Aimard in Begeisterung gerät und ausruft: «Ich ziehe in die Ferne!» Und Tartarin-Sancho, der an seinen Rheumatismus denkt und erklärt: «Ich bleibe daheim!»

Tartarin-Quichotte, sehr exaltiert: «Bedecke dich mit Ruhm, Tartarin.»

Tartarin-Sancho, sehr ruhig: «Tartarin, bedecke dich mit Flanell.»

Tartarin-Quichotte, immer exaltierter: «Ach, die guten doppelläufigen Flinten! Ach, die Dolche, die Lassos, die Mokassins!»

Tartarin-Sancho, immer ruhiger: «Ach, die guten Strickwesten! Ach, die lieben, warmen Knieschützer! Ach, die braven Ohrenklappen!»

Tartarin-Quichotte, außer sich: «Ein Beil! Man bringe mir ein Beil!»

Tartarin-Sancho, die Tischglocke läutend: «Jeannette, meine Schokolade!»

Daraufhin erscheint Jeannette mit einer ganz vorzüglichen Schokolade, heiß, üppig glänzend, duftend, und dazu das köstliche Anisgebäck, über das Sancho vor Freude so laut lacht, daß Tartarin-Quichotte nicht mehr zu hören ist.

Und so war es eben gekommen, daß Tartarin von Tarascon das Städtchen Tarascon noch nie verlassen hatte.

VII

Die Europäer von Shanghai – Der Großhandel – Die
Tataren – Ist Tartarin von Tarascon ein Betrüger?
Die Luftspiegelung

Einmal allerdings hätte Tartarin um ein Haar
eine große Reise angetreten.

Die drei Brüder Garcio-Camus, Tarasconer, die
eine Firma in Shanghai betrieben, wollten ihm die
Leitung einer ihrer dortigen Niederlagen überlas-
sen. Das, meine Lieben, war genau, was er brauchte!
Imposante Geschäfte, eine Unzahl von Angestell-
ten, über die er zu regieren hatte, Verbindungen mit
Rußland, Persien, der asiatischen Türkei, mit einem
Wort, was man Großhandel nennt.

In Tartarins Mund klang das Wort Großhandel
besonders groß.

Die Firma Garcio-Camus bot obendrein noch
den Vorteil, daß sie manchmal von Tataren heim-
gesucht wurde. Dann riegelte man schnell die Türen zu. Alle Kommis griffen zu den Waffen, man
hißte die Konsulatsflagge, und dann ging's piff-
paff-puff durch die Fenster, geradewegs auf die
Tataren.

Mit welcher Begeisterung sich Tartarin-Quichotte auf diesen Vorschlag stürzte, brauche ich
euch nicht erst zu sagen; nur leider zeigte sich Tartarin-Sancho auf diesem Ohr schwerhörig, und da
er der Stärkere war, wurde nichts aus der Sache. In
der Stadt redete man viel darüber. Fährt er? Fährt
er nicht? Wetten, daß ja. Wetten, daß nein. Es war

ein richtiges Ereignis. – Letzten Endes fuhr Tartarin nicht, doch die ganze Geschichte trug ihm viel
Ehre ein. Beinahe nach Shanghai gefahren zu sein
oder wirklich nach Shanghai gefahren zu sein, das
kam für die Leute von Tarascon auf das gleiche
heraus. Man redete so lange über Tartarins Reise,
bis man schließlich selber glaubte, er hätte sie hinter sich. Abends im Cercle erkundigten sich die
Herren nach dem Leben, dem Klima und den Sitten in Shanghai, nach den Opiumhöhlen und dem
Welthandel.

Tartarin, der ausgezeichnet informiert war, gab
aufs liebenswürdigste über alle Einzelheiten Aus-
kunft, und zum Schluß war der Gute selbst nicht
mehr ganz sicher, ob er nicht doch in Shanghai gewesen wäre. Wenn er zum hundertstenmal von dem
Überfall der Tataren erzählte, kam es ihm ganz
natürlich über die Lippen, zu sagen: «Da befehle ich
also meinen Kommis, sich zu bewaffnen, ich hisse
die Konsulatsflagge, und piff-paff-puff durch die
Fenster, geradewegs auf die Tataren!» Bei diesen
Worten erbebte der ganze Cercle.

«Da war aber Ihr Tartarin ein ganz abscheu-
licher Lügner!»

Nein, hundertmal nein! Tartarin war kein Lügner.

«Er mußte doch wissen, daß er nicht in Shanghai
gewesen war!»

Ja, das wußte er schon. Bloß...

Bloß – und jetzt hört gut zu. Es ist Zeit, sich ein
für allemal mit dem schlechten Ruf auseinanderzu-
setzen, den die Leute aus dem Norden den Südfranzosen angehängt haben. Es gibt keine Lügner im
Süden, in Marseille ebensowenig wie in Nîmes oder

Toulouse oder Tarascon. Der Mann aus dem Süden lügt nicht: er täuscht sich. Er sagt nicht immer die Wahrheit, aber er glaubt sie zu sagen. Seine Lüge ist keine richtige Lüge, es ist eine Art Luftspiegelung.

Ja, eine Luftspiegelung! Wenn ihr mich richtig verstehen wollt, macht euch auf und fahrt in den Süden, da werdet ihr es merken. Ihr werdet dieses verteufelte Land sehen, wo die Sonne alles verwandelt, bis es überlebensgroß erscheint. Ihr werdet die provenzalischen Hügelchen sehen, die nicht höher sind als die Butte Montmartre, aber sie werden euch riesengroß vorkommen. Und die berühmte Maison carrée von Nîmes – ein reizender Nippgegenstand, der euch so groß erscheinen wird wie Notre-Dame. Ihr werdet schon sehen! Ach, wenn's im Süden einen Lügner gibt, ist es einzig und allein die Sonne. Was sie anscheint, überhöht sie. – Was war denn Sparta zur Zeit seines höchsten Glanzes? Ein mittlerer Marktflecken. Was war Athen? Bestenfalls eine Unterpräfektur – aber in der Weltgeschichte leuchten sie so hell wie Riesenstädte. Und das hat die Sonne getan.

Wundert es euch dann noch, daß diese selbe Sonne, wenn sie auf Tarascon herniederscheint, aus dem einstigen Bekleidungsoffizier den tapferen Kommandanten Bravida macht, aus einer Futterrübe einen Affenbrotbaum und aus einem Mann, der beinahe nach Shanghai gefahren wäre, einen Mann, der wirklich dort gewesen war?

VIII

Die Menagerie Mitaine – Ein Löwe aus dem Atlas in
Tarascon – Eine schreckensvoll-feierliche Begegnung

Und jetzt, da wir euch Tartarin von Tarascon in
seinem Privatleben vorgeführt haben, bevor der
Ruhm seine Stirne geküßt und mit dem unsterblichen Lorbeer gekrönt, jetzt, da wir dieses Heldenleben mit seinen Leiden und Freuden, seinen Träumen und Hoffnungen in seinem bescheidenen Rahmen geschildert haben, wollen wir uns beeilen,
zu den ruhmreichen Seiten seiner Geschichte zu
kommen, zu dem seltsamen Ereignis, das den Anstoß zu diesem außerordentlichen Schicksal geben
sollte.

Es war eines Abends beim Büchsenmacher
Costecalde. Tartarin von Tarascon war eben dabei,
einigen Interessenten die Handhabung des Zünd-
nadelgewehrs vorzuführen, das damals die große
Neuheit war. Da fliegt plötzlich die Tür auf, und
ein Mützenjäger stürmt herein und schreit in höchster Aufregung: «Ein Löwe! Ein Löwe!» Allgemeine
Verblüffung, gefolgt von Schrecken, Geschrei, wü-
stem Getümmel. Tartarin fällt das Bajonett, Costecalde läuft die Tür schließen. Alles umringt den Jäger, man fragt, man dringt in ihn und vernimmt das
Folgende: die Menagerie Mitaine, die gerade vom
Jahrmarkt in Beaucaire zurückkehrt, hat sich bereit
erklärt, einige Tage in Tarascon zu verweilen, und
ist im Begriff, sich mit einem Haufen Riesenschlan-
gen, Seehunden, Krokodilen und einem prachtvol-

len Atlas-Löwen auf der Place du Château zu installieren.

Ein Atlas-Löwe in Tarascon! Soweit man zurückdenken kann, hatte man so was nicht erlebt! Wie stolz unsere tapferen Mützenjäger einander anblickten! Wie ihre bleich gewordenen Gesichter strahlten! In allen Winkeln des Costecaldeschen Etablissements drückte man einander schweigend, aber um so fester die Hand. Die Erregung war so groß und so unerwartet, daß niemand Worte fand.

Nicht einmal Tartarin. Blaß und zitternd, das Zündnadelgewehr noch in der Hand, stand er gedankenvoll vor dem Ladentisch. Ein Atlas-Löwe in nächster Nähe, sozusagen vor der Tür! Ein Löwe! Will sagen, die reißende Bestie par excellence, der König der Raubtiere, das Wild seiner Träume, gewissermaßen der Hauptdarsteller der idealen Truppe, die in seiner Phantasie so packende Dramen aufführte...

Ein Löwe, Herrgott nochmal!

Und noch dazu aus dem Atlas! Das war mehr, als der große Tartarin zu ertragen vermochte.

Mit einem Mal schoß ihm das Blut ins Gesicht. Seine Augen blitzten. Mit einer zackigen Bewegung schulterte er das Gewehr. Dann wandte er sich dem tapferen Kommandanten Bravida, dem ehemaligen Bekleidungsoffizier, zu und rief mit Donnerstimme: «Gehen wir uns das anschauen, Kommandant!»

«He, he! Und mein Gewehr! Mein neues Zündnadelgewehr!» wagte der besonnene Costecalde schüchtern zu protestieren. Doch Tartarin war schon auf der Straße und hinter ihm sämtliche Mützenjäger im gleichen Schritt und Tritt.

Als sie zur Menagerie kamen, waren dort schon viele Leute versammelt. Die heldenhafte Rasse der Tarasconer, der sensationelle Erlebnisse allzu lange versagt geblieben waren, hatte sich auf das Menageriezelt gestürzt und es im Sturm eingenommen.

Die dicke Madame Mitaine war darob sehr zufrieden. Im kabylischen Kostüm, mit bis zum Ellbogen entblößten Armen und eisernen Ringen um die Fußknöchel, in der einen Hand eine Reitpeitsche, in der anderen ein lebendes, jedoch gerupftes Huhn, so machte die berühmte Dame die Honneurs, und da sie gleichfalls «doppelte Muskeln» besaß, erntete sie bei den Tarasconern fast ebenso großen Erfolg wie ihre Pensionäre.

Der Eintritt Tartarins mit dem Gewehr auf der Schulter kühlte die Stimmung ab.

All die braven Leute von Tarascon, die ohne Waffen, ohne Arg, ohne auch nur an eine Gefahr zu denken, seelenruhig vor den Käfigen herumpromenierten, empfanden einen nur zu natürlichen Schrecken, als sie ihren großen Tartarin mit seiner furchterregenden Kriegsmaschine in die Bude hereinstürmen sahen. Es gab also etwas zu fürchten, wenn er, dieser Held... Im nächsten Augenblick war es rings um die Käfige leer. Die Kinder begannen vor Angst zu weinen, die Damen blickten unruhig zur Tür hin. Der Apotheker Bézuquet verdrückte sich mit der Bemerkung, er gehe sein Gewehr holen...

Doch allmählich flößte das Auftreten Tartarins

seinen Mitbürgern wieder Mut ein. Ruhevoll, hocherhobenen Hauptes, machte der furchtlose Held langsam einen Rundgang durch das Zelt. Er wandelte, ohne anzuhalten, an der Badewanne des Seehunds vorbei, streifte mit einem verächtlichen Blick die lange, mit Kleie gefüllte Kiste, in welcher die Riesenschlange ihr Huhn verdaute, und pflanzte sich schließlich vor dem Löwenkäfig auf.

Welch schreckensvoll-feierliche Begegnung! Der Löwe von Tarascon und der Löwe der Wüste standen einander Aug in Auge gegenüber. Auf der einen Seite des Gitters stand Tartarin, jeden Muskel gespannt, beide Arme auf sein Gewehr gestützt; auf der anderen sielte sich der Löwe, ein riesiger Löwe, mit blinzelnden Augen und stumpfsinniger Miene im Stroh, das mächtige Haupt mit der gelben Perücke auf den Vorderpfoten. So sahen sie einander in aller Ruhe an.

Doch merkwürdig! Sei es, daß das Zündnadelgewehr seinen Ärger erregte oder daß er einen Feind seiner Rasse witterte – der Löwe, der bis dahin die Tarasconer mit souveräner Verachtung angeblickt und ihnen ungeniert ins Gesicht gegähnt hatte, der Löwe wurde mit einem Mal von Zorn gepackt. Er ließ ein dumpfes Brummen hören, spreizte die Krallen, streckte die Tatzen. Dann erhob er sich, schüttelte seine Mähne zurück, öffnete ein ungeheuer großes Maul und stieß, gegen Tartarin gewandt, ein fürchterliches Gebrüll aus.

Ein Schrei des Entsetzens antwortete ihm. Ganz Tarascon stürzte in kopfloser Angst zu den Ausgängen – Frauen, Kinder, Lastträger, Mützenjäger, ja der tapfere Kommandant Bravida selbst… Einzig

Tartarin von Tarascon rührte sich nicht. Fest und standhaft verharrte er vor dem Käfig, mit blitzenden Augen und jener furchterregenden Grimasse, die ganz Tarascon kannte. Und als die Mützenjäger, etwas beruhigt durch die Haltung ihres Anführers und die Festigkeit der Käfigstangen, langsam wieder näherzurücken begannen, hörten sie ihn murmeln: «Ja, das gäbe eine Jagd...»

An jenem Tag sagte Tartarin von Tarascon nicht mehr.

IX

Eigentümliche Wirkung der Luftspiegelung

An jenem Tag sagte Tartarin von Tarascon nicht mehr; aber der Unselige hatte schon zuviel gesagt.

Am nächsten Tag sprach man in der Stadt ausschließlich von Tartarins bevorstehender Reise nach Algerien, zur Löwenjagd. Ihr seid Zeugen, liebe Leser, daß der Gute kein Wort davon gesagt hatte – aber wißt ihr, die Luftspiegelung…

Kurz, ganz Tarascon sprach von nichts anderem als von dieser Reise.

Auf der Promenade, im Cercle, bei Costecalde fragten die Leute einander mit verstörter Miene: «*Et autrement,* haben Sie die Neuigkeit schon gehört, *au moins?*»

«*Et autrement,* was denn? Tartarins Reise, *au moins?*»

Denn in Tarascon beginnt jeder Satz mit *et autrement* und endet mit *au moins,* und an jenem Tag klirrten die Fensterscheiben davon.

Der Mann, den die Nachricht von seiner bevorstehenden Afrikareise am allermeisten überraschte, war Tartarin selbst. Aber seht ihr, da könnt ihr merken, wohin die Eitelkeit führt! Anstatt einfach zu antworten, er gedenke ganz und gar nicht wegzufahren, er hätte nie die Absicht gehabt, murmelte der arme Tartarin, als er zum erstenmal von dieser Reise hörte, bloß ausweichend: «Eh, eh… Möglich… Ich will nichts gesagt haben…» Das zweitemal, als ihm der Gedanke schon ein wenig vertraut war, antwortete er: «Sehr wahrscheinlich.» Und das drittemal: «Ja, ganz bestimmt!»

Und abends, im Cercle und bei Costecalde... Hingerissen vom Eierpunsch, den Bravorufen, den Lichtern, berauscht von dem Beifall, den die Ankündigung seiner Reise in der ganzen Stadt erregt hatte, erklärte der Unselige ausdrücklich, er hätte die Mützenjagd satt und würde sich demnächst aufmachen, um den großen Löwen im Atlas nachzustellen.

Diese Erklärung wurde mit einem gewaltigen Hurra aufgenommen. Und daraufhin frischer Eierpunsch, Händedrücke, Umarmungen und, bis Mitternacht, Serenade im Fackelschein vor dem Häuschen zum Baobab.

Aber Tartarin-Sancho war unzufrieden! Bei der bloßen Idee, nach Afrika zu fahren und Löwen zu jagen, lief es ihm schon im voraus kalt über den Rücken, und während noch die Ehrenserenade unter ihren Fenstern erklang, machte er Tartarin-Quichotte eine fürchterliche Szene; er nannte ihn übergeschnappt, verrückt, einen Phantasten, verantwortungslos, einen dreifachen Narren und beschrieb ihm ausführlich sämtliche Katastrophen, die ihn auf dieser Reise erwarteten: Schiffbruch, Rheumatismus, Sumpffieber, Durchfall, die schwarze Pest, die Elephantiasis und was es sonst noch gibt.

Vergeblich gelobte sich Tartarin-Quichotte, keine Unvorsichtigkeit zu begehen, sich warm anzuziehen, alles Notwendige mitzunehmen – Tartarin-Sancho wollte nichts hören. Der Arme sah sich schon von Löwen zerfleischt, im Wüstensand versunken wie der selige Kambyses, und der andere

43

Tartarin vermochte ihn nur dadurch ein klein wenig zu beruhigen, daß er ihm erklärte, sie würden ja nicht sofort losziehen, es eile nicht, und schließlich seien sie ja noch daheim.

Es ist doch klar, daß man sich nicht auf eine solche Expedition begibt, ohne einige Vorbereitungen zu treffen. Man kann nicht einfach losfliegen wie ein Vogel. Man muß wissen, wohin zum Teufel es überhaupt geht.

Vor allem wollte unser Held die Reisebeschreibungen der großen Afrikafahrer studieren, die Berichte von Mungo-Park, Caillé, Livingstone und Henri Duveyrier.

Dabei erfuhr er, daß diese Unerschrockenen, bevor sie noch ihre Sandalen schnürten, sich von langer Hand auf ihre weiten Fahrten vorbereitet hatten, indem sie sich übten, Hunger, Durst, Gewaltmärsche, kurz alle möglichen Entbehrungen zu ertragen. Tartarin gedachte es ihnen gleichzutun und sich von diesem Tag an nur noch von *eau bouillie* zu ernähren. – Was man in Tarascon *eau bouillie*, gekochtes Wasser, nennt, ist eine Art Brotsuppe: ein paar Schnitten Brot in heißem Wasser, gewürzt mit einer Knoblauchzehe, einem Thymianzweiglein, einem Lorbeerblatt. Das war eine magere Kost, und ihr könnt euch vorstellen, daß der arme Sancho ein saures Gesicht machte.

Dieser strengen Diät fügte Tartarin noch andere Ertüchtigungsmaßnahmen hinzu. Um sich an lange Märsche zu gewöhnen, zwang er sich dazu, seinen Rundgang durch die Stadt jeden Morgen sieben- bis achtmal hintereinander zu wiederholen, bald im Geschwindschritt, bald im Laufschritt, die

Ellbogen an den Körper gepreßt und, nach antiker Sitte, zwei kleine weiße Kiesel im Mund.

Um sich gegen Nachtkühle, Tau und Nebel abzuhärten, ging er allabendlich in seinen Garten und verharrte dort, auf Anstand hinter dem Affenbrotbaum, bis gegen zehn oder elf Uhr, ganz allein mit seinem Gewehr.

Und solange die Menagerie Mitaine sich in Tarascon aufhielt, konnten die Mützenjäger, die abends verspätet von Costecalde heimkehrten, auf der Place du Château eine geheimnisvolle Gestalt erblicken, die im Dunkeln hinter der Bude auf und ab marschierte.

Das war Tartarin von Tarascon, der sich darin übte, das Gebrüll der Löwen in finsterer Nacht ohne Zittern anzuhören.

X

Vor der Abreise

Während Tartarin sich solchermaßen durch alle
möglichen heroischen Übungen ertüchtigte, hielt
ganz Tarascon den Blick auf ihn gerichtet. Man be-
faßte sich mit nichts anderem mehr. Die Mützenjagd schlug nur noch matt mit den Flügeln, die Romanzen waren verstummt. Das Pianino in der Apotheke Bézuquet schmachtete unter einer grünen
Hülle, die Eintagsfliegen darauf vertrockneten, den
Bauch in die Luft gereckt. Tartarins Expedition
hatte alles zum Stillstand gebracht.

Aber sein Erfolg in den Salons! Das mußte man
gesehen haben. Man riß und zankte sich um ihn,
man lieh ihn einander, man machte sich ihn gegenseitig abspenstig. Für die Damen war es die aller-
größte Ehre, an Tartarins Arm die Menagerie
Mitaine zu besuchen und sich vor dem Löwenkäfig
erklären zu lassen, wie man es anstellte, die mächtigen Tiere zu erlegen, wohin man zielen mußte, auf
wieviel Schritt Entfernung, ob es dabei oft ein Unglück gäbe, und so weiter und so fort.

Tartarin lieferte jede gewünschte Erklärung. Er
hatte Jules Gérard gelesen und verstand sich auf
die Löwenjagd, als hätte er nie etwas anderes gemacht. So sprach er auch mit großer Beredsamkeit
davon.

Doch am herrlichsten war er abends, beim Präsidenten Ladevèze oder beim tapferen Kommandanten Bravida, Bekleidungsoffizier a.D., wenn man

nach dem Diner beim Kaffee näher zusammen-
rückte und ihn bewog, von seinen künftigen Jagden
zu erzählen.

Die Ellbogen auf dem Tischtuch, die Nase in seinem Mokka sprach der Held dann mit bewegter
Stimme von allen Gefahren, die seiner dort harrten.
Er schilderte das lange Auflauern in mondlosen
Nächten, die verpesteten Sümpfe, die von Kirsch-
lorbeer vergifteten Bäche, den Schnee, die glühende Sonne, die Skorpione, die Heuschrecken-
schwärme; und er beschrieb auch die Sitten der
großen Löwen aus dem Atlasgebirge, ihre Kampf-
methoden, ihre phänomenale Kraft, ihre wilde
Blutgier zur Brunstzeit.

Schließlich sprang er, von seinem eigenen Bericht hingerissen, vom Tisch auf und führte mitten
im Eßzimmer die ganze Jagd vor: das Gebrüll des
Löwen, den Knall des Jagdgewehrs, das Pfeifen der
tödlichen Kugel, brüllend, wild um sich schlagend,
daß die Stühle umflogen...

Am Tisch waren sie alle ganz blaß geworden.
Die Herren blickten einander mit bedenklichem
Kopfschütteln an, die Damen schlossen unter leisen Schreckensrufen die Augen, die alten Herren
schwenkten kriegerisch ihre langen Spazierstöcke,
und im Nebenzimmer fuhren die kleinen Bübchen,
die man früh zu Bett bringt, vom Brüllen und
Schießen geweckt, jäh aus dem Schlaf auf, fürchte-
ten sich sehr und verlangten nach Licht.

Doch vorläufig reiste Tartarin nicht ab.

XI

«Degenstiche, Messieurs, Degenstiche!
Aber keine Nadelstiche!»

Hatte er überhaupt die ehrliche Absicht abzureisen? Eine heikle Frage, deren Beantwortung Tartarins Biographen in Verlegenheit bringen würde.

Tatsache ist, daß die Menagerie Mitaine Tarascon schon vor mehr als drei Monaten verlassen hatte, und der Löwentöter rührte sich nicht... Vielleicht war der arglose Held einer neuen Luftspiegelung zum Opfer gefallen und glaubte in guten Treuen, wirklich in Algerien gewesen zu sein. Vielleicht hatte er seine künftigen Jagdzüge so oft geschildert, daß er sich einbildete, sie vollbracht zu haben, genauso aufrichtig, wie er sich einbildete, er hätte in Shanghai die Konsulatsflagge gehißt und piff-paff-puff auf die Tataren geschossen.

Doch wenn Tartarin auch diesmal wieder von der Luftspiegelung getäuscht wurde, die Tarasconer ließen sich nicht mehr täuschen. Als sie nach drei Monate langem Warten merkten, daß der große Jäger noch keinen einzigen Koffer gepackt hatte, begannen sie zu murren.

«Es wird gehen wie mit Shanghai», sagte Costecalde lächelnd. Und sein Ausspruch machte in der Stadt Furore, denn niemand glaubte mehr an Tartarin.

Die Einfältigen und die Feiglinge, Leute wie Bézuquet, die vor einem Floh davongelaufen wären und kein Gewehr abfeuern konnten, ohne die

Augen zu schließen, zeigten sich besonders erbarmungslos. Im Cercle, auf der Esplanade traten sie mit neckischer Miene an den armen Tartarin heran.

«*Et autrement,* wann soll die Reise losgehen?»

In Costecaldes Laden traute man nicht mehr blind seiner Meinung. Die Mützenjäger wurden ihrem Führer abtrünnig!

Dann kamen die Spottgedichte. Der Präsident Ladevèze, der in seinen Mußestunden der provenzalischen Muse gern ein bißchen die Cour schnitt, verbrach ein Lied im Volkston, das viel Erfolg hatte. Es handelte von einem großen Jäger, Maître Gervais, dessen fürchterliches Gewehr die afrikanischen Löwen bis zum letzten ausrotten sollte; doch leider hatte dieses verflixte Gewehr eine sonderbare Eigenschaft: *soviel man es auch lud, es ging nie los!*

Es ging nie los! Ihr versteht die Anspielung…

Dieses Lied wurde im Handumdrehen populär; die Lastträger am Quai, die kleinen Schuhputzer vor seiner Haustür sangen es im Chor, wann immer Tartarin vorbeiging.

> «*Lou fùsioù de mestre Gervaï*
> *Toujou lou cargon, toujou lou cargon.*
> *Lou fùsioù de mestre Gervaï*
> *Toujou lou cargon, part jamaï.*»

Sie sangen es aber bloß aus der Ferne, von wegen der doppelten Muskeln.

Ach, über die Gebrechlichkeit der Heldenverehrung zu Tarascon!

Er, der große Held, tat, als sähe er nichts, als hörte er nichts, aber in Wahrheit kränkte ihn dieser hinterhältige, giftige Kleinkrieg aufs tiefste. Er spürte, wie Tarascon seiner Hand entglitt, wie die Volksgunst sich anderen zuwandte, und litt grausam darunter.

Ja, es ist wohl angenehm, sich am großen Suppennapf der Beliebtheit gütlich zu tun, aber wenn er umkippt, kann man sich arg verbrühen.

Seinem Kummer zum Trotz lächelte Tartarin und führte sein friedliches Leben weiter, als wäre alles in bester Ordnung.

Bloß manchmal löste sich die Maske fröhlicher Sorglosigkeit, die er sich aus Stolz aufgesetzt hatte, unversehens von seinem Gesicht, und dann sah man anstelle des Lächelns Empörung und Schmerz.

So geschah es, daß eines Morgens die kleinen Schuhputzer unter seinen Fenstern wieder einmal *Lou fùsioù de mestre Gervaï* sangen, und die Stimmen dieser elenden Wichte drangen bis in das Schlafzimmer des unglückseligen großen Mannes, der sich gerade vor seinem Spiegel rasierte. (Tartarin trug einen Vollbart, doch da dieser allzu kräftig wucherte, mußte er in Schach gehalten werden.)

Plötzlich wurde das Fenster heftig aufgerissen. In seinem Rahmen erschien Tartarin in Hemdsärmeln und Stirnbinde, das Gesicht mit üppigem weißem Seifenschaum bedeckt, und schrie, Rasiermesser und Pinsel schwenkend, mit furchterregender Stimme: «Degenstiche, Messieurs, Degenstiche! Aber keine Nadelstiche!»

Prächtige Worte, würdig, in die Weltgeschichte einzugehen! Sie hatten nur den Fehler, daß sie sich an die armen Knirpse richteten, die kaum höher waren als ihre Schuhputzkasten und auch gänzlich außerstande, einen ritterlichen Degen zu führen.

XII

Was im Häuschen zum Baobab gesprochen wurde

Mitten im allgemeinen Abfall hielt nur die Armee treu zu Tartarin.

Der tapfere Kommandant Bravida, Bekleidungsoffizier a.D., fuhr fort, ihm seine unverbrüchliche Achtung zu bezeugen. «Das ist ein famoser Kerl!» sagte er weiterhin standhaft, und ich meine, dieses Urteil konnte es wohl mit dem des Apothekers Bézuquet aufnehmen. Der tapfere Kommandant hatte sich keine einzige Anspielung auf die Afrikareise gestattet, doch als der Lärm im Volk zu laut wurde, entschloß er sich zu sprechen.

Eines Abends, als Tartarin allein in seinem Studierzimmer saß und traurigen Gedanken nachhing, sah er den Kommandanten eintreten – in feierlicher Haltung, mit schwarzen Handschuhen, den Gehrock bis an die Ohren zugeknöpft.

«Tartarin», sprach der ehemalige Bekleidungsoffizier voller Autorität, «Tartarin, Sie müssen reisen!» Er blieb aufrecht im Türrahmen stehen, streng und groß wie die Pflicht in Person.

Tartarin verstand alles, was in diesem «Sie müssen reisen, Tartarin!» lag.

Sehr blaß erhob er sich und ließ seinen zärtlichen Blick ringsum durch das behagliche Zimmer mit seiner wohligen Wärme und seinem milden Licht schweifen. Der breite, bequeme Fauteuil, die Bücher, der Teppich, die weißen Vorhänge an den Fenstern, hinter denen die zarten Zweiglein des

51

kleinen Gartens bebten. Dann trat er auf den tapferen Kommandanten zu, ergriff seine Hand, drückte sie kräftig und sprach mit tränenerstickter, aber stoischer Stimme: «Ich werde reisen, Bravida!»

Und er reiste ab, wie er es verheißen hatte. Nur nicht sofort. Er brauchte Zeit, um sich auszurüsten.

Zuerst bestellte er bei Bompard zwei große kupferbeschlagene Koffer, jeder mit einem länglichen Metallschild versehen, das folgende Inschrift trug:

TARTARIN DE TARASCON
WAFFENKISTE

Der Kupferbeschlag und die Gravierung der Platte brauchten ihre Zeit. Er bestellte auch bei Tastavin ein prachtvolles, in Leder gebundenes Album, um seine täglichen Erlebnisse und Eindrücke aufzuzeichnen; auch wenn man auf die Löwenjagd geht, kommen einem unterwegs allerlei Gedanken.

Dann ließ er aus Marseille eine ganze Schiffsladung Lebensmittelkonserven kommen; ferner Pemmikan-Tabletten, um Bouillon zu kochen, ein ganz neuartiges Schutzzelt, das sich in einer Minute aufstellen und abreißen ließ, Seemannsstiefel, zwei Regenschirme, einen wetterfesten Regenmantel, blaue Brillen, um der Augenentzündung vorzubeugen. Schließlich stellte ihm Bézuquet eine kleine Reiseapotheke, vollgestopft mit Heftpflaster, Arnika, Kampfer und Riechessig, zusammen.

Armer Tartarin! Er tat es ja nicht für sich. Er hoffte nur, mit all diesen Vorsichtsmaßnahmen und zarten Aufmerksamkeiten die Wut von Tartarin-Sancho zu besänftigen, der ihm, seit die Reise beschlossen war, Tag und Nacht keine Ruhe ließ.

XIII

Die Abreise

Endlich war er da, der große Tag, der feierliche Tag.

Ganz Tarascon war seit dem ersten Morgengrauen auf den Beinen und blockierte den Chemin d'Avignon und die nächste Umgebung des Häuschens zum Baobab.

Menschen an den Fenstern, auf den Dächern, in den Bäumen. Rhone-Schiffer, Lastträger, Schuhputzer, Bürger, Zettlerinnen, Taftweberinnen, der ganze Cercle, kurz die ganze Stadt. Dazu noch die Leute aus Beaucaire, die über die Brücke gekommen waren, Gemüsegärtner aus der Umgebung, zweirädrige, mit Planen bedeckte Pferdewagen, Weinbauern auf schönen, mit Bändern, Glöckchen und Schleifen herausgeputzten Maultieren und sogar ein paar hübsche Mädchen aus Arles mit dem blauen Band im Haar, die hinter ihrem Liebsten auf den kleinen eisengrauen Camargue-Pferden aufsaßen.

All diese Menschen stießen und drängten sich vor der Tür von Tartarin, dem lieben Monsieur Tartarin, der zu den Türken zog, um die Löwen umzubringen.

Von Tarascon aus gesehen, bilden Algerien, Afrika, Griechenland, Persien, die Türkei, Mesopotamien, alles zusammen, ein sehr unbestimmtes, beinahe sagenhaftes, großes Land, das «bei den Türken» heißt.

Mitten durch das Gewimmel zogen die Mützenjäger, voller Stolz auf den Triumph ihres Anführers, ihre ruhmreiche Bahn.

Vor dem Häuschen zum Baobab standen zwei
mächtige Schubkarren. Von Zeit zu Zeit öffnete
sich die Gartentür, und man konnte einige Personen erblicken, die sich feierlich in dem kleinen Garten ergingen. Kräftige Männer schleppten Koffer,
Kisten und Reisetaschen aus dem Haus und türmten sie auf die Schubkarren.

Bei jedem neuen Gepäckstück lief ein Zittern
durch die Menge. Man nannte einander mit lauter
Stimme die einzelnen Gegenstände. «Das ist das
Zelt... Das sind die Konserven... Die Reiseapotheke... Die Waffenkisten...» Und die Mützenjäger
lieferten nähere Erklärungen dazu.

Gegen zehn Uhr ging plötzlich eine große Bewegung durch die Menschenmasse. Die Gartentür
wurde heftig aufgestoßen.

«Das ist er! Das ist er!» rief man.

Er war es.

Bei seinem Erscheinen stiegen zwei Ausrufe der
Verblüffung aus der Menge auf: «Er ist ein Türk!»
– «Er trägt eine Brille!»

Tatsächlich hatte Tartarin von Tarascon sich be-
müßigt gefühlt, für seine Reise nach Algerien auch
algerische Tracht anzulegen: weite Pluderhosen aus
weißem Leinen, ein eng anliegendes Jäckchen mit
Metallknöpfen, eine zwei Fuß breite rote Schärpe
um den Bauch, bloßer Hals, ausrasierte Stirn, auf
dem Kopf ein gewaltiger hoher roter Fez, *chéchia*
genannt, von dem eine riesenlange blaue Quaste
herabwallte. Dazu zwei schwere Jagdgewehre, eins

auf jeder Schulter, ein großes Jagdmesser im Gürtel, eine Patronentasche auf dem Bauch und ein Revolver im Lederfutteral an der Hüfte. Das war alles.

O Pardon! Ich habe die Brille vergessen, eine ungeheuere blaue Brille, die sehr erwünscht kam, um das, was an der Adjustierung unseres Helden ein wenig allzu wild schien, etwas zu mildern.

«Hoch Tartarin! Hoch!» schrie das Volk. Der große Mann lächelte, grüßte aber nicht, weil seine Gewehre ihn behinderten. Im übrigen wußte er jetzt, was von der Volksgunst zu halten war. Vielleicht daß er sogar in seinem tiefsten Inneren seine schrecklichen Mitbürger verfluchte, die ihn zwangen, sein liebes, behagliches Heim mit den weißen Mauern und den grünen Jalousien aufzugeben... Aber er ließ sich nichts anmerken.

Stolz und ruhevoll, wenn auch etwas bleich, trat er auf die Straße, musterte seine Schubkarren und schlug, als er alles in Ordnung fand, munter den Weg zum Bahnhof ein, ohne sich auch nur ein letztes Mal nach dem Häuschen zum Baobab umzudrehen. Hinter ihm schritten der tapfere Kommandant Bravida, Bekleidungsoffizier a.D., der Präsident Ladevèze, der Büchsenmacher Costecalde und sämtliche Mützenjäger. Dann kamen die Schubkarren und hinterher das Volk.

Auf dem Bahnhof erwartete ihn der Stationsvorsteher – ein alter «Afrikaner» von 1830 –, der ihm mehrmals herzlich die Hand drückte.

Der Paris–Marseille-Expreß war noch nicht da. Tartarin und sein Stab gingen in den Wartesaal. Um zu vermeiden, daß alle sich hineindrängten, ließ der Stationsvorsteher hinter ihnen die Gitter schließen.

Eine Viertelstunde lang spazierte Tartarin mitten unter den Mützenjägern im Saal auf und ab. Er sprach von seiner Reise und seinen Jagden und versprach, ihnen Felle zu schicken. Man schrieb sich als Anwärter auf ein Löwenfell in sein Notizbuch ein, wie für einen Walzer.

Ruhig und milde wie Sokrates beim Trinken des Schierlingsbechers, gewährte der furchtlose Tartarin jedem ein freundliches Wort, ein Lächeln. Er sprach einfach und leutselig, als wünschte er vor seiner Abreise gleichsam eine Wegspur von Charme, Bedauern und freundlichen Erinnerungen zurückzulassen. Als sie ihr Oberhaupt so reden hörten, kamen sämtlichen Mützenjägern die Tränen, und manche, wie etwa der Präsident Ladevèze und der Apotheker Bézuquet, empfanden sogar Gewissensbisse.

Einige Bahnarbeiter weinten in den Winkeln. Das Volk draußen guckte durchs Gitter herein und rief: «Hoch Tartarin!»

Endlich bimmelte das Glöckchen. Ein dumpfes Dröhnen, ein schrilles Pfeifen erschütterten die Bahnsteighalle. Einsteigen! Einsteigen!

«Adieu, Tartarin! Adieu!»

«Adieu! Lebt alle wohl!» Und der große Mann drückte auf die Backe des tapferen Kommandanten Bravida einen Kuß, der ganz Tarascon galt.

Dann sprang er auf den Perron und schwang sich in einen Wagen voller Pariserinnen, die vor Schreck zu sterben glaubten, als sie diesen von Karabinern und Revolvern starrenden Mann erblickten.

XIV

Der Hafen von Marseille – An Bord! An Bord!

Am 1. Dezember 186 ., einem schönen, strahlend
klaren Tag, um die Mittagstunde, sahen die Bewohner von Marseille tief erschrocken einen Türken in
der hellen provenzalischen Wintersonne, die auf
die Canebière herabschien, auftauchen – aber was
für einen Türken! So einen hatten sie noch nie erblickt, und dabei mangelt es in Marseille, weiß Gott,
nicht an «Türken».

Besagter Türk – brauche ich es noch zu sagen? –
war niemand anderer als Tartarin, der große Tartarin von Tarascon, der, gefolgt von seinen Waffenkisten, seiner Reiseapotheke und seinen Konserven, über die Quais schritt, um zur Landungsstelle
der Compagnie Touache und zum Passagierschiff
Zouave zu gelangen, das ihn an die ferne Küste
bringen sollte.

Im Ohr noch den Beifall von ganz Tarascon, wie
berauscht vom hellen Himmelslicht und dem Geruch des Meeres, beide Gewehre geschultert, marschierte Tartarin mit hocherhobenem Haupt und
strahlendem Gesicht einher und verschlang schier
geblendet den wunderbaren Hafen von Marseille,
den er zum erstenmal zu sehen bekam, mit seinen
Blicken. Der Gute glaubte zu träumen. Es dünkte
ihn, er wäre Sindbad der Seefahrer und irrte durch
eine der phantastischen Städte aus Tausendund-
einer Nacht.

So weit das Auge reicht, ein Gewühl von Masten

und Stangen, die sich in sämtlichen Richtungen kreuzen. Die Flaggen aller Länder, russische, griechische, schwedische, tunesische, amerikanische... Die Schiffe dicht am Quai, deren Bugspriete wie eine Reihe von Bajonetten auf die Uferböschung gerichtet sind. Darunter die Najaden, Göttinnen, Heiligen Jungfrauen und anderen holzgeschnitzten Figuren, die dem Schiff seinen Namen verleihen. All das vom Meerwasser angefressen, aufgefressen, triefend, verschimmelt... Hier und dort zwischen den Schiffen ein Fleckchen Meer wie ein Stück Moiré-Seide mit Ölflecken... Im Gewirr der Rahen Möwenschwärme, die hübsche Umrisse auf den blauen Himmel zeichnen, Schiffsjungen, die einander in allen Sprachen anrufen. Und auf dem Quai, mitten zwischen den dickflüssigen, schwarzgrünen, von Öl und Soda starrenden Bächen aus den Seifensiedereien, ein ganzes Volk von Zollbeamten, Dienstmännern und Lastträgern mitsamt ihren kleinen, von korsischen Pferdchen gezogenen Wägelchen.

Sonderbare Kleidergeschäfte, verrauchte Schuppen, wo die Matrosen sich ihr Essen kochen, Pfeifenhändler, Affenhändler, Verkaufsbuden voll von Tauen, Takelwerk, Segeltuch und phantastischem Krimskrams, ein wüstes Durcheinander von uralten Geschützen, mächtigen vergoldeten Laternen, verrosteten Flaschenzügen, zahllosen Ankern, alten Sprachrohren und Tauen, Ferngläsern aus der Zeit von Jan Bart und Duguay-Trouin. Muschelverkäuferinnen, die schnatternd neben ihren Körben hocken. Und Matrosen, Matrosen mit Töpfen voll Teer, mit dampfenden Suppenkesseln, mit gro-

ßen Körben voll Tintenfischen, die sie im weißlich
schäumenden Brunnenwasser waschen.

Überall eine verschwenderische Überfülle von
Waren aller Art: Seide, Mineralien, Hölzer, Blei-
blöcke, Tuch, Zucker, Johannisbrot, Raps, Süßholz,
Zuckerrohr, Orient und Okzident bunt durcheinan-
der. Große Haufen von holländischem Käse, den
Genueserinnen von Hand rot anmalen.

Dort drüben wird Getreide ausgeladen. Die Trä-
ger schütten ihre Säcke von der Höhe eines großen
Gerüsts auf den Quai hinunter, das Korn strömt
wie ein goldener Wasserfall in einer blonden Wolke
dahin. Männer im roten Fez seihen es Maß für Maß
durch große Siebe aus Eselsleder und laden es auf
Pferdekarren auf, denen ein ganzes Regiment von
Frauen und Kindern mit kleinen Handbesen und
Körben zum Einsammeln folgt. Weiter drüben die
Werft zum Kielholen, wo mächtige Schiffe, das
Mastwerk unter Wasser, auf der Seite liegen, während man sie mit lodernden Reisigbündeln ab-
brennt, um sie von Schlamm und Tang zu reinigen;
dazu der Harzgeruch und die betäubenden Ham-
merschläge der Schiffszimmerleute, die den Schiffs-
rumpf mit großen Kupferplatten beschlagen.

Hin und wieder lichteten sich die Maste, und
dann erblickte Tartarin die Hafeneinfahrt, das gewaltige Hin und Her der Schiffe, eine englische
Fregatte, schmuck und blitzblank gewaschen, mit
gelbbehandschuhten Offizieren auf dem Weg nach
Malta, oder eine großmächtige Marseiller Brigg,
die unter Geschrei und Flüchen losmachte, während achtern ein dicker Kapitän in Gehrock und
Zylinder das Manöver auf provenzalisch befehligte.

Schiffe, die mit allen Segeln vor dem Wind im Laufschritt dahineilten, andere in weiter Ferne, die langsam im Sonnenschein daherkamen, als schwebten sie durch die Lüfte.

Dabei die ganze Zeit ein unaufhörliches, entsetzliches Gelärme, das Rattern der Wagen, das taktmäßige «Oh! Hisse!» der Matrosen, Verwünschungen, Lieder, die Sirenen der Dampfschiffe, die Trommeln und Trompeten vom Fort Saint-Jean, vom Fort Saint-Nicolas, die Glocken von Major, von Accoules, von Saint-Victor; und über alldem der Mistral, der alle diese Geräusche, alle diese Töne mit sich riß, sie herumwälzte und durcheinanderschüttelte und mit seiner eigenen Stimme vermengte, bis das Ganze zu einer närrischen, wilden, heroischen Musik wurde, zu einem gewaltigen Tusch, einem Fanfarengeschmetter, das einem Lust machte, weit, weit fortzureisen, auf Flügeln des Windes...

Zum Klang dieser schönen Fanfare schiffte sich der furchtlose Tartarin von Tarascon ein, um ins Land der Löwen zu fahren.

ZWEITE EPISODE

Bei den Türken

I

*Die Überfahrt – Die fünf Positionen der chéchia – Der
Abend des dritten Tages – «Miséricorde!»*

Ich wäre gern ein Maler, meine lieben Leser, und
zwar ein großer Maler, um euch zu Beginn dieser zweiten Episode die verschiedenen Positionen
vor Augen zu führen, welche die rote Mütze, die
chéchia, während der dreitägigen Überfahrt von
Frankreich nach Algerien, die sie an Bord der
Zouave machte, auf dem Haupt Tartarins von Tarascon einnahm.

Ich würde sie euch zuerst im Augenblick der
Abfahrt zeigen, wie sie stolz und heldenhaft diesen prächtigen Tarasconer Charakterkopf oben auf
dem Brückendeck krönt; und hierauf bei der Ausfahrt aus dem Hafen, wenn die *Zouave* auf den
Wogen zu tänzeln beginnt, wie sie erbebend und
gleichsam erstaunt die ersten Anzeichen des Übels
zu spüren scheint.

Dann später im Golf du Lion, wo man aufs offene Meer hinauskommt und die Seen steifer werden, solltet ihr sie erblicken, wie sie sich, in Tätlich-
keiten mit dem Wetter verstrickt, ganz verstört auf
dem Schädel unseres Helden aufrichtet und ihre
blaue Wolltroddel in Nebel und Sturm zu Berge
steht. Vierte Position: sechs Uhr abends, in Sicht
der korsischen Küste, neigt sich die unglückselige
Mütze tief über die Reling, als wollte sie mit ihrem
Jammer den Meeresgrund ausloten... Schließlich
fünfte und letzte Position: Im Hintergrund einer

engen Kabine, in einem schmalen Bett, das aussieht wie eine Kommodenschublade, wälzt sich ein formloses Etwas mit verzweifeltem Stöhnen in den Kissen. Das ist die *chéchia*, die heroische *chéchia* der Abfahrt, die jetzt zu einer gemeinen Nachtmütze degradiert ist und über die Ohren eines grünlichbleichen, verkrampften Gesichts herabgezogen wird.

Ach, hätten die Tarasconer ihren großen Tartarin in seiner Kommodenschublade sehen können, wie er da im trüben, durch die Luken einfallenden Licht, in dem widerlichen Schiffsgeruch nach ranzigem Öl und nassem Holz dalag; hätten sie gehört, wie er bei jeder Umdrehung der Schiffsschraube röchelte, wie er alle fünf Minuten nach Tee verlangte und mit kläglicher Kinderstimme den Steward verwünschte – sie hätten es bitterlich bereut, daß sie ihn sozusagen zu dieser Fahrt gezwungen hatten. Mein Ehrenwort als Historiker! Der arme «Türk» konnte einem wahrhaftig leid tun. Das Übel hatte ihn so jäh überfallen, daß er nicht mehr die Energie fand, seinen algerischen Gürtel zu lockern und sich von seinem Arsenal zu befreien. Das Jagdmesser mit dem gewaltigen Griff drückte ihm schier die Brust ein, die Revolverhülle quetschte ihm das Bein blau und grün. Zu alldem kam noch das Geschimpf von Tartarin-Sancho, der nicht aufhörte, zu jammern und zu keifen: «Siehst du, du Trottel! Hatte ich's dir nicht gesagt? Nein, du mußtest unbedingt nach Afrika! Na, jetzt hast du dein Afrika! Wie gefällt's dir?»

Das Schlimmste war, daß der Arme aus der Tiefe seiner Koje und seines Elends die Passagiere im großen Salon lachen, essen, singen, Karten spielen hörte. Die Gesellschaft an Bord der *Zouave* war ebenso zahlreich wie fröhlich. Offiziere, die zu ihrem Regiment zurückkehrten, Damen aus dem *Alcazar* in Marseille, ein paar Schmierenkomödianten, ein reicher Muselman, der aus Mekka zurückkam, ein überaus witziger montenegrinischer Prinz, der Imitationen von Ravel und Gil Pérès zum besten gab... Von diesen Leuten war kein einziger seekrank. Sie verbrachten die Zeit damit, Champagner mit dem Kapitän der *Zouave* zu trinken, einem dikken, fidelen Kerl von einem Südfranzosen, der sowohl in Algier wie in Marseille in glücklicher Ehe lebte und auf den fröhlichen Namen Barbassou hörte.

Tartarin von Tarascon grollte ihnen allen. Die

Lustigkeit dieser elenden Bande vergrößerte seine Qualen.

Am Nachmittag des dritten Tages war auf dem Schiff eine ungewöhnliche Bewegung zu verspüren, die unseren Helden aus seiner Apathie riß. Die Glocke auf dem Vorschiff läutete. Man hörte die Matrosen in ihren schweren Stiefeln über das Deck laufen.

«Langsame Fahrt voraus! Achteraus!» ließ sich die heisere Stimme von Kapitän Barbassou vernehmen.

Dann hieß es: «Maschine stopp!» Ein plötzlicher Stillstand, ein heftiger Stoß – und nichts mehr. Das Schiff wiegte sich ruhig von rechts nach links wie ein Luftballon.

Diese sonderbare Stille erfüllte Tartarin mit Entsetzen.

«*Miséricorde!* Wir sinken!» rief er mit fürchterlicher Stimme. Seine Kräfte kehrten wie durch Zauber zurück, er sprang von seinem Lager auf und stürzte mit seinem ganzen Arsenal auf Deck.

II

«Zu den Waffen!»

Sie sanken nicht, sie waren angekommen.

Die *Zouave* war in den Hafen eingefahren. Es war ein schöner Hafen mit tiefem schwarzem Wasser, aber still, düster, beinahe verödet. Auf dem Hügel dahinter lag Algier, die weiße Stadt, mit ihren kleinen mattweißen Häuschen, die eng aneinander gedrängt bis zum Meer hinabsteigen – als breitete eine Wäscherin ihr Zeug auf dem Hang von Meudon aus. Darüber ein Himmel aus blauer Seide. Aber was für ein Blau!

Der illustre Tartarin hatte sich ein wenig von seinem Schrecken erholt. Er betrachtete die Landschaft, während er ehrerbietig dem montenegrinischen Prinzen lauschte, der neben ihm stand und ihm die verschiedenen Stadtteile nannte: die Kasbah, die Obere Stadt, die Rue Bab-Azoun. Überaus wohlerzogen, dieser montenegrinische Prinz, und obendrein kannte er Algerien von Grund auf und sprach fließend Arabisch. Tartarin nahm sich vor, diese Bekanntschaft zu pflegen... Doch plötzlich erblickt unser Held aus Tarascon eine Reihe riesiger schwarzer Hände, die sich von außen an die Schiffsreling klammern. Im gleichen Augenblick taucht auch schon der wollhaarige Schädel eines Negers vor ihm auf, und bevor er noch den Mund aufbringt, wird das Deck von allen Seiten von zahllosen schwarzen oder gelben, scheußlichen, halbnackten Strolchen überflutet.

Diese Strolche kannte Tartarin. Das waren sie ja, *sie,* die berühmten *sie,* die er so oft nachts in den Straßen von Tarascon gesucht hatte. Nun waren *sie* schließlich doch gekommen.

Zuerst stand er in seiner Verblüffung wie angenagelt da. Doch als er sah, wie die Verbrecher sich auf das Gepäck stürzten, das Segeltuch, mit dem es zugedeckt war, wegrissen und sich somit an die Plünderung des Schiffes machten, da erwachte der

Held. Er riß sein Jagdmesser aus der Scheide und stürzte sich mit dem Ruf «Zu den Waffen! Zu den Waffen!» als erster unter allen auf die Piraten.

«*Quès aco?* Was gibt's? Was haben Sie denn?» fragte Kapitän Barbassou, der aus dem Zwischendeck heraufkam.

«Ach, da sind Sie ja, Kapitän! Schnell, schnell! Bewaffnen Sie Ihre Leute!»

«Eh? Wozu denn, *boun Diou?*»

«Ja, sehen Sie denn nicht...»

«Was denn?»

«Da... Vor Ihren Augen... Die Piraten!»

Kapitän Barbassou sah ihn ganz verdattert an. Gerade in diesem Moment rannte ein großer Kerl von einem Neger, mit der Reiseapotheke unseres Helden auf dem Kopf, eilends an ihnen vorbei.

«Elender Wicht! Warte nur!» brüllte Tartarin. Und er stürmte, den Dolch in der Hand, dem Kerl nach.

Barbassou erwischte ihn gerade noch und hielt ihn an seinem Gürtel fest.

«Aber beruhigen Sie sich doch, *troun de l'air!* Das sind keine Piraten. Piraten gibt es längst nicht mehr. Das sind die Gepäckträger.»

«Gepäckträger?»

«He ja, Gepäckträger. Die Leute, die das Gepäck an Land befördern, verstehen Sie. Stecken Sie Ihr Küchenmesser nur wieder ein, geben Sie mir Ihre Fahrkarte und gehen Sie ruhig hinter dem Neger her. Das ist ein zuverlässiger Bursche, der Sie an Land bringen wird, sogar bis ins Hotel, wenn Sie wünschen.»

Tartarin gab etwas verwirrt seine Fahrkarte ab

und stieg, einem ausgespannten Seil entlang dem
Neger folgend, in ein großes Boot, das sich neben
dem Schiff auf den Wellen schaukelte. Sein gesam-
tes Gepäck, Koffer, Waffenkisten und Lebensmittelkonserven, war bereits darin verstaut. Da es das
Boot vollständig füllte, brauchte man nicht auf andere Fahrgäste zu warten. Der Neger kletterte auf
den Kofferberg und hockte, die Knie mit den Händen umklammernd, obenauf wie ein Affe. Ein anderer Neger ergriff die Ruder. Beide grinsten Tartarin
freundlich an, wobei sie alle ihre weißen Zähne
zeigten.

Der große Mann aus Tarascon stand hinten im
Boot, das Gesicht zu der furchterregenden Grimasse verzerrt, die seinen Landsleuten so großen
Respekt einflößte, und spielte nervös mit dem Griff
seines Messers. Allen Versicherungen Barbassous
zum Trotz war er wenig beruhigt über die Absichten dieser ebenholzschwarzen Gesellen, die den biederen Lastträgern aus Tarascon so wenig ähnelten.

Fünf Minuten später legte das Boot an, und Tartarin setzte den Fuß auf den berberischen Quai, wo
sich dreihundert Jahre vorher ein spanischer Ga-
leerensklave namens Miguel Cervantes, unter der
Knute der algerischen Schiffsmannschaft, einen
herrlichen Roman ausgedacht hatte, der den Titel
Don Quichotte führen sollte.

III

*Anrufung des Dichters Cervantes – Ankunft – Wo sind
die Türken? – Keine Türken – Enttäuschung*

O Miguel Cervantes Saavedra, wenn es wahr ist,
daß an den Orten, wo große Männer gelebt haben,
eine Spur von ihnen bis ans Ende der Zeiten in den
Lüften webt und schwebt – wenn dies wahr ist,
mußte, was von dir zurückgeblieben ist, vor Freude
erbeben, als Tartarin von Tarascon, der wunderbare Typus des Südfranzosen, in dem sich die beiden Helden deines Buches, Don Quichotte und
Sancho Pansa, verkörpert hatten, den Strand der
Berber betrat.

Es war ein heißer Tag. Auf dem sonneglühenden
Quai lungerten fünf, sechs Zöllner herum. Ein paar
Algerier warteten auf Neuigkeiten aus Frankreich,
ein paar Mauren hockten auf dem Boden und
rauchten ihre langen Pfeifen. Maltesische Matrosen zogen große Netze ein, zwischen deren Ma-
schen Tausende Sardinen wie kleine Silbermünzen
funkelten.

Doch kaum hatte Tartarin den Fuß an Land gesetzt, als der Quai sich mit einem Schlag belebte
und ein gänzlich anderes Aussehen annahm. Eine
Horde von Eingeborenen, noch gräßlicher anzuschauen als die «Piraten» vom Schiff, schossen
scheinbar aus dem Kiesboden empor und stürzten
sich auf ihn. Hochgewachsene Araber, die unter
ihren wollenen Umhängen ganz nackt waren, zerlumpte kleine Mauren, Neger, Tunesier, Marokka-

ner, Hotelburschen in weißer Schürze – und alle heulten und schrien, hielten ihn an seinen Kleidern fest, rauften sich um sein Gepäck, schleppten, der eine seine Konserven, der andere seine Reiseapotheke davon und warfen ihm in einem unbeschreiblichen Kauderwelsch die unwahrscheinlichsten Hotelnamen an den Kopf.

Der arme Tartarin war von dem Tumult ganz betäubt. Er rannte hierhin und dorthin, fluchte, flehte, zappelte, jagte hinter seinen Sachen her. Da er nicht wußte, wie er sich diesen Barbaren verständlich machen sollte, redete er sie auf französisch, auf provenzalisch, sogar auf lateinisch an – in einem biederen Schullatein, *rosa, rosae, bonus, bona, bonum,* alles, was er konnte. Vergebliche Mühe. Sie hörten ihm nicht einmal zu. Glücklicherweise erschien ein kleines Männchen in einem Uniformrock mit gelbem Kragen, das mit seinem langen Stab wie ein homerischer Gott in das Schlachtgetümmel eingriff und das ganze Pack mit Stockschlägen vertrieb. Es war ein algerischer Polizist. Er riet Tartarin sehr höflich, im Hôtel de l'Europe abzusteigen, und vertraute ihn ein paar einheimischen Burschen an, die ihn und sein Gepäck in mehreren Schubkarren hinbrachten.

Bei seinen ersten Schritten in Algier machte Tartarin große Augen. Er hatte sich im voraus eine feenhafte, märchenhafte orientalische Stadt zusammenphantasiert, so ungefähr ein Mittelding zwischen Konstantinopel und Sansibar – und jetzt fand er sich geradewegs nach Tarascon versetzt! Cafés, Restaurants, breite Straßen, vierstöckige Häuser, ein kleiner asphaltierter Platz, wo eine Musikkapelle Polkas von Offenbach spielte, ringsum auf den Stühlchen Herren, die Bier tranken, Damen, ein paar Dämchen, viele Offiziere – und nirgends ein «Türk». Er war der einzige. Es war ihm ein bißchen peinlich, den Platz zu überqueren. Alle Leute sahen ihn an. Die Musiker brachen ihr Spiel ab, und die Polka von Offenbach blieb in der Luft hängen.

Beide Gewehre auf den Schultern, den Revolver an der Hüfte, schritt Tartarin, rauh und ehrfurchtgebietend wie Robinson Crusoe, mit gemessenem Schritt durch die verschiedenen Gruppen, doch als er ins Hotel kam, verließ ihn die Kraft. Die Abreise von Tarascon, der Hafen von Marseille, die Überfahrt, der montenegrinische Prinz, die Piraten, alles wirbelte in seinem armen Kopf durcheinander. Man mußte ihn in sein Zimmer hinaufschaffen, ihn entwaffnen und auskleiden. Es war schon die Rede davon, einen Arzt zu holen. Doch sobald er ein Kissen unter seinem Kopf hatte, begann unser Held so laut und herzhaft zu schnarchen, daß der Hotelier es für überflüssig hielt, die Wissenschaft zu bemühen, und alle zogen sich diskret zurück.

IV

Zum erstenmal auf Anstand

Als Tartarin erwachte, schlug die Uhr auf dem Gouvernementspalast gerade die dritte Stunde. Er hatte den ganzen Abend, die ganze Nacht, den ganzen Vormittag und noch ein gutes Stück vom Nachmittag verschlafen. Man muß aber auch sagen, daß die rote Mütze in den letzten drei Tagen schlimme Zeiten durchgemacht hatte.

Unser Held schlug die Augen auf und dachte: «Ich bin im Lande der Löwen!» Warum sollen wir es nicht gestehen? Beim Gedanken, daß die Löwen ganz in der Nähe wären, zwei Schritt entfernt, fast zum Greifen nah, und daß es jetzt Ernst wurde – brrr! Ein eisiger Schauer überlief ihn, und er verkroch sich furchtlos unter die Decke.

Doch das dauerte nur einen Augenblick. Der strahlend blaue Himmel vor dem Fenster, die Sonne, die so fröhlich in sein Zimmer schien, ein ausgezeichnetes Frühstück, das er im Bett, bei weit offenem Fenster und Blick aufs Meer verspeiste, dazu noch eine Flasche ganz vorzüglichen Crescia-Weins – das alles ließ ihn sehr bald seinen gewohnten Heldenmut wiederfinden, und mit dem Ruf «Los auf den Löwen!» warf er die Decke zurück und kleidete sich rasch an.

Sein Plan war der folgende: Ohne ein Wort zu sagen die Stadt verlassen, sich in die tiefste Wüste stürzen, die Nacht abwarten, sich auf die Lauer legen, und beim ersten Löwen, der vorbeikam – piff-paff-puff! Am nächsten Morgen zum Frühstück ins Hôtel de l'Europe zurückkehren, die allgemeinen Glückwünsche entgegennehmen und ein Fahrzeug mieten, um die Beute abzuholen.

Er legte also eilig seine Waffen an, hißte das zusammengerollte Zelt, dessen Stange einen guten Fuß über seinen Kopf hinausragte, auf den Rücken und verließ, steif wie ein Pfahl, das Hotel. Da er, um seine Pläne nicht aufzudecken, niemanden nach dem Weg fragen wollte, wandte er sich kurzerhand nach rechts und durchwanderte die Bab-Azoun-Arkaden bis an ihr Ende, während ganze Schwärme von Juden, die wie Spinnen im hintersten Winkel ihrer dunklen Buden lauerten, ihn mit ihren Blicken verfolgten; dann überquerte er die Place du Théâtre, bog ins Faubourg ein und fand sich endlich auf der staubigen Landstraße nach Mustapha.

Auf dieser Straße herrschte ein unbeschreibliches Gedränge. Omnibusse, Fiaker, *corricolos,* von Ochsen gezogene Lastwagen, hochgetürmte Heuwagen, Staffeln von Chasseurs d'Afrique, Trupps von mikroskopisch kleinen Eselchen, Negerinnen, die Pfannkuchen verkauften, Wagen mit Elsässer Auswanderern, Spahis in roten Mänteln – all das strömte unter Schreien, Singen und Trompetengeschmetter in einem gewaltigen Staubwirbel dahin. Zu beiden Seiten der Straße reihten sich jämmerliche Katen, vor deren Türen sich hochgewachsene Frauen von den Balearen kämmten, Schankbuden voller Soldaten, Metzger- und Abdeckerläden.

«Was erzählen sie denn nur immer von ihrem Orient?» dachte der große Tartarin. «Es gibt hier nicht einmal soviel Türken wie in Marseille.»

Doch da schritt plötzlich, aufgeblasen wie ein Truthahn, ein prächtiges Kamel auf seinen langen Beinen an ihm vorüber, und sein Herz schlug höher.

Es gab also schon Kamele! Dann konnten die Löwen nicht weit sein. Und tatsächlich begegnete er nach weiteren fünf Minuten einer ganzen Schar von Löwenjägern mit der Flinte auf der Schulter.

«Feiglinge!» dachte unser Held, während sie an ihm vorbeigingen. «Feiglinge! In ganzen Banden und noch dazu mit Hunden auf die Löwenjagd gehen!» Denn er wäre nie darauf verfallen, daß man in Algerien etwas anderes jagen könnte als Löwen. Die Jäger hatten aber so gutmütige, behäbige Rentnergesichter, und ihre Art, mit Hunden und Jagdtaschen auf die Löwenjagd zu gehen, mutete Tartarin so patriarchalisch an, daß er sich, auch aus Neugier, an einen der Herren wandte.

«Et autrement, Herr Kamerad, war die Jagd gut?»

«Nicht schlecht», erwiderte der andere, welcher einigermaßen bestürzt die beträchtliche Bewaffnung des Kriegers aus Tarascon musterte.

«Haben Sie Beute gemacht?»

«Ja, gar nicht übel – sehen Sie nur...» Und der algerische Jäger wies auf seine Jagdtasche, die prall mit Kaninchen und Schnepfen gefüllt war.

«Was, da in der Tasche? Sie stecken sie in Ihre Jagdtasche?»

«Wohin denn sonst?»

«Ja, aber... Das können doch nur ganz kleine sein...»

«Kleine und große, wie es kommt», versetzte der Jäger, und da es ihn schon drängte, nach Hause zu gelangen, eilte er mit großen Schritten seinen Kameraden nach.

Der furchtlose Tartarin blieb vor Verblüffung wie angewurzelt mitten auf der Straße stehen, doch er brauchte nicht lange zu überlegen. «Ach was!» sagte er sich. «Jägerlatein! Sie haben gar nichts erlegt.» Und er setzte seinen Weg fort.

Nun wurden die Häuser schon seltener und die Passanten auch. Die Dunkelheit sank herab, die Dinge verschwammen. Tartarin von Tarascon marschierte noch eine halbe Stunde weiter. Schließlich blieb er stehen. Es war vollkommen Nacht geworden, eine mondlose, hell ausgestirnte Nacht. Niemand mehr auf der Straße... Unser Held bedachte immerhin, daß Löwen keine Postkutschen wären und wohl nicht gern auf Landstraßen verkehrten. Er schlug sich also seitlich in die Felder. Löcher, Dornen, undurchdringliches Gestrüpp auf Schritt und Tritt. Was tut's! Er strebte weiter. Doch plötzlich machte er halt. «Hier riecht es nach Löwe!» dachte unser großer Mann und schnupperte heftig nach allen Seiten.

V

Piff-paff-puff

Es war eine weite, öde Wildnis, von sonderbaren Pflanzen starrend, die bösen Tieren glichen. Im matten Sternenlicht dehnten sich ihre unverhältnismäßig großen Schatten auf dem Erdboden nach allen Richtungen. Zur Rechten die undeutliche, schwere Masse eines Berges – vielleicht der Atlas selbst! Zur Linken das unsichtbare Meer mit seinem dumpfen Rauschen. Wahrhaftig, ein Ort wie geschaffen, um reißende Bestien anzulocken.

Ein Gewehr in den Händen, ein zweites vor sich liegend, ließ sich Tartarin von Tarascon auf ein Knie nieder und wartete. Er wartete eine Stunde, zwei Stunden... Nichts!

Da erinnerte er sich, daß in seinen Büchern die großen Löwentöter nie auf die Jagd gingen, ohne ein kleines Zicklein mitzunehmen, das sie dann ein paar Schritt entfernt anbanden und zum Meckern brachten, indem sie mit Hilfe eines Strickes an seinem Bein zogen. Da er kein Zicklein hatte, verfiel Tartarin auf die Idee, eine Imitation zu liefern, und begann mit zitternder Stimme zu meckern: «Mäh! Mäh!»

Zuerst nur ganz leise, weil er in seinem tiefsten Inneren doch ein bißchen Angst hatte, daß der Löwe es hören könnte – dann, als er sah, daß gar nichts passierte, immer vernehmlicher: «Mäh! Mäh!» Noch immer nichts! Ungeduldig begann er aufs neue, mehrmals hintereinander und so laut, daß dieses Zicklein schon beinahe ein Ochse zu sein schien: «Mäh! Mäh! Mäh!»

Plötzlich sprang ein riesenhaftes schwarzes Etwas aus der Finsternis gerade vor ihn hin. Tartarin verstummte. Das Ding bückte sich, witterte auf dem Erdboden, sprang in die Höhe, galoppierte davon und kehrte alsbald zurück, um aufs neue still zu stehen. Kein Zweifel, es war der Löwe! Jetzt sah man deutlich seine vier kurzen Beine, die mächtigen Schultern und zwei Augen, zwei riesige Augen, die in der Finsternis leuchteten. Anlegen! Feuer! Piff-paff-puff! – und dann rasch ein Sprung nach hinten und den Hirschfänger aus der Scheide…

Dem Schuß folgte ein ohrenzerreißendes Gebrüll.

«Er hat was abgekriegt!» rief Tartarin freudig und stemmte sich fest auf seine kräftigen Beine, um den Löwen würdig zu empfangen. Doch der hatte mehr als genug und schoß heulend, im dreifachen Galopp davon. Tartarin rührte sich jedoch nicht. Er wartete auf das Weibchen – genau nach dem Buch.

Leider kam das Weibchen nicht. Nach zwei, drei Stunden vergeblichen Wartens hatte Tartarin es satt. Die Erde war feucht, die Nacht wurde immer kühler, vom Meer her kam ein schneidender Wind.

«Wenn ich bis zum Tagesanbruch ein Schläfchen machte?» dachte Tartarin bei sich. Um den Rheumatismus nicht herauszufordern, griff er nach seinem Zelt. Aber dieses verteufelte Zelt war nach einem so ingeniösen modernen System konstruiert, daß es ihm absolut nicht gelang, es aufzustellen.

Es half nichts, daß er sich eine Stunde lang abmühte und schwitzte, das verdammte Zelt wollte sich nicht öffnen… Es gibt Regenschirme, die sich beim schlimmsten Wolkenbruch mit solchen Streichen amüsieren… Des Kampfes müde, warf Tartarin das Gerät schließlich auf den Boden und legte sich darauf.

Dabei fluchte er wie ein echter Provenzale – was er ja auch war.

«Trara! Trara! Taratata!»

«Quès aco?» rief Tartarin, aus dem Schlaf auffahrend.

Es waren die Trompeten der Chasseurs d'Afrique, die in der Mustapha-Kaserne Reveille bliesen. Der Löwentöter rieb sich verdutzt die Augen. Er hatte sich in der tiefsten Wüste geglaubt… Und wißt ihr, wo er saß? Mitten in einem Artischockenbeet, zwischen einem Blumenkohl- und einem Rübenfeld.

In seiner Sahara wuchs Gemüse! Auf dem hübschen grünen Abhang von Mustapha in seiner nächsten Nähe leuchteten die weißen algerischen Villen im Licht des taufrischen Morgens. Man hätte meinen können, man wäre in der Umgebung von Marseille, zwischen den provenzalischen *bastides* und *bastidons*.

Die bürgerliche Küchengartenphysiognomie der schlafenden Landschaft erstaunte und verdroß den armen Tartarin über die Maßen.

«Die Leute sind ja verrückt», dachte er bei sich. «Ihre Artischocken unmittelbar auf die Fährte des Löwen zu pflanzen! Schließlich habe ich nicht geträumt. Die Löwen kommen hierher. Da haben wir ja den Beweis!»

Der Beweis waren die Blutflecken, die das Tier auf seiner Flucht zurückgelassen hatte. Den Revolver in der Hand, tief über die blutige Spur gebeugt, doch scharf nach allen Seiten ausspähend, gelangte der wackere Tarasconer von Artischocke zu Artischocke bis zu einem kleinen Haferfeld. Niedergetrampelte Halme, eine Blutlache, und mitten in der Blutlache lag, mit einer klaffenden Wunde im Kopf, ein – dreimal dürft ihr raten!

«Ein Löwe natürlich!»

Nein! Kein Löwe, sondern ein Eselchen, eines von den kleinen grauen Eselchen, die in Algerien so verbreitet sind und dort *bourriquots* genannt werden.

VI

Eintreffen des Weibchens – Ein schrecklicher
Kampf – «Zur Fröhlichen Kaninchenjagd»

Tartarins erste Regung beim Anblick seines unglücklichen Opfers war Verdruß. Zwischen einem
Löwen und einem Esel ist wahrhaftig ein großer
Unterschied! Seine zweite Regung war reinstes
Mitleid. Das arme Eselchen war so hübsch und sah
so lieb aus! Die noch warme Haut seiner Flanken
wogte auf und nieder wie eine Welle. Tartarin
kniete hin und versuchte mit dem Ende der algerischen Schärpe das Blut des armen Tierchens zu stil-
len. Es war rührend anzusehen, wie der große
Mann sich um den kleinen Esel bemühte.

Bei der seidigen Berührung der Schärpe schlug
das Eselchen, das noch einen Funken Leben in sich
hatte, seine großen grauen Augen auf und wackelte
zwei- oder dreimal mit den langen Ohren, als wollte
es sagen: «Danke! Danke schön!» Dann zuckte der
ganze Körper in einem letzten Krampf zusammen
und rührte sich nicht mehr.

«Noiraud! Noiraud!» ertönte plötzlich eine angst-
erstickte Stimme, und die Zweige des nahen Ge-
büschs bewegten sich heftig. Tartarin hatte gerade
noch Zeit, aufzuspringen und Stellung einzunehmen. Das Weibchen war eingetroffen!

Es kam, zum Fürchten anzusehen, in der Gestalt
einer alten Elsässerin mit einem Kopftuch und
einem roten Regenschirm, die unter weithin schal-
lendem Gebrüll ihren Esel zurückverlangte. Für

Tartarin wäre es wahrhaftig besser gewesen, es mit einer wütenden Löwin zu tun zu kriegen als mit dieser bösen Alten. Vergeblich suchte er ihr zu erklären, wie das Unglück passiert war, daß er ihren Noiraud für einen Löwen gehalten hätte... Die Alte dachte, er wolle sich obendrein noch über sie lustig machen, und fiel unter energischem «Tarteifel!» mit ihrem Schirm über den Helden her. Tartarin verteidigte sich in seiner Verwirrung, so gut er konnte. Er parierte ihre Schläge mit seinem Karabiner, sprang schwitzend und keuchend auf und ab und schrie immerfort: «Aber, Madame! Aber, Madame!»

Ja, glaubt ihr! Madame war stocktaub, das bezeugte die Kraft ihrer Schläge.

Glücklicherweise erschien eine dritte Person auf dem Schlachtfeld. Das war der Mann der Elsässerin, ebenfalls ein Elsässer und Schankwirt dazu, der gut zu rechnen verstand. Sobald er sah, mit wem er es zu tun hatte und daß der Mörder durchaus bereit war, den Preis für sein Opfer zu bezahlen, entwaffnete er seine bessere Hälfte, und man einigte sich rasch.

Tartarin bezahlte zweihundert Francs; das Eselchen war wohl zehn Francs wert, das ist der übliche Preis für ein *bourricot* auf den arabischen Märkten. Hierauf begrub man den armen Noiraud unter einem Feigenbaum, und der Elsässer, den die Farbe der Tarasconer Duros in gute Laune versetzt hatte, lud unseren Helden auf ein Frühstück in seine Schenke ein, die ein paar Schritt entfernt am Rande der Landstraße stand.

Die algerischen Jäger pflegten dort jeden Sonntag zu frühstücken, denn die Ebene ist reich an Wild, und im Umkreis von zwei Meilen von der Stadt gibt es keinen besseren Ort für die Kaninchenjagd.

«Und die Löwen?» fragte Tartarin.

Der Elsässer sah ihn verwundert an.

«Die Löwen?»

«Ja – Löwen. Sehen Sie nicht manchmal Löwen?» fragte der arme Tartarin, etwas unsicher geworden.

Der Wirt begann zu lachen.

«Nein, danke schön! Löwen auch noch! Was sollten wir denn mit denen anfangen?»

«Gibt's denn keine in Algerien?»

«Ich für mein Teil hab noch nie einen gesehen – und jetzt wohnen wir seit zwanzig Jahren hier. Ich glaube, ich hab mal was gehört – vielleicht stand's in der Zeitung. Aber das war weit von hier, unten im Süden...»

Damit langten sie in der Schenke an. Eine Vorortsschenke, wie man sie in Vanves oder in Pantin sieht, mit einem verwelkten Zweig über der Tür, aufgemalten Billard-Queues an den Wänden und dem harmlosen Wirtshausschild:

ZUR FRÖHLICHEN KANINCHENJAGD

«Zur Fröhlichen Kaninchenjagd»! O Bravida, welche Erinnerung!

VII

*Die Geschichte vom Omnibus, der schönen Maurin und
dem Rosenkranz aus Jasminblüten*

Dieses letzte Erlebnis hätte wohl so manchen
entmutigt, aber Männer vom Schlag eines Tartarin
sind nicht so leicht kleinzukriegen.

«Wenn die Löwen im Süden sind», dachte unser
Held bei sich, «schön, dann gehe ich in den Süden.»

Und sobald er den letzten Bissen verschluckt
hatte, stand er auf, bedankte sich bei seinem Gast-
freund, gab, da er nicht nachtragend war, der Alten
einen Kuß, zerdrückte eine letzte Träne über den
armen Noiraud und marschierte dann rasch nach
Algier zurück, mit der festen Absicht, seine Koffer
zu packen und heute noch in den Süden zu fahren.

Leider schien die Straße nach Algier seit gestern
viel länger geworden zu sein. Ach, wie heiß die
Sonne schien! Und dieser Staub! Und das Zelt hatte
ein Gewicht! Tartarin besaß keine Energie mehr,
um den ganzen Weg zu Fuß zu machen. Als ein
Omnibus vorbeifuhr, hielt er ihn an und stieg ein.

Ach, der arme Tartarin von Tarascon! Wieviel
besser wäre es für seinen Namen, seinen Ruhm gewesen, nicht in dieses fatale Vehikel einzusteigen,
sondern seinen Weg zu Fuß fortzusetzen, sogar auf
die Gefahr hin, unter der Last der schwülen Luft,
des Zeltes und seiner schweren doppelläufigen Gewehre wie tot umzusinken.

Tartarin stieg ein, der Omnibus war voll. Ganz
hinten saß, in sein Brevier vertieft, ein Vikar aus

Algier mit einem großen schwarzen Bart. Ihm gegenüber rauchte ein junger maurischer Kaufmann dicke Zigaretten. Dann kamen ein Malteser Matrose und vier oder fünf in weiße Schleier gehüllte maurische Frauen, von denen man nur die Augen sehen konnte. Die Damen hatten ihre Andacht auf dem Friedhof Abd-el-Kader verrichtet, doch der düstere Anblick schien sie nicht betrübt zu haben. Man hörte sie hinter ihren Masken schwatzen und lachen, während sie emsig Süßigkeiten knabberten.

Tartarin glaubte zu bemerken, daß sie ihn häufig ansahen. Besonders die eine, die ihm gerade gegenübersaß, hatte ihren Blick in den seinen versenkt und wandte ihn die ganze Fahrt lang nicht ab. Obwohl die Dame verschleiert war, ließen die Lebhaftigkeit der großen schwarzen, durch *khol* künstlich verlängerten Augen, ein bezaubernd feines, mit goldenen Armbändern beladenes Handgelenk, das hie und da zwischen den Schleiern sichtbar wurde, der Klang der Stimme sowie die anmutigen, beinahe noch kindlichen Bewegungen des Köpfchens ahnen, daß sich unter all den Hüllen ein entzückendes junges Wesen verbarg. Der arme Tartarin wußte nicht, wohin er sich verkriechen sollte. Die stumme Liebkosung dieser schönen orientalischen Augen beunruhigte und erregte ihn. Es war ihm heiß und kalt zugleich, er glaubte zu vergehen.

Um ihm den Rest zu geben, mischte sich noch das Pantöffelchen der Dame ins Spiel; er fühlte es auf seinen derben Jagdstiefeln herumhuschen wie ein winziges rotes Mäuschen. Was tun? Ihren Blick, den Druck des entzückenden Schühleins erwidern? Wie gern! Aber was konnte daraus nicht alles werden! Eine Liebesaffäre im Orient – das ist etwas Schreckliches! Kraft seiner südländischen, romantischen Phantasie sah der wackere Tartarin sich schon in die Hand der Eunuchen fallen, enthauptet, ja vielleicht sogar in einen Ledersack eingenäht, auf den Meereswogen dahintreiben, neben seinem eigenen Kopf... Das kühlte ihn ein wenig ab. Unterdessen setzte das Pantöffelchen seine Manöver fort, und die beiden Augen blickten ihn weit geöffnet an, wie zwei Blumen aus schwarzem Samt, die ihm zuriefen: «Pflück uns doch!»

Der Omnibus hielt auf der Place du Théâtre, an der Ecke der Rue Bab-Azoun. Ihre wallenden Schleier mit einer gewissen wilden Grazie an sich raffend, stiegen die maurischen Damen in ihren weiten, langen Hosen eine nach der anderen etwas unbeholfen aus. Tartarins Gegenüber erhob sich als letzte, und dabei kam ihr Gesicht dem seinen so nahe, daß ihr Hauch ihn streifte – ein echt jugendlicher Duft von Jasmin, Patschuli und Zuckerwerk.

Der Held aus Tarascon vermochte nicht mehr zu widerstehen. Von Liebe trunken und zu jeder Verzweiflungstat bereit, stürzte er hinter ihr her. Beim Knarren seines Lederzeugs wandte sie sich um, legte den Finger auf ihren Schleier, als wollte sie ihm Stille gebieten, und warf ihm mit der anderen Hand rasch ein duftendes Kränzchen aus Jasminblüten zu. Tartarin bückte sich, um es aufzuheben, doch da er etwas umfangreich und überdies mit Waffen beladen war, nahm dieses Unternehmen einige Zeit in Anspruch. – Als er sich, den Jasminkranz ans Herz drückend, wieder aufrichtete, war die schöne Orientalin verschwunden.

VIII

Löwen des Atlas, schlafet!

Schlafet, ihr Löwen des Atlas! Schlaft ruhig in euerem Versteck, unter Kaktus und Aloëbüschen. Ein paar Tage lang ist euer Leben noch vor Tartarin von Tarascon sicher. Augenblicklich ruht seine ganze Kriegsausrüstung – Waffenkisten, Reiseapotheke, Schutzzelt, Lebensmittelkonserven – noch friedlich in einem Winkel des Zimmers Nr. 36 im Hôtel d'Europe.

Schlaft furchtlos, ihr großen rotblonden Löwen! Der Held aus Tarascon sucht seine maurische Dame. Seit der Geschichte im Omnibus glaubt der Arme ständig das Umherhuschen des winzigen roten Mäuschens auf seinem Fuß, seinem großmächtigen Trapperfuß, zu spüren; und wie er es auch anfängt – die Meeresbrise, die seine Lippen berührt, trägt unweigerlich einen amourösen Duft von Zuckerwerk und Anis mit sich.

Er muß seine Maurin finden!

Aber das ist keine einfache Sache. In einer Stadt von hunderttausend Seelen eine Person ausfindig zu machen, von der man bloß den Atem, die Pantöffelchen und die Augenfarbe kennt – nur ein liebesbesessener Tarasconer ist imstande, sich auf ein solches Abenteuer einzulassen!

Das Schlimmste ist, daß die maurischen Frauen in ihren weißen Schleiern eine wie die andere ausschauen; dazu kommt, daß sie fast nicht ausgehen. Wenn man sie sehen will, muß man in die Obere

Stadt, die arabische Stadt, die Stadt der «Türken»
hinaufsteigen.

Und diese Obere Stadt ist eine wahre Mörder-
grube. Winzig enge Gäßchen, die zwischen zwei
Reihen geheimnisvoller Häuser, deren Dächer sich
berühren, fast senkrecht den Berg hinaufklettern.
Niedrige Türen und ganz kleine, stumme, traurig
vergitterte Fensterchen. Und zur Rechten wie zur
Linken eine Menge stockfinsterer Verkaufsbuden,
wo «Türken» mit furchterregenden Räubergesich-
tern – weiße Augen, blitzende Zähne – ihre langen
Pfeifen rauchen und flüsternd miteinander reden,
als schmiedeten sie böse Anschläge.

Es hieße lügen, wollte man behaupten, daß unser
Tartarin diese bedrohliche Stadt ruhigen Gemütes
durchquerte. Er war im Gegenteil sehr aufgeregt.
In den finsteren Gäßchen, die sein Bauch der Breite
nach ganz ausfüllte, wagte sich der Tapfere nur mit
großer Vorsicht, scharf um sich blickend, den Finger auf dem Abzug des Revolvers, vorwärts – genau
wie in Tarascon auf dem Weg in den Cercle. Jeden
Augenblick glaube er, von einem ganzen Schwall
Eunuchen und Janitscharen hinterrücks überfallen
zu werden, aber die Sehnsucht nach einem Wieder-
sehen mit seiner Dame verlieh ihm die Kühnheit
und Stärke eines Riesen.

Acht Tage lang durchstreifte der furchtlose Tartarin ununterbrochen die Obere Stadt. Bald sah
man ihn vor den Bädern Schildwache stehen, um
die Stunde abzuwarten, zu der die Damen trupp-
weise, leise fröstelnd und nach allen möglichen
Essenzen duftend, herauskamen; bald hockte er
vor der Tür einer Moschee, um sich keuchend und

schwitzend aus seinen hohen Stiefeln herauszuschrauben, ehe er selbst das Heiligtum betrat.

Manchmal, wenn er bei Einbruch der Dunkelheit wieder einmal tief enttäuscht heimkehrte, weil er weder im Bad noch in der Moschee die geringste Spur entdeckt hatte, drangen aus den Häusern, an denen er vorbeikam, eintönige Gesänge, gedämpfte Gitarren- und Tamburinklänge und leises Frauenlachen an sein Ohr, und sein Herz begann wild zu klopfen.

«Vielleicht ist sie gerade dort drinnen!» dachte er.

Wenn die Straße menschenleer war, wagte er es manchmal, sich einem der Häuser zu nähern, den schweren Türklopfer aufzuheben und schüchtern an die niedrige Pforte zu pochen. Dann erstarben Lieder und Lachen augenblicklich, und man hörte hinter den Mauern nur noch ein undeutliches Gezwitscher, wie aus einer schlafenden Voliere.

«Jetzt halten wir uns tapfer!» dachte der Held. «Jetzt wird es mich treffen!»

Was ihn am häufigsten traf, war ein Eimervoll kaltes Wasser, das man aus einem Fenster schüttete, oder eine Handvoll Schalen von Orangen und Kaktusfrüchten. Mehr passierte nicht.

Löwen des Atlas, schlafet!

IX

Prinz Gregori von Montenegro

Schon zwei endlose Wochen lang suchte der unglückliche Tartarin seine algerische Schöne, und höchstwahrscheinlich würde er sie noch heute suchen, wenn die Vorsehung, die den Liebenden hold ist, ihm nicht in der Gestalt eines montenegrinischen Edelmanns zu Hilfe gekommen wäre. Das trug sich folgendermaßen zu:

Im Winter veranstaltet das Grand Théâtre von Algier jeden Samstagabend seinen Maskenball, genauso gut wie die Pariser Oper. Es ist der ewig gleiche, fade Provinzball: im Tanzsaal ein spärliches Publikum, Treibgut von Bullier oder aus dem Casino, ein paar tolle Jungfrauen, die der Armee nachziehen, verwelkte Harlekine, als Lastträger Kostümierte im Zustand der Auflösung und fünf, sechs kleine Wäschermädchen von den Balearen, die sich ins Leben stürzen, aber aus der Zeit ihrer Tugend noch einen vagen Duft nach Knoblauch und safrangelber Sauce bewahrt haben. Doch dies hier ist nicht das Wahre. Das findet man vielmehr im Foyer, das zu diesem Anlaß jeweils in ein Spielcasino verwandelt wird. Eine fiebrig erregte, buntgescheckte Menge drängt sich um die langen grünbespannten Tische: Turkos auf Urlaub, die ihren letzten Sold setzen, maurische Handelsleute aus der Oberen Stadt, Neger, Malteser, Kolonisten aus dem Inneren, die vierzig Wegmeilen weit gefahren sind, um das Geld für einen Pflug oder zwei Ochsen auf

ein As zu riskieren – alle zitternd, blaß, mit zusammengebissenen Zähnen und dem typischen schrä-
gen, verstörten Blick des Spielers, der so lange auf
einen Punkt starrt, bis er zu schielen beginnt.

Etwas weiter ganze Sippen von algerischen Juden, die unter sich spielen. Die Männer in orientalischer Kleidung, gräßlich garniert mit blauen
Strümpfen und Samthüten, die Frauen mit bleichen, aufgedunsenen Gesichtern, stocksteif in ihren
engen goldgewirkten Brustlätzen. Die ganze Familie umgibt kreischend den Spieltisch; man bespricht
sich miteinander, zählt an den Fingern ab und
spielt wenig. Nur von Zeit zu Zeit löst sich irgendein langbärtiger Patriarch nach langen Beratungen
aus der Masse und setzt den Familien-Duro aufs
Spiel. Dann richten sich, solange die Partie dauert, sämtliche hebräische Augen funkelnd auf den
Tisch, furchtbare Augen, Augen wie schwarze Ma-
gneten, die tatsächlich die Goldstücke auf dem grünen Teppich zum Hüpfen bringen und sie langsam,
wie an einem Faden, zu sich heranziehen.

Dazu Streitigkeiten, Zänkereien und Flüche aus
aller Herren Ländern, Schimpfwörter in sämtlichen
Sprachen, Messer, die aus der Scheide fliegen, Rufe
nach der Polizei, weil Geld verschwunden ist.

Und mitten in diese Saturnalien hatte sich eines
Abends der große Tartarin verirrt, um Vergessen
und Seelenfrieden zu finden.

Er wandelte, in Gedanken an seine Holde versunken, allein durch die Menge, als sich an einem
Spieltisch plötzlich zwei zornige Stimmen über den
allgemeinen Lärm und das Klimpern der Goldstücke erhoben.

«Und ich sage Ihnen, daß zwanzig Francs fehlen, M'sieu!»

«M'sieu!»

«Na und? – M'sieu!»

«Sie wissen nicht, mit wem Sie reden, M'sieu!»

«Ich würde es gern erfahren, M'sieu!»

«Ich bin der Prinz Gregori von Montenegro, M'sieu!»

Sobald er diesen Namen vernahm, bahnte sich Tartarin in großer Aufregung einen Weg durch die Menge und drängte sich in die erste Reihe, stolz und freudig bewegt, seinen Prinzen wiederzufinden, den liebenswürdigen montenegrinischen Prinzen, den er an Bord der *Zouave* flüchtig kennengelernt hatte.

Leider machte der hohe Titel, der den biederen Mann aus Tarascon so mächtig betört hatte, auf den Offizier des Jägerregiments, mit dem der Prinz seine Auseinandersetzung hatte, nicht den mindesten Eindruck.

«Jetzt weiß ich's also!» sagte der Offizier mit spöttischem Lachen. Und gegen die Galerie gewendet: «Gregori von Montenegro! Auch eine Berühmtheit, die niemand kennt!»

Tartarin trat empört einen Schritt vor.

«Pardon, Monsieur – *ich* kenne Seine Hoheit, den Prinzen!» sagte er mit fester Stimme und seinem schönsten Tarasconer Akzent.

Der Offizier sah ihm einen Moment lang gerade ins Gesicht und zuckte dann die Achseln.

«Also, lassen wir's gut sein. Teilen Sie sich untereinander in die zwanzig Francs, und reden wir nicht mehr davon.»

Damit wandte er sich um und verschwand in der Menge.

Der feurige Tartarin wollte ihm nach, doch der Prinz hielt ihn zurück.

«Lassen Sie nur. Den nehme ich auf mich.»

Er faßte Tartarin unter und zog ihn rasch hinaus.

Sobald sie auf der Straße waren, lüftete Prinz Gregori von Montenegro schwungvoll den Hut, ergriff die Hand unseres Helden und begann, da er sich undeutlich an seinen Namen erinnerte, mit vor Rührung bebender Stimme: «Monsieur Barbarin...»

«Tartarin!» hauchte dieser schüchtern.

«Ach was, Tartarin, Barbarin, was liegt daran! Wir beide sind jetzt Freunde auf Leben und Tod!»

Und der edle Montenegriner schüttelte ihm mit wilder Energie die Hand. Ihr könnt euch denken, wie stolz Tartarin war!

«Prinz! – Prinz!» wiederholte er ganz berauscht.

Eine Viertelstunde später saßen die beiden Herren im Restaurant des Platanes, einem angenehmen Nachtlokal, dessen Terrasse unmittelbar aufs Meer hinausgeht, und erneuerten ihre Bekanntschaft über einem pikanten russischen Salat und einer Flasche Crescia-Wein.

Ihr könnt euch nichts Sympathischeres vorstellen als diesen montenegrinischen Prinzen: schlank, elegant, das Kraushaar mit der Brennschere bearbeitet, mit Bimsstein rasiert, über und über mit absonderlichen Orden behängt. Ein verschmitzter Blick, einschmeichelnde Gebärden und ein unbestimmt italienisch klingender Akzent machten ihn

zu einer Art Mazarin ohne Schnurrbart. Dazu bestens beschlagen in allen romanischen Sprachen und bei jeder Gelegenheit mit Zitaten aus Tacitus, Horaz und den Kommentaren Caesars um sich werfend.

Von uraltem Adel natürlich! Wie es schien, hatten ihn seine bösen Brüder im zarten Alter von zehn Jahren wegen seiner liberalen Anschauungen des Landes verwiesen. Seither reiste er als philosophische Hoheit zu seiner Belehrung und Zerstreuung durch die Welt. Und welch sonderbarer Zufall! Der Prinz hatte drei Jahre ausgerechnet in Tarascon verbracht! Als Tartarin seine Verwunderung äußerte, daß er ihm nie begegnet wäre, erwiderte Seine Hoheit in ausweichendem Ton: «Ich bin wenig ausgegangen...» Tartarin wagte aus Diskretion keine weiteren Fragen zu stellen. Diese erhabenen Existenzen haben alle so mysteriöse Seiten!

Letzten Endes war er ein sehr gutmütiger Herr, dieser Prinz Gregori. Während er den rosigen Crescia-Wein schlürfte, hörte er geduldig zu, wie Tartarin ihm von seiner maurischen Holden vorschwärmte. Ja, er nahm es sogar auf sich, sie unverzüglich ausfindig zu machen – er kannte doch alle Damen!

Man trank lange und tüchtig zusammen. «Auf die Damen von Algier!» – Auf ein freies Montenegro!»

Unter der Terrasse rauschte das Meer, und die ans Ufer schlagenden Wellen machten ein Geräusch, als klatschte man nasse Leintücher aus.

Die Luft war warm, der Himmel voller Sterne.

Die Rechnung zahlte Tartarin.

X

*«Sage mir den Namen deines Vaters, und ich werde dir
den Namen dieser Blume sagen.»*

Was glaubt ihr, wie diese montenegrinischen
Prinzen ein Wild aufzuspüren verstehen!

Am Morgen, der auf den Abend im Restaurant
des Platanes folgte, war Prinz Gregori mit dem ersten Sonnenstrahl in Tartarins Zimmer.

«Schnell, schnell, aufgestanden! Ihre Dame ist
gefunden. Sie heißt Baia. Zwanzig Jahre alt, hübsch
wie ein Engel und schon verwitwet!»

«Verwitwet – welches Glück!» rief freudig der
brave Tartarin, dem die orientalischen Ehemänner
nicht geheuer waren.

«Aber aufs strengste von ihrem Bruder bewacht!»

«Verdammt!»

«Ein grausam wilder Maure, der im Bazar d'Or-
léans Pfeifen verkauft.»

Hierauf folgte Stille.

«Nun, Sie sind nicht der Mann, sich so leicht
Angst einjagen zu lassen», begann der Prinz aufs
neue. «Und vielleicht stimmt es den Kerl milder,
wenn man ihm ein paar Pfeifen abkauft... Also
rasch, ziehen Sie sich an, Sie Glückspilz!»

Bleich vor Erregung, das Herz von tiefer Liebe
bewegt, sprang Tartarin aus dem Bett und fragte,
während er hastig seine geräumige Flanellunter-
hose zuknöpfte: «Was muß ich tun?»

«Nun, ganz einfach der Dame schreiben und sie
um ein Rendez-vous bitten.»

«Kann sie denn Französisch?» fragte der naive Tartarin enttäuscht, denn er träumte von einem unverfälschten Orient.

«Kein Wort», erwiderte der Prinz seelenruhig. «Sie diktieren mir Ihren Brief, und ich schreibe ihn gleich auf arabisch nieder.»

«O Prinz! Sie sind zu gütig!»

Tartarin begann schweigend mit großen Schritten das Zimmer zu durchmessen, um sich zu sammeln.

Ihr begreift wohl, daß man einer maurischen Dame aus Algier nicht so schreiben kann wie einer Grisette aus Beaucaire. Zum Glück hatte unser Held seine umfangreiche Lektüre halbwegs im Kopf, und indem er die indianische Rhetorik der Apachen von Gustave Aimard mit der «Reise in den Orient» von Lamartine und einigen vagen Erinnerungen an das Hohelied Salomonis verschmolz, gelang es ihm, einen so orientalischen Brief zu verfassen, wie man sich's nur wünschen kann. Er begann mit den Worten:

«Wie der Vogel Strauß im Sande der Wüste...»

und endete:

«Sage mir den Namen deines Vaters, und ich werde dir den Namen dieser Blume sagen.»

Romantisch, wie er war, hätte Tartarin dieser Epistel gern nach orientalischer Sitte einen sinnbildlichen Blumenstrauß beigelegt, doch Prinz Gregori meinte, es wäre nützlicher, dem besagten Bruder ein paar Pfeifen abzukaufen; das würde den Blutdurst des Herrn dämpfen und der Dame, die viel rauchte, sicher eine sehr große Freude machen.

«Dann gehen wir rasch Pfeifen kaufen!» rief Tartarin feurig.

«Nein, nein! Lassen Sie mich allein hingehen. Ich bekomme sie billiger.»

«Wie, Sie hätten die Güte... Ach, Prinz, wie soll ich Ihnen danken!»

Und der Gute reichte nun dem liebenswürdigen Montenegriner ganz überwältigt seine Börse und bat ihn, nichts zu versäumen, was die Dame erfreuen könnte.

Doch leider ging die Sache, obwohl sie aufs beste eingefädelt war, nicht so rasch weiter, wie man hätte hoffen können. Die Dame, die anscheinend durch Tartarins poetischen Stil tief bewegt und im übrigen schon im vorhinein zu drei Vierteln bezwungen war, wünschte sich nichts sehnlicher, als ihn zu empfangen; doch der Bruder hatte Bedenken, und um sie zu entkräften, mußte man Dutzende, Hunderte, ganze Schiffsladungen Pfeifen kaufen.

«Was zum Teufel soll Baia mit soviel Pfeifen anfangen?» dachte der arme Tartarin manchmal bei sich – aber er zahlte, ohne zu knausern.

Nachdem er ganze Berge von Pfeifen gekauft und Fluten orientalischer Poesie produziert hatte, wurde ihm endlich ein Rendez-vous gewährt.

Ich muß euch nicht schildern, mit welchem Herzklopfen Tartarin sich dafür zurechtmachte, wie sorgfältig er seinen struppigen Mützenjägerbart stutzte und auf Glanz brachte, mit welch tiefer innerer Bewegung er sich parfümierte. Allerdings vergaß er auch nicht – denn man muß auf alles gefaßt sein –, einen Totschläger mit scharfen Kanten und zwei, drei Revolver einzustecken.

Gefällig wie immer, begleitete ihn der Prinz in der Eigenschaft eines Dolmetschers zu diesem er-

100

sten Rendez-vous. Die Dame wohnte ganz oben in der Stadt. Vor ihrer Tür saß ein Maurenjunge von dreizehn oder vierzehn Jahren und rauchte Zigaretten. Das war der berühmte Ali, der gefährliche Bruder. Beim Anblick der beiden Besucher klopfte er zweimal an die Haustür und zog sich diskret zurück.

Die Tür tat sich auf. Eine Negerin ließ die Herren ein und führte sie wortlos durch den schmalen Innenhof in ein kühles, kleines Zimmer, wo die Dame halb sitzend auf einem niedrigen Sofa ruhte. Im ersten Augenblick erschien sie unserem Helden kleiner und dicklicher als die Schöne im Omnibus. War es überhaupt dieselbe Person? Aber dieser leise Zweifel durchfuhr Tartarins Kopf nur wie ein Blitz.

Die Dame war so reizend mit ihren nackten Füßchen und ihren rundlichen, mit Ringen beladenen Händchen, sie war so rosig und frisch und ließ unter ihrem golddurchwirkten Mieder, unter dem Rankenmuster ihres geblümten Kleides eine so angenehme Person mit so appetitlichen Rundungen ahnen... Zwischen ihren Lippen steckte das Bernsteinrohr einer Nargileh, und der blonde Rauch, der daraus aufstieg, umgab sie wie ein großer Heiligenschein.

Tartarin legte beim Eintritt die Hand aufs Herz und verneigte sich so maurisch wie möglich, während er leidenschaftlich die Augen rollte. Baia sah ihn einen Moment lang schweigend an. Dann warf sie sich, das Mundstück ihrer Pfeife aus Bernstein loslassend, rücklings aufs Bett und verbarg das Gesicht in den Händen. Man sah nur noch ihren weißen Hals, den ein toller Lachanfall auf und ab schüttelte wie einen mit Perlen gefüllten Sack.

XI

Sidi Tart'ri Ben Tart'ri

Wenn ihr zur Abendstunde die algerischen Cafés
in der Oberen Stadt besucht, könnt ihr noch heute
hören, wie die Mauren einander unter Augenzwin-
kern und leisem Lachen von einem gewissen Sidi
Tart'ri Ben Tart'ri erzählen, einem liebenswürdigen, grenzenlos reichen Europäer, der, es ist jetzt
schon ein paar Jahre her, mit einer jungen Person
aus der Stadt, die Baia hieß, hier oben wohnte.

Der betreffende Sidi Tart'ri, der in der Kasbah so
heitere Erinnerungen zurückgelassen hat, ist, ihr er-
ratet es schon, niemand anderer als unser Tartarin.
Was soll man da schon sagen? In jedem Heili-
gen- oder Heldenleben gibt es solche Stunden
der Blindheit, der Verwirrung, der Schwäche. Der
große Mann aus Tarascon war dagegen nicht besser gefeit als ein anderer, und so kam es, daß er –
volle zwei Monate lang – die Löwen und den Ruhm
vergaß und, von orientalischer Liebe berauscht, in
den Wonnen der weißen Stadt Algier schwelgte wie
Hannibal in Capua.

Der Gute hatte mitten in der Araberstadt ein
hübsches arabisches Häuschen mit Innenhof, Ba-
nanenpalmen, kühlen Gängen und Springbrunnen
gemietet. Dort lebte er fern von der lärmenden
Welt mit seiner maurischen Schönen; selbst von
Kopf bis Fuß ein Maure, blies er den ganzen Tag in
seine Wasserpfeife und naschte mit Moschus ge-
würzte Konfitüre.

Baia lag mit der Gitarre in der Hand ihm gegenüber auf ihrem Diwan und summte eintönige Melodien. Manchmal führte sie auch zur Zerstreuung ihres Herrn und Gebieters den Bauchtanz auf. Dabei hielt sie ein Spiegelchen in der Hand, in dem sie ihre weißen Zähne blitzen ließ und sich selber Gesichter schnitt.

Da die Dame kein Wort Französisch konnte und Tartarin kein Wort Arabisch, war die Konversation nicht gerade lebhaft, und der redelustige Held aus Tarascon hatte reichlich Zeit, für die übermäßige Geschwätzigkeit, deren er sich in der Apotheke Bézuquet oder beim Waffenhändler Costecalde schuldig gemacht hatte, Buße zu tun.

Doch selbst dieser Buße mangelte es nicht an Reiz. Es war gleichsam ein wollüstiger Spleen, den ganzen Tag lang schweigend dazuliegen und dem Glucksen der Wasserpfeife, dem Surren der Gitarre und dem leisen Plätschern des Springbrunnens in dem mosaikgepflasterten Hof zu lauschen.

Die Wasserpfeife, das Bad, die Liebe füllten sein ganzes Leben aus. Sie verließen das Haus nur selten. Manchmal ritt Sidi Tart'ri, seine Dame hinter sich, auf einem braven Maultier in einen kleinen Garten in der Umgebung der Stadt, den er gekauft hatte, und dann aßen sie dort Granatäpfel. Doch niemals, absolut niemals ließ er sich in der europäischen Stadt blicken. Dieses Algier mit seinen besoffenen Zuaven, seinen mit Offizieren vollgestopften Lokalen und den von ständigem Säbelklappern widerhallenden Arkaden dünkte ihn unerträglich häßlich, wie eine Wachstube in Europa.

Alles in allem war unser Held sehr glücklich. Besonders Tartarin-Sancho, der türkische Süßigkeiten über alles liebte, erklärte sich hochbefriedigt von seinem neuen Leben. Tartarin-Quichotte empfand wohl hin und wieder einige Gewissensbisse, wenn er an Tarascon und die versprochenen Löwenhäute dachte. Aber das dauerte nie lange. Ein Blick von Baia oder ein Löffelchen dieser teuflischen Konfitüren, die so süß und verführerisch schmeckten, als hätte Circe sie zusammengebraut, genügten, um die trüben Gedanken zu verscheuchen.

Abends pflegte Prinz Gregori vorbeizukommen, um ein wenig über das freie Montenegro zu plaudern. Mit seiner unermüdlichen Gefälligkeit erfüllte der liebenswürdige Aristokrat das Amt eines Dolmetschers, ja, wo es nötig war, sogar das eines Hausverwalters, und alles gratis, aus reiner Freundschaft. Abgesehen von ihm sah Tartarin ausschließlich «Türken» bei sich. All diese wilden Kerle mit ihren kühnen Seeräuberköpfen, die ihm in ihren dunklen Läden so beängstigend vorgekommen waren, entpuppten sich bei näherer Bekanntschaft als brave, harmlose Kaufleute, Sticker, Pfeifenrohrdrechsler oder Gewürzkrämer. Alle waren sie wohlerzogene Leute, unterwürfig, pfiffig, diskret und erstklassige Bouillotte-Spieler. Diese Herren verbrachten vier- bis fünfmal pro Woche den Abend bei Sidi Tart'ri, gewannen ihm sein Geld ab, aßen seine Konfitüren und empfahlen sich diskret, Schlag zehn Uhr, unter Danksagungen an die Adresse des Propheten.

Sidi Tart'ri und seine getreue Gattin verweilten noch ein wenig auf der Terrasse, einer großen weißen Dachterrasse, die den Blick auf die Stadt beherrschte. Ringsum senkten sich Tausende andere, ebenso weiße und stille Terrassen im Mondlicht stufenweise bis zum Meer hinab. Vom sanften Wind getragen, schwebten abgerissene Gitarrenklänge vorüber.

Und dann perlten plötzlich die Töne einer hellen Melodie wie ein Strauß von Sternen über den Himmel, und auf dem Minarett der nahen Moschee erschien ein stattlicher Muezzin, dessen weiße Gestalt sich schattenhaft gegen die tiefblaue Nacht abhob, und pries mit einer wunderbaren Stimme, die den ganzen Horizont erfüllte, den Ruhm Allahs.

Dann ließ Baia sogleich ihre Gitarre sinken, und ihre dem Muezzin zugewandten großen Augen schienen das Gebet mit Wonne einzuschlürfen. Solange der Gesang andauerte, lauschte sie ihm in bebender Ekstase, wie eine heilige Therese des Orients. Tartarin sah sie voller Rührung beten und dachte bei sich, es müsse doch eine starke, schöne Religion sein, die den Menschen zu solch trunkener Frömmigkeit hinzureißen vermochte.

Tarascon, verhülle dein Haupt! Dein Sohn Tartarin dachte daran, seinem Glauben abtrünnig zu werden.

XII

Man schreibt uns aus Tarascon

An einem wunderschönen Nachmittag, als ein
sanfter Wind vom blauen Himmel wehte, ritt Sidi
Tart'ri auf seinem Maultier ganz allein aus seinem
kleinen Obstgarten nach Hause. Mit weitgespreiz-
ten Beinen, denn die geflochtenen Satteltaschen
waren mit Zedraten und Melonen vollgestopft, ein-
gewiegt vom monotonen Geräusch seiner großen
Steigbügel und dem schaukelnden Gang des Tieres,
die Hände auf dem Bauch verschränkt, so ritt der
Gute, vor Wärme und Wohlgefühl zu drei Vierteln
schlafend, durch die herrliche Landschaft.

Am Eingang der Stadt riß ihn mit einem Mal eine
mächtige Stimme ins Bewußtsein zurück. *«Hé, mons-
tre de sort!* Wenn das nicht Monsieur Tartarin ist!»

Beim Klang seines Namens, beim fröhlichen
Ton des unverkennbar meridionalen Akzents hob
der Held aus Tarascon den Kopf und erblickte
unmittelbar vor sich das biedere, sonngebräunte
Gesicht von Maître Barbassou, dem Kapitän der
Zouave, der pfeiferauchend vor einem kleinen Café
saß und seinen Absinth trank.

«Hé, Barbassou!» rief Tartarin und hielt sein
Maultier an.

Anstatt ihm zu antworten, starrte Barbassou ihn
einen Moment lang mit großen Augen an. Und
dann begann er zu lachen, aber dermaßen zu lachen, daß Sidi Tart'ri ganz verdutzt auf seinen Melonen hockte.

«Im Turban, mein armer Monsieur Tartarin! Es ist also wirklich wahr, was man herumredet, und Sie sind unter die Türken gegangen? Und was macht die kleine Baia? Singt sie immer noch *Marco la Belle?*»

«*Marco la Belle!*» rief Tartarin entrüstet. «Lassen Sie sich gesagt sein, Kapitän, daß die junge Dame, von der Sie sprechen, ein achtbares maurisches Mädchen ist und kein Wort Französisch versteht.»

«Baia kein Wort Französisch? Wer hat Ihnen denn das weisgemacht?» Und der brave Kapitän lachte noch lauter.

Doch als er sah, wie die Gesichtszüge des armen Sidi Tart'ri sich in die Länge zogen, nahm er sich zusammen.

«Na, vielleicht ist es wirklich nicht dieselbe Person. Sagen wir, ich hätte mich geirrt. Aber wissen Sie, Monsieur Tartarin, Sie sollten sich trotzdem vor algerischen Damen und montenegrinischen Prinzen in acht nehmen!»

Tartarin machte sein furchterregendes Gesicht und richtete sich in den Steigbügeln auf.

«Der Prinz ist mein Freund, Kapitän!»

«Schön, schön, ich will nichts gesagt haben. Kein Grund zu streiten. Darf ich Sie auf einen Absinth einladen? Nein? Und soll ich daheim nichts von Ihnen ausrichten? Nein, auch nicht? Na, dann also gute Reise! Apropos, ich habe da guten französischen Tabak, wollen Sie nicht ein paar Pfeifen voll mitnehmen? Doch, doch, bitte greifen Sie zu! Das wird Ihnen gut tun. Was einem hier den Kopf verdreht, ist nämlich dieser verdammte orientalische Tabak.»

Daraufhin wandte sich der Kapitän wieder seinem Absinth zu, und Tartarin trabte langsam und nachdenklich weiter. Obwohl sein edles Herz sich weigerte, den hämischen Andeutungen Barbassous Glauben zu schenken, hatten sie ihn doch gekränkt; und die heimatlichen Flüche, der vertraute Akzent, all das erfüllte ihn mit einer unbestimmten Reue.

Daheim traf er niemanden an. Baia war im Bad. Die Negerin dünkte ihn häßlich, das Haus trist. Von einer unerklärlichen Schwermut überkommen, setzte er sich an den Springbrunnen und stopfte sich eine Pfeife mit dem Tabak von Barbassou. Der Tabak war in ein abgerissenes Blatt des *Sémaphore* eingepackt. Als er es entfaltete, sprang ihm der Name seiner Heimatstadt förmlich in die Augen:

«*Man schreibt uns aus Tarascon:* Die Stadt ist außer sich. Tartarin, der Löwentöter, der nach Afrika auszog, um dem König der Tiere nachzustellen, hat seit Monaten nichts von sich hören lassen. Was ist aus unserem heldenhaften Landsmann geworden? Man wagt kaum die Frage zu äußern, wenn man diesen Feuerkopf, dieses kühne Herz, diese Abenteuerlust so gut kennt wie wir. Wurde er, wie so mancher andere, vom Wüstensand verschlungen? Oder ist er einer der mörderischen Bestien, deren Felle er unserem Magistrat versprach, zum Opfer gefallen? Welch fürchterliche Ungewißheit! Allerdings behaupten afrikanische Handelsleute, die am Jahrmarkt von Beaucaire teilnahmen, mitten in der Wüste einem europäischen Reisenden begegnet zu sein, dessen Beschreibung auf den großen Sohn unserer Stadt passen würde. Er soll sich auf dem Wege nach Timbuktu befunden haben. – Gott schütze unseren Tartarin!»

Beim Lesen dieser Zeilen wurde Tartarin rot und bleich. Ein Schauer lief ihm über den Rücken. Ganz Tarascon erstand vor seinem geistigen Auge: der Cercle, die Mützenjäger, der grüne Fauteuil bei Costecalde, und über alldem, wie ein Adler mit ausgespannten Schwingen, der mächtige Schnurrbart des tapferen Kommandanten Bravida.

Als er sich nun sah, wie er war, weichlich auf einer Matte ruhend, während man ihn daheim im mörderischen Kampf gegen die Bestien wähnte, schämte sich Tartarin von Tarascon vor sich selber und brach in Tränen aus.

Doch plötzlich fuhr der Held empor und rief: «Auf! In den Kampf!»

Er stürmte in die staubige Kammer, wo das Zelt, die Reiseapotheke, die Konserven und die Waffenkisten schlummerten, und schleppte alles mitten in den Hof.

Tartarin-Sancho hatte seine Seele ausgehaucht. Nur Tartarin-Quichotte war zurückgeblieben.

Er nahm sich gerade nur Zeit, seine Ausrüstung zu inspizieren, sich zu bewaffnen und zu panzern, seine großen Stiefel anzuziehen und dem Prinzen zwei Zeilen zu schreiben, um ihm Baia anzuvertrauen, einen weiteren Augenblick, um ein paar tränenbenetzte blaue Scheine in den Umschlag zu stecken – und schon rollte der Furchtlose in der Postkutsche über die Landstraße nach Blidah, während zu Hause seine Negerin ganz verdutzt vor der Wasserpfeife, dem Turban, den Pantoffeln von Sidi Tart'ri stand, vor diesem ganzen orientalischen Plunder, der nun als jämmerliches Häuflein unter den kleeblattförmigen weißen Bogen der Galerie lag.

DRITTE EPISODE

Bei den Löwen

I

Die deportierten Postkutschen

Es war eine alte Postkutsche aus der guten alten Zeit, nach damaliger Mode mit grobem blauem, jetzt ganz verblichenem Tuch ausgeschlagen, mit den dicken, rauhen Wollquasten, die einem nach ein paar Stunden Fahrt den Rücken wundscheuern. Tartarin von Tarascon hatte einen Platz im hinteren Teil, der sogenannten Rotonde, und machte es sich in seinem Winkel bequem. In Ermangelung des scharfen Raubtiergeruchs mußte er sich vorderhand damit begnügen, den vertrauten altertümlichen Postkutschenduft einzuatmen, der so wunderlich aus zahllosen anderen Gerüchen zusammengesetzt ist: Männer, Pferde, Frauen und Leder, Eßwaren und modriges Stroh.

In dieser Rotonde saßen Leute aller Art: ein Trappistenmönch, zwei jüdische Kaufleute, zwei Kokotten, die zu ihrem Regiment, den Dritten Husaren, zurückfuhren, ein Photograph aus Orléansville. Aber so charmant und buntgemischt die Gesellschaft auch war, fühlte Tartarin sich doch nicht zum Plaudern aufgelegt. Das Gewehr zwischen den Knien, den Arm durch den Riemen gezogen, saß er gedankenvoll da. Sein überstürzter Aufbruch, Baias schwarze Augen, die mörderische Jagd, der er entgegenfuhr, das alles drehte sich in seinem Kopf herum. Dazu kam noch, daß diese europäische Postkutsche mit ihrer gemütlichen altväterischen Miene, die er hier mitten in Afrika

113

wiederfand, ihn vage an das Tarascon seiner Jugendzeit erinnerte, an die fröhlichen Landpartien,
die kleinen Diners am Ufer der Rhone, eine Fülle
von Erinnerungen...

Allmählich wurde es Nacht. Der Kutscher zün-
dete seine Laternen an. Die verrostete Kutsche
holperte quietschend auf ihren ausgeleierten Federn. Die Pferde trabten, die Schellen klingelten.
Von Zeit zu Zeit ertönte oben, unter der Plane auf
dem Verdeck, ein fürchterliches Rasseln und Klirren – Tartarins Kriegsausrüstung.

Schon halb im Schlaf betrachtete Tartarin von
Tarascon einen Moment lang seine Fahrtgenossen,
die auf der unebenen Chaussee so komisch hin und
her geschüttelt wurden und wie bleiche Schatten
vor seinen Augen herumtanzten, dann trübte sich
sein Blick allmählich, seine Gedanken verwirrten
sich, und er hörte nur noch ganz schwach das
Ächzen der Radachsen und das Stöhnen der alten
Kutsche...

Auf einmal rief ihn eine Stimme, die heisere,
gebrochene, gesprungene Stimme einer alten Fee
beim Namen: «Monsieur Tartarin! Monsieur Tartarin!»

«Wer ruft mich da?»

«Ich, Monsieur Tartarin, erkennen Sie mich
nicht? Ich bin die alte Kutsche, die vor zwanzig
Jahren die Strecke von Tarascon nach Nîmes be-
diente. Wie oft habe ich Sie gefahren, Sie und Ihre
Freunde, wenn Sie die Mützenjagd in der Gegend
von Jonquières oder in Bellegarde abhielten! Ich
wußte nicht gleich, wo ich Sie hintun sollte, wegen
Ihrer Türkenmütze und dem Bauch, den Sie sich

zugelegt haben, aber sobald Sie zu schnarchen anfingen, habe ich Sie sofort erkannt!»

«Schon gut! Schon gut!» brummte Tartarin etwas pikiert.

Doch er fügte sogleich in milderem Ton hinzu: «Aber was treiben Sie denn hier, meine gute Alte? Wozu sind Sie überhaupt hergekommen?»

«Ach, nicht aus freien Stücken, mein lieber Monsieur Tartarin, das dürfen Sie mir glauben! Sobald die Bahnstrecke nach Beaucaire fertig gebaut war, hat man mich dort nicht mehr brauchen können und mich nach Afrika geschickt. Und ich bin nicht die einzige, bei weitem nicht! Fast alle Postkutschen von Frankreich sind hierher deportiert worden. Wir wären zu reaktionär, sagte man, und jetzt führen wir hier ein Sträflingsdasein. In Frankreich drüben nennen sie uns die algerische Eisenbahn.»

Hier stieß die alte Postkutsche einen tiefen Seufzer aus und fuhr dann fort: «Ach, Monsieur Tartarin, wie sehne ich mich nach meinem lieben Tarascon zurück! Das waren meine schönsten Jahre, meine glückliche Jugendzeit. Man mußte mich nur sehen, wie ich des Morgens frisch gewaschen, vor Sauberkeit glänzend, losfuhr, mit meinen neu lakkierten Rädern, meinen Laternen, die wie zwei Sonnen glänzten, und meinem eingeölten Verdeck! Ach, wie schön war es doch, wenn der Postillion nach der Melodie *Lagadigadeù, la Tarasque, la Tarasque!* seine Peitsche knallen ließ, wenn der Kondukteur mit dem Posthorn am Schulterriemen, die gestickte Mütze keck auf einem Ohr, sein ständig kläffendes Hündchen mit einem Schwung auf die Imperiale hinaufbeförderte, hinter ihm eben-

115

falls nach oben kletterte und ‹Allume! Allume!› rief.
Dann setzten sich meine vier Rosse unter dem
munteren Klang von Schellengeläute, Hundegebell
und Hornstößen in Bewegung, die Fenster flogen
auf, und ganz Tarascon blickte voller Stolz der Kutsche nach, die auf der Königlichen Landstraße da-
hinflitzte.

Das war aber auch eine schöne Straße, Monsieur
Tartarin, breit und wohlgepflegt, mit ihren Kilo-
metersteinen und ihren regelmäßig aufgereihten
Schotterhäufchen, rechts und links die hübschen
Olivenhaine und Weinberge, und dazu alle zehn
Schritt eine Herberge! Alle fünf Minuten wurden
die Pferde gewechselt. Und was waren doch meine
Passagiere für brave Leute! Bürgermeister und
Pfarrer, die nach Nîmes zu ihrem Präfekten oder
ihrem Bischof fuhren, redliche Seidenweber, die
vom *Mazet* zurückkehrten, Studenten in den Ferien,
frisch rasierte Bauern in ihren gestickten Kitteln,
und oben auf der Imperiale, Sie alle, die Herren
Mützenjäger, die immer so gut aufgelegt waren und
abends bei der Heimfahrt so schön sangen, jeder
sein Lied!

Jetzt sieht es wohl anders aus. Was für Leute ich
nur befördern muß! Eine Bande von Ungläubigen,
Gott weiß woher, die mir ihr Ungeziefer anhängen,
Neger, Beduinen, alte Haudegen, Abenteurer aus
aller Herren Ländern, zerlumpte Kolonisten, die
mich mit ihren Tabakspfeifen verstinken, und alle
zusammen reden sie ein Kauderwelsch, von dem
nicht einmal unser Herrgott ein Wort verstehen
könnte! Und sehen Sie nur, wie man mich behandelt! Niemand denkt daran, mich abzubürsten oder

zu waschen. Nicht einmal die Wagenschmiere für meine Achsen gönnen sie mir. Statt meiner wohlgenährten ruhigen Rösser gibt man mir diese kleinen arabischen Pferde, die den Teufel im Leibe haben, die einander beißen und treten, beim Laufen wie die Ziegen hüpfen und mir mit ihren Hufschlägen die Gabel zertrümmern. Au weh, es fängt schon wieder an! Und die Straßen! Die hier geht noch gerade, weil wir in der Nähe der Regierung sind, aber weiter unten gibt's gar keinen richtigen Weg mehr. Man fährt, wie's eben kommt, über Stock und Stein, mitten durch die Zwergpalmen und Mastixbäume. Und keine einzige feste Poststation. Bald hält man bei diesem Hof, bald bei jenem, wie es dem Postillion gerade so einfällt.

Manchmal läßt mich der Kerl einen Umweg von zwei Wegstunden machen, bloß um bei einem Freund einen Absinth oder Champoreau zu trinken. Und nachher wird die Peitsche nicht geschont, denn man muß ja die versäumte Zeit wieder einbringen. Die Sonne sticht, der Staub glüht. Peitsch nur feste drauflos! Wir kommen ins Schleudern, wir kippen um. Peitsch, peitsch nur weiter! Wir durchqueren die Flüsse und werden naß, wir holen uns den Schnupfen, wir ertrinken – peitsche, peitsche, peitsche! Abends stehe ich dann tropfnaß da. In meinem Alter, mit meinem Rheumatismus! Dabei muß ich unter freiem Himmel schlafen, im Hof irgendeiner Karawanserei, jedem Windstoß preisgegeben. Nachts beschnuppern Schakale und Hyänen meine Wagenkästen, und die Landstreicher machen sich's auf meinen Bänken bequem. Ja, so sieht mein Leben heute aus, mein lieber Monsieur Tartarin, und so wird es weitergehen, bis ich eines schönen Tages, von der Sonne verbrannt, von der nächtlichen Nässe angefault, mitten auf der Straße zusammenbreche. Dann werden die Araber ihren Kuskus auf den Überresten meines Gerippes kochen...»

«Blidah! Blidah!» rief der Schaffner und riß die Tür auf.

II

Ein unscheinbarer kleiner Herr

Durch die feucht beschlagenen Fenster sah Tartarin undeutlich den Hauptplatz eines hübschen Provinzstädtchens, einen regelmäßig angelegten, von Arkaden umgebenen und mit Orangenbäumen bepflanzten Platz. In der Mitte exerzierten kleine Bleisoldaten im rosigen Dunst der Morgenfrühe. Die Cafés öffneten ihre Fensterläden. In einem Winkel gab es eine offene Markthalle mit Gemüseständen. Es war reizend, aber man merkte noch nichts von Löwen.

«In den Süden! Noch tiefer in den Süden!» murmelte Tartarin und verkroch sich wieder in sein Eckchen.

In diesem Augenblick öffnete sich die Wagentür. Ein Schwall frischer Luft drang ein – und auf seinen Flügeln, in einer Wolke von Orangenblütenduft, ein unscheinbarer kleiner Herr im hellbraunen Gehrock, alt, dürr und steif, mit einem winzigen verrunzelten Gesicht, mit einer handbreiten schwarzen Krawatte, Ledermappe, Regenschirm – der Kleinstadtnotar, wie er leibt und lebt.

Als der kleine Herr, der sich Tartarin gegenübergesetzt hatte, dessen Kriegsmaterial bemerkte, da schien er außerordentlich erstaunt und musterte ihn mit fast peinlicher Eindringlichkeit.

Es wurde ausgespannt und eingespannt, die Kutsche fuhr los. Der kleine Herr sah Tartarin noch immer unentwegt an. Der schnappte schließlich ein.

«Erstaunt Sie das?» fragte er, auf sein Gepäck weisend, während er nun seinerseits den Herrn fest ansah.

«Nein, es stört mich nur», erwiderte der andere in aller Ruhe. Tatsache ist, daß Tartarin von Tarascon mit seinem Schutzzelt, seinem Revolver, seinen beiden Gewehren in ihrem Futteral und seinem Jagdmesser, ganz zu schweigen von seiner eigenen Beleibtheit, sehr viel Platz einnahm.

Die Antwort des kleinen Herrn ärgerte ihn.

«Meinen Sie vielleicht, ich würde mit Ihrem Regenschirm auf die Löwenjagd gehen?» sprach er stolz.

Der kleine Herr warf einen Blick auf seinen Schirm und lächelte leise. Dann fragte er, immer mit der gleichen Ruhe: «Sie sind also...»

«Tartarin von Tarascon, Löwenjäger!» Und während er diese großen Worte aussprach, schüttelte der furchtlose Held die Troddel seiner Mütze wie eine Mähne.

Eine Woge des Erstaunens lief durch die Kutsche.

Der Trappist bekreuzigte sich, die Kokotten stießen leise Schreckensrufe aus, der Photograph aus Orléansville rückte näher an den Löwentöter heran, denn er hoffte schon auf die hohe Ehre, ihn knipsen zu dürfen.

Nur der kleine Herr blieb ungerührt.

«Haben Sie schon viele Löwen erlegt, Monsieur Tartarin?» fragte er sehr ruhig.

«Ob ich viele erlegt habe, Monsieur! Ich möchte Ihnen nur wünschen, so viele Haare auf dem Kopf zu haben!»

Und die ganze Kutsche blickte lachend auf die drei einsamen Haare, die sich auf dem Scheitel des kleinen Herrn sträubten.

Nun ergriff der Photograph aus Orléansville das Wort.

«Sie haben einen erschreckenden Beruf, Monsieur Tartarin. Da ist man manchmal dem Tod sehr nahe. Der berühmte Bombonnel zum Beispiel...»

«Ach ja, der Pantherjäger», brummte Tartarin verächtlich.

«Kennen Sie ihn, Monsieur?» fragte der kleine Herr.

«Té pardi! Ob ich ihn kenne! Wir haben wohl mehr als zwanzigmal gemeinsam gejagt!»

Der kleine Herr lächelte.

«Sie jagen also auch Panther, Monsieur?»

«Manchmal – so zum Zeitvertreib», versetzte der Held aus Tarascon.

Und mit einer heldenhaften Gebärde, die das Herz der beiden Kokotten jäh aufflammen ließ: «Das kommt nicht an die Löwenjagd heran!»

«Ein Panther ist ja eigentlich nur eine größere Katze», wagte der Photograph aus Orléansville zu bemerken.

«Genau», bestätigte Tartarin, der nichts dagegen hatte, den Ruf des sagenhaften Bombonnel ein wenig zu schmälern, besonders vor den Damen.

Da hielt die Kutsche an. Der Kondukteur öffnete die Tür und sagte in höchst respektvollem Ton zu dem kleinen Herrn: «Hier sind Sie angekommen, Monsieur.»

Der kleine Herr erhob sich und stieg aus. Doch bevor er die Tür schloß, fragte er: «Würden Sie mir gestatten, Ihnen einen Rat zu geben, Monsieur Tartarin?»

«Zum Beispiel, Monsieur?»

«Im Grunde machen Sie nämlich den Eindruck eines ehrlichen Menschen, drum möchte ich ehrlich mit Ihnen reden. Also fahren Sie schleunigst nach Tarascon zurück, Monsieur Tartarin. Hier verlieren Sie nur Ihre Zeit. Es gibt gerade noch ein paar Panther im Inneren des Landes, aber das ist ja ein zu geringes Wild für Sie. Was die Löwen betrifft – damit ist's aus. Es gibt in ganz Algerien keinen mehr. Mein Freund Chassaing hat kürzlich den letzten erlegt.»

Worauf der kleine Herr höflich grüßte, die Kutschentür schloß und mit seiner Ledermappe und seinem Regenschirm lachend davonging.

«Kondukteur», fragte Tartarin mit seinem furchterregenden Gesicht, «wer ist denn dieses Männlein?»

«Was, Sie kennen ihn nicht? Das ist doch der berühmte Monsieur Bombonnel!»

III

Ein Löwenkloster

In Milianah stieg Tartarin aus und ließ die Kutsche ihren Weg in den Süden ohne ihn fortsetzen.

Zwei Tage lang hatte er sich auf dem harten Sitz durchrütteln lassen, zwei Nächte lang hatte er mit weit aufgerissenen Augen durchs Fenster hinausgestarrt, ob er nicht im Feld, am Straßenrand den gewaltigen Schatten eines Löwen gewahrte – er hatte sich eine kurze Rast verdient. Und um ganz ehrlich zu sein: Nach seinem Mißgeschick mit Bombonnel fühlte sich der redliche Tartarin, trotz seinen Waffen, seiner schreckerregenden Grimasse und seiner roten Türkenmütze, dem Photographen aus Orléansville und den zwei Dämchen von den Dreier-Husaren gegenüber ein bißchen verlegen.

So spazierte er durch die breiten, mit schönen Bäumen und Fontänen geschmückten Straßen von Milianah, um ein passendes Hotel zu finden, doch die Worte Bombonnels gingen ihm nicht aus dem Sinn. Wenn es wirklich so wäre? Wenn es in Algerien keine Löwen mehr gäbe? Wozu dann die ganze Mühe und Plage?

Die Straße machte eine Biegung, und unser Held stand unvermittelt Aug in Auge mit – nun ratet einmal, mit wem? Mit einem Löwen! Einem prachtvollen Löwen, der in königlicher Haltung vor einem Café saß und seine rotblonde Mähne in der Sonne leuchten ließ.

«Ja, was wollte der mir denn einreden? Es gibt

123

doch noch welche!» rief unser Held, während er hastig einen Sprung rückwärts tat. Bei diesem Ausruf neigte der Löwe sein Haupt und nahm eine hölzerne Bettelschale, die vor ihm auf dem Trottoir stand, in seinen gewaltigen Rachen, um sie Tartarin, der vor Verblüffung kein Glied regen konnte, demütig darzubieten. Ein vorbeigehender Araber warf ein Zwei-Sous-Stück hinein, und der Löwe wedelte zum Dank mit dem Schwanz. Da erst begriff Tartarin. Er sah, was er in der ersten Aufregung nicht gesehen hatte, die Menschen, die sich um den zahmen, blinden Löwen angesammelt hatten, und die beiden hochgewachsenen, mit Knüppeln bewaffneten Neger, die ihn durch die Stadt führten, wie ein Savoyarde sein Murmeltier.

Tartarins südliches Blut wallte hoch auf.

«Ihr Elenden!» rief er mit Donnerstimme. «Das edle Geschöpf so tief herabzuwürdigen!» Und damit stürzte er sich auf den Löwen und riß ihm die schimpfliche Bettelschale aus dem königlichen Maul. Die beiden Neger, die Tartarin für einen gemeinen Dieb hielten, fielen darauf mit erhobenen Knüppeln über ihn her. Es gab ein schreckliches Durcheinander. Die Neger hauten drauflos, die Frauen kreischten, die Kinder lachten. Ein alter jüdischer Schuhmacher schrie aus der Tiefe seiner Bude: «Polizei! Polizei!» Sogar der Löwe in seiner Finsternis suchte sich auf ein Gebrüll zu besinnen, und der unselige Tartarin wälzte sich nach einem verzweifelten Kampf zwischen Kupfermünzen und Abfällen auf der Erde.

In diesem Augenblick bahnte sich ein Mann einen Weg durch die Menge, schob die Neger mit

einem Wort, die Weiber und Kinder mit einer Handbewegung zur Seite, klaubte Tartarin auf, bürstete ihn ab, schüttelte ihn aus und setzte den noch immer Atemlosen auf einen Prellstein.

«Was! Sie sind es, Prinz!» rief Tartarin, der sich die Seiten rieb, verblüfft.

«Jawohl, mein wackerer Freund, ich bin es! Sobald ich Ihren Brief erhielt, habe ich Baia ihrem Bruder anvertraut, eine Postchaise gemietet, fünfzig Meilen im Eiltempo hinter mich gebracht – und bin, wie ich sehe, gerade zurechtgekommen, um Sie der Brutalität dieser Lümmel zu entreißen. Aber was ist denn passiert? Was in aller Welt haben Sie angestellt, um sich diese Affäre auf den Hals zu laden?»

«Ich konnte nicht anders, Prinz. Wenn ich sehe, wie der unglückliche Löwe mit seiner Bettelschale zwischen den Zähnen, gedemütigt, entwürdigt, erniedrigt, diesem ganzen muselmanischen Gesindel zum Gespött dient…»

«Aber Sie irren, mein edler Freund. Dieser Löwe bedeutet im Gegenteil für alle ein Objekt der Verehrung und Vergötterung. Es ist ein heiliges Tier, ein Insasse des großen Löwenklosters, das vor dreihundert Jahren von Mohammed Ben Auda gegründet wurde. Das ist eine Art Trappistenkloster, ein furchteinflößender Ort, vom Gebrüll und Geruch der wilden Bestien erfüllt, in welchem sonderbare Mönche die Löwen zu Hunderten aufziehen und abrichten, um sie dann, von Bettelmönchen begleitet, durch ganz Nordafrika zu schicken. Die milden Gaben, die den Löwen geweiht werden, dienen dem Unterhalt des Klosters und seiner Moschee. Wenn die beiden Neger vorhin in so heftigen Zorn gerieten, beruht das auf ihrer Überzeugung, daß der Löwe, den sie führen, sie augenblicklich verschlingen würde, wenn nur ein Sou, ein einziger Sou der Almosen, durch ihre Schuld verlorenginge oder gestohlen würde.»

Tartarin vernahm diesen unwahrscheinlich klingenden, aber tatsächlich wahrheitsgetreuen Bericht mit großer Befriedigung.

«Was mir an der ganzen Geschichte gefällt», rief er schließlich unter lautem Schnauben, «ist, daß es, mit gütiger Erlaubnis unseres Bombonnel, doch noch Löwen in Algerien gibt!»

«Und ob es welche gibt!» fiel der Prinz begeistert ein. «Morgen beginnen wir die Cheliff-Ebene zu durchstreifen, da werden Sie es ja sehen!»

«Was höre ich, Prinz! Wollen Sie etwa auch jagen?»

«Parbleu! Glauben Sie denn, ich würde Sie allein in Afrika herumziehen lassen, mitten unter den wilden Eingeborenen, deren Sprache und Sitten Sie nicht kennen! Nein, nein, mein trefflicher Freund, ich verlasse Sie nicht mehr. Wo Sie sind, will auch ich sein.»

«O Prinz, Prinz!»

Und Tartarin drückte mit strahlendem Gesicht den heldenmütigen Gregori an seine Brust und dachte voller Stolz, daß auch er nach dem Vorbild von Jules Gérard, von Bombonnel und allen anderen berühmten Löwentötern einen fremdländischen Prinzen zum Jagdgefährten haben würde.

IV

Die Karawane unterwegs

Am nächsten Tag, zur ersten Morgenstunde, verließen der furchtlose Tartarin und der nicht minder furchtlose Prinz Gregori, gefolgt von einem halben Dutzend schwarzer Lastträger, die Stadt Milianah und stiegen auf einem bezaubernden steilen Bergpfad, im Schatten von Jasmin, Thuja und Johannisbrotbäumen, zwischen zwei Reihen von kleinen Eingeborenengärtchen und Tausenden Quellen, die munter plätschernd von Stein zu Stein hüpften, in die Cheliff-Ebene hinunter. Es war wie eine Landschaft im Libanon.

Prinz Gregori war ebenso schwer bewaffnet wie Tartarin, doch außerdem hatte er sich eine ganz eigentümliche, prächtige Offiziersmütze zugelegt, über und über mit Gold bordiert und mit silbernen Eichenblättern bestickt, die Seiner Hoheit das Aussehen eines mexikanischen Generals oder eines balkanischen Bahnhofsvorstehers verlieh.

Diese ungeheure Mütze erregte Tartarins Neugier in solchem Maß, daß er eine schüchterne Frage wagte.

«Unentbehrliche Kopfbedeckung für Afrikareisende», erwiderte der Prinz ernsthaft. Und während er sein Mützenschild mit dem Ärmel auf noch höheren Glanz polierte, belehrte er seinen naiven Reisegefährten über die wichtige Rolle, die das *képi*, das Käppi, in unseren Beziehungen zu den Arabern spielt. Dieses Kennzeichen besitzt als einziges die

Macht, ihnen einen heiligen Schrecken einzujagen, so daß die Zivilverwaltung gezwungen war, ihre sämtlichen Beamten, vom Straßenwärter bis zum Steuereinnehmer, mit solchen Mützen auszustatten. Um Algerien zu regieren – ich zitiere noch immer den Prinzen – braucht es also weder einen klugen Kopf noch überhaupt einen Kopf. Es genügt ein Käppi, ein schönes, mit Goldtressen besetztes Käppi, das auf der Spitze eines Knüppels glänzt – wie der Geßlerhut.

So zog die Karawane plaudernd und philosophierend dahin. Die schwarzen Träger sprangen unter affenartigem Geschrei bloßfüßig von Fels zu Fels. Die Waffenkisten klirrten, die Gewehre blitzten. Die Eingeborenen, denen sie begegneten, verbeugten sich vor dem magischen Käppi bis zur Erde. Hoch oben auf den Wällen von Milianah sah der Chef des Arabischen Bureaus, der sich mit seinen Damen im Kühlen erging, Waffen zwischen den Zweigen des Abhangs aufblitzen und hörte ungewohnte Geräusche. Er dachte an einen Handstreich, ließ die Zugbrücke hochziehen und zum Sammeln blasen und verhängte unverzüglich den Belagerungszustand über die Stadt.

Ein schöner Anfangserfolg für die Karawane!

Leider begann noch vor Ablauf des Tages die Sache schiefzugehen. Der eine Neger, der die Reiseapotheke trug, bekam entsetzliche Bauchschmerzen, weil er das ganze Heftpflaster aufgegessen hatte. Ein anderer, der die Flasche mit dem Kampferspiritus leerte, blieb sinnlos betrunken auf der Straße liegen. Der dritte, der das Reisetagebuch trug, vermochte der Verführung der Messingschließen nicht zu widerstehen; in der Überzeugung, sämtliche Schätze Mekkas geraubt zu haben, lief er mit Windeseile ins Zaccar-Gebirge davon. Man mußte also die Lage neu überdenken. Die Karawane machte im löchrigen Schatten eines alten Feigenbaums halt und hielt eine Beratung ab.

«Ich bin der Meinung», sagte der Prinz, während er – allerdings erfolglos – versuchte, eine Pemmikan-Tablette in einer Patent-Kasserolle mit dreifachem Boden aufzulösen, «ich bin der Meinung, daß wir von heute abend an auf die Träger verzichten sollten. Wir sind hier zufällig ganz in der Nähe eines arabischen Marktes. Das klügste wäre, uns dort ein paar Tragesel zu kaufen.»

«Nein, nein! Keine Esel!» unterbrach hastig der große Tartarin, der bei der Erinnerung an Noiraud ganz rot geworden war.

Er fügte heuchlerisch hinzu: «Die kleinen Kerle könnten unser Zeug ja gar nicht schleppen.»

Der Prinz lächelte.

«Hier irren Sie, mein trefflicher Freund. So mager und kümmerlich er Ihnen auch vorkommt – der algerische *bourriquot* ist solide gebaut. Das muß er auch sein, um alles auszuhalten, was er aushält. Fragen Sie nur die Araber. Die erklären die Organisation der Kolonie folgendermaßen: Oben, sagen sie, sitzt *mouci,* der Gouverneur, mit einem großen Stock, der auf den Generalstab einhaut. Der Generalstab rächt sich und haut auf den Soldaten ein. Der Soldat haut den Ansiedler, der Ansiedler haut den Araber, der Araber haut den Neger, der Neger haut den Juden, der Jude haut den *bourriquot.* Und der arme kleine *bourriquot,* der niemanden zum

130

Hauen hat, hält den Rücken hin und trägt alles. Sie werden sehen, daß er auch Ihre Kisten tragen kann.»

«Egal», versetzte Tartarin von Tarascon. «Ich finde, Esel machen sich rein als Anblick nicht gut in unserer Karawane. Ich hätte gern etwas Orientalischeres. Wenn wir zum Beispiel ein Kamel bekommen könnten...»

«Kamele? Soviel Sie wollen!» versicherte Seine Hoheit.

So machten sie sich auf den Weg zum arabischen Markt.

Der Markt wurde ein paar Kilometer entfernt am Ufer des Cheliff abgehalten. Fünf- bis sechstausend zerlumpte Araber wimmelten inmitten von Krügen mit schwarzen Oliven, Töpfen voll Honig, Gewürzen in Säcken und großen Haufen Zigarren in der glühenden Sonne herum und feilschten mit lauter Stimme. Über mächtigen Feuern wurden von Butter triefende Schafe ganz gebraten. Auch gab es Metzgerstände unter freiem Himmel, wo nackte Neger mit blutgeröteten Armen, mit den bloßen Füßen in Blut watend, an einer Stange aufgehängte Zicklein mit kleinen scharfen Messern zerstückelten.

In einem Winkel, unter einem in allen Farben ausgeflickten Zelt, ein maurischer Urkundenschreiber mit einer Brille und einem großen Buch. Hier eine Gruppe, die Wutschreie ausstößt: ein Glücksspiel, eine Art Roulette in einem Kornmaß, und rundherum Kabylen, die sich wild gebärden. Dort drüben lacht und trampelt man vor Freude: ein jüdischer Händler mit seinem Maultier ist im Begriff,

in den Wogen des Cheliff zu ertrinken, und die
Menge schaut zu. Daneben Skorpione, Hunde,
Raben und Fliegen – vor allem Fliegen!

Bloß gerade Kamele gab es nicht. Erst zum
Schluß konnten unsere Freunde doch noch eines
entdecken, das einige Mzabiten loswerden wollten.
Es war ein richtiges Wüstenkamel, das klassische
Kamel, kahl, mit traurigem Gesicht, einem langen
Beduinenschädel und einem Buckel, der durch all-
zu langes Fasten schlaff geworden war und melan-
cholisch schief stand.

Tartarin fand das Tier so schön, daß er die ganze
Karawane darauf befördern wollte. Immer diese
orientalische Schwärmerei!

Das Tier kniete nieder. Man schnallte das Gepäck auf.

Der Prinz nahm auf dem Hals des Kamels Platz.
Tartarin ließ sich, des majestätischen Eindrucks
wegen, ganz oben auf den Buckel hissen. Dort saß
er stolz und sicher zwischen zwei Kisten. Mit einer
edlen Handbewegung grüßte er den ganzen neugierig zusammengelaufenen Markt und gab das
Zeichen zum Aufbruch. Donnerwetter! Wenn die
Leute von Tarascon ihn hätten sehen können!

Das Kamel erhob sich, streckte seine langen,
knotigen Beine und trabte los…

Doch was ist das? Nach einigen großen Schritten
fühlt Tartarin sich erblassen, und die heroische *chéchia* beginnt der Reihe nach ihre einstigen Positionen aus der Zeit der *Zouave* einzunehmen. Dieses
verteufelte Kamel schlingerte wie eine Fregatte!

«Prinz! Prinz!» murmelte Tartarin, ganz grün im
Gesicht, während er sich an das trockene Werg des

Buckels klammerte. «Wir müssen absteigen, Prinz...
Ich merke – ich habe das Gefühl, daß ich Frankreich Schande machen werde...»

Ja, denkt ihr! Das Kamel war in Gang, nichts
konnte es aufhalten. Viertausend bloßfüßige Araber liefen, wie die Verrückten lachend und gestiku-
lierend, hinterher und ließen sechshunderttausend
weiße Zähne in der Sonne blitzen.

Der große Mann aus Tarascon mußte sich in
sein Geschick fügen. Er sank traurig auf dem Bukkel zusammen. Die *chéchia* nahm alle Positionen
ein, die sie wollte – und Frankreich erlitt seine
Schande.

V

Auf Anstand im nächtlichen Lorbeerhain

So malerisch ihr neues Reittier auch war, unsere Löwentöter mußten aus Rücksicht auf die *chéchia* darauf verzichten. Es ging also zu Fuß weiter wie bisher. Die Karawane zog in kleinen Tagesmärschen ruhig nach Süden: Tartarin an der Spitze, der Montenegriner als Nachhut und in Reih und Glied das Kamel mit dem Gepäck.

Die Expedition dauerte nahezu einen Monat.

Einen Monat lang irrte der fürchterliche Tartarin auf der Suche nach unauffindbaren Löwen in der riesigen Cheliff-Ebene von Beduinendorf zu

Beduinendorf, durch das gleichzeitig großartige und drollige Französisch-Algerien, wo die Düfte des alten Orients sich mit einem starken Schuß Absinth- und Kasernengeruch vermengen. Eine Mischung von Abraham und Zouzou, etwas Märchenhaftes und naiv Burleskes, wie wenn der Sergeant La Ramée oder der Kanonier Pitou eine Geschichte aus dem Alten Testament erzählen wollte... Ein kurioses Schauspiel für Augen, die richtig zu sehen verstünden – ein wildes, verkommenes Volk, das wir zivilisieren, indem wir ihm unsere Laster bringen. Die grausame, uneingeschränkte Herrschaft der großen Agas, die sich feierlich in ihr Großkordon der Ehrenlegion schneuzen und ihren Leuten für nichts und wieder nichts die Fußsohlen auspeitschen lassen. Die gewissenlose Justiz von bebrillten Kadis, Scheinheiligen des Korans und des Gesetzes, die vom fünfzehnten August* und der Ordensverleihung unter den Palmen träumen und ihre Urteilssprüche verkaufen wie Esau seine Erstgeburt – für einen Teller Linsen oder gezuckerten Kuskus. Ausschweifende, trunksüchtige Kaids, ehemalige Stiefelputzer irgendeines General Jussuf, die mit den kleinen balearischen Wäschermädchen Champagner saufen und gebratenes Lammfleisch fressen, während vor ihrem Zelt der ganze Stamm vor Hunger krepiert und sich mit den Hunden um die Überreste der hochherrschaftlichen Prassereien balgt.

Und ringsum brachliegende Felder, versengtes Gras, kahle Sträucher, undurchdringliche Kaktus- und Mastixdickichte – die Kornkammer Frank-

* Geburtstag Napoleons I.

reichs! Nur ist die Kornkammer leider Gottes leer; Überfluß herrscht nur an Schakalen und Wanzen. Verlassene Zeltstädte, verstörte Stämme, die vor dem Hunger davonlaufen, ohne zu wissen wohin, und ihren Weg mit Leichen besäen. Ab und zu ein französisches Dorf mit verfallenen Mauern, unbebauten Feldern, wildwütigen Heuschrecken, die alles bis zu den Fenstervorhängen verschlingen, und sämtliche Ansiedler im Café, wo sie über ihrem Absinth von Reformplänen und einer neuen Verfassung schwafeln.

All das hätte Tartarin sehen können, wenn er sich die Mühe genommen hätte; doch völlig von seiner Löwenleidenschaft besessen, ging er, ohne nach rechts und links zu blicken, immer der Nase nach, die Augen starrsinnig auf die imaginären Bestien gerichtet, die sich niemals zeigen wollten.

Da das Schutzzelt darauf beharrte, sich nicht zu öffnen, und die Pemmikan-Tabletten ebenso dickschädelig dabei blieben, sich nicht in Wasser aufzulösen, war die Karawane gezwungen, morgens und abends bei den Eingeborenen haltzumachen. Dank dem Käppi von Prinz Gregori wurden unsere tapferen Jäger überall mit offenen Armen aufgenommen. Sie logierten bei den Agas. in seltsamen Palästen, großen, weißen, fensterlosen Gutshöfen; überall herrschte ein buntes Durcheinander von Nargilehs und Mahagonikommoden, Perserteppichen und modernen Petroleumlampen, von Zederntruhen voll türkischer Golddukaten und Biedermeier-Wanduhren, und überall wurden zu Tartarins Ehren prachtvolle Feste, *diffas, fantasias,* veranstaltet. Ganze Horden von Gums ließen für ihn ihre Büchsen knallen und ihre Burnusse in der Sonne leuchten. Wenn die Büchsen geknallt hatten, dann kam der gute Aga und präsentierte die Rechnung. Das nennt man arabische Gastfreundschaft.

Und noch immer keine Löwen! Nicht mehr und nicht weniger Löwen als auf dem Pont-Neuf!

Doch der Held aus Tarascon verlor nicht den Mut. Tapfer gegen Süden vordringend, streifte er Tag für Tag durchs Dickicht, stocherte mit dem Gewehrlauf in den Zwergpalmen herum und machte vor jedem Gebüsch «Ksss! Ksss!», um die Löwen hervorzulocken. Vor dem Schlafengehen lag er jeden Abend noch zwei, drei Stündchen auf dem Anstand. Vergebliche Liebesmüh! Der Löwe wollte sich nicht zeigen.

Eines Abends gegen sechs, als die Karawane durch einen violetten Pistazienwald zog, wo dicke, hitzegelähmte Wachteln schwerfällig durchs Gras hüpften, glaubte Tartarin endlich wieder – aber ach, so weit, so undeutlich, so vom Winde verweht! – das wunderbar-schreckliche Gebrüll zu hören, das er daheim in Tarascon, hinter der Menagerie Mitaine, so oft vernommen hatte.

Zuerst meinte unser Held zu träumen. Doch nach einer Weile ertönte das Gebrüll aufs neue und etwas deutlicher, wenn auch noch immer sehr fern. Und diesmal begannen auch die Hunde in den Duars aus allen vier Windrichtungen zu heulen, und das Kamel erbebte vor Angst, so daß die Konserven- und Waffenkisten auf seinem Buckel klirrten und klapperten.

Kein Zweifel mehr! Der Löwe! Jetzt aber rasch auf den Anstand! Es war keine Minute zu verlieren.

Zufällig befand sich ganz in der Nähe ein altes Marabut mit einer weißen Kuppel, das ehrwürdige Grab eines mohammedanischen Heiligen. Die großmächtigen gelben Pantoffeln des Abgeschiedenen standen in einer Nische über der Tür, und an den Wänden hingen sonderbare Opfergaben, Burnusfetzen, Goldfäden, rote Haare. Hier stellte Tartarin von Tarascon seinen Prinzen und sein Kamel ein und machte sich auf die Suche nach einem Anstand. Prinz Gregori wollte ihn zwar begleiten, doch unser Held wies ihn ab; er legte Wert darauf, dem Löwen allein gegenüberzutreten. Immerhin bat er Seine Hoheit, sich nicht zu entfernen, und übergab ihm vorsichtshalber seine Brieftasche, eine mit Wertpapieren und Banknoten dick gespickte Brieftasche, damit der Löwe sie nicht etwa mit seinen Krallen beschädige. Hierauf ging er einen geeigneten Platz suchen.

Hundert Schritt vom Marabut entfernt zitterte ein Hain von Lorbeerrosen, am Ufer eines fast völlig ausgetrockneten Baches, leise unter dem Schleier der Abenddämmerung. Hier legte sich Tartarin auf die Lauer: streng nach Vorschrift, ein Knie auf dem Erdboden, das Gewehr in der Faust und das große Jagdmesser griffbereit in den Ufersand gepflanzt.

Die Nacht kam. Die Rosenfarbe der Natur ging allmählich ins Violette und hierauf ins Dunkelblaue über. Ein kleines Stück unter ihm erglänzte zwischen den Kieseln des Bachbetts eine kleine klare Wasserpfütze wie ein Spiegel. Das war die Tränke der wilden Tiere. Am gegenüberliegenden Uferhang sah man den Pfad, den sie mit ihren mächtigen Tatzen ausgetreten hatten, undeutlich im Dickicht schimmern. Beim Anblick dieses geheimnisvollen Hanges wurde einem unheimlich zumute. Wenn ihr euch noch dazu das unbestimmbare Raunen der afrikanischen Nacht vorstellt, das Rascheln leise gestreifter Zweige, die samtenen Schritte umherschleichender Tiere, das schrille Gebell der Schakale, und oben am Himmel, hundert, zweihundert Meter hoch, große Kranichschwärme, die laute Schreie ausstoßen – wie Kinder, die man abstechen wollte –, werdet ihr zugeben, daß es einigermaßen zum Fürchten war.

Tartarin fürchtete sich. Er fürchtete sich sogar sehr, der Arme. Die Zähne klapperten ihm, und sein Gewehrlauf schlug gegen den Griff seines in der Erde steckenden Messers, daß es wie ein Paar Kastagnetten klang. Was soll man da sagen? Es gibt eben Abende, an denen man nicht in Stimmung ist. Und dann – wo wäre das Verdienst, wenn die Helden niemals Furcht hätten?

Ja, Tartarin fürchtete sich, und zwar ununterbrochen. Trotzdem hielt er durch, eine Stunde, zwei Stunden lang, aber das Heldentum hat seine Grenzen. Doch plötzlich hört unser Held ganz in seiner Nähe, in dem ausgetrockneten Bachbett, das Geräusch von Schritten, von rollenden Kieselsteinen. Diesmal reißt ihn der Schreck in die Höhe. Er feuert aufs Geratewohl zwei Schüsse in die Finsternis und rennt, was er kann, in sein Marabut zurück. Sein Jagdmesser läßt er als Gedenkkreuz an die fürchterlichste Panik, die je die Seele eines Hydrabändigers erfaßt hat, im Sande stecken.

«Prinz! Hierher! Der Löwe…»

Stille.

«Prinz! Prinz! Sind Sie da?»

Der Prinz war nicht da. Auf der weißen Wand des Marabuts war einzig der bucklige Schatten des braven Kamels zu erblicken. Prinz Gregori hatte sich mit seiner vollgespickten Brieftasche davongemacht.

Schließlich hatte Seine Hoheit seit einem Monat auf diese Gelegenheit gewartet.

VI

Endlich!

Als unser Held am Morgen nach diesem ereignisreichen und tragischen Abend in der ersten Dämmerung erwachte und nicht länger zweifeln konnte, daß der Prinz und das Geld tatsächlich verschwunden, auf Nimmerwiedersehen verschwunden waren – als er sich in dem kleinen Grabmal allein sah, verraten, beraubt, mitten im wildesten Algerien im Stich gelassen, mit einem einhöckrigen Trampeltier und einer Handvoll Taschengeld als einzigem Besitz, da zweifelte Tartarin von Tarascon zum erstenmal. Er zweifelte an Montenegro, er zweifelte an der Freundschaft, er zweifelte am Ruhm, er zweifelte sogar an den Löwen. Und wie Christus in Gethsemane weinte er bitterlich.

Wie er so in schmerzliche Gedanken versunken in der Tür des Marabuts saß, den Kopf in beiden Händen, das Gewehr zwischen den Beinen und hinter sich das Kamel, das ihn sinnend betrachtete – da teilt sich auf einmal das Dickicht, und Tartarin sieht verblüfft, kaum zehn Schritt vor sich, einen riesenhaften Löwen auftauchen, der sich hocherhobenen Hauptes nähert und ein so fürchterliches Gebrüll ausstößt, daß die Mauern des Marabuts mitsamt den Votivgaben und noch die heiligen Pantoffeln in ihrer Nische erzittern.

Nur Tartarin zitterte nicht.

«Endlich!» rief er. Mit einem Sprung stand er aufrecht da, das Gewehr auf der Schulter. Piff-paff-

puff! Es war getan. Der Löwe hatte zwei Sprengkugeln im Kopf. Eine Minute lang spielte sich vor dem glühenden afrikanischen Himmel ein gräßliches Feuerwerk ab – zerfetztes Gehirn, dampfendes Blut, versengtes Fell, in alle Winde getragen. Dann klärte sich die Luft, und Tartarin erblickte – zwei riesige Neger, die mit drohend erhobenem Knüppel auf ihn zustürzten. Die beiden Neger aus Milianah!

Misère! Es war der abgerichtete Löwe, der arme Blinde aus dem mohammedanischen Kloster, den Tartarins Kugeln tödlich getroffen hatten.

Diesmal, bei Mohammed, kam Tartarin nur mit knapper Not davon. Die beiden Neger hätten ihn in ihrer fanatischen Raserei kurz und klein geschla-

gen, wenn der Christengott ihm nicht einen Schutzengel gesandt hätte, den Feldhüter der Stadt Orléansville, der mit seinem Säbel unterm Arm zufällig des Weges kam.

Der Anblick der Amtsmütze kühlte die Wut der
Neger jäh ab. Der Mann mit der Amtsmütze nahm
den Vorfall in majestätischer Ruhe zu Protokoll,
ließ die Überreste des Löwen auf das Kamel laden,
befahl den Anklägern wie dem Delinquenten, ihm
zu folgen, und marschierte mit ihnen nach Orléansville, wo er alles der Gerichtsbarkeit übergab.

Es wurde ein langes, schreckliches Verfahren!

Nach dem Algerien der Eingeborenen, das er bis
jetzt durchstreift hatte, lernte Tartarin von Tarascon nun ein anderes, nicht minder drollig-kurio-
ses und ebenso furchtgebietendes Algerien kennen,
das städtische Algerien der Winkeladvokaten und
Rechtsverdreher. Er lernte die anrüchige Juristerei
kennen, die sich in den Hinterzimmern der Cafés
breitmacht, die Boheme der Gesetzeskundigen, Ak-
ten, die nach Absinth riechen, weiße Krawatten mit
Flecken von Schnaps und Kaffee. Er lernte die Ge-
richtsdiener, die Rechtsvertreter, die Bevollmäch-
tigten kennen, all die ausgehungerten, abgezehrten
amtlichen Heuschrecken, die den Kolonisten bis
auf den Schaft seiner Stiefel kahlfressen und ihn
Blatt für Blatt leerrupfen wie eine Maispflanze.

Vor allem galt es festzustellen, ob der Löwe auf
zivilem oder militärischem Gebiet erlegt worden
war. Im ersteren Fall war das Handelsgericht zu-
ständig, im zweiten ein Kriegsgericht, und bei diesem Wort, Kriegsgericht, sah sich Tartarin mit seiner provenzalischen Phantasie schon am Fuß des

Festungswalls füsiliert oder im tiefsten Abgrund eines Schachts vermodern.

Das Schlimme ist, daß diese beiden Gebiete in Algerien nur sehr unbestimmt gegeneinander abgegrenzt sind. Nach einem Monat endloser Laufereien, Intrigen, Warten in den sonneglühenden Höfen der arabischen Amtsstellen wurde schließlich folgendermaßen entschieden: Wenn sich einerseits der Löwe im Augenblick seines Todes auch auf militärischem Gebiet befunden hätte, wäre doch andererseits Tartarin, als er den Schuß abfeuerte, auf zivilistischem Boden gestanden. Demgemäß wurde der Fall vor Zivilgericht verhandelt, und Tartarin kam mit einer Buße von *zweitausendfünfhundert Francs,* als Entschädigung zuzüglich Gerichtsspesen, davon.

Wie sollte er das bezahlen? Die paar Piaster, die der prinzlichen Razzia entgangen waren, hatten sich schon längst in Amtspapiere und gerichtlichen Absinth verwandelt.

Der unselige Löwenjäger sah sich gezwungen, die Waffenkisten en détail, Gewehr um Gewehr zu verkaufen. Er verkaufte die Dolche, die malaiischen Kris-Messer, die Totschläger. Die Lebensmittelkonserven erwarb ein Spezereihändler, ein Apotheker die kümmerlichen Reste des Heftpflasters. Sogar die hohen Stiefel mußten daran glauben; sie folgten dem patentierten Schutzzelt zu einem Trödler, der sie in den Rang fernöstlicher Kuriositäten erhob. Als schließlich alles bezahlt war, verblieben Tartarin nichts als das Löwenfell und das Kamel. Das Löwenfell schickte er, sorgfältig verpackt, per Post nach Tarascon, an die Adresse des tapferen Kommandanten Bravida. (Wir werden bald erfahren, was mit diesem berühmten Balg geschah.) Mit dem Kamel gedachte er die Reise nach Algier zu bestreiten, nicht indem er darauf ritt, sondern indem er für den Verkaufspreis eine Fahrkarte für die Postkutsche erwarb, was noch die bequemste Art ist, per Kamel zu reisen. Doch leider ließ sich das Tier nicht an den Mann bringen. Niemand wollte einen Heller dafür bezahlen.

Tartarin aber wollte so rasch wie möglich nach Algier zurück. Er konnte es nicht erwarten, Baïas blaues Mieder, sein arabisches Häuschen, seine Springbrunnen wiederzusehen und sich auf den kleeblattförmigen Fliesen seines kleinen Kreuzgangs auszuruhen, während er auf eine Geldsendung aus Frankreich wartete. So zögerte unser Held nicht länger; betrübt, aber ungeschlagen, machte er sich daran, die Reise ohne Geld, in kleinen Tagesmärschen zu Fuß anzutreten.

Das treue Kamel ließ ihn dabei nicht im Stich. Das sonderbare Tier hatte eine unerklärliche Zuneigung zu seinem Herrn gefaßt. Als er von Orléansville aufbrach, marschierte es fromm, im gleichen Schritt hinter ihm her, ohne ihm von den Fersen zu weichen.

Im ersten Augenblick fand Tartarin das rührend; eine solche Treue, eine so unverbrüchliche Hingebung gingen ihm zu Herzen, um so mehr als das Tier anspruchslos war und sozusagen von nichts lebte. Doch nach ein paar Tagen wurde es ihm lästig, daß dieser melancholische Gefährte, der ihn an all sein Mißgeschick erinnerte, ihm ständig auf dem Fuße folgte. Die traurige Miene, der Bukkel, der watschelnde Gang des armen Geschöpfs reizten ihn immer mehr; kurz, um ganz ehrlich zu sein, er konnte es nicht mehr sehen und wollte es um jeden Preis loswerden – doch das treue Tier hielt treulich stand. Tartarin versuchte es zu verlieren, das Kamel fand ihn wieder. Er versuchte ihm davonzulaufen, das Kamel lief schneller. Er rief: «Geh! Fort mit dir!» und warf Steine nach ihm. Das Kamel blieb stehen und sah ihn traurig an, doch nach einer Weile setzte es sich erneut in Bewegung und holte ihn schließlich immer wieder ein. Tartarin mußte sich in seine Gesellschaft fügen.

Doch als unser Held nach acht langen, staubigen, erschöpfenden Tagesmärschen von weitem die ersten Häuserterrassen von Algier auf den grünen Hängen leuchten sah, als er sich auf der lärmigen Straße von Mustapha den Toren der Stadt näherte, umwimmelt von Zuaven, *biskris,* Einheimischen aus Biskra, und Araberinnen, die ihm mit seinem Kamel nachsahen, riß ihm plötzlich die Geduld. «Nein! Unmöglich!» rief er. «Ich kann doch nicht mit diesem Biest in Algier einziehen!» Er machte sich das augenblickliche Gedränge von Menschen und Fuhrwerken zunutze, um mit einem scharfen Haken in die Felder einzubiegen, und warf sich dort in einen Graben.

Nach kurzer Zeit sah er das Kamel mit langen Sprüngen über seinen Kopf hinwegsetzen und mit ängstlich gestrecktem Hals davonjagen.

Da fiel unserem Helden ein gewaltiger Stein vom Herzen. Er verließ sein Versteck und begab sich auf einem Seitenweg, der an der Mauer seines vorstädtischen Gärtchens entlanglief, in die Stadt.

VII

Katastrophen über Katastrophen

Vor seinem maurischen Haus angelangt, blieb
Tartarin höchst verwundert stehen. Der Abend
senkte sich herab, die Straße lag verlassen da.
Durch das Spitzbogenpförtchen, das die Negerin zu
schließen vergessen, hörte man Gelächter, Gläser-
klingen, das Knallen von Champagnerpfropfen,
und der ganze fröhliche Radau wurde von einer
weiblichen Stimme übertönt, die hell und klar sang:

> *«Aimes-tu, Marco la Belle,*
> *La danse aux salons en fleurs…»*

«Troun de Diou!» rief der Mann aus Tarascon erbleichend und stürmte in den Hof.

Unseliger Tartarin! Welcher Anblick erwartete
ihn! Unter den Arkaden des kleinen Kreuzgangs, in
einem Durcheinander von Flaschen, Süßigkeiten,
Kissen, Pfeifen, Tamburinen, Gitarren stand Baia,
ganz ohne blaues Jäckchen und Mieder, nur in
einem silberdurchwirkten Gazehemdchen und mit
einer weiten zartrosa Pluderhose, eine Schiffsoffi-
ziersmütze schräg auf dem Ohr, und sang aus vollem Hals *Marco la Belle;* während auf einer Matte
zu ihren Füßen Barbassou, der niederträchtige Kapitän Barbassou, übersatt von Liebe und Konfitüren, vor Lachen schier zu platzen drohte.

Der Anblick Tartarins, der abgezehrt, mager,
staubbedeckt, mit blitzenden Augen und gesträub-

ter *chéchia* unvermittelt dastand, unterbrach dieses liebenswürdige turko-marseillaisische Fest. Baia schrie leise auf wie ein erschrockenes Windhündchen und flüchtete ins Haus. Barbassou hingegen lachte nur noch lauter.

«Hé bé, Monsieur Tartarin! Was sagen Sie jetzt? Sehen Sie wohl, daß sie Französisch kann!»

Tartarin von Tarascon trat ihm wütend entgegen: «Kapitän!»

«*Digo-li qué vengué, moun bon!*» rief die Maurin, die sich in anmutig ordinärer Haltung von der Galerie im ersten Stock herabneigte.

Der arme Tartarin sank, wie vom Blitz gerührt, auf die nächste Trommel. Seine maurische Schöne konnte nicht nur Französisch, sondern auch unverfälschten Marseiller Dialekt!

«Hab ich Ihnen nicht gesagt, Sie sollten den Algerierinnen nicht trauen?» fragte der Kapitän in schulmeisterlichem Ton. «Das ist genau wie mit Ihrem montenegrinischen Prinzen.»

Tartarin fuhr auf.

«Sie wissen, wo der Prinz ist?»

«Oh, der ist nicht weit. Die nächsten fünf Jahre lang wird er das schöne Gefängnis in Mustapha bewohnen. Der dumme Kerl hat sich in flagranti erwischen lassen. Übrigens ist es nicht das erstemal, daß man ihn einlocht. Seine Hoheit hat schon drei Jahre Zuchthaus hinter sich – irgendwo in Südfrankreich... Halt! Ich glaube sogar in Tarascon!»

«Tarascon!» rief Tartarin in jäher Erleuchtung. «Darum kannte er nur die eine Seite der Stadt!»

«Eben – Tarascon vom Zuchthaus aus gesehen... Ja, mein lieber Monsieur Tartarin, man muß in diesem verflixten Land die Augen gut aufmachen, sonst kann man allerlei erleben. So wie Ihre Geschichte mit dem Muezzin...»

«Meine Geschichte? Mit welchem Muezzin?»

«Té pardi! Der Muezzin von gegenüber, der Baia schöne Augen gemacht hat. Der *Akbar* hat unlängst die Geschichte gebracht, und ganz Algier lacht noch heute drüber. Das ist so komisch: der Muezzin oben auf seinem Minarett, der vor Ihrer Nase der Kleinen seine Liebeserklärungen vordeklamiert und Rendez-vous mit ihr verabredet, während er Allah anruft!»

«Ja, gibt es denn in diesem Land nur Schurken?» brüllte der unglückliche Betrogene.

Barbassou zuckte philosophisch die Schultern.

«Ja, mein Lieber, diese neuen Länder... Aber wie dem auch sei: Wenn Sie auf mich hören, fahren Sie schleunigst nach Tarascon zurück.»

«Das ist leicht gesagt. Woher soll ich das Geld nehmen? Haben Sie denn nicht gehört, wie man mich dort unten in der Wüste gerupft hat?»

«Daran soll's nicht liegen!» versetzte der Kapitän lachend. «Die *Zouave* läuft morgen aus, und wenn Sie wollen, bringe ich Sie heim. Einverstanden? Dann ist ja alles in Ordnung. Sie brauchen nur eins zu tun. Es sind noch ein paar Flaschen Champagner da und eine halbe Pastete – setzen Sie sich her, greifen Sie zu, und nichts für ungut!»

Nach dem kurzen Zögern, das er seiner Würde schuldig war, fand sich der Held aus Tarascon tapfer in seine Lage. Er setzte sich und stieß mit dem Kapitän an. Auf das fröhliche Gläserklirren hin kam Baia wieder herunter und sang *Marco la Belle*

149

zu Ende. Das Fest dauerte bis spät in die Nacht hinein.

Gegen drei Uhr früh begleitete Tartarin seinen Freund, den Kapitän, nach Hause. Als er auf dem Rückweg mit leichtem Kopf und schweren Beinen an der Moschee vorbeiging, mußte er beim Gedanken an den Muezzin und seinen Streich herzlich lachen, und alsbald kam ihm ein ausgezeichneter Einfall, wie er Rache üben könnte. Die Tür stand offen. Er trat ein, wanderte durch lange, mit Matten belegte Gänge, stieg eine Treppe hinauf, immer höher und höher, und sah sich endlich in einem kleinen türkischen Betzimmer; an der Decke baumelte eine kunstvoll ausgeschnittene Metallampe, die bizarre Schatten auf die weißen Wände malte.

Der Muezzin in seinem großmächtigen Turban und seinem weißen Burnus saß mit der Pfeife im Mund auf einem Diwan, vor sich ein großes Glas Absinth, dem er fromm zusprach, während er die Stunde erwartete, um die Gläubigen zum Gebet zu rufen. Beim Anblick Tartarins ließ er vor Schreck die Pfeife fallen.

«Kein Wort, Pfaff!» rief der Mann aus Tarascon. «Schnell, deinen Umhang, deinen Turban!»

Der türkische Pfaffe überreichte ihm zitternd seinen Turban, seinen Umhang, alles, was er wollte. Tartarin staffierte sich damit heraus und begab sich mit feierlichem Schritt auf die Terrasse des Minaretts.

In der Ferne leuchtete das Meer, die weißen Dächer glänzten im Mondenschein. In das sanfte Säuseln der Brise mischten sich einige verspätete Gitarrenklänge. Der Muezzin aus Tarascon sammelte sich einen Augenblick, dann erhob er die Arme und begann mit schriller Stimme zu psalmodieren: *«La Allah il Allah!* Mohammed ist ein alter Trottel. Der Orient, der Koran, der Basch-Aga, die Löwen, die maurischen Weiber, das ist alles keinen Viédaze wert! Es gibt keine Türken mehr, es gibt nur Schwindler. Es lebe Tarascon!»

Und während der große Tartarin seine muntere Verwünschung in einem wunderlich mit Arabisch und Provenzalisch untermischten Jargon in alle vier Windrichtungen übers Meer, über die Stadt, über die Ebene, übers Gebirge hinausschmetterte, antworteten ihm die klaren, feierlichen Stimmen der anderen Muezzins aus immer größerer Entfernung, von Minarett zu Minarett, und die letzten Gläubigen in der Oberen Stadt schlugen sich fromm an die Brust.

VIII

«Tarascon! Tarascon!»

Mittag. Auf der *Zouave* werden die Kessel ange-
heizt, bald wird sie auslaufen. Oben auf dem Balkon des Café Valentin stellen die Herren Offiziere
das Fernrohr ein und treten, der Oberst an der
Spitze, ranggemäß einer nach dem anderen heran,
um einen Blick auf das glückliche Schifflein zu werfen, das in drei Tagen in Frankreich sein wird. Das
ist die beliebte Zerstreuung des Regimentsstabes.
Unten funkelt die Reede. Die Bodenstücke der alten türkischen Kanonen, die längs des Quais einge-
graben sind, blinken und blitzen in der Sonne. Die
Passagiere hasten herbei. Neger und Araber türmen das Gepäck in die Boote.

Tartarin von Tarascon hat kein Gepäck. Da
kommt er gerade an der Seite seines Freundes Barbassou über den kleinen, von Bananen und Melonen überquellenden Markt die Rue de la Marine
herunter. Der Unglücksmensch aus Tarascon hat
seine Waffenkisten und seine Illusionen an der Ber-
berküste zurückgelassen und schickt sich jetzt an,
leicht wie ein Vogel nach Tarascon zurückzusegeln.
Kaum aber ist er in die Kapitänsschaluppe gesprungen, als ein atemlos keuchendes Tier die
Hafentreppe hinunterpurzelt und eilig auf ihn zu
galoppiert. Es ist das Kamel, das treue Kamel, das
seinen Herrn seit vierundzwanzig Stunden in ganz
Algier sucht!

Tartarin erbleicht bei seinem Anblick und tut, als

kenne er es nicht. Doch das Kamel läßt sich nicht so leicht abschütteln. Es zappelt am Quai hin und her. Es ruft nach seinem Herrn und schaut ihn zärtlich an. «Nimm mich mit!» scheint sein trübseliges Gesicht zu sagen. «Führe mich in deinem Boot fort, weit, weit fort aus diesem papiernen Arabien, aus diesem lächerlichen, von Lokomotiven und Omnibussen strotzenden Orient, wo ich heruntergekommenes Trampeltier nicht mehr aus und ein weiß. Du bist der letzte Türk, ich bin das letzte Kamel. Wir wollen nun und nimmer voneinander lassen, o du mein Tartarin!»

«Gehört das Kamel dort Ihnen?» fragt der Kapitän.

«Durchaus nicht!» erwidert Tartarin, dem es bei dem Gedanken, in so lächerlicher Begleitung in Tarascon einzuziehen, ganz schwül wird; und den Gefährten seiner Unbilden schnöde verleugnend, versetzt er dem algerischen Erdboden einen Fußtritt und stößt damit das Boot ab. Das Kamel beschnuppert das Wasser, streckt den Hals vor, läßt seine Gelenke krachen und stürzt sich mit Todesverachtung in die Fluten. So schwimmt es mit seinem Buckel, der wie eine Kürbisflasche auf dem Wasser treibt, und seinem langen Hals, der wie ein Schiffsschnabel hervorragt, neben dem Boot her.

Boot und Kamel langen gleichzeitig beim Dampfer an.

«Es kann einem leid tun, das arme Vieh», sagt Kapitän Barbassou gerührt. «Ich hätte Lust, es an Bord zu nehmen. In Marseille verehre ich es dann dem Zoologischen Garten.»

Man hißte das Kamel, das vom Meereswasser

viel schwerer geworden war, mit einem großen Aufwand von Flaschenzügen und Tauen auf Deck, und die *Zouave* trat ihre Reise an.

Die Überfahrt dauerte zwei Tage, die Tartarin ganz allein in seiner Kabine verbrachte. Nicht daß die See schwer gewesen wäre oder die *chéchia* allzuviel zu erdulden gehabt hätte, aber sobald er auf Deck erschien, bezeigte ihm dieses unheimliche Kamel die lächerlichste Zärtlichkeit. Ihr habt nie ein Kamel gesehen, das einen Menschen derartig blamiert hätte!

Durch die Luken seiner Kabine, an die Tartarin manchmal die Nase preßte, sah er den algerischen Himmel von Stunde zu Stunde mehr verblassen, bis er eines Morgens im silberglänzenden Nebel hochbeglückt alle Glocken von Marseille läuten hörte. Die *Zouave* warf den Anker aus.

Unser Held, der ja kein Gepäck besaß, machte sich wortlos davon und durchquerte eilig Marseille. Er war in ständiger Angst, das Kamel könnte ihm nachlaufen, und atmete erst auf, als er in einem Eisenbahnwagen dritter Klasse saß, der in flottem Tempo nach Tarascon dampfte. O trügerische Sicherheit! Kaum zwei Meilen hinter Marseille sieht man alle Köpfe an den Fenstern. Man ruft, man staunt. Tartarin schaut seinerseits hinaus – und was erblickt er? Das Kamel, meine Verehrten, das unentrinnbare Kamel, das mitten in der Rhone-Ebene auf den Schienen neben dem Zug einhersaust und tatsächlich mit ihm Schritt hält. Tartarin schloß fassungslos die Augen und machte sich so klein wie möglich.

Angesichts seiner so schmählich mißglückten Expedition hatte er inkognito eintreffen wollen, aber mit dem lästigen Vieh auf den Fersen war das unmöglich. Herrgott, was für eine Heimkehr würde das sein! Kein Sou in der Tasche, keine Löwen, nichts… Nur ein Kamel!

«Tarascon! Tarascon!»

Es half nichts, er mußte aussteigen.

Doch was war das? Kaum daß die rote Mütze unseres Helden in der Abteiltür erschien, ließ ein donnerndes «Hoch Tartarin!» das Glasdach des Bahnhofs erbeben. «Hoch Tartarin! Ein Hoch dem

Löwentöter!» Die Trompeten spielten einen Tusch,
der Gesangsverein legte los. Tartarin fühlte sich
vergehen; er glaubte an eine Fopperei. Aber nein!
Ganz Tarascon war da und schwenkte mit strahlendem Gesicht den Hut: der tapfere Kommandant
Bravida, der Büchsenmacher Costecalde, der Präsident, der Apotheker und die gesamte edle Schar der
Mützenjäger, die ihren Führer umdrängten und ihn
im Triumph die Treppe hinabtrugen!

Welch sonderbare Luftspiegelung! Das Fell des
blinden Löwen, das er Bravida geschickt hatte, war
an dem ganzen Spektakel schuld. Dieser schäbige
Pelz, der im Cercle ausgestellt wurde, war den Tarasconern und mit ihnen dem ganzen Süden zu
Kopf gestiegen. Der *Sémaphore* hatte darüber berichtet. Man hatte ein ganzes Drama erfunden. Tartarin hatte nicht *einen* Löwen getötet, sondern zehn
Löwen, zwanzig Löwen, Löwen noch und noch! Als
Tartarin in Marseille landete, war er schon hochbe-
rühmt, ohne es zu wissen, und ein enthusiastisches
Telegramm war zwei Stunden vor ihm in seiner
Heimatstadt eingetroffen.

Doch ihren Höhepunkt erreichte die freudige
Hingerissenheit des Volkes, als es ein phantasti-
sches, mit Schweiß und Staub bedecktes Tier hinter
dem Helden auftauchen und die Bahnhoftreppe
hinabhumpeln sah. Einen Augenblick lang glaubte
Tarascon, sein alter Lindwurm Tarasque wäre wie-
derauferstanden.

Tartarin beruhigte seine Landsleute.

«Das ist nur mein Kamel», sagte er. Und unter
dem Einfluß der schönen südfranzösischen Sonne,
die den Menschen arglos lügen läßt, fügte er hinzu,

indem er den Buckel des Viehs streichelte: «Es ist ein edles Tier. Es hat zugesehen, wie ich alle meine Löwen erlegte.»

Dann nahm er, vor Glück ganz rot, den Kommandanten gemütlich beim Arm. Gefolgt von seinem Kamel, vom Beifall des ganzen Volks umbraust, lenkte er seine Schritte gemächlich dem Häuschen zum Baobab zu und begann schon unterwegs seinen großen Jagdbericht: «Stellt euch nur vor, wie ich so eines Abends, mitten in der Sahara...»

TARTARIN IN DEN ALPEN

I

*Eine Erscheinung auf Rigi-Kulm – «Wer ist das?» – Was
an einer Table d'hôte mit sechshundert Gedecken geredet
wird – Milchreis und Zwetschgenkompott – Ein impro-
visierter Ball – Der Unbekannte trägt seinen Namen ins
Gästebuch des Hotels ein – P.C.A.*

Am 10. August 1880, zur legendären Stunde des
Alpenglühens, das von den Reiseführern Joanne
und Baedecker mit einstimmiger Begeisterung ge-
priesen wird, verhüllte ein dichter gelber, durch die
weißen Wirbel eines jähen Schneetreibens noch zu-
sätzlich komplizierter Nebel den Gipfel des Rigi
(Regina montium) und das gigantische Kulm-Hotel,
das sich, verglast wie ein Observatorium, massig
wie eine Festung, in der öden Berglandschaft so
sonderbar ausnimmt und wo sich der Schwarm der
reisenden Sonnenanbeter jeweils für einen Tag und
eine Nacht niederläßt.

In Erwartung des zweiten Gongzeichens zum
Abendessen saßen die Gäste der riesigen, prunkvol-
len Karawanserei entweder frierend auf ihren Zim-
mern oder räkelten sich in der milden Wärme der
angezündeten Heizkörper in den Fauteuils der Gesellschaftsräume. In Ermangelung des verheißenen Naturschauspiels sahen sie zu, wie draußen die
kleinen weißen Schneeflocken herumwirbelten und
die großen Laternen vor dem Hotel, deren doppelte
Glasscheiben im Winde klirrten, angezündet wurden.

So hoch steigen, aus allen vier Ecken der Welt

hier zusammenströmen, um dieses Schauspiel zu genießen – o heiliger Baedecker!

Doch plötzlich tauchte etwas aus dem Nebel auf und näherte sich unter metallischem Geklirr und mit übermäßig ausladenden Bewegungen, die offenbar durch seltsame Anhängsel oder Auswüchse bedingt waren, dem Hotel.

Die müßigen Touristen, die ihre Nasen an die Fensterscheiben preßten, die englischen Misses mit ihren knabenhaft knapp frisierten Köpfchen hielten die Erscheinung auf zwanzig Schritt Entfernung zunächst für eine verirrte Kuh und dann für einen mit seinem Werkzeug beladenen Kesselflikker.

Auf zehn Schritt Entfernung verwandelte sich die Gestalt aufs neue und glich jetzt einem mittelalterlichen Bogenschützen mit der Armbrust auf der Schulter und geschlossenem Helm – auf diesen Höhen eine noch unwahrscheinlichere Begegnung als ein Rindvieh oder ein fahrender Handwerksgeselle.

Dicht vor dem Hotel entpuppte sich der vermeintliche Bogenschütze schließlich als ein dicker, kleiner, vierschrötiger Mann. Er machte vor der Freitreppe halt, um zu Atem zu kommen und den Schnee von seinen Wickelgamaschen und seiner Mütze aus dem gleichen gelblichen Stoff abzuschütteln. Unter der Mütze trug er eine gestrickte Schneehaube, die von seinem Gesicht nichts sehen ließ als ein paar graumelierte Bartbüschel und eine gewaltige Brille mit stark gewölbten grünen Gläsern. Ein Eispickel, ein langer Alpenstock, ein Rucksack, ein kreuzweise über die Brust geschlungenes Seil, Steigeisen und Eiskrampen im Gürtel

einer englischen Wetterjacke mit breiten Schulterklappen vervollständigten die Ausrüstung dieses perfekten Alpinisten.

Auf den öden Firnen des Montblancs oder des Finsteraarhorns wäre eine solche Kletterausrüstung natürlich erschienen – aber auf Rigi-Kulm, zwei Schritt von der Bergbahn!

Allerdings kam der Bergsteiger von der entgegengesetzten Seite, und der Zustand seiner Gamaschen zeugte von einem langen Marsch durch Schnee und Schmutz.

Einen Augenblick lang betrachtete er das Hotel mit seinen Nebengebäuden; es verblüffte ihn offenbar, in einer Höhe von zweitausend Metern über dem Meer ein so gewaltiges Bauwerk anzutreffen, das mit seinen Glasveranden und Kolonnaden, mit seinen sieben Stockwerken beleuchteter Fenster und der breiten Freitreppe, zu deren beiden Seiten zwei Reihen von Kohlenfeuern in offenen Becken loderten, dem Berggipfel das Aussehen der Place de l'Opéra an einem Winterabend verlieh.

Doch so erstaunt er auch sein mochte, die Hotelgäste schienen noch viel erstaunter, und als er in die große Eingangshalle trat, füllten sich die Türen sämtlicher Gesellschaftsräume mit Neugierigen: Herren mit dem Billard-Queue oder der entfalteten Zeitung in der Hand, Damen mit ihrem Roman oder ihrer Handarbeit, während hinten im Treppenhaus, zwischen den Ketten des Aufzugs, Köpfe sichtbar wurden, die sich über das Stiegengeländer beugten.

Der Mann rief sehr laut, mit einem mächtigen Baß, so echt aus dem tiefen Süden, der wie ein Bekkenschlag dröhnte: *«Coquin de bon sort!* Das ist dir ein Wetter!»

Und er blieb stehen und riß sich Mütze und Brille herunter.

Er schnappte nach Luft.

Das blendende Licht, die Wärme der Gasflammen und Heizkörper nach der Kälte und Dunkelheit draußen, dazu der ganze Prunk, die reich betreßten Portiers mit ihren Admiralsmützen, auf denen in goldenen Lettern der Name REGINA MONTIUM prangte, die weißen Krawatten der Kellner, das Bataillon von Schweizer Mädchen in ihren Volkstrachten, die auf ein Glockenzeichen hin angerannt kamen, all das überwältigte ihn eine Sekunde, aber nur eine Sekunde lang.

Unter den vielen Augen, die ihn anstarrten, fand er sofort seinen Aplomb wieder, wie ein Schauspieler vor den vollbesetzten Logen.

«Der Herr wünscht?»

Es war der Hoteldirektor, der ihn fragte, beinahe ohne den Mund aufzutun, ein sehr eleganter Direktor, gestreifter Cutaway, wohlgepflegter Backenbart, Typus Damenschneider.

Ohne sich dadurch beeindruckt zu zeigen, verlangte der Alpinist ein Zimmer, «ein nettes Zimmerchen», wobei er mit dem majestätischen Direktor so gemütlich umging wie mit einem alten Schulfreund.

Und er wurde beinahe richtig böse, als das Berner Stubenmädchen, stocksteif in dem goldgestickten Mieder und den weiten Puffärmeln, sich erkundigte, ob Monsieur im Aufzug hinaufzufahren wünsche; die Zumutung, ein Verbrechen zu begehen, hätte ihn nicht zorniger machen können.

Im Aufzug fahren! Das ihm! Seine laute Stimme und seine entrüsteten Gebärden brachten sein ganzes Alteisen zum Klappern.

Doch er beruhigte sich ebenso rasch wieder, und mit einem liebenswürdigen *«Pedibus cum jambis, mein hübsches Kätzchen»*, stieg er hinter dem Mädchen die Treppe hinauf, die er mit seinem breiten Rücken gänzlich ausfüllte. Die Entgegenkommenden mußten ausweichen. Ein langes Raunen durchlief das Hotel, ein Flüstern in sämtlichen Sprachen der Welt: «Wer ist das?» Dann erscholl das zweite Gongzeichen zum Nachtessen, und niemand dachte mehr an den sonderbaren Gast.

Den Speisesaal im Hotel Rigi-Kulm mußte man gesehen haben.

Sechshundert Gedecke auf einer ungeheuerlich langen, hufeisenförmigen Tafel, auf welcher große

Glasschüsseln mit Milchreis oder Zwetschgenkompott zwischen grünen Pflanzen in schier endloser Folge miteinander abwechselten und dabei in ihrer weißlichen beziehungsweise schwärzlichen Sauce die kerzengeraden Flämmchen der Kronleuchter und die Vergoldungen der kassettierten Zimmerdecke widerspiegelten.

Wie an jeder schweizerischen Table d'hôte schieden Milchreis und Backpflaumen die Gäste in zwei rivalisierende Parteien, und an den angewiderten oder gierigen Blicken, die schon im vorhinein auf die Dessertschüsseln geworfen wurden, sah man sogleich, welcher Partei ein jeder angehörte. Die vom Milchreis erkannte man an ihrer kränklichen Blässe, die vom Zwetschgenkompott an ihren hochgeröteten Gesichtern.

Heut abend waren die letzteren zahlreicher vertreten, und vor allem durch bedeutendere Persönlichkeiten, darunter solche von europäischem Ruf, wie etwa der große Historiker Astier-Réhu von der Académie française, Baron von Stoltz, ein österreich-ungarischer Diplomat, Lord Chippendale (?), Mitglied des Jockey-Clubs, mit seiner Nichte (hm, hm!), der hochberühmte Professor Dr. Schwanthaler von der Universität Bonn, ein peruanischer General und seine acht Fräulein Töchter.

Diesen großen Stars hatten die vom Reis nichts entgegenzustellen als einen belgischen Senator mit seiner Familie, Frau Professor Schwanthaler, die Gattin des Gelehrten, und einen soeben aus Rußland zurückgekehrten italienischen Tenor, welcher seine untertassengroßen Manschettenknöpfe auf dem Tischtuch zur Schau stellte.

Zweifellos lag es an dieser gegeneinander gerichteten Doppelströmung, daß es an der Tafel so steif und geniert zuging. Wie ließe sich sonst das hartnäckige Schweigen von sechshundert hochnäsigen, griesgrämigen, argwöhnischen Menschen erklären, wie die abgrundtiefe Verachtung, die jeder jedem entgegenzubringen schien? Ein oberflächlicher Beobachter hätte die Tatsache vielleicht dem albernen angelsächsischen Dünkel zugeschrieben, der heutzutage landein, landaus den Ton der reisenden Welt angibt. Doch nein und abermals nein! Geschöpfe mit menschlichen Gesichtszügen sind einfach nicht fähig, einander auf den ersten Blick derart zu hassen und ihrer Verachtung mittels Mund, Nase und Augen so deutlich Ausdruck zu verleihen, bloß weil sie einander nicht offiziell vorgestellt sind. Da muß etwas anderes im Spiel sein.

Milchreis und Zwetschgenkompott, das sage ich euch. Damit habt ihr die Erklärung für die trübsinnige Stille, die über dem Diner im Hotel Rigi-Kulm lag, bei dem es doch angesichts der Zahl und der internationalen Mannigfaltigkeit der Tischgenossen so laut und stürmisch hätte zugehen sollen, wie man sich die Gastmähler zu Füßen des Turms von Babel vorstellt.

Der Alpinist betrat etwas betroffen dieses Refektorium büßender Kartäusermönche unter dem hellen Lichterglanz der Kronleuchter. Er hustete geräuschvoll, ohne daß jemand ihn beachtete, und nahm, entsprechend seinem Rang als Zuletztgekommener, am unteren Ende der Tafel Platz. Jetzt, da er abgeschirrt war, sah er aus wie jeder andere Tourist, aber liebenswürdiger: schmerbäuchig, glatzköpfig, mit kurzem, buschigem Vollbart, majestätischer Nase und gefährlich dicken, struppigen Brauen über gutmütigen Äuglein.

Reis oder Zwetschgen? Man wußte es noch nicht.

Kaum hatte er sich gesetzt, als er unruhig auf seinem Stuhl herumzuwetzen begann und dann mit einem Schreckensruf aufsprang. «*Outre!* Hier zieht's!» sagte er laut und marschierte auch schon auf einen freien Stuhl in der Mitte der Tafel zu.

Er wurde von der diensttuenden Schweizerin, in Urnertracht mit silbernen Kettchen und weißem Brusttuch, zurückgehalten.

«Hier ist besetzt, Monsieur.»

Ein junges Mädchen, von dem er nur das hochgesteckte blonde Haar über einem schneeweißen Nacken sah, sagte mit fremdartigem Akzent und ohne sich umzudrehen vom Tisch her: «Der Stuhl ist frei. Mein Bruder ist krank und kommt nicht herunter.»

«Krank?» rief der Alpinist, während er neben ihr Platz nahm, in eifrigem, geradezu zärtlichem Ton. «Doch nichts Gefährliches, *au moins?*»

Dieses *au moins* kehrte mit einigen anderen überflüssigen Vokabeln wie *hé, qué, té, zou, vé, vaï, allons, et autrement, différemment,* die seinen südfranzösischen Akzent noch auffallender erscheinen ließen, in allen seinen Sätzen wieder. Der blonden jungen Dame schien das zu mißfallen, denn sie antwortete nur mit einem eisigen Blick, einem schwarzblauen, abgrundblauen Blick.

Der Nachbar zur Rechten hatte auch nichts Ermunterndes an sich. Es war der italienische Tenor, ein draufgängerischer Kerl mit niedriger Stirn,

schwimmenden Pupillen und einem angeberischen
Schnurrbart, den er mit zornigen Fingern glättete,
seitdem man ihn von seiner hübschen Tischnachbarin getrennt hatte. Doch der wackere Alpinist
war gewöhnt, beim Essen zu sprechen, das erforderte seine Gesundheit.

«Vé! Die hübschen Knöpfe!» sagte er laut zu sich
selber, auf die Manschettenknöpfe des Italieners
schielend. «Silberne Musiknoten in Jaspis eingelegt
– wirklich reizend.»

Seine klangvolle Stimme hallte in der allgemeinen Stille wider, ohne die geringste Beachtung zu
finden.

«Monsieur ist bestimmt Sänger, *qué?*»

«Non capisco», knurrte der Italiener in seinen
Schnurrbart.

Einen resignierten Moment lang versuchte der
Mann, sein Essen schweigend hinunterzuschlingen,
doch die Bissen blieben ihm im Hals stecken. Als
sein Gegenüber, der österreich-ungarische Diplomat, mit seinen zitternden alten Händchen, die in
Halbhandschuhen steckten, den Senf zu erreichen
suchte, beeilte er sich, ihm gefällig zu sein: *«A votre
service, Monsieur le Baron!»* – denn er hatte gehört,
daß man ihn so betitelte.

Nun war aber dem armen Herrn von Stoltz, trotz
des geistreich-pfiffigen Gesichtsausdrucks, den er
sich im Umgang mit den diplomatischen Floskeln
erworben, leider seit vielen Jahren sein Sprach- und
Denkvermögen abhanden gekommen, und er reiste
hauptsächlich, um es wiederzufinden. Er schlug
seine leeren Augen auf, starrte in das unbekannte
Gesicht und schloß sie wieder, ohne irgend etwas

zu äußern. Es hätte zehn einstige Diplomaten von seiner Geisteskraft gebraucht, um ein Dankeswort zu finden.

Bei diesem neuen Mißerfolg schnitt der Alpinist eine furchterregende Grimasse und griff so brüsk nach der Mineralwasserflasche, daß man hätte meinen können, er würde damit den schadhaften Kopf des alten Diplomaten vollends einschlagen. Weit gefehlt! Er wollte nur galanterweise seiner Nachbarin einen Trunk anbieten. Sie aber achtete nicht auf ihn, völlig in Anspruch genommen von dem halblauten Gespräch, das sie mit zwei neben ihr sitzenden jungen Leuten führte. Es war ein zugleich lebhaftes und sanftes fremdländisches Gezwitscher. Ihr Gesicht belebte sich, sie neigte sich ein wenig vor. Man sah ein winziges, rosig durchscheinendes Ohr zwischen den hellen Locken schimmern. Eine Polin, eine Russin, eine Norwegerin? Jedenfalls war sie aus dem Norden. Dem Mann aus Südfrankreich kam ein hübsches Lied in seiner heimatlichen Sprache in den Sinn, und er begann seelenruhig vor sich hin zu singen:

> *«O Coumtesso gènto,*
> *Estelo dou Nord*
> *Qué la neu argento,*
> *Qu'Amour friso en or.»**

Der ganze Tisch drehte sich nach ihm um. Man hielt ihn für verrückt. Er verstummte errötend, beugte sich tief über seinen Teller und blickte erst

* O reizende Gräfin, / Stern des Nordens, / der Schnee schmückt dich mit Silber, / die Liebe krönt dich mit Gold. (F. Mistral)

auf, als man ihm eine der geheiligten Dessertschüsseln reichte. Er wies sie heftig von sich.

«Zwetschgenkompott! Nein, danke! Um nichts in der Welt!»

Das war zuviel.

Lautes Stühlerücken. Das Mitglied der Académie française, Lord Chippendale (?), der Bonner Professor und einige andere hervorragende Vertreter der Zwetschgenpartei erhoben sich und verließen zum Zeichen des Protests den Saal.

Die von der Reispartei folgten ihnen auf dem Fuß, da er die zweite Dessertschüssel ebenso brüsk zurückstieß wie die erste.

Weder Reis noch Zwetschgen! Ja, was denn?

Alle zogen sich von ihm zurück. Und dieser stumme Vorbeimarsch von verächtlich gesenkten Nasenspitzen und abfällig hinabgezogenen Mundwinkeln wirkte vereisend auf den Bemitleidenswerten, der, tiefgebeugt von der Last der allgemeinen Verachtung, ganz allein in dem riesengroßen Speisesaal zurückblieb und nach heimatlicher Art sein Brot in den Wein tunkte.

Liebe Freunde, wir wollen niemanden verachten. Verachtung ist die Waffe der Parvenus, der Großtuer, der Häßlichen und der Dummköpfe – die Maske, hinter der sich die Unfähigkeit und manchmal auch die Gemeinheit verbergen, unvereinbar mit Geist, gesundem Menschenverstand und Güte. Alle Bucklingen sind voller Verachtung. Alle krummen Nasen rümpfen sich verächtlich, wenn sie einer geraden Nase begegnen.

Unser wackerer Alpinist wußte das. Er war ein

paar Jährchen über das vierte Jahrzehnt hinaus,
dieses «vierte Stockwerk», wo der Mensch den magischen Schlüssel findet und aufhebt, der das Leben bis auf den Grund erschließt und die enttäu-
schend eintönige Flucht seiner Jahre erkennen läßt.
Überdies kannte er seinen eigenen Wert, die Be-
deutsamkeit seiner Mission und des großen Namens, den er trug, und so berührte ihn die Meinung
dieser Leute nicht. Er hätte übrigens bloß seinen
Namen nennen müssen, bloß ausrufen: «Ja, der bin
ich!» – und alle diese hochmütigen Mienen hätten
sich in platte Unterwürfigkeit und Ehrerbietung
verwandelt. Doch sein Inkognito machte ihm Spaß.

Er litt nur darunter, daß er nicht die Möglichkeit
hatte, zu reden, zu lärmen, sein Innerstes aufzu-
schließen und auszubreiten, Hände zu schütteln,
gemütlich eine Schulter zu umfangen, die Leute
beim Vornamen zu rufen. Das war es, was ihn im
Hotel Rigi-Kulm bedrückte.

Ach, vor allem, daß er nicht reden durfte!

«Den Pips kann man hier kriegen!» dachte der
Arme, während er verloren durch das ganze Hotel
irrte. Er wußte einfach nicht, was er mit sich anfangen sollte.

Er betrat das Café, das weit und verlassen dalag
wie eine protestantische Kirche am Wochentag,
nannte den Kellner «lieber Freund» und bestellte
«einen Mokka ohne Zucker, qué!» Da der Kellner
nicht fragte: «Warum ohne Zucker?», fügte der Alpinist gleich von selbst hinzu: «Das habe ich mir in
Algerien, auf meinen großen Jagdzügen so ange-
wöhnt.»

Er wollte von den Jagdzügen erzählen, aber der

Kellner schwebte bereits in seinen geisterhaften Tanzschuhen zu Lord Chippendale hin, der in seiner ganzen Länge auf ein Sofa gesunken war und mit matter Stimme: «*Tschimpegne! Tschimpegne!*» rief. Der Pfropfen sprang mit dem dümmlichen Knall, der tolle Lustigkeit auf Befehl markiert, und dann hörte man nichts mehr als das Heulen des Windes in dem monumentalen Kamin und das leise Geriesel der Schneeflocken an den Fensterscheiben.

Freudlos sah es auch im Lesezimmer aus. Alle Zeitungen «in der Hand»; unter den Leselampen, rings um die grünbespannten Tische, Hunderte von tiefgesenkten Köpfen. Von Zeit zu Zeit ein Hüsteln, ein Gähnen, das Rascheln eines Zeitungsblattes. Zu beiden Seiten des Ofens aber lehnten unbeweglich, hoch erhaben über diese Klassenzimmerstille, alle beide gleichermaßen feierlich und den gleichen Moderduft ausströmend, die zwei Hohepriester der offiziellen Geschichtsschreibung, Schwanthaler und Astier-Réhu, die eine wunderliche Laune des Schicksals auf dem Gipfel des Rigi zusammengeführt hatte, nachdem sie einander seit dreißig Jahren in gelehrten Abhandlungen zerfleischten und mit Schimpfnamen belegten: «Der Ignorant Schwanthaler.» – «*Vir ineptissimus* Astier-Réhu.»

Man kann sich vorstellen, wie der wohlmeinende Alpinist empfangen wurde, als er einen Stuhl heranzog, um einen lehrreichen kleinen Schwatz am Ofen abzuhalten. Von der Höhe der beiden Karyatiden strömte ein eisiger Luftzug, wie er ihn für seinen Rheumatismus so sehr fürchtete, auf ihn her-

nieder. Er stand auf, durchmaß mit großen Schritten den Salon, nicht so sehr um sich zu erwärmen,
als um Haltung zu bewahren, öffnete die Tür zur
Bibliothek. Dort lagen ein paar englische Romane
herum, vermischt mit gewichtigen Bibeln und zer-
lesenen Jahresbüchern des Schweizerischen Alpenclubs. Er nahm ein Exemplar, um es im Bett zu
lesen, mußte es aber an der Tür zurücklassen; das
Reglement gestattete nicht, die Bibliothek in die
Schlafzimmer zu verschleppen.

So irrte er weiter. Er guckte in den Billardsaal
hinein, wo der italienische Tenor eine Partie mit
sich selber spielte – unter effektvoller Zurschaustel-
lung seiner Manschetten und seiner Taille, um der
hübschen Tischnachbarin zu imponieren, die zwischen zwei jungen Leuten auf einem Diwan saß
und ihnen einen Brief vorlas. Beim Eintritt des Alpinisten brach sie jäh ab, und der Größere der beiden jungen Leute stand auf: ein richtiger Muschik,
eine Art Hundemensch mit behaarten Tatzen und
langem, strähnigem, glänzend schwarzem Haar,
das in den ungepflegten Bart überging. Er machte
zwei Schritte auf den Eindringling zu und fixierte
ihn mit einem so frechen, herausfordernden Blick,
daß der wackere Alpinist, ohne ihm eine Erklärung
abzuverlangen, voller Würde und Vorsicht rechts-
um kehrt machte.

«*Différemment,* entgegenkommend sind sie im
Norden nicht», sagte er ganz laut und schlug die
Tür zu, um dem Wilden zu zeigen, daß niemand
Angst vor ihm hatte.

Als letzte Zuflucht blieb der Salon, und er trat
ein. *Coquin de sort!* Ein Leichenschauhaus, ihr guten

174

Leute, das Leichenschauhaus vom Großen St. Bernhard, wo die Mönche die im Schnee Erfrorenen in den Posen, in denen sie aufgefunden wurden, ausstellen – das war der Salon des Hotels Rigi-Kulm!

Sämtliche Damen verstummt, gruppenweise auf kreisförmigen Diwans erstarrt oder vereinzelt da und dort hingesunken. Sämtliche Misses bewegungslos unter den Stehlampen der Ziertischchen, in der Hand noch das Album, die Zeitschrift, die Stickerei, die sie im Augenblick des Erkaltens gehalten hatten, darunter die Töchter des Generals, die acht kleinen Peruanerinnen mit ihrem safrangelben Teint und ihren durcheinandergeratenen Gesichtszügen, deren grellfarbige Toiletten scharf von den Eidechsentönen der englischen Modelle abstachen. Arme, kleine *Pays-Chauds!* Man konnte sich so lebhaft vorstellen, wie sie schnatternd und grimassierend in den Kronen der Kokospalmen herumhüpften, daß es einem doppelt leid tat, sie in diesem Zustand der Stummheit und Erstorbenheit zu erblicken. Im Hintergrund, vor dem Klavier, die makabre Silhouette des alten Diplomaten; seine verrunzelten Händchen in den Halbhandschuhen ruhten erstorben auf den Tasten, deren vergilbter Glanz sich in seinem Gesicht spiegelte.

Der unselige Baron von Stoltz hatte sich, von seiner Kraft und seinem Gedächtnis verraten, in eine Polka seiner eigenen Komposition verirrt, die er an einem bestimmten Punkt immer wieder von vorn begann, weil er sich nicht an den Schluß erinnerte. So war er über seinem eigenen Spiel eingeschlafen und mit ihm alle Damen im Hotel Rigi-Kulm. Sanft schlummernd wiegten sie ihre romantischen

Lockenfrisuren oder die pastetenförmigen Spitzen-
häubchen, die von reisenden Engländerinnen bevorzugt werden und mit zum *cant* der großen Welt
gehören.

Der Eintritt des Alpinisten weckte sie nicht. Er
selbst sank, von der Eiseskälte dieser allgemeinen Mutlosigkeit überwältigt, auf einen Diwan, als
plötzlich draußen in der Halle kräftige, muntere
Akkorde ertönten. Drei Musikanten, Harfe, Flöte
und Geige, fahrende Gesellen mit kläglicher Miene
und langen Frackschößen, wie sie die Schweizer
Hotels heimsuchen, ließen ihre Instrumente erklin-
gen. Bei den ersten Noten fuhr unser Held wie elektrisiert in die Höhe.

«*Zou!* Bravo! Los geht's, Musik!»

Und schon sieht man ihn dahin und dorthin
schießen, alle Türen weit aufreißen, die Musikanten verschwenderisch mit Champagner bewirten,
sich selber, ohne zu trinken, einzig an der Musik berauschen, die ihm neues Leben schenkt. Er imitiert
die Trompete, er imitiert die Harfe, er knallt mit
den Fingern wie mit Kastagnetten, rollt die Augen,
deutet Tanzschritte an, alles zur größten Verblüffung der Hotelgäste, die auf den Lärm hin von allen Seiten herbeiströmen. Als dann gar ein Walzer
von Strauß erklingt, den die leicht beschwipsten
Musiker mit wahrhaft zigeunerhaftem Schwung
angehen, und der Alpinist in der Salontür Frau Professor Schwanthaler erblickt, eine mollige kleine
Wienerin mit schelmischem Blick, der unter ihrem
grauen Haar jung geblieben ist, stürzt er auf sie zu,
umfaßt ihre Taille und tanzt mit ihr davon, während er den anderen zuruft: «Eh! Los! Tanzen!»

Damit ist der Anstoß gegeben. Das ganze Hotel taut auf und wirbelt, von Walzerklängen fortgetragen, im Kreis herum. Man tanzt im Vestibül, im Salon, rund um den langen grünen Tisch im Lesezimmer. Der Teufelskerl hat ihnen allen Beine gemacht! Er selber tanzt zwar nicht mehr, nach ein paar Runden ist ihm die Luft ausgegangen; aber er wacht über seinem Ball, feuert die Musikanten an, paart die Tänzer, wirft den Bonner Professor in die Arme einer alten Engländerin und die pikanteste der kleinen Peruanerinnen an die Brust des sittenstrengen Astier-Réhu. Niemand vermag ihm zu widerstehen. Von diesem erschreckenden Alpinisten geht irgendein Fluidum aus, das dem Menschen die Schwere nimmt, ihn emporhebt. *Zou!* Und noch einmal *zou!* Keine Verachtung, kein Haß mehr, weder Reis noch Zwetschgen, wir tanzen alle Walzer! Die Verrücktheit breitet sich aus, greift auf die Stockwerke über. In dem riesigen Stiegenhaus sieht man bis zum sechsten Stock hinauf, wie sich in den einzelnen Etagen die schweren bunten Röcke der Schweizer Stubenmädchen steif und gemessen im Kreis drehen wie die Automaten einer Schweizer Spieluhr.

Mag draußen der Wind wehen und an den Laternen rütteln, mag er die Telegraphendrähte zum Quietschen bringen und den Schnee in dichten Wirbeln über den öden Gipfel treiben! Hier drinnen ist es warm, hier fühlt man sich wohl. So kann's die ganze Nacht weitergehen.

«*Différemment,* ich, ich gehe schlafen», sagt sich der wackere Alpinist, ein vorsichtiger Mann und noch dazu aus einem Land, wo jeder sich rasch begeistert, aber noch rascher wieder nüchtern wird. Er lacht in seinen grauen Bart hinein und drückt sich heimlich davon, um der Mama Schwanthaler zu entgehen, denn nach ihrer Walzerrunde sucht sie ihn ständig, hängt sich an ihn und möchte immerfort tanzen.

Er nimmt seinen Schlüssel, seinen Kerzenleuchter. Im ersten Stock bleibt er einen Augenblick stehen, um sich an seinem Werk zu erfreuen, um alle diese Stöcke, die er dazu gebracht hat, ihr steifes Wesen abzulegen und sich zu vergnügen, von oben zu betrachten.

Eine Schweizer Maid nähert sich, noch atemlos vom unterbrochenen Walzer, und überreicht ihm eine Feder und das Hotelregister: «Wenn ich *Mossjee* bitten darf, seinen Namen einzutragen…»

Er zögert einen Moment. Soll er sein Inkognito bewahren oder nicht?

Was liegt schließlich dran? Angenommen sogar, daß die Nachricht von seinem Rigi-Aufenthalt bis *dorthin* gelangt, wird doch niemand wissen, was er in der Schweiz vorhat. Und wie komisch wird es morgen früh sein, das sprachlose Staunen all dieser Engländer zu sehen, wenn sie erfahren, daß… Denn das Mädchen wird nicht imstande sein, den Mund zu halten. Welche Überraschung für das ganze Hotel! Welche Verblüffung!

«Was? Das war *er? Er!*»

Diese Überlegungen schwirrten ihm erregend durch den Kopf wie die Bogenstriche des Fiedlers. Er ergriff die Feder, und mit nachlässiger Hand setzte er unter die illustren Unterschriften von Astier-Réhu, Schwanthaler und anderen Größen den Namen, der sie alle überstrahlte, seinen eigenen Namen! Hierauf ging er in sein Zimmer hinauf, ohne sich auch nur einmal umzudrehen, so sicher war er seiner Wirkung.

Die Schweizer Maid warf einen Blick auf die Seite. Da stand:

Tartarin de Tarascon

und darunter:

P. C. A.

Das alles las die Bernerin, ohne im geringsten geblendet zu werden. Sie wußte nicht, was P. C. A. bedeutete, und hatte nie etwas von «Dardarin» gehört.

Barbarin, *vaï!*

II

«Tarascon, fünf Minuten Aufenthalt!» – Der Club des
Alpines – Erklärung des Zeichens P.C.A. – Der Wilde
und der Zahme – «Dies ist mein Testament!» – Magen-
bitter und Lakritzensirup – Erste Besteigung – Tartarin
setzt die Brille auf

Wenn auf der Bahnstrecke Paris–Lyon–Médi-
terranée der Ruf «Tarascon!» wie ein Trompetenstoß das klare, leuchtende Blau des provenzalischen
Himmels durchdringt, erscheinen an allen Abteil-
fenstern neugierige Gesichter, und von Wagen zu
Wagen geht ein Raunen: «Oh, das ist Tarascon!
Tarascon müssen wir uns ansehen!»

Was man sieht, ist aber etwas ganz Alltägliches:
ein nettes, stilles Städtchen, Türme, Dächer, eine
Brücke über die Rhone. Nämlich die Sonne von
Tarascon, die so wunderbare Luftspiegelungen und
eine solche Fülle an Überraschungen, Erfindungen
und drolligen Streichen hervorbringt, und das fröhliche Völkchen, das, wie man dort sagt, «nicht größer als eine Kichererbse» ist, aber in seiner Lebendigkeit und Beweglichkeit die Instinkte des ganzen
französischen Midi reflektiert und resümiert, dieses
geschwätzige, lärmende, überschwengliche, komische, leicht erregbare Volk – all das, was den Ort
berühmt macht und was die Reisenden sehen möchten, sieht man im Vorbeifahren nicht.

In denkwürdigen Seiten, die näher zu bezeichnen
ihm die Bescheidenheit verbietet, hat Tartarins
Chronist einst versucht, die glücklichen Tage der

kleinen Stadt zu schildern, die in den Cercle ging, ihre Romanzen (jeder die seine) sang und mangels anderen Wildes jeden Sonntag auf die Mützenjagd zog. Als dann die bösen Tage des Krieges kamen, besang er Tarascon und seine heldenhafte Verteidigung: die Esplanade in die Luft gesprengt, der Cercle und das Café de la Comédie in uneinnehmbare Festungen verwandelt, alle Einwohner in Freischärler-Kompanien mit Totenkopf-Abzeichen eingeteilt, allenthalben wild wuchernde Bärte und ein solches Aufgebot an Äxten, Säbeln, amerikanischen Revolvern, daß die Wackeren sich schließlich gegenseitig Angst einjagten und einander auf der Straße nicht mehr anzureden wagten.

Viele Jahre sind seit dem Krieg vergangen, viele Kalender ins Feuer gewandert, doch Tarascon hat nicht vergessen. Es hat sich von den einstigen oberflächlichen Zerstreuungen abgewandt, um nur dem einen Ziel nachzustreben, Blut und Muskeln für künftige Rachefeldzüge aufzubauen. So entstanden Schützen- und Turnvereine, jeder mit seiner eigenen Uniform, seiner Musikkapelle und seiner Fahne. Es entstanden Fechtböden und Boxanstalten. Wettläufe und Ringkämpfe unter Angehörigen der besten Gesellschaft traten an die Stelle der Mützenjagd und der platonischen Jagdgespräche beim Büchsenmacher Costecalde.

Der Cercle schließlich, der altehrwürdige Cercle selbst, schwor dem Bouillotte- und Bézigue-Spiel ab und verwandelte sich nach dem Vorbild des berühmten *Alpine Club* von London, der den Ruhm seiner Bergsteiger bis nach Indien getragen hat, in den *Club des Alpines*. Mit dem Unterschied allerdings, daß die Leute von Tarascon nicht die Heimat verlassen müssen, um fremde Gipfel zu bezwingen, sondern sich mit dem begnügen, was sie bei der Hand oder vielmehr unter den Füßen, unmittelbar vor den Toren der Stadt haben.

Die Alpen von Tarascon? Nein, aber die *Alpines,* eine Kette von thymian- und lavendelduftenden Hügeln, die weder sehr gefährlich noch sehr hoch sind (hundertfünfzig bis zweihundert Meter über dem Meer), aber einen bläulich wogenden Horizont für die provenzalischen Straßen abgeben und dank der Phantasie der Bewohner mit märchenhaften und charakteristischen Namen geschmückt sind: *Mont-Terrible, Bout-du-Monde, Pic-des-Géants* und so weiter.

Es ist eine Freude, zuzusehen, wie die Leute von Tarascon am Sonntagmorgen, gestiefelt und gespornt, den Bergstock in der Hand, Zelt und Rucksack auf dem Rücken, Trompeter an der Spitze, zu Bergbesteigungen ausziehen, die das Lokalblatt *Forum* am folgenden Tag mit einem großen Aufwand an schmückenden Beiwörtern, «bodenlose Abgründe, furchterregende Schluchten, weitklaffende Spalten», beschreibt, als handelte es sich um die jüngsten Himalaya-Expeditionen. Bei diesem Spiel haben sich die Eingeborenen neue Kräfte erworben, jene «doppelten Muskeln», die früher einzig Tartarin, dem guten, tapferen, heldenhaften Tartarin vorbehalten waren.

Wenn Tarascon den Süden verkörpert, so verkörpert Tartarin Tarascon. Er ist nicht nur der erste Bürger der Stadt, er ist ihre Seele, ihr Genius, er teilt all ihre schönen Narrheiten. Man kennt seine Großtaten, seine sängerischen Triumphe (ach, das Duett aus *Robert le Diable* in der Apotheke Bézuquet!) und die wunderbare Odyssee seiner Löwenjagden, von denen er das prachtvolle Kamel heimbrachte, das letzte Kamel von Algerien, das seither an Jahren und Ehren reich verstarb und unter anderen lokalen Merkwürdigkeiten als Skelett im Städtischen Museum konserviert wird.

Tartarin ist der Alte geblieben. Die gleichen prächtigen Zähne, die gleichen scharfen Augen, trotz seiner fünfzig Lenze, die gleiche staunenswerte Phantasie, die jeden Gegenstand mit teleskopischer Macht heranzieht und vergrößert. Er ist noch derselbe, von dem der tapfere Kommandant Bravida zu sagen pflegte: «Das ist ein Kerl!»

Eigentlich zwei Kerle! Denn wie in jedem anderen Tarasconer ist auch in Tartarin die wilde und die zahme Gattung sehr deutlich ausgeprägt. Der Wilde: ein Draufgänger, ein Abenteurer, ein Wagehals. Der Zahme: ein Stubenhocker, ein Teetrinker, ein Pillenschlucker mit einer mörderischen Angst vor jeder Anstrengung, jedem Luftzug und den ungezählten Unfällen, die dem Menschen zustoßen können.

Man weiß, daß diese Vorsicht ihn nie daran hinderte, sich im Notfall tapfer und sogar heldenmütig zu bewähren. Doch man darf sich füglich fragen, was er auf dem Rigi *(Regina montium)* suchte – in seinem Alter und obwohl er sich das Recht auf Ruhe und Wohlbehagen teuer erkämpft hatte.

Diese Frage hätte nur der niederträchtige Costecalde beantworten können.

Costecalde, seines Zeichens Büchsenmacher, ver-

körpert einen Typ, der in Tarascon nur selten anzutreffen ist. Der Neid, der gemeine, böse Neid, kennt-
lich an einem häßlichen Kniff seiner schmalen Lippen und an einer Art von gelblichem Dunst, der
ruckweise, sozusagen in Schwaden, aus seiner Galle
aufsteigt, verdüstert sein großes, glattrasiertes Gesicht, das mit seinen regelmäßigen, flachen, gleichsam plattgehämmerten Zügen einer antiken Me-
daille des Tiberius oder des Caracalla gleicht. Der
Neid ist bei ihm wie eine Krankheit, die er nicht
einmal zu verbergen sucht. Mit dem schönen Tem-
perament der Tarasconer, das mit nichts hinterm
Berg hält, ist er imstande, ganz sachlich von seiner
Schwäche zu reden: «Ihr stellt euch nicht vor, wie
weh das tut!»

Der größte Dorn im Auge Costecaldes ist natürlich Tartarin. So viel Ruhm für einen einzigen
Mann! Er, immer und überall nur er! Und langsam,
unmerklich wie eine Termite, die in das vergoldete
Holz des Götzenbildes eingedrungen ist, untergräbt
er seit nunmehr zwanzig Jahren heimlich diesen
strahlenden Ruhm, nagt daran, höhlt ihn von innen
her aus. Wenn Tartarin abends im Cercle von seinen Löwenjagden in der Großen Sahara erzählte,
gefiel sich Costecalde in einem vielsagenden Lächeln, einem leisen, ungläubigen Kopfschütteln.

«Aber die Löwenfelle, Costecalde, *au moins* – die
Felle, die er uns geschickt hat, die hier in diesem
Saal liegen!»

«Té pardi! Glaubt ihr vielleicht, daß es in Algerien an Fellhändlern mangelt?»

«Und die kreisrunden Einschußlöcher im Kopf?»

«Et autrement, konnte man hier bei uns, als wir

noch die Mützenjagd praktizierten, bei den Hutmachern nicht fix und fertig zerschossene Mützen für die schlechten Schützen kaufen?»

Tartarins altehrwürdiger Ruhm als Löwentöter blieb zwar über jeden Angriff erhaben, doch als Alpinist bot er Anlaß zu mancher kritischen Bemerkung, und Costecalde verkniff sich keine. Er war wütend, daß man zum Präsidenten des Club des Alpines einen Mann gewählt hatte, den das Alter sichtlich «beschwerte» und der sich überdies seit Algerien in Lederschlappen und lose wallenden Gewändern gefiel, was ihn für die Faulheit noch anfälliger machte.

Tartarin nahm tatsächlich selten an den Bergbesteigungen teil. Er begnügte sich damit, sie mit seinen guten Wünschen zu begleiten und nachher bei den Sitzungen die dramatischen Expeditionsberichte mit gewaltigem Augenrollen und in Tönen, welche die Damen erbleichen ließen, vor vollem Hause vorzulesen.

Im Gegensatz dazu sah man Costecalde, dürr und sehnig wie ein Hühnerbein, stets allen voranklettern. Er hatte die Alpines der Reihe nach «gemacht» und auf ihren unzugänglichen Gipfeln die Vereinsfahne, den mit Silbersternen gekrönten Lindwurm Tarasque, aufgepflanzt. Trotzdem war er bloß Vizepräsident, V.P.C.A. Er bearbeitete jedoch die Volksmeinung so geschickt, daß bei den nächsten Wahlen Tartarin zweifellos den kürzeren ziehen würde.

Als seine Getreuen, der Apotheker Bézuquet, Excourbaniès, der tapfere Kommandant Bravida, ihn warnten, wurde unser Held zunächst einfach von

Ekel gepackt, von jener angewiderten Empörung, die Ungerechtigkeit und Undankbarkeit in schönen Seelen erregen. Er hatte Lust, alles hinzuschmeißen, außer Landes zu ziehen, über die Brücke zu gehen, um fortan in Beaucaire, bei den Volskern zu leben... Doch dann beruhigte er sich wieder.

Sein Häuschen, seinen Garten, seine liebgewordenen Gewohnheiten aufgeben, auf den Präsidentensessel des von ihm gegründeten Club des Alpines verzichten, auf das majestätische P.C.A., das seine Visitenkarten, sein Briefpapier, ja noch sein Hutfutter zierte und auszeichnete – das war einfach unmöglich, *vé!* Und plötzlich kam ihm eine Glanzidee.

Schließlich und endlich beschränkten sich Costecaldes Ruhmestaten auf seine Touren in den Alpines. Warum sollte er, Tartarin, in den drei Monaten, die ihn noch von den Wahlen trennten, nicht irgendein großartiges Abenteuer unternehmen – zum Beispiel das Banner des Clubs auf einem der höchsten Gipfel Europas, auf der Jungfrau oder dem Montblanc, aufpflanzen?

Welcher Triumph bei seiner Rückkehr, welche Ohrfeige für Costecalde, wenn das *Forum* den Bericht über seine Besteigung veröffentlichte! Wer würde es dann noch wagen, ihm seinen Präsidentensessel streitig zu machen?

Unverzüglich begab er sich ans Werk und ließ in aller Heimlichkeit aus Paris eine Menge einschlägiger Arbeiten kommen: die *Escalades* von Whymper, *Glaciers* von Tyndall und *Mont-Blanc* von Stephen d'Arve, dazu die Jahresberichte des Englischen und des Schweizerischen Alpenclubs. Daneben stopfte

er sich den Kopf mit bergsteigerischen Ausdrücken voll: Kamin, Couloir, Firn, Firnblöcke, Kar, Moräne, ohne recht zu wissen, was sie bedeuteten.

In seinen nächtlichen Träumen schreckten ihn jetzt endlose Rutschbahnen, Stürze in bodenlose Abgründe, Lawinen überrollten ihn, Eisgrate spießten ihn auf. Und noch lange nach dem Aufwachen und der Morgenschokolade, die er im Bett zu trinken pflegte, blieb der Alptraum mit seiner Todesangst und Bedrückung in ihm lebendig. Das hinderte ihn aber nicht, wenn er erst einmal aufgestanden war, den ganzen Vormittag seiner Ertüchtigung zu weihen.

Rund um Tarascon läuft eine mit Bäumen bepflanzte Promenade, die im lokalen Wörterbuch *le Tour de ville*, Stadtrundgang, heißt. Jeden Sonntagnachmittag machen die Einwohner von Tarascon, die unbeschadet ihrer Phantasie Gewohnheitsmenschen sind, ihren Tour de ville, und zwar immer in der gleichen Richtung. Tartarin trainierte, indem er den Weg achtmal, zehnmal an einem Vormittag zurücklegte, und oft sogar in entgegengesetzter Richtung. Er wanderte, die Hände auf dem Rücken, mit dem langsamen, sicheren Schritt des Bergsteigers, während die Ladenbesitzer, ganz verstört durch diesen Verstoß gegen die heimischen Sitten, sich in den gewagtesten Vermutungen ergingen.

In der Überwindung der Gletscherspalten übte er sich zu Hause, in seinem exotischen Gärtchen, indem er das Bassin übersprang, in welchem ein paar Goldfische zwischen den Wasserlinsen herumschwammen; zweimal fiel er dabei hinein und mußte sich von Kopf bis Fuß umziehen. Solche Unfälle erhöhten nur noch seinen Ehrgeiz. Da er an Schwindel litt, übte er sich darin, auf der schmalen

Einfassung des Bassins zu balancieren, zum großen Schrecken seiner alten Haushälterin, die nicht
wußte, was sie von diesem absonderlichen Gebaren
halten sollte.

Gleichzeitig bestellte er in Avignon, bei einem
tüchtigen Schlosser, Steigeisen nach dem System
von Whymper und einen Eispickel nach dem Modell von Kennedy. Er verschaffte sich auch eine
Sicherheitslampe, zwei wasserdichte Decken und
ein zweihundert Fuß langes Seil, das nach seiner
eigenen Erfindung mit Draht durchflochten war.

Das Eintreffen dieser verschiedenen Dinge, das
geheimnisvolle Hin und Her, das zu ihrer Beschaf-
fung notwendig war, erregten die allgemeine Neugier. «Der Präsident hat etwas vor», sagte man in
Tarascon. Aber was? Es mußte etwas Großartiges
sein, denn nach dem schönen Wort des tapferen
Kommandanten Bravida, Bekleidungsoffizier a. D.,
der sich gern in Sinnsprüchen ausdrückte: «Der
Adler jagt keine Fliegen.»

Auch seinen intimsten Freunden gegenüber blieb
Tartarin unergründlich. In den Vereinssitzungen
fiel es auf, daß seine Stimme bebte und daß seine
Augen Blitze schleuderten, sobald er das Wort an
Costecalde richtete, denn der war die eigentliche
Ursache dieser neuen Expedition, deren Schwierigkeiten und Gefahren sich immer deutlicher abzeichneten, je näher sie heranrückte. Der Unglückliche verhehlte es sich nicht und sah sogar ganz all-
gemein so schwarz, daß er es für unerläßlich hielt,
seine irdischen Angelegenheiten in Ordnung zu
bringen und seinen Letzten Willen niederzulegen,
was die lebensfreudigen Leute von Tarascon eine

so große Überwindung kostet, daß sie fast alle ohne Testament dahingehen.

Ach! Denkt euch Tartarin, wie er an einem strahlenden Junimorgen in türkischen Pantoffeln und einem bequemen Morgenrock in seinem Studierzimmer sitzt und durch die weitgeöffnete Tür unmittelbar in sein wohlgepflegtes Gärtchen mit den sauberen Kieswegen hinausblickt, wo unter dem wolkenlosen, leuchtend blauen Himmel exotische Pflanzen ihre bizarren violetten Schatten werfen und der Springbrunnen seinen hellen Ton in das fröhliche Geschrei der murmelspielenden kleinen Savoyarden vor der Tür mischt! Denkt euch Tartarin, wie er in all der Schönheit, all dem Wohlbehagen an seiner guten Pfeife zieht und dabei mit lauter Stimme liest, was er niederschreibt: «Dies ist mein Testament!»

Laßt nur gut sein! Man mag das Herz noch so sehr am rechten Fleck haben, man mag im Leben noch so tapfer seinen Mann stellen – das sind grausame Augenblicke! Doch seine Hand und seine Stimme bebten nicht, während er die sorgsam abgestaubten und mit bewundernswerter Präzision angeordneten ethnographischen Schätze, die sein Häuschen barg, unter seine Mitbürger verteilte:

«Dem Club des Alpines den Affenbrotbaum (*Arbor gigantea*) als Schmuck für das Kaminsims im Sitzungssaal.

Dem Kommandanten Bravida sämtliche Karabiner, Revolver, Jagdmesser, malaiischen Dolche, Tomahawks und anderen Mordwaffen.

Excourbaniès alle Pfeifen, Calumets, Nargilehs, Opium- und Haschisch-Pfeifen.

Costecalde» (ja, auch für Costecalde gab es ein
Legat!) «die berühmten vergifteten Pfeile.» (Bitte
nicht berühren!)

Vielleicht steckte hinter diesem Vermächtnis der
heimliche Wunsch, daß der Verräter sich verwun-
den und daran sterben möge; doch nichts dergleichen ging aus dem Text des Testaments hervor,
das mit Worten wahrhaft himmlischer Sanftmut
schloß: «Ich bitte meine lieben Alpinisten, ihren
Präsidenten nicht zu vergessen. Ich wünsche, daß
sie meinem Feinde verzeihen, wie ich ihm verzeihe,
obschon er schuld an meinem Tode ist.»

Hier sah sich Tartarin genötigt, die Feder sinken
zu lassen, weil eine Tränenflut seinen Blick ver-
schleierte. Eine Minute lang sah er sich zerschmettert und zerfetzt am Fuß eines hohen Berges liegen,
mittels eines Schubkarrens aufgesammelt und als
formlose Masse nach Tarascon zurückspediert... O
Macht der provenzalischen Einbildungskraft! Er
wohnte seiner eigenen Beerdigung bei, er hörte
die düsteren Trauergesänge, die Grabreden: «Armer Tartarin, *péchère!*» Und in der Menge seiner
Freunde verloren, beweinte er sich selber.

Doch fast im gleichen Moment brachte ihn der
Anblick seines sonnenhellen, von Waffen und Pfeifen blitzenden Studierzimmers und der Gesang des
dünnen Wasserstrahls im Garten in die Wirklichkeit zurück. *Différemment,* warum sollte er sterben?
Warum überhaupt in die Ferne ziehen? Wer zwang
ihn dazu? Wahrhaftig, sein Leben für den Präsidentensessel und drei Buchstaben aufs Spiel setzen!
Welch törichte Eitelkeit!

Es war nur eine kurze Schwäche, die gleich wieder verging. Nach weiteren fünf Minuten war das Testament vollendet, unterzeichnet, mit einem riesigen schwarzen Siegel versehen, und der große Mann traf seine letzten Reisevorbereitungen.

Wieder einmal hatte der wilde Tartarin über den zahmen gesiegt. Man konnte von dem Helden von Tarascon wahrhaftig sagen, was von Turenne gesagt wurde: «Sein Körper war nicht immer bereit, in die Schlacht zu ziehen, doch sein Wille führte ihn, ihm selbst zum Trotz, hin.»

Es war am Abend des gleichen Tages. Die Turmuhr am Rathaus hatte soeben die zehnte Stunde geschlagen. Die Straßen lagen menschenleer, breiter als bei Tage da. Nur hie und da ein verspäteter Türklopfer, angstgedämpfte Stimmen, die einander im Dunkeln «Gute Nacht» zurufen, das Zufallen einer Haustür... Da stahl sich ein Mann in die nächtlich verfinsterte Stadt, in der nur noch die Straßenlaternen und die beiden rot und grün getönten Glasgefäße im Fenster der Apotheke Bézuquet leuchteten. Hinter ihnen erblickte man die Silhouette des Apothekers, der an seinem Schreibtisch über dem Arzneibuch eingeschlafen war. Ein kleiner Vorschuß, wie er sagte, den er jeden Abend zwischen neun und zehn zu genehmigen pflegte, um frisch zu sein, wenn man nachts seine Dienste benötigte. Unter uns gesagt, war das eine bloße Tarasconade, denn man weckte ihn nie; übrigens hatte er, um ungestört zu schlafen, eigenhändig den Strick der Nachtglocke durchgeschnitten.

Doch heute trat unvermittelt Tartarin bei ihm ein: mit Decken bepackt, eine Reisetasche in der

Hand und so bleich, so außer Fassung geraten, daß der Apotheker mit der jäh aufwallenden lokalen Phantasie, vor der ihn auch die Pharmazeutik nicht bewahrte, schon eine fürchterliche Katastrophe vor sich sah und entsetzt ausrief: *«Malheur!* Was ist geschehen? Sind Sie vergiftet? Schnell, schnell, das Ipecacu...»

Er war aufgesprungen und fuhr unter seinen Dosen und Flaschen herum. Tartarin mußte ihn um den Leib packen und festhalten. «Aber hören Sie doch zu, *qué diable!»* – und in seiner Stimme knirschte der Verdruß des Schauspielers, den man um seinen Auftritt gebracht hat. Sobald er den Apotheker mit eiserner Faust an die Theke genagelt hatte, flüsterte Tartarin: «Sind wir allein, Bézuquet?»

«Bé oui», erwiderte dieser, auf alle Fälle einen ängstlichen Blick um sich werfend. «Pascalon ist schlafen gegangen» (Pascalon war sein Gehilfe), «und die Mama auch. Aber warum?»

«Schließen Sie die Läden», befahl Tartarin, ohne zu antworten. «Man könnte uns von draußen sehen.»

Bézuquet gehorchte ihm zitternd. Dieser ältliche Junggeselle, der sich nie von seiner Mutter getrennt hatte, war, in sonderbarem Gegensatz zu seinem dunklen Teint, seinen wulstigen Lippen und seiner mächtigen Adlernase über dem buschigen Schnurrbart, von mädchenhafter Sanftmut und Schüchternheit. Er sah aus wie ein algerischer Freibeuter aus der Zeit vor der Kolonisierung. Derartige Widersprüche kommen in Tarascon häufig vor. Die dortigen Köpfe sind allzu charakteristisch, römisch, sarazenisch, wie die Gipsmodelle in einer Zeichenschule, und passen schlecht zu ihren gutbürgerlichen Berufen und den mehr als friedlichen Sitten des Städtchens.

Excourbaniès zum Beispiel, welcher aussieht wie ein Konquistador unter Pizarro, ist Besitzer einer Schnittwarenhandlung und verkauft euch unter leidenschaftlichem Augenrollen eine Zwirnsspule zu zwei Sous, und wenn Bézuquet Lakritzen auswägt oder *Sirupus gummi* etikettiert, ähnelt er zum Verwechseln einem Piraten aus der Berberei.

Als die Läden geschlossen und mit eisernen Querstangen und Bolzen gesichert waren, hob Tartarin an: «Also hören Sie, Ferdinand...», denn er nannte die Leute gern beim Vornamen. Und er schüttete sein Herz aus, das vor Schmerz und Groll über die Undankbarkeit seiner Landsleute schier zu zerspringen drohte, erzählte flüsternd von den gemeinen Machenschaften Costecaldes, von dem Streich, den dieser ihm bei den nächsten Wahlen zu spielen beabsichtigte, und wie er, Tartarin, ihn zu parieren gedächte.

Vor allem müsse man seinen Plan streng geheimhalten und ihn erst genau in dem Augenblick offenbaren, in dem er vielleicht über den Erfolg entscheiden werde – falls nicht ein Unglücksfall, womit man immer rechnen müsse, eine der entsetzlichen Katastrophen...

«Eh, *coquin de sort,* Bézuquet, pfeifen Sie doch nicht, wenn man ernst mit Ihnen spricht!»

Das war eine Gewohnheit des Apothekers. Von Natur aus wenig gesprächig (was in Tarascon kaum jemals vorkommt und ihm auch jetzt das Vertrauen des Präsidenten eingetragen hatte), pfiff er mit seinen dicken, stets o-förmig geöffneten Lippen ständig, auch bei der ernsthaftesten Unterhaltung, vor sich hin, als wollte er sich über die ganze Welt lustig machen.

Während unser Held mit so tragischen Worten auf die Möglichkeit seines Todes anspielte, legte er ein großes versiegeltes Kuvert auf die Theke.

«Dies ist mein Letzter Wille, Bézuquet. Ich habe Sie zum Testamentsvollstrecker erwählt.»

«Fü-fü-fü...», pfiff der Apotheker, von der Macht der Gewohnheit hingerissen, aber zutiefst bewegt und der Größe seiner Rolle sich voll bewußt.

Da nun die Stunde des Abschieds heranrückte, wollte er unbedingt auf das Unternehmen trinken. «Etwas Gutes, *qué?* Ein Gläschen Magenbitter!» Nachdem er mehrere Schränke aufgerissen und durchstöbert hatte, erinnerte er sich, daß die Mama den Schlüssel zum Magenbitter in Verwahrung hielt. Man hätte sie aufwecken müssen, ihr Erklärungen liefern... So wurde der Magenbitter durch ein Gläschen Lakritzensirup ersetzt, ein bescheidenes sommerliches Getränk, das Bézuquet erfunden hat und im *Forum* anpreist. Die Leute von Tarascon schwärmen dafür.

Nach gehabtem Zutrunk und den letzten Abschiedsworten umarmten sie einander. Bézuquet pfiff, während dicke Tränen in seinen Schnurrbart rollten.

«Adieu, *au moins*», stieß Tartarin brüsk hervor, denn er fühlte sich selbst den Tränen nahe.

Da der obere Laden der Tür herabgelassen war, mußte unser Held auf allen vieren hinauskriechen.

Damit begannen die Prüfungen, die ihm auf dieser Reise bestimmt waren.

Drei Tage später traf er in Vitznau, am Fuß des Rigi ein. Der Rigi hatte ihn als erstes Unternehmen, als Übungsberg gelockt, weil er nicht besonders hoch ist (1800 Meter, etwa die zehnfache Höhe des Mont-Terrible, der höchsten Spitze der Alpines!) und weil man von seinem Gipfel aus einen prachtvollen Ausblick genießt; die ganze Kette der Berner Alpen, die sich, jenseits der Seen, weiß und rosig aneinanderreihen, als warteten sie, daß der Bergsteiger seine Wahl treffe und der Schönsten von ihnen seinen Eispickel zuwerfe.

Da er sicher war, unterwegs erkannt, ja vielleicht sogar verfolgt zu werden, denn er hatte die Schwäche, zu glauben, daß er in ganz Frankreich so berühmt und beliebt wäre wie in Tarascon, hatte Tartarin einen großen Umweg gemacht, um in die Schweiz zu gelangen, und sich erst jenseits der Grenze aufgetakelt. Das war sein Glück, denn mit seiner ganzen Kriegsausrüstung hätte er nie und nimmer in einem französischen Eisenbahnwagen Platz gefunden.

Doch wie bequem auch die Schweizer Abteile sind, passierte es doch immerfort, daß der hochbeladene Alpinist, der mit seinem Gerät noch nicht umzugehen verstand, hier mit der Spitze seines Alpenstocks just ein Hühnerauge traf, dort mit seinen Steigeisen arglose Passanten harpunierte. Überall, wo er erschien, in Bahnhöfen, Hotelhallen oder Schiffskajüten, erregte er ebenso Erstaunen wie Zorn. Er erntete Verwünschungen, ärgerliche Ausrufe, strafende Blicke, die er sich nicht erklären konnte und die ihn in seinem zärtlichen und mitteilsamen Gemüt kränkten. Dazu kam der hoff-

nungslose graue, dicht bewölkte Himmel und ein
endloser Landregen.

Es regnete in Basel auf die weißen Häuschen, die
von den Händen der Dienstmädchen und vom
Himmelswasser unermüdlich blitzblank gewaschen
werden. Es regnete in Luzern auf dem Landungssteg, wo das Gepäck herumstand wie die traurigen
Überreste aus einem Schiffbruch, und als er in
Vitznau, am anderen Ufer des Vierwaldstättersees,
landete, prasselte derselbe Regen auf die grünen,
von schwarzen Wolken gestreiften Hänge des Rigi
nieder. Über die Felsen sickerte Wasser, Gießbäche
versprühten Wolken von feinstem Wasserstaub –
Wasser tropfte von allen Steinen, von jeder Tan-
nennadel. Niemals noch hatte der Mann aus Tarascon so viel Wasser gesehen.

Er trat in einen Gasthof ein und ließ sich Milch-
kaffee, Butter und Honig bringen, die erste wirklich
gute Mahlzeit, die er bisher auf der Reise genossen
hatte. Nachdem er sich gelabt und seinen von Honig klebrigen Bart mit der Serviette gereinigt hatte,
begann er sich für seine erste Bergbesteigung zu
rüsten.

«*Et autrement,* wie lange braucht man, um auf
den Rigi hinaufzukommen?» fragte er, während er
seinen Rucksack schulterte.

«Eine Stunde, eineinviertel Stunden, Monsieur.
Aber beeilen Sie sich, die Bahn geht in fünf Minuten.»

«Eine Bahn auf den Rigi? Das ist ja ein Witz!»
Durch die Butzenscheiben der Gaststube zeigte
man ihm das Bähnlein, das sich gerade in Bewegung setzte. Zwei große gedeckte Wagen, dahinter

die Lokomotive mit ihrem kurzen ausgebauchten Kamin in Form einer Suppenschüssel – ein mißgestaltetes Insekt, das sich an den Berg klammerte und keuchend seine schwindelnd hohen Hänge hinaufkroch.

Beide Tartarins, der Wilde und der Zahme, empörten sich gleichermaßen bei der Idee, sich dieser scheußlichen Maschinerie zu bedienen. Der eine fand es lächerlich, die Alpen im Aufzug zu erklim-

men; was den anderen betraf, so flößten ihm die luftigen Viadukte, über welche die Strecke führte, und die Aussicht, bei der kleinsten Entgleisung mindestens tausend Meter tief abzustürzen, allerlei trübe Gedanken ein, die durch den Anblick des kleinen Friedhofs von Vitznau noch bestärkt wurden. Die weißen Grabsteine drängten sich ganz unten am Fuß des Hangs zusammen, wie Wäsche, die man zum Bleichen auslegt, offenkundig als Vorsichtsmaßnahme, damit die Reisenden im Fall eines Absturzes gleich am rechten Ort anlangten.

«Gehen wir auf eigenen Füßen», dachte der Held aus Tarascon. «Das ist eine gute Vorübung. *Zou!*»

Und schon zog er los. Die Handhabung seines Alpenstocks vor den Augen des Personals machte ihm viel zu schaffen, denn alle kamen vor die Tür gelaufen und riefen ihm Ratschläge und Anweisungen nach, auf die er nicht hörte. Er folgte zuerst einem steil ansteigenden Weg, der wie eine Gasse seiner Heimat mit Katzenköpfen gepflastert war. Zu beiden Seiten säumten ihn offene Holzrinnen, in denen das Regenwasser abfloß.

Rechts und links lagen große Obstgärten und üppige, feuchte Wiesen, von den gleichen hölzernen Abflußrinnen, ausgehöhlten Baumstämmen, durchzogen. Überall plätscherte Wasser den Berg hinunter, und wenn der Eispickel sich im Vorbeigehen in den niedrigen Ästen einer Eiche oder eines Nußbaums verfing, prasselte es wie aus einer Gießkanne auf die Mütze des Alpinisten herab.

«Diou! Das viele Wasser!»* seufzte der Mann aus dem Süden.

Doch es wurde noch schlimmer, als der gepflasterte Weg jäh aufhörte und unser Held unmittelbar neben dem Gießbach im Schlamm weiterstapfen und oft von einem Stein zum anderen springen mußte, um seine Wickelgamaschen nicht einzutauchen. Dazu kam der unablässige, durchdringende Regen, der spürbar kälter wurde, je höher er stieg. Wenn er stehenblieb, um zu Atem zu kommen, hörte er ringsum nur noch das Geräusch des Wassers, in dem er gleichsam ertrank, und wenn er sich umdrehte, sah er unten im Tal die Wolken in langen, feinen Glasfransen mit dem See verschmelzen.

Dazwischen glänzten die Vitznauer Chalets wie frisch lackiertes Spielzeug.

Männer und Kinder gingen an ihm vorbei, alle mit gesenktem Kopf, auf dem Rücken die gleiche hölzerne Kiepe mit den Vorräten für irgendeine Villa oder Fremdenpension, deren holzgeschnitzte Balkone seitlich durch die Bäume guckten. «Rigi-Kulm?» fragte Tartarin jeweils, um sich zu vergewissern, daß er noch auf dem rechten Weg sei. Doch seine sonderbare Ausstaffierung, vor allem die Schneehaube, die sein Gesicht verhüllte, verbreitete Schrecken auf der Straße, und die Eingeborenen rissen nur die Augen weit auf und beschleunigten ihre Schritte, ohne ihm zu antworten.

Die Begegnungen wurden immer seltener und hörten schließlich ganz auf. Das letzte menschliche Wesen, das er zu sehen bekam, war eine alte Frau, die ihre Wäsche in einem ausgehöhlten Baumstamm wusch; ein riesiger, in die Erde gepflanzter roter Regenschirm gewährte ihr Schutz vor dem Wetter.

«Rigi-Kulm?» fragte der Bergsteiger.

Die Alte hob ein erdfarbiges Idiotengesicht zu ihm auf. Am Hals baumelte ihr ein Kropf, der nicht viel kleiner war als die Glocke einer Schweizer Kuh. Nachdem sie ihn lange angestarrt hatte, brach sie in ein unauslöschliches Gelächter aus, das ihren Mund bis zu den Ohren aufriß und die kleinen Äuglein in ihren Runzeln verschwinden ließ. Jedesmal, wenn sie sie wieder aufschlug, schien der Anblick Tartarins, der sich mit seinem Pickel auf der Schulter vor ihr aufgepflanzt hatte, ihre Heiterkeit zu verdoppeln.

«Troun de l'air!» schimpfte der Mann aus Tarascon. «Sie kann von Glück reden, daß sie kein Mann ist!»

Zorngeschwellt setzte er seinen Weg fort und verirrte sich in einen Tannenwald, wo er bei jedem Schritt auf dem nassen Moos ausglitt.

Jenseits des Waldes erschien die Landschaft verändert. Es gab weder Wiesen noch Wege noch Bäume mehr. Nichts als öde, kahle Hänge und steile Geröllhalden, die er, aus Angst abzustürzen, auf den Knien erkletterte, oder versumpfte Senkungen voll gelbem Lehm, durch den er sich mit seinem Alpenstock vorsichtig hindurchtastete, wobei er die Füße hob wie ein Scherenschleifer. Alle Augenblicke sah er auf den Kompaß, den er als An-

hängsel an seiner Uhrkette trug, doch sei es wegen
der Höhe oder der Temperaturschwankungen, die
Nadel hüpfte wie verrückt herum. Der dicke gelb-
liche Nebel, der auf zehn Schritt Entfernung die
Sicht versperrte, machte jede Orientierung unmöglich, und jetzt fiel auch noch ein nadelfeiner, eisiger
Rauhreif, der den Aufstieg immer schwieriger werden ließ.

Plötzlich blieb Tartarin stehen. Der Boden vor
ihm schimmerte weiß.

Er war in der Schneeregion angelangt. Achtung
auf die Augen!

Unverzüglich zog er seine grüne Brille aus dem
Futteral und setzte sie fest auf die Nase. Es war ein
feierlicher Moment. Bewegt und immerhin ein wenig stolz, dünkte es Tartarin, er wäre mit einem einzigen Schritt den Gipfeln und ihren Gefahren um
tausend Meter nähergerückt.

Nun bewegte er sich nur mit der allergrößten
Vorsicht weiter. Er dachte an die Gletscherspalten
und jähen Abstürze, von denen seine Bücher sprachen, und verwünschte in der Tiefe seines Herzens
die Leute im Gasthof, die ihn nicht davon abgehalten hatten, geradewegs und ohne Führer loszuzie-
hen. Vielleicht hatte er sich überhaupt im Berg
geirrt! Jetzt war er schon über sechs Stunden unterwegs, während der Aufstieg auf den Rigi nur drei
erforderte! Der Wind blies kalt und wehte in der
nebligen Abenddämmerung den Schnee in dichten
Wirbeln zusammen.

Bald war es Nacht. Wo sollte er eine Hütte finden, wo auch nur ein Felsdach, das ihm den not-
dürftigsten Schutz bot? Doch da gewahrte er plötz-

lich auf dem wilden, kahlen Abhang vor sich eine
Art Holzbude und darauf einen Anschlagzettel mit
großmächtigen Buchstaben, die er mühsam entzifferte:

«PHO – TO – GRA – PHIE – VON – RI – GI –
KULM»

Im gleichen Moment flammte ein Stückchen
weiter eine doppelte Laternenreihe im Nebel auf,
und vor seinen Augen erschien das riesenhafte Hotel mit seinen dreihundert erleuchteten Fenstern.

III

Alarm auf dem Rigi – «Nur ruhig Blut bewahren!» – Das Alphorn – Was Tartarin beim Aufwachen an seinem Spiegel findet – Verblüffung – Man verlangt telephonisch einen Führer

«*Quès aco?* Wer da?» rief Tartarin, aus dem Schlaf auffahrend. Er lauschte mit gespitzten Ohren und weit aufgerissenen Augen ins Dunkel.

Überall im Hotel hastige Schritte, zugeschlagene Türen, keuchende Atemzüge, und dazwischen Rufe: «Schnell! Beeilt euch!», während draußen Hornstöße erklangen und jäh auflodernde Flammen Fensterscheiben und Vorhänge beleuchteten.

Feuer!

Mit einem Satz war er aus dem Bett, gestiefelt und gespornt, und stolperte die Treppe hinunter, wo noch die Gaslampen brannten und ein ganzer Schwarm von hastig frisierten Misses, in grünen Schals und roten Kopftüchern, was ihnen eben beim Aufstehen in die Hand gekommen war, ihn aufgeschreckt umsurrte.

Um die jungen Damen zu beruhigen und sich selber Mut zu machen, schrie Tartarin, während er, alle Leute anstoßend, vorwärts stürmte: «Nur ruhig Blut bewahren! Ruhig Blut bewahren!» Er rief es mit krächzender Seevogelstimme, mit der tonlosen, verlorenen Stimme, mit der man manchmal in Angstträumen zu rufen versucht, daß auch der größte Held eine Gänsehaut kriegen könnte... Und ist das zu verstehen? Die kleinen Misses um ihn herum lachten ihm ins Gesicht und schienen ihn sehr komisch zu finden!

In diesem Alter hat man eben noch keinen Begriff von Gefahr!

Glücklicherweise kam hinter ihnen der alte Diplomat, sehr notdürftig mit einem Mantel bekleidet, unter dem lange weiße Unterhosen und die Enden von weißen Bändchen hervorlugten.

Endlich ein Mann!

Tartarin lief, mit den Armen fuchtelnd, auf ihn zu.

«O Herr Baron! Wie furchtbar! Wissen Sie Näheres? Wo ist es? Wie hat es angefangen?»

«Wie? Was?» stammelte der Baron verständnislos.

«Das Feuer! Es brennt!»

«Es brennt?»

Der Arme sah so überaus hilflos und blöde drein, daß Tartarin ihn stehenließ und hastig ins Freie stürzte, um «Hilfe zu organisieren».

«Hilfe?» wiederholte der Baron und nach ihm fünf oder sechs Kellner, die schlafend in der Halle herumstanden und einander völlig verwirrt anblickten. «Hilfe?»

Sobald er vor dem Haus war, merkte Tartarin seinen Irrtum. Nicht der kleinste Brand weit und breit. Eine Hundekälte und tiefe Dunkelheit, spärlich erhellt von Harzfackeln, die sich hier und dort herumbewegten und ihren blutroten Schein auf den Schnee warfen.

Am Fuß der Freitreppe heulte ein Alphornbläser seine modulierte Klage, die drei Noten des eintönigen Kuhreigens, mit dem man im Hotel Rigi-Kulm die Sonnenanbeter zu wecken pflegt, um ihnen den bevorstehenden Aufgang des Gestirns anzukündigen.

Es wird behauptet, daß es sich tatsächlich manchmal gleich nach seinem Aufgang über dem Bergesgipfel hinter dem Hotel zeigt. Tartarin konnte es nicht verfehlen – er brauchte nur dem perlenden Gelächter der Misses zu folgen, die an ihm vorbeiliefen. Doch er ging langsamer, die Augen noch voll Schlaf und die Beine schwer von seinem sechsstündigen Aufstieg.

«Sind Sie das, Manilow?» sagte plötzlich eine helle weibliche Stimme neben ihm im Dunkel. «So helfen Sie mir doch. Ich habe meinen Schuh verloren.»

Er erkannte das fremdartige Gezwitscher seiner hübschen Tischnachbarin, deren feine Silhouette er in dem ersten bleichen Morgenschimmer zu erspähen suchte.

«Es ist nicht Manilow, Mademoiselle, aber wenn ich Ihnen dienlich sein kann…»

Sie stieß, überrascht und erschrocken, einen leisen Schrei aus und wich vor ihm zurück, was Tartarin aber nicht bemerkte, weil er bereits tief gebückt das kurze, froststarre Gras abtastete.

«Té pardi! Da ist er ja, der Ausreißer!» rief er erfreut.

Er schüttelte Schnee und Reif von dem zierlichen Schühlein ab, beugte aufs galanteste ein Knie auf die nasse, eisige Erde und erbat sich zum Lohn die Ehre, Aschenbrödel den Schuh anzulegen.

Längst nicht so freundlich wie im Märchen, antwortete ihm Aschenbrödel mit einem scharfen

«Nein!» und versuchte, auf einem Fuß hüpfend, mit dem anderen in den Goldkäferschuh zu schlüpfen; doch es wäre ihr ohne die Hilfe unseres Helden nicht gelungen, der ganz bewegt einen winzigen Moment lang ihre zarte Hand auf seiner Schulter fühlte.

«Sie haben gute Augen», bemerkte sie gleichsam als Dank, während sie sich nebeneinander durch die Dämmerung weiterbewegten.

«Das kommt vom Jagen, Mademoiselle.»

«Ach, Sie sind Jäger?»

Sie sagte es in spöttischem, ungläubigem Ton. Tartarin hätte nur seinen Namen nennen müssen, um sie zu überwältigen, doch wie alle Berühmtheiten gefiel er sich in einer gewissen koketten Zurückhaltung. Er wollte die Überraschung stufenweise steigern, darum sagte er: «Ja, ich jage tatsächlich.»

Sie fuhr in dem gleichen ironischen Ton fort: «So? Und welches Wild bevorzugen Sie, wenn man fragen darf?»

«Große Raubtiere – Löwen, Tiger...», versetzte Tartarin, der sie namenlos zu verblüffen glaubte.

«Finden Sie viele auf dem Rigi?»

Nie um eine galante Antwort verlegen, wollte Tartarin gerade erwidern, auf dem Rigi hätte er bisher nur Gazellen angetroffen, doch er kam nicht mehr dazu. Zwei Schatten, die sich rasch näherten, riefen seine Begleiterin an: «Sonja! Sonja!»

«Ich komme schon!» antwortete sie.

Sie wandte sich Tartarin zu, dessen geschärfte Augen nun schon ihr hübsches blasses Gesicht unter einem spanischen Spitzentuch zu erkennen vermochten, und sagte, diesmal sehr ernst: «Sie begeben sich auf eine gefährliche Jagd, mein Guter! Hüten Sie sich!»

Im nächsten Augenblick war sie mit ihren Freunden im Dunkel verschwunden.

Später sollte der drohende Ton ihrer Worte Tartarin zu denken geben, augenblicklich kränkten ihn nur die abfällige Anrede «Mein Guter» und das abrupte Verschwinden des jungen Mädchens, gerade als er ihr seinen Namen zu offenbaren und sich an ihrer Verblüffung zu weiden gedachte.

Er ging in die gleiche Richtung weiter. Nach ein paar Schritten vernahm er verworrene Geräusche, das Husten und Niesen der Touristenherde, die ungeduldig den Sonnenaufgang erwartete. Ein paar besonders Beherzte hatten einen kleinen Aussichtstempel erklommen, dessen schneebedeckte Pfosten sich weiß vom verblassenden Nachthimmel abzeichneten.

Ein bleicher Schein begann den Osten zu erhellen. Er wurde von einem neuen Aufheulen des Alphorns und einem «Ach!» der Erleichterung begrüßt, wie es im Theater beim Aufgehen des Vorhangs ertönt. Einer haarfeinen Spalte gleich, dehnte sich der bleiche Schein allmählich über den Horizont aus; doch gleichzeitig stieg aus dem Tal ein dichter gelblicher Nebel auf, der immer durchdringender und dicker wurde, je mehr sich der Himmel erhellte. Es war, als würde ein Vorhang zwischen der Bühne und dem Zuschauerraum ausgespannt.

Man mußte auf den im Reiseführer verheißenen überwältigenden Anblick verzichten. Dafür zeichneten sich die zusammengewürfelten Kostümierungen der so unsanft aus dem Schlaf gerissenen gestrigen Tänzer wie ein groteskes Schattenspiel

ab; sie waren in Schals, Plaids, Reisedecken, ja
sogar Bettvorhänge gehüllt, und unter den sonderbarsten Kopfbedeckungen, seidenen oder baum-
wollenen Nachtmützen, Kapuzen, Damenhütchen,
Kappen mit Ohrenklappen, sah man verschlafene,
verquollene Gesichter mit den Mienen von Schiff-
brüchigen, die sich auf einem Felsenriff im weiten
Ozean in Sicherheit gebracht haben und mit aufgerissenen Augen nach dem rettenden Segel am Horizont Ausschau halten.

Vergebens. Nichts – noch immer nichts.

Manche bemühten sich sogar noch, die einzelnen
Bergspitzen zu unterscheiden. Ganz oben auf dem
Aussichtspunkt drängte sich die peruanische Familie schnatternd um einen baumlangen Kerl in
einem großkarierten, bis zu den Füßen reichenden
Reisemantel, der unerschütterlich das unsichtbare
Panorama der Berner Alpen beschrieb und die im
Nebel versunkenen Gipfel der Reihe nach mit lauter Stimme aufzählte: «Links sehen Sie das Finsteraarhorn, viertausendzweihundertfünfundsieb-
zig Meter, dann Schreckhorn, Wetterhorn, Mönch,
Eiger, die Jungfrau mit ihren eleganten Formen,
auf die ich die jungen Damen besonders hinweisen
möchte…»

«Das ist dir einer, der nicht auf den Mund gefallen ist», dachte der Mann aus Tarascon. Und nach
einigem Besinnen: «Die Stimme kenne ich doch!»

Er erkannte vor allem den Akzent, den berühmten *assent du Midi*, den man schon von weitem
merkt, wie den Knoblauchgeruch. Doch da er
augenblicklich nur seine hübsche Unbekannte im
Kopf hatte, blieb er nicht stehen, sondern fuhr fort,

sie in allen Gruppen zu suchen. Er fand sie aber
nicht. Sie war wohl ins Hotel zurückgekehrt, wie
es auch die anderen taten, die es alle satt hatten,
zähneklappernd herumzustehen und sich die Füße
warmzustampfen.

Runde Rücken, schottische Plaids, deren Fran-
sen den Schnee fegten, entfernten sich und verschwanden in dem immer dichter werdenden Nebel.
Bald blieb in der eisigen grauen Dämmerung auf
dem verlassenen Plateau nur noch der Alphornspieler zurück, der weiterhin schmerzensvoll in seinen
Trichter blies, wie ein Hund, der den Mond anheult.

Es war ein kleiner Alter mit einem langen Bart.
Auf dem Kopf trug er einen Tirolerhut mit grünen
Troddeln, die ihm auf den Rücken baumelten, und
der goldenen Inschrift REGINA MONTIUM. Tartarin trat an ihn heran, um ihm ein Trinkgeld zu geben, wie er es bei den anderen Gästen gesehen hatte.

«Gehen wir schlafen, Alter», sagte er.

Er klopfte ihn mit seiner südländischen Gemüt-
lichkeit auf die Schulter.

«Ein zünftiger Schwindel, der Sonnenaufgang
auf dem Rigi, *qué!*»

Der Alte, der noch immer in sein Horn blies, er-
gänzte sein eintöniges Ritornell durch ein stummes
Lachen, das seine Äuglein zusammenkniff und die
grünen Troddeln auf seinem Hut schüttelte.

Trotz allem bedauerte Tartarin seine gestörte
Nachtruhe nicht. Die Begegnung mit der hübschen
Blonden entschädigte ihn für den versäumten
Schlaf, denn wenn er auch so um die fünfzig war,
besaß er doch noch ein heißes Herz, romantische
Gefühle und glühende Lebenskraft. Als er wieder in

seinem Bett lag und die Augen schloß, um noch ein Endchen zu schlafen, glaubte er, das zierliche, leichte Schühlein wieder in seiner Hand zu spüren und die hüpfende Stimme des jungen Mädchens zu vernehmen: «Sind Sie das, Manilow?»

Sonja – welch hübscher Name! Zweifellos war sie Russin, und die jungen Leute, ihre Reisegefährten, Freunde ihres Bruders... Dann verwirrte sich alles, das hübsche, goldig umkräuselte Gesichtchen verschwamm mit anderen flüchtigen Bildern, mit Bergabhängen und stäubenden Wasserfällen, und bald erfüllte der heroische Hauch des großen Mannes das kleine Zimmer und einen ansehnlichen Teil des Korridors mit seiner rhythmischen Klangfülle.

Als Tartarin später, beim ersten Ton des Frühstücksgongs, sich vor dem Hinuntergehen rasch noch vergewissern wollte, daß sein Bart ordentlich gebürstet wäre und er selber in seiner Bergsteigertracht nicht übel aussähe, fuhr er jäh zusammen. Vor ihm auf der Spiegelscheibe klebte, mit Oblaten befestigt, weitentfaltet ein anonymer Brief, der ihm die folgende Drohung gerade ins Gesicht schleuderte:

«Teuflischer Franzose, deine Verkleidung täuscht niemanden. Diesmal lassen wir noch Gnade vor Recht ergehen, doch falls wir dir je wieder auf unserem Weg begegnen, dann hüte dich!»

Tartarin las es zweimal oder dreimal und verstand es noch immer nicht. Wovor sollte er sich hüten? Und wie war der Brief überhaupt hierhergekommen? Offenbar während er schlief, denn als er von seinem morgenrötlichen Spaziergang zurückkehrte, war er sicher noch nicht zu sehen gewesen. Er läutete dem Stubenmädchen. Sie hatte ein fahles, grobes, von Blatternarben durchlöchertes Gesicht, wie ein echter Schweizer Käse, und er konnte aus ihr nichts Verständliches herausbekommen, außer daß sie aus «guter Familie» wäre und nie in ein Zimmer ginge, wenn die Herren zu Hause wären.

«Wie sonderbar, *pas moins!*» dachte Tartarin tief beeindruckt, während er den Brief hin und her drehte.

Einen Augenblick lang ging ihm der Name Costecalde durch den Kopf. Wenn Costecalde etwas von seinen geplanten Bergbesteigungen erfahren hätte und ihn jetzt durch Drohungen und alle möglichen Machenschaften davon abzubringen suchte! Doch bei näherer Überlegung kam ihm das gar zu unwahrscheinlich vor, und er tröstete sich schließlich mit dem Gedanken, der ganze Brief wäre nur ein Scherz – vielleicht die kleinen Misses, die ihm so herzlich ins Gesicht lachten... Sie benehmen sich ja so frei, diese englischen und amerikanischen jungen Mädchen!

Der zweite Gongschlag ertönte. Er verbarg den anonymen Brief in seiner Tasche. «Wir werden ja sehen!» Und die furchterregende Grimasse, mit der er diese Überlegung begleitete, bezeugte den Heldenmut seiner Seele.

Neue Überraschung, als er sich zu Tisch setzte! Anstatt des blonden Köpfchens seiner hübschen Nachbarin erblickte er den Geierhals einer alten Engländerin, deren lange Schmachtlocken die Krümel vom Tischtuch fegten. In seiner Nähe hörte er darüber sprechen, daß die junge russische Dame und ihre Gesellschaft mit einem der ersten Morgenzüge abgereist wären.

«*Cré nom!* Ich bin beschummelt!» sagte ganz laut der italienische Tenor, der gestern abend Tartarin so unwirsch bedeutet hatte, daß er kein Französisch verstünde.

Er hatte es also über Nacht gelernt! Er stand auf, schmiß seine Serviette auf den Tisch und verschwand. Der Mann aus Tarascon blieb bestürzt zurück.

Von den gestrigen Tischgenossen war er als einziger übriggeblieben. Das ist die Regel auf Rigi-Kulm, wo niemand länger als vierundzwanzig Stunden verweilt. Im übrigen war die Szenerie unveränderlich, die aufgereihten Dessertschüsseln schieden die Geister. Heute morgen waren die vom Reis weit überlegen und von illustren Persönlichkeiten verstärkt, und die von den Zwetschgen hatten, wie man so sagt, nichts zum Lachen.

Ohne für die einen oder anderen Partei zu ergreifen, kehrte Tartarin noch vor den Dessert-Demonstrationen in sein Zimmer zurück, schnallte seinen Ranzen und verlangte seine Rechnung. Er hatte genug von *Regina montium* und seiner Table d'hôte für Taubstumme.

Bei der Berührung mit Eispickel, Steigeisen und Seil, womit er sich aufs neue belud, überkam ihn jäh wieder die Bergsteigerwut. Er brannte darauf, einen richtigen Berg anzugehen, auf dessen Gipfel man keiner Bahnstation und keiner Photographenbude begegnete. Er schwankte nur noch zwischen dem Finsteraarhorn, das etwas höher war, und der berühmteren Jungfrau, deren hübscher Name ihn mehr als einmal an den zarten weißen Nacken der blonden kleinen Russin erinnern würde.

Während er in Erwartung seiner Rechnung noch beide Möglichkeiten überlegte, betrachtete er in der riesigen, von trübseliger Stille erfüllten Hotelhalle die großen kolorierten Photographien, die ringsum an den Wänden hingen: Gletscher, schneeverwehte Triften, berühmt gefährliche Bergrouten. Hier ein messerscharfer, bläulich vereister Grat, auf dem die angeseilten Bergsteiger ameisengleich hintereinander her marschierten, dort eine weit klaffende Gletscherspalte mit meergrünen Wänden, die eine tapfere Alpinistin auf einer quer darüber gelegten Leiter kriechend überquerte und hinter ihr ein Pfarrer mit aufgeschürzter Soutane.

Der Alpinist aus Tarascon, der dies alles, auf seinen Eispickel gestützt, betrachtete, hatte sich von solchen Gefahren nie etwas träumen lassen. Das also stand ihm bevor!

Plötzlich wurde er leichenblaß.

Ein schwarzgerahmter Stich nach der berühmten Zeichnung von Gustave Doré stellte die Katastrophe am Matterhorn dar: vier menschliche Körper, die auf dem Bauch oder auf dem Rücken einen fast senkrecht abfallenden Firnhang hinabstürzen; wild um sich schlagende Arme, Hände, die tasten, suchen, krampfhaft das zerrissene Seil umklammern, das eben noch ihr Leben sicherte und jetzt nur noch dazu dient, sie noch unentrinnbarer in den tödlichen Abgrund zu reißen, der sie alle mitsamt ihrer soeben noch so lustigen Ausstaffierung, Pickeln, Seilen, grünen Schleiern, in tragischem Durcheinander verschlingen wird.

«Mâtin!» rief Tartarin in seinem Schrecken ganz laut.

Ein überaus höflicher Maître d'hôtel, der seinen Ausruf hörte, glaubte ihn beruhigen zu müssen. Derartige Unfälle würden von Jahr zu Jahr seltener. Man dürfe nur keine Unvorsichtigkeit begehen, und dann käme es natürlich darauf an, einen wirklich guten Führer zu engagieren.

Tartarin fragte, ob er ihm wohl einen empfehlen könnte, eben, einen, zu dem man Vertrauen haben könnte... Nicht etwa, daß er Angst hätte, aber es wäre doch besser, mit einem zuverlässigen Menschen zu tun zu haben.

Der Kellner sann mit wichtiger Miene nach.

«Tja, einen wirklich vertrauenswürdigen Mann... Ach, wenn Monsieur das nur ein wenig früher gesagt hätte! Gerade heute morgen hatten wir einen hier, der ganz der Richtige gewesen wäre – den Kurier von peruanischen Herrschaften...»

«Kennt er sich in den Bergen aus?» fragte Tartarin mit sachverständiger Miene.

«Er kennt sämtliche Berge, Monsieur, sämtliche Berge der Welt! In der Schweiz, in Savoyen, in Tirol, in Indien, alle hat er gemacht und kennt sie in- und auswendig. Monsieur sollte nur hören, wie er sie beschreibt! Ich glaube, der wäre zu haben. Und mit so einem Mann könnte ein kleines Kind sich überall hinwagen!»

«Ja, aber wo ist er? Wo kann ich ihn auftreiben?»

«In Kaltbad, Monsieur, er bereitet dort die Zimmer für seine Herrschaften vor. Wir werden ihm telephonieren.»

Ein Telephon auf dem Rigi!

Das war der Gipfel. Aber Tartarin wunderte sich über gar nichts mehr.

Fünf Minuten später war der Kellner wieder da und brachte die Antwort.

Der Kurier der Peruaner wäre soeben zur Tellsplatte gefahren, wo er bestimmt über Nacht bleiben würde.

Die Tellsplatte ist eine Gedenkkapelle, eine Art Wallfahrtsort zu Ehren von Wilhelm Tell, wie es in der Schweiz mehrere gibt. Man fuhr hauptsächlich hin, um die Wandmalereien zu bewundern, die ein berühmter Basler Maler soeben vollendete.

Mit dem Schiff brauchte man dahin nur eine Stunde, höchstens anderthalb Stunden. Tartarin zögerte nicht. Er verlor dadurch zwar einen Tag, aber er war es sich schuldig, Wilhelm Tell, für den er von jeher eine besondere Vorliebe gehegt hatte, seine Huldigung darzubringen. Und welcher Glücksfall, wenn er diesen großartigen Führer erwischen und mit ihm die Jungfrau machen könnte!

Also los! *Zou!*

Er bezahlte rasch seine Rechnung, auf der Sonnenuntergang und Sonnenaufgang als besondere Posten angeführt waren, wie übrigens auch die Kerze und die Bedienung. Umtönt vom gewaltigen Klappern und Klirren seiner eisernen Ausrüstung, das auf allen seinen Wegen Schrecken und Staunen verbreitete, begab er sich schließlich zum Bähnlein, denn zu Fuß abzusteigen, wie er aufgestiegen war, dünkte ihn wirklich verlorene Zeit und eine allzu große Ehre für diesen künstlichen Berg.

IV

*Auf dem Schiff – Es regnet – Der Held aus Tarascon
entbietet den Manen seinen Gruß – Die Wahrheit über
Wilhelm Tell – Eine Illusion weniger – Tartarin aus
Tarascon hat nie gelebt – «Té, Bompard!»*

Den Schnee hatte er auf Rigi-Kulm zurückgelassen. Unten auf dem See fand er den Regen wieder, einen nadelfeinen, dichten, alles durchdringenden Regen, in dem die fernen Berge allmählich mit den Wolken verschwammen.

Der Föhn kräuselte den See. Die Möwen flogen tief, als ließen sie sich von den Wogen tragen. Man hätte sich auf dem offenen Meer wähnen können.

Tartarin dachte an seine Ausfahrt aus dem Hafen von Marseille, als er vor nunmehr fünfzehn Jahren auf Löwenjagd auszog, an den wolkenlosen Himmel, das goldene Licht und das blaue Meer, blau wie aus dem Färberkessel, an den Mistral, der es zu weißen Schaumkämmen aufpeitschte, an die Trompetentöne von den Festungen, die Glockenklänge von sämtlichen Türmen... Rausch, Beglückung, Sonne, Zauber der ersten Reise!

Welcher Gegensatz zu dem von der Nässe geschwärzten, beinahe menschenleeren Schiffsdeck, auf dem man im Nebel, undeutlich wie durch Ölpapier, ein paar Passagiere in Reisemänteln und unförmigen Galoschen erblickte; hinten stand unbeweglich, ganz in seinen Kapuzenmantel vermummt und mit ernster, sibyllinischer Miene, der

Mann am Ruder unter einem Anschlagzettel, der in drei Sprachen die folgenden Worte trug:

«Es ist verboten, mit dem Steuermann zu sprechen.»

Eine durchaus überflüssige Anweisung, denn an Bord der *Winkelried* sprach ohnehin niemand, weder auf dem Schiffsdeck noch in den Salons Erster und Zweiter Klasse, in denen düster dreinschauende Passagiere, mitten unter ihrem auf den Bänken herumliegenden Handgepäck, dicht aneinandergedrängt schliefen, lasen und gähnten. So stellt man sich einen Transport von Landesverwiesenen am Tag nach dem Staatsstreich vor.

Von Zeit zu Zeit kündigte das heisere Brüllen der Sirene an, daß man sich einer Schiffsstation näherte. Dann hörte man das Geräusch von Schritten und Koffern auf Deck. Das Ufer trat allmählich aus dem Nebel hervor, rückte näher heran, ließ dunkelgrüne Hänge sehen, fröstelnde Villen zwischen triefendem Gebüsch, kotige, pappelgesäumte Straßen, an denen sich Prunkhotels mit goldenen Lettern auf der Fassade aufreihten, Hotel Meyer, Müller, du Lac, und hinter den Fensterscheiben, an denen der Regen hinunterrann, erschienen gelangweilte Gesichter.

Man legte am Landungssteg an, Passagiere stiegen ein und aus, alle gleichermaßen schmutzbespritzt, durchnäßt und stumm. Einen Augenblick lang herrschte in dem kleinen Hafen ein Hin und Her von Regenschirmen und Omnibussen, welche rasch verschwanden. Dann schäumte das Wasser unter den Schlägen der Schaufelräder auf, das Ufer zog sich wieder zurück und versank aufs neue in der undeutlichen Landschaft mitsamt den Pensionen Meyer, Müller, du Lac, deren Fenster sich einen Augenblick lang öffneten. Man sah in allen Stockwerken winkende Taschentücher und ausgestreckte Arme, die zu flehen schienen: «Um Gottes Barmherzigkeit willen, nehmt uns mit! Wenn ihr wüßtet!»

Hie und da begegnete die *Winkelried* einem anderen Dampfer, auf dessen weißem Radkasten ein Name in schwarzen Lettern prangte: *Germania, Wilhelm Tell.* Dann sah man das gleiche trübselige Deck, die gleichen spiegelnden Galoschen, die gleichen Leichenbittermienen, egal ob das Gespensterschiff in diese oder jene Richtung fuhr, und von Bord zu Bord wurden die gleichen trostlosen Blicke gewechselt.

Zu denken, daß all diese Leute zum Vergnügen reisten und daß auch die Pensionäre der Hotels du Lac, Meyer und Müller sich zum Vergnügen in Gefangenschaft begaben!

Was Tartarin hier wie auf Rigi-Kulm besonders quälte, was ihn schier erstickte und eisiger erschauern ließ als der kalte Regen und der lichtlose Himmel, war, daß er nicht reden konnte. Unten im Salon hatte er wohlbekannte Gesichter erblickt, das Mitglied des Jockey-Clubs mit seiner Nichte (hm, hm!) sowie Monsieur Astier-Réhu von der Académie française und Professor Schwanthaler, die beiden unversöhnlichen Feinde, die, unlösbar an den gleichen Fahrplan einer Cookschen Gesellschaftsreise gefesselt, dazu verdammt waren, einen Monat lang Seite an Seite zu leben, und noch einige andere... Doch niemand von den illustren Zwetsch-

gen geruhte, den Helden aus Tarascon wiederzuer-
kennen, den doch seine Schneehaube, seine eisernen Geräte und sein Seil unverkennbar machten.
Alle schienen sich des gestrigen Balls und der hem-
mungslosen Begeisterung zu schämen, zu der dieser
dicke Kerl sie unerklärlicherweise hingerissen hatte.

Nur Frau Professor Schwanthaler mit ihrem lä-
chelnden rosigen Gesicht war wie eine rundliche
kleine Fee auf ihren Tänzer zugeschwebt und hatte
ihren Rock leicht mit zwei Fingern ergriffen, als
wollte sie ein paar Menuettschritte andeuten. Eine
Erinnerung an Vergangenes oder eine Aufforde-
rung zu neuen Taten? Jedenfalls ließ sie nicht lok-
ker, und Tartarin flüchtete vor ihrer Hartnäckig-
keit auf Deck. Er wollte sich noch lieber bis auf die
Knochen durchweichen lassen, als sich lächerlich
zu machen.

Und es regnete und regnete. Wie schmutzig der
Himmel war! Um ihn vollends zu verdüstern, bezogen eine Schar Heilsarmee-Soldatinnen, die in
Beckenried zugestiegen waren – ein Dutzend dicke
Jungfern mit stumpfsinnigen Gesichtern, in dun-
kelblauen Uniformen und Kapotthütchen –, unter
drei mächtigen roten Regenschirmen Stellung und
sangen Lieder aus dem Gesangbuch, auf der Ziehharmonika begleitet von einem überlangen, ausge-
mergelten Menschen mit irren Augen. Die schrillen, kraftlosen Stimmen, mißtönig wie Möwenrufe,
schleppten und wälzten sich mühsam durch den
Regen und die schwarze Rauchwolke der Maschine, die der Wind auf Deck zurückschlug. Tartarin hatte nie etwas Jämmerlicheres gehört.

In Brunnen stiegen sie aus, nachdem sie die

Taschen der Passagiere mit frommen Traktätchen vollgestopft hatten. Und sobald die Ziehharmonika und der Gesang der armen Larven verstummten, hatte auch der Himmel ein Einsehen und zeigte ein bißchen Blau.

Nun fuhren sie in den von hohen, wilden Bergen eingeengten und verdunkelten Urnersee ein, und die Passagiere zeigten einander rechts, am Fuß des Seelisbergs, das Rütli, wo Melchthal, Fürst und Stauffacher einander zugeschworen hatten, die Heimat zu befreien.

Tartarin war tief bewegt. Er entblößte andächtig sein Haupt und schwenkte sogar, ohne auf die Verblüffung der anderen Fahrgäste zu achten, dreimal die Mütze, um den Manen der Helden seine Huldigung darzubringen. Manche Passagiere glaubten, es ginge sie an, und erwiderten höflich den vermeintlichen Gruß.

Schließlich stieß die Maschine wieder ihr heiseres Brüllen aus, das in dem engen Bergkessel viel-

fach widerhallte. Die Tafel, die bei jeder neuen
Schiffsstation ausgehängt wurde – wie man auf
öffentlichen Bällen die Cotillonfiguren anzeigt –,
kündigte die Tellsplatte an.

Man war angelangt.

Die Tellskapelle liegt fünf Minuten vom Landungssteg entfernt dicht am Seeufer, eben auf dem
Felsen, auf den Tell mitten im Unwetter aus Geß-
lers Boot sprang. Tartarin trottete hinter den Teil-
nehmern der Cookschen Rundreise am Ufer entlang und genoß mit tiefem Entzücken das Bewußtsein, auf historischem Boden zu stehen, während er
sich die bedeutsamsten Episoden des großen Dramas, das er wie seine eigene Lebensgeschichte
kannte, ins Gedächtnis zurückrief, um sie neu zu
durchleben.

Wilhelm Tell war von jeher sein Mann gewesen.
Wenn man in der Apotheke Bézuquet *Préférence*
spielte, wobei jeder unter dem Siegel des Geheim-
nisses aufschrieb, welchen Dichter, Baum, Geruch,
Kriegshelden und so weiter er allen anderen vor-
zog, trug jeweils einer der Zettel unweigerlich folgende Angaben:

Lieblingsbaum	*Baobab*
Lieblingsgeruch	*Schießpulver*
Lieblingsschriftsteller	*Fenimore Cooper*
Wer ich am liebsten sein möchte	*Wilhelm Tell*

Und die ganze Apotheke rief einstimmig: «Das
ist Tartarin!»

Ihr könnt euch denken, wie glücklich er war, wie
hoch sein Herz schlug, als er nun vor der Kapelle
stand, die eine ganze Nation ihrem Helden zum

Dank errichtet hatte. Es dünkte ihn fast, Wilhelm Tell in eigener Person würde ihm die Tür öffnen – vielleicht noch vom Seewasser durchnäßt, seine Armbrust mit den Pfeilen in der Hand.

«Kein Eintritt! Heut arbeite ich! Es ist nicht der Tag!» rief eine laute, durch den Widerhall des Gewölbes noch verstärkte Stimme aus dem Inneren.

«Monsieur Astier-Réhu de l'Académie française!»

«Professor Dr. Schwanthaler!»

«Tartarin de Tarascon!»

Im Spitzbogen über dem Portal zeigte sich der Oberkörper des Malers, welcher auf einem Gerüst stand, im Arbeitskittel, die Palette in der Hand.

«Einen Augenblick, die Herren. Mein Famulus kommt Ihnen aufmachen», sagte er in respektvollem Ton.

«Ich wußte es doch, *pardi!*» dachte Tartarin. «Ich brauche bloß meinen Namen zu nennen.»

Er besaß aber Takt genug, um bescheiden zurückzuweichen und erst als letzter einzutreten.

Der Maler, ein prachtvolles Mannsbild mit dem rotblonden Lockenkopf eines Renaissance-Künstlers, empfing seine Besucher auf der Treppe der hölzernen Galerie, die man zur Ausmalung des oberen Teils provisorisch errichtet hatte. Die Fresken, die Episoden aus Tells Leben darstellten, waren alle vollendet, bis auf die letzte, die Szene mit dem Apfelschuß. Der Künstler arbeitete gerade daran. Sein jugendlicher Famulus, wie er sich ausdrückte, mit langem Engelshaar und nackten Armen und Beinen unter dem kurzen mittelalterlichen Kittel, stand ihm Modell für Tells Knaben.

All diese altertümlichen Figuren in roten, grü-

nen, gelben oder blauen Gewändern, die sich überlebensgroß in engen Gassen und Toren aus der Rit-
terzeit drängten und auf Fernwirkung berechnet
waren, machten einen ziemlich tristen Eindruck
auf die Zuschauer. Doch man war hergekommen,
um zu bewundern, und bewunderte treulich. Im übrigen verstand niemand etwas von Kunst.

«Ich finde es überaus charaktervoll», erklärte
Astier-Réhu, die Tasche mit seinem Nachtzeug in
der Hand, salbungsvoll.

Und Schwanthaler, der einen Klappstuhl unterm
Arm trug, wollte nicht zurückstehen und zitierte
zwei Verse von Schiller, die zur Hälfte in seinem
wallenden Bart steckenblieben.

Dann hörte man einen Augenblick lang nur die
entzückten Ausrufe der Damen: *«Schön! Oh, schön!»*
– *«Yes, lovely!»* – *«Exquis, délicieux!»*

Wie in der Konditorei.

Da erklang mit einem Mal eine laute Stimme, die
das andächtige Schweigen wie ein Trompetenstoß
zerriß: «Er hält die Armbrust falsch! So legt man
nicht an!»

Der Maler betrachtete ganz verdutzt den sonderbaren Alpinisten, der ihm, auf die Gefahr hin, die
Umstehenden mit seinem Eispickel zu erschlagen,
mit schwungvollen Gebärden demonstrierte, daß
sein Wilhelm Tell nicht zu schießen verstand.

«Und damit kenne ich mich aus, *au moins!* Mir
können Sie das glauben!»

«Mit wem habe ich die Ehre?»

«Was? Sie wissen nicht, wer ich bin?» rief der
Held aus Tarascon entrüstet.

Also war die Tür nicht vor seinem Namen gewi-

chen! Er richtete sich zu seiner ganzen Höhe auf:
«Nach meinem Namen fragen Sie die Panther der
Sahara, die Löwen des Atlas! Da werden Sie Ant-
wort erhalten!»

Alles wich erschrocken zurück.

«Aber was ist denn an meinem Tell nicht richtig?» fragte der Maler.

«Sehen Sie mir zu! *Té!*»

Tartarin trat einen Schritt zurück, stampfte zweimal auf, daß die Bretter unter ihm rauchten, und
legte an, wobei er den Eispickel als Armbrust benützte.

«Recht hat er! Großartig! Bleiben Sie in dieser
Stellung!» rief der Künstler begeistert. Und zum
Famulus: «Bring ein Zeichenblatt, Kohle, rasch!»

Tartarin war wirklich zum Malen, wie er breit-
beinig, mit krummem Rücken und gesenktem Kopf
dastand und zielte. Die Schneehaube umgab sein
Gesicht wie ein Helm mit herabgelassenem Visier,
und seine blitzenden Äuglein durchbohrten den
schreckensstarren Famulus.

O Zauber der Einbildungskraft! Er glaubte wahrhaftig, auf dem Dorfplatz von Altdorf zu stehen
und auf sein eigenes Kind anzulegen, er, der nie
eines gehabt hatte. Ein Pfeil auf der Sehne seiner Armbrust, ein zweiter im Gürtel, um das Herz
des Tyrannen zu durchbohren. Seine Überzeugung
war so stark, daß sie die anderen ansteckte.

«Ja, das ist Tell!» rief der Maler, der auf seinem
Schemel hockte und mit fieberhafter Hand die
Skizze vollendete. «Ach, Monsieur, warum bin ich
Ihnen nicht früher begegnet! Sie hätten mir Modell
stehen müssen!»

«Finden Sie wirklich eine Ähnlichkeit?» fragte Tartarin geschmeichelt, ohne die Pose zu verändern.

Ja, genau so hatte der Künstler sich seinen Helden vorgestellt.

«Auch das Gesicht?»

«Ach, auf das Gesicht kommt es nicht an.»

Der Meister trat zurück und betrachtete seine Zeichnung.

«Ein beliebiger Männerkopf mit energischem Ausdruck, mehr braucht es nicht. Man weiß ja nichts von Tell. Höchstwahrscheinlich hat er überhaupt nicht existiert.»

Tartarin ließ vor Verblüffung seine Armbrust fallen.

«*Outre!** Nicht existiert! Was erzählen Sie mir da?»

«Fragen Sie nur die Herren dort.»

Astier-Réhu, feierlich, das dreifache Kinn auf der weißen Krawatte ruhend: «Eine dänische Sage.»

«Eine isländische», korrigierte ihn Schwanthaler, nicht minder majestätisch.

«Saxo Grammaticus berichtet, daß ein kühner Bogenschütze namens Tobe oder Paltanoke...»

«In der Vilkina-Saga steht geschrieben...»

Beide zugleich: «Vom Dänenkönig Harold Blauzahn...» – «Daß der isländische König Nekding...»

Mit starrem Blick und ausgestrecktem Zeigefinger dozierten sie beide, ohne einander anzusehen

---

* *Outre* und *boufre* sind Tarasconer Verwünschungen, deren Etymologie von Geheimnis umwittert ist. Sogar Damen nehmen sie manchmal in den Mund, allerdings mit einem mildernden Zusatz: *«Outre!* Hätte ich jetzt fast gesagt!»

und anzuhören, wie vom Katheder herab, in dem lehrhaften, überheblichen Professorenton, der keinen Widerspruch gelten läßt. Sie erhitzten sich immer mehr, während sie um die Wette Namen und Daten herausschrien: «Justinger von Bern!» – «Johann von Winterthur!»

Bald griff die Disputation auf die anderen Besucher über und entwickelte sich zu einer allgemeinen, aufgeregten und wütenden Zankerei. Man schwenkte Klappstühle, Regenschirme, Handkoffer. Der unglückselige Maler, der um die Standfestigkeit seines Gerüsts bangte, lief von dem einen zum anderen und beschwor zur Eintracht. Als der Sturm sich endlich gelegt hatte, nahm er seine Skizze wieder auf und hielt Ausschau nach dem geheimnisvollen Alpinisten, dessen Namen allein die Panther der Sahara und die Löwen des Atlas hätten nennen können. Doch der Alpinist war verschwunden.

Er stieg gerade mit großen, zornigen Schritten einen schmalen Pfad hinan, der zwischen Buchen und Birken zum Hotel Tellsplatte führte, wo der Kurier der Peruaner die heutige Nacht verbringen sollte. In seiner Enttäuschung sprach er laut mit sich selber und stach mit seinem Alpenstock wütend auf die aufgeweichte Erde ein.

«Überhaupt nicht existiert! Tell! Wilhelm Tell eine bloße Sage!» Und ausgerechnet der Maler, der ihn durch seine Kunst verewigen sollte, erzählte ihm das in aller Seelenruhe! Er zürnte ihm darum, als hätte er ein Sakrileg begangen. Er zürnte auch den Gelehrten, diesem ganzen ruchlosen Jahrhundert, das nichts versteht, als zu leugnen, zu zerstören, in den Staub zu reißen, das weder Ruhm noch Größe respektiert, *coquin de sort!*

Wenn man in zwei-, in dreihundert Jahren von Tartarin sprach, würden sich also Leute wie Astier-Réhu und Schwanthaler finden, um zu behaupten und wissenschaftlich zu erhärten, daß Tartarin nie existiert hätte! Daß er nichts sei als eine provenzalische oder berberische Sage! Atemlos vor Empörung und von dem steilen Aufstieg, hielt er an und ließ sich auf eine ländliche Bank sinken.

Von hier aus sah man durch die Zweige den See und die weißen Mauern der Kapelle. Das Brüllen einer Dampfsirene und das Plätschern am Landungssteg kündigten die Ankunft einer neuen Besucherschar an. Sie gruppierten sich, alle den Reiseführer in der Hand, am Ufer und näherten sich dann mit feierlich gemessenem Schritt der Kapelle. Und dem guten Tartarin ging auf einmal die Komik der Sache auf.

Er stellte sich vor, wie die ganze historische Schweiz sich auf diesen imaginären Helden gründete, ihm allenthalben auf Dorfplätzen und in städtischen Museen Denkmäler und Gedächtniskapellen errichtete und ihm zu Ehren patriotische Feste feierte, zu denen die Leute aus allen Kantonen mit wehenden Bannern herbeiströmten. Bankette, Trinksprüche, Festreden, Hurrarufe, vaterländische Lieder, tränengeschwellte Brüste – und alles für den großen Nationalhelden, von dem jeder wußte, daß er nie existiert hatte!

Da rede mir einer von Tarascon! Wenn das keine Tarasconade ist! Und zwar eine größere, als man sie dort je erfunden hat!

Tartarin war wieder guter Laune und erreichte mit einigen tüchtigen Schritten die Landstraße nach Flüelen, an der sich die lange Front des Hotels Tellsplatte mit ihren grünen Fensterläden hinzieht. In Erwartung der Tischglocke promenierten die Gäste vor einem aus Muscheln zusammengefügten Brunnen auf der von Regengüssen ausgewaschenen Straße auf und ab. Reisewagen und Schubkarren reihten sich zwischen den Wasserlachen auf, die den kupferroten Abendhimmel widerspiegelten.

Tartarin erkundigte sich nach seinem Mann und hörte, daß er gerade bei Tisch säße. «Dann führen Sie mich zu ihm, *zou!*» Und das war mit so viel Autorität gesagt, daß trotz dem respektvollen Zögern, eine so bedeutende Persönlichkeit beim Essen zu stören, ein Stubenmädchen Tartarin durch das ganze Hotel führte, wobei seine Person einiges Aufsehen erregte. Der vornehme Kurier speiste nämlich in einem Extrastübchen, das auf den Hof hinausging.

Tartarin trat mit dem Eispickel auf der Schulter ein und begann: «Entschuldigen Sie, Monsieur, wenn ich...»

Er schwieg verdutzt, während der lange, dünne Mann, der mit einer Serviette um den Hals in einer köstlich duftenden Dampfwolke saß, vor Verblüffung seinen Löffel in den Suppenteller fallen ließ.

«Vé! Monsieur Tartarin!»

«Té! Bompard!»

Es war Bompard, der einstige Verwalter des Cercle. Er war ein netter Kerl, litt jedoch an einer allzu lebhaften Einbildungskraft, die es ihm unmöglich machte, ein wahres Wort zu sagen, was ihm in

Tarascon den Beinamen «Schwindler» eingetragen hatte. In Tarascon Schwindler genannt zu werden – das will schon etwas heißen! Das also war der unübertreffliche Bergführer, der Bezwinger der Alpen, des Himalaya, der Berge auf dem Mond!

«Ach – jetzt verstehe ich!» murmelte Tartarin etwas enttäuscht, aber dennoch hocherfreut, ein vertrautes Gesicht und den lieben, langentbehrten Akzent vom Cours wiederzufinden.

«Différemment, Monsieur Tartarin, Sie erweisen mir doch die Ehre, mit mir zu speisen, *qué?»*

Tartarin ließ sich nicht lange bitten. Wie herrlich war es doch, an einem privaten kleinen Tisch zu sitzen, zwei Gedecke *face à face,* ohne jede strittige Dessertschüssel! Anstoßen, reden, lachen zu dürfen, während man speiste! Und ganz ausgezeichnet speiste, natürliche und sorgfältig zubereitete gute Sachen, denn die Herren Kuriere genießen bei den Wirten Vorzugsbehandlung und werden mit den besten Weinen und erlesenen Gerichten bedient.

Das gab ein Reden und Erzählen!

«Also Sie waren das, mein Lieber, den ich heut nacht dort oben auf dem Rigi gehört habe?»

«Pas moins! Ich habe den jungen Damen… Der Sonnenaufgang im Gebirge ist doch etwas Schönes, nicht?»

«Prachtvoll!» stimmte Tartarin zu, zunächst nur halbherzig, aus Höflichkeit, doch alsbald ließ er sich von der Begeisterung hinreißen.

Und nun priesen die beiden Söhne Tarascons die Herrlichkeiten, die man vom Rigi aus erblickt, daß einem Hören und Sehen vergehen konnte. Es war, als wetteiferten Joanne und Baedecker miteinander.

Je weiter die Mahlzeit fortschritt, desto intimer wurde auch die Unterhaltung. Es gab vertrauliche Mitteilungen, Herzensergüsse, Beteuerungen, die ihnen Tränen in die ehrlichen provenzalischen Augen trieben, während doch in all ihrer tiefen Rührung immer noch ein Quentchen Spott und Scherz mitklang. Das war aber auch der einzige Punkt, in dem sich die beiden Freunde glichen, in allem übrigen bildeten sie komplette Gegensätze: der eine lang und dürr, ausgelaugt und voller Narben von allen Berufen, in denen er sich umgetan hatte; der andere klein, untersetzt, mit wohlgenährten glatten Wangen und fröhlichem Gemüt.

Ja, den armen Bompard hatte es seit seinem Abschied vom Cercle tüchtig umgetrieben. Die unersättliche Phantasie, die ihn niemals lange an einem Platz verweilen ließ, hatte ihn manche ferne Sonne, manches sonderbare Schicksal erleben lassen. Er erzählte von seinen Abenteuern, schilderte all die unfehlbaren Gelegenheiten, ein reicher Mann zu werden, die im letzten Augenblick unbegreiflicherweise zu nichts zerrannen, wie zum Beispiel seine letzte großartige Erfindung, die dem Kriegsministerium die gewaltigen Ausgaben für das Schuhwerk der Soldaten ersparen würde.

«Mein Gott, die einfachste Idee der Welt – man muß nur draufkommen! Den Soldaten ganz einfach die Füße beschlagen lassen wie den Pferden!»

«Outre!» rief Tartarin erschrocken.

«Eine großartige Idee, nicht wahr? Aber im Ministerium haben sie mich nicht einmal einer Antwort gewürdigt! Ach, mein lieber Monsieur Tartarin, es ist mir nicht immer gutgegangen. Ich habe manche bittere Zeit erlebt, ehe ich in den Dienst der Gesellschaft trat...»

«Welche Gesellschaft?»

«Still!» flüsterte Bompard mit gedämpfter Stimme. «Später – nicht hier!» Dann fuhr er in seinem gewöhnlichen Ton fort: *«Et autrement,* was tut sich in Tarascon? Sie haben mir übrigens noch immer nicht gesagt, was Sie hierher in die Berge führt.»

Nun war es an Tartarin, sein Herz auszuschütten. Ohne Zorn, aber mit der bitteren Resignation, der Wehmut des Alterns, wie sie große Künstler und berühmt schöne Frauen, alle Völker- und Herzensbezwinger erfaßt, berichtete er vom Abfall seiner Landsleute, von dem finsteren Komplott, ihn um den Präsidentensessel zu bringen, und von seinem Entschluß, seinen Heldenmut unter Beweis zu stellen, indem er einen weltberühmten Berg bestiege und die Fahne von Tarascon in noch nicht dagewesenen Höhen aufpflanzte, kurz, indem er den Alpinisten von Tarascon zeigte, daß er immer noch würdig – immer noch würdig... Die Rührung übermannte ihn, er vermochte nur noch hinzuzufügen: «Sie kennen mich doch, Gonzague!»

Und nichts kann die überströmende Zärtlichkeit beschreiben, mit der er den poetischen Vornamen Bompards aussprach. Es war wie ein tiefbewegter Händedruck, eine brüderliche Umarmung von Mann zu Mann.

«Sie kennen mich, *qué!* Sie wissen, daß ich nicht gezögert habe, als es gegen die Löwen ging. Und im Krieg, als wir gemeinsam die Verteidigung des Cercle übernahmen...»

Bompard schnitt furchterregende Grimassen. In

233

diesem Augenblick glaubte er, noch immer auf seinem Posten zu stehen.

«Und jetzt hören Sie: Was den Löwen, was den Kruppschen Kanonen nicht gelungen ist, das haben die Alpen zuwege gebracht: Ich fürchte mich.»

«Sprechen Sie nicht so, Tartarin!»

«Warum denn nicht?» erwiderte der Held mit erschütternder Sanftmut. «Ich sage es, wie es ist.»

Und er schilderte ruhig, ohne zu posieren, den schrecklichen Eindruck, den ihm die Zeichnung von Doré gemacht hatte. Die Katastrophe vom Matterhorn stünde ihm noch immer gräßlich vor Augen, er fürchte sich vor ähnlichen Gefahren; als er von einem unübertrefflichen Führer hörte, der ihn davor zu bewahren vermöchte, sei er vertrauensvoll zu ihm gekommen.

Im natürlichsten Ton fügte er noch hinzu: «Aber Sie waren niemals wirklich Bergführer, Gonzague, nicht wahr?»

«He, doch!» erwiderte Bompard lachend. «Nur habe ich nicht alles vollbracht, was ich erzähle.»

«Versteht sich!» stimmte Tartarin ihm bei.

Der andere flüsterte zwischen den Zähnen: «Gehen wir einen Augenblick vors Haus. Auf der Straße können wir ungestört reden.»

Die Nacht senkte sich herab. Ein feuchter, milder Wind trieb schwarze Wolkenfetzen über den Himmel, wo noch die letzten hellen Spuren des scheidenden Tages schimmerten. Die Straße führte hier in halber Höhe des Berges gegen Flüelen zu. Die stummen Schatten hungriger Touristen, die zum Nachtessen ins Hotel eilten, kreuzten ihren Weg, während sie gleichfalls als stumme Schatten, ohne zu sprechen, zu dem langen Tunnel kamen, der hier ein langes Stück der Straße überwölbt. Weite, bogenförmige Öffnungen bieten einen wunderbaren Ausblick auf den See.

«Bleiben wir hier», ertönte die hohle Stimme Bompards, die unter der Wölbung dröhnte wie ein Kanonenschuß.

Auf der Brüstung sitzend, genossen sie das herrliche Panorama: unter ihnen der See vor der Kulisse der dichten schwarzen Tannen- und Buchenwälder, dahinter die höheren Berge mit undeutlich verschwimmenden Linien, die sich ganz in der Ferne im bläulichen Gewölk der höchsten Gipfel verloren. In der Mitte, kaum sichtbar, der weiße Streifen eines Gletschers, der plötzlich in gelblich, rötlich, grünlich schimmernder Flammenglut aufleuchtete. Heut abend stand die bengalische Beleuchtung der Berge auf dem Programm.

Die Raketen stiegen unten in Flüelen auf und zerplatzten zu vielfarbigen Sternen, die sich über den ganzen Himmel ausbreiteten. Über den See bewegten sich venezianische Laternen dahin, dorthin, getragen von Booten, die im Dunkel unsichtbar blieben. Musik und fröhliche Menschenstimmen schallten zu den Freunden hinauf.

Es war, als blickte man aus dem streng regelmäßigen, kalten Granitrahmen des Tunnels in eine fremde, zauberhafte Welt.

«Ein komisches Land, diese Schweiz, *pas moins!*» rief Tartarin aus.

Bompard begann zu lachen.

«*Ah vaï,* die Schweiz! Vor allem einmal gibt's gar keine Schweiz!»

V

Geständnisse in einem Tunnel

«*Vé*, Monsieur Tartarin! Die Schweiz, wie Sie sie
da sehen, ist nichts als ein großer Kursaal, geöffnet
von Juni bis September, ein Casino mit einzigarti-
gem Panorama, das von einer millionenschweren
Aktiengesellschaft mit Sitz in Genf und London ge-
leitet und ausgewertet wird. Stellen Sie sich nur vor,
wieviel Geld es gebraucht hat, um diese ganze
Landschaft mitsamt ihren Seen und Wäldern, Bergen und Wasserfällen einzurichten und auf Glanz
herauszuputzen, ein ganzes Volk von Angestellten
und Statisten zu erhalten und auf den höchsten
Gipfeln Luxushotels mit Gas, Telegraph und Telephon zu erbauen!»

«Das ist wirklich wahr», murmelt Tartarin in Gedanken an den Rigi.

«Und ob es wahr ist! Aber Sie haben ja noch
nichts gesehen. Schauen Sie sich nur gründlicher
im Lande um – Sie werden keinen Winkel finden,
der nicht mit mechanischen Einrichtungen und
Tricks zur Täuschung des Publikums ausgestattet
ist, wie die Bühnenmaschinerie in der Pariser Oper:
beleuchtete Wasserfälle, Drehkreuze am Eingang
der Gletscher, Zahnradbahnen, Drahtseilbahnen
auf die höchsten Gipfel… Im Hinblick auf die englischen und amerikanischen Bergsteiger sorgt die
Gesellschaft allerdings dafür, daß ein paar besonders berühmte Alpenriesen, die Jungfrau, der
Mönch, das Finsteraarhorn zum Beispiel, ihr wil-

des, bedrohliches Aussehen bewahren, obwohl es dort in Wirklichkeit genauso ungefährlich zugeht wie woanders.»

«Aber die Gletscherspalten, Bompard, diese entsetzlichen Gletscherspalten! Wenn man in eine solche Spalte fällt?»

«Dann fällt man auf Schnee, Monsieur Tartarin, und tut sich kein bißchen weh. Unten hat immer jemand Dienst, ein Portier, ein Hotelbursch, der Sie aufhebt und abbürstet und sich höflich erkundigt: ‹Monsieur hat kein Gepäck bei sich?›»

«Sie machen sich wohl über mich lustig, Bompard!»

Bompard blickt noch einmal so ernst drein.

«Der Unterhalt der Gletscherspalten bildet sogar einen der größten Ausgabeposten der Gesellschaft.»

Einen Augenblick lang herrscht Schweigen im Tunnel. Auch in der Umgebung ist es still geworden. Kein Feuerwerk mehr am Himmel, keine Boote auf dem See. Dafür ist der Mond aufgegangen und schafft ein anderes konventionelles Szenenbild, eine bläulich ätherische Landschaft mit undurchdringlichen schwarzen Schattenpartien.

Tartarin zögert noch, seinem Freund aufs Wort zu glauben. Doch je mehr er bedenkt, was er in diesen vier Tagen Schweiz schon Sonderbares erlebt hat, den Sonnenaufgang auf dem Rigi, die Farce mit Wilhelm Tell, desto wahrscheinlicher kommen ihm Bompards Behauptungen vor, besonders darum, weil in jedem Tarasconer neben einem Großsprecher auch ein Leichtgläubiger steckt.

«*Différemment*, mein Lieber, wie erklären Sie die

237

grauenhaften Unfälle – zum Beispiel auf dem Matterhorn?»

«Das ist jetzt sechzehn Jahre her, Monsieur Tartarin. Damals war die Gesellschaft noch nicht so gut organisiert.»

«Aber letztes Jahr erst das Lawinenunglück auf dem Wetterhorn – zwei Bergführer mit ihrer Seilschaft unter den Schneemassen begraben!»

«Té pardi, manchmal muß man etwas in die Zeitungen tun, um die Alpinisten anzulocken. Die Engländer steigen nicht auf einen Berg, auf dem nie etwas passiert. Das Wetterhorn ging in der letzten Zeit nicht mehr so gut, aber nach dieser kleinen Zeitungsnotiz sind die Einnahmen dort wieder gestiegen.»

«Und die beiden Führer?»

«Sind frisch und munter, genau wie ihre Kunden. Man hat sie nur aus dem Verkehr gezogen und für ein halbes Jahr ins Ausland verfrachtet. Das ist eine kostspielige Reklame, aber die Gesellschaft ist reich genug, sie kann sich's leisten.»

«Hören Sie, Gonzague…»

Tartarin ist aufgestanden und legt seinem Freund treuherzig die Hand auf die Schulter.

«Sie wollen doch sicher nicht, daß mir etwas zustößt, *qué?* Also sagen Sie mir ganz ehrlich… Sie kennen doch meine alpinistischen Fähigkeiten, nicht wahr? Sie sind nur mittelmäßig.»

«Das stimmt! Sehr mittelmäßig!»

«Glauben Sie, daß ich mich trotzdem an die Besteigung der Jungfrau wagen könnte – ohne allzu große Gefahr?»

«Dafür würde ich beide Hände ins Feuer legen,

Monsieur Tartarin! Sie brauchen nichts zu tun, als sich Ihrem Führer anzuvertrauen, *vé!*»

«Und wenn mir schwindlig wird?»

«Dann schließen Sie die Augen.»

«Und wenn ich ausgleite und abstürze?»

«Dann lassen Sie sich fallen. Es ist wie im Theater – ganz gefahrlos.»

«Ach, wenn ich Sie neben mir hätte, um es mir immer wieder zu sagen, um mir Mut zu machen! Tun Sie eine Freundestat, Bompard, kommen Sie mit!»

Bompard wüßte sich nichts Schöneres, *pécaïré!* Aber er hat seine Peruaner auf dem Hals, bis zum Schluß der Saison; und als sein Freund sich wundert, daß er die subalterne Stellung eines Bediensteten annimmt, erklärt er: «Ja, was kann man da machen, Monsieur Tartarin? Das gehört zu unserem Vertrag. Die Gesellschaft hat das Recht, uns dort einzusetzen, wo sie es für zweckmäßig hält.»

Daraufhin zählt er an seinen Fingern die verschiedenen Rollen auf, die er im Lauf von drei Jahren gespielt hat: Bergführer im Berner Oberland, Alphornbläser, alter Gemsenjäger, dann Veteran der französischen Garde Royale unter Karl X., protestantischer Bergpfarrer...

«Quès aco?» fragt Tartarin baß erstaunt.

Der andere antwortet mit seiner ruhigen Miene: *«Bé oui!* Wenn man in der deutschen Schweiz reist, gewahrt man manchmal in schwindelnder Höhe einen Pastor, der unter freiem Himmel predigt. Seine Kanzel ist ein Felsen oder ein alter Baumstumpf. Ein paar Hirten und Sennen, das lederne Käpplein in der Hand, und Frauen in der Tracht des Kantons umgeben ihn in malerischen Gruppen. Dazu die reizende Landschaft: üppig grüne oder frisch gemähte Alpwiesen, Wasserfälle bis zur Straße hinunter, das Geläute der Kuhglocken von nah und fern – das reine Entzücken! Das alles ist gestellt, *vé*, Theaterdekoration. Da aber nur die Angestellten der Gesellschaft, Fremdenführer, Pastoren, Kuriere und Hoteliers, das Geheimnis kennen und da es in ihrem Interesse ist, es zu bewahren, um die Kunden nicht abzuschrecken, kommt es nicht heraus.»

Tartarin ist so verdutzt, daß er keine Worte findet – das ist bei ihm der Gipfel der Verblüffung. Wenn er auch vielleicht noch einigen Zweifel an Bompards Glaubwürdigkeit hegt, ist er im Grunde doch beträchtlich beruhigt, und seine künftigen Aufstiege schrecken ihn nicht mehr so sehr. Die Unterhaltung wird fröhlich. Die beiden Freunde erinnern sich an Tarascon und die lustigen Streiche ihrer Jugend.

«Apropos Streiche», sagt Tartarin, «man hat mir auf Rigi-Kulm auch einen gespielt. Stellen Sie sich vor, wie ich heute früh…»

Und er erzählt von dem an seinen Spiegel gehefteten Brief und deklamiert mit Nachdruck: *«Teuflischer Franzose! Ein guter Witz, nicht?»*

Doch Bompard scheint die Sache ernster zu nehmen: «Vielleicht… Das kann man nicht wissen.»

Er erkundigt sich, ob Tartarin während seines Aufenthalts auf dem Rigi mit niemandem Streit bekommen, vielleicht ein Wort zuviel gesagt hat.

«Vaï, ein Wort zuviel! Man tut ja überhaupt nicht den Mund auf mit all diesen Engländern und

Deutschen, die stumm wie die Fische dasitzen, weil
sich das angeblich so gehört!»

Bei einigem Nachdenken erinnert er sich aber,
daß er doch einem Kerl die Meinung gesagt hat,
und zwar kräftig! So eine Art Kosak, Milanow...

«Manilow», berichtet Bompard.

«Kennen Sie ihn? Unter uns gesagt, glaube ich,
daß dieser Manilow etwas gegen mich hatte – wegen einer kleinen Russin.»

«Ja, Sonja», murmelt Bompard gedankenvoll.

«Die kennen Sie auch? Ach, mein Lieber, was
für ein reizendes Geschöpf! Wie eine feine Perle
oder ein zartes Vögelchen!»

«Sonja von Wassiljew. Sie hat mit einem einzigen
Revolverschuß General Feljanin getötet, mitten auf
der Straße. Er war der Präsident des Kriegsgerichts,
das ihren Bruder zu lebenslänglicher Verbannung
verurteilt hatte.»

Sonja eine Mörderin! Dieses Kind, dieses zarte
blonde Ding! Tartarin will es nicht glauben. Doch
Bompard kennt alle Einzelheiten des Falls, der
übrigens großes Aufsehen erregte. Seit zwei Jahren
lebt Sonja in Zürich, neuerdings mit ihrem Bruder,
dem die Flucht aus Sibirien gelungen ist; doch
seine Lunge hat daran glauben müssen, er ist hoff-
nungslos krank. Darum reist Sonja den ganzen
Sommer lang mit ihm in der reinen Bergluft herum.
Bompard ist ihnen und ihren Freunden, die sämtlich im Exil lebende Verschwörer sind, öfter begegnet. Die Geschwister Wassiljew, beide äußerst in-
telligent und tatkräftig, besitzen noch einiges Vermögen; sie stehen mit Bolibin, dem Mörder des
Polizeipräfekten, an der Spitze der Bewegung, und

241

Manilow ist derjenige, der letztes Jahr den Winterpalast des Zaren in die Luft gesprengt hat.

«*Boufre!*» bemerkt Tartarin. «Komische Leute lernt man auf dem Rigi kennen.»

Doch was muß er hören! Bompard glaubt doch tatsächlich, daß der sonderbare Brief von den jungen Russen stammt; er ist typisch für die Methode der Nihilisten. Der Zar zum Beispiel findet jeden Morgen ähnliche Warnungen in seinem Kabinett, unter seiner Serviette, seinem Kopfkissen…

«Aber warum drohen sie *mir?*» ruft Tartarin erbleichend. «Was habe ich ihnen getan?»

Bompard meint, man hielte ihn vielleicht für einen Spitzel.

«Ich soll ein Spitzel sein!»

«*Bé oui!*»

Bompard fährt in seinen Erklärungen fort: In allen nihilistischen Zentren, in Zürich, Lausanne, Genf, unterhält die russische Regierung für teures Geld einen umfangreichen Geheimdienst. Seit kurzem hat sie sogar den früheren Chef der kaiserlichen französischen Polizei samt einem halben Dutzend Korsen engagiert, die jetzt den russischen Exilierten auf Schritt und Tritt folgen und sich der sonderbarsten Verkleidungen bedienen, um sie unerkannt zu beobachten. Das auffallende Kostüm Tartarins, seine Brille, sein Akzent, mehr braucht es nicht, um ihn für einen Agenten zu halten.

«*Coquin de sort!* Sie bringen mich auf eine Idee!» ruft Tartarin. «Es war ihnen die ganze Zeit so ein verflixter italienischer Tenor auf den Fersen! Wenn das kein Spitzel ist! *Différemment,* was soll ich jetzt machen?»

«Vor allem weichen Sie den Leuten aus. Sehen Sie zu, daß Sie nicht mehr ihren Weg kreuzen. Man hat Sie gewarnt.»

«Ah vaï, malheur! Der erste, der mir in die Nähe kommt, kriegt meinen Eispickel über den Schädel!»

Tartarins Augen schießen in dem dunklen Tunnel Blitze, doch Bompard zeigt sich weniger beruhigt. Er kennt den furchtbaren Haß der Nihilisten, der von unten her angreift und wühlt und Ränke spinnt. Man mag ein noch so großer Held sein – aber wie hütet man sich vor dem Hotelbett, in dem man schläft, vor dem Stuhl, auf dem man Platz nimmt, vor dem Geländer des Dampfschiffs, das plötzlich nachgibt und einen in die tödliche Tiefe stürzen läßt? Und das präparierte Stück Brot, das vergiftete Glas!

«Hüten Sie sich vor dem Kirsch in Ihrer eigenen Feldflasche, vor der schäumenden Milch, die Ihnen der Senn kredenzt! Diese Leute scheuen vor keiner Untat zurück, das sage ich Ihnen!»

«Was soll ich tun? Ich bin verloren!» jammert Tartarin.

Er ergreift die Hand seines Gefährten. «Geben Sie mir einen Rat, Gonzague!»

Nach kurzer Überlegung skizziert ihm Bompard einen Kriegsplan. Morgen in der Frühe abreisen, den See wie auch den Brünigpaß überqueren und die morgige Nacht in Interlaken verbringen. Dann am folgenden Tag nach Grindelwald und auf die Kleine Scheidegg hinauf und übermorgen Besteigung der Jungfrau. Hernach Rückkehr nach Tarascon, ohne eine weitere Stunde zu verlieren, ohne sich noch einmal umzublicken.

«Gut, Gonzague, ich fahre morgen!» versichert unser Held mit mannhafter Stimme und wirft einen verstörten Blick auf den geheimnisvollen Horizont, den die dunkle Nacht verhüllt, auf den See, der unter der eisigen Stille seines matt schimmernden Wasserspiegels alle Verrätereien der Welt zu verbergen scheint.

VI

Der Brünigpaß – Tartarin fällt in die Hände der Nihi-
listen – Verschwinden eines italienischen Tenors und
eines in Avignon hergestellten Seils – Neue Großtaten
des Mützenjägers – Piff-paff-puff!

«Einsteigen! Alles einsteigen!»

«Aber wo zum Teufel soll ich denn einsteigen?
Alles ist voll. Man weist mich überall ab!»

Es war an der äußersten Spitze des Vierwaldstättersees, am feuchten, versumpften Gestade von Alp-
nach, wo die Postwagen die eintreffenden Schiffe
erwarten, um die Passagiere beim Aussteigen in
Empfang zu nehmen und in langen Zügen über
den Brünig zu befördern.

Seit dem frühen Morgen fiel ein nadelfeiner,
durchdringender Landregen. Der wackere Tartarin
lief, von seiner Alpinistenausrüstung auf Schritt
und Tritt behindert, von Postillions und Zöllnern
herumgestoßen, von einem Wagen zum anderen
und verbreitete dabei einen Lärm wie der Mann
auf dem Jahrmarkt, der allein ein ganzes Orchester
vorstellt und bei jeder Bewegung ein Triangel, die
große Trommel, chinesische Glöckchen oder ein
Paar Tschinellen in Bewegung setzt. Aus jeder Wagentür tönte ihm in sämtlichen Zungen der Schrek-
kensruf «Besetzt!» entgegen. Überall ging man in
Igelstellung, um möglichst viel Platz einzunehmen
und einen so bedrohlichen und lärmigen Reisegefährten am Einsteigen zu hindern.

Der Arme keuchte und schwitzte. Die ungeduldi-

245

gen Rufe des Konvois: *«En route! – All right! – Andiamo! – Vorwärts!»* beantwortete er mit verzweifelten Gebärden und zahllosen *«Coquin de bon sort!»* Die Pferde stampften, und die Kutscher fluchten. Schließlich nahm sich der Postmeister, ein großer Rothaariger in Uniformjacke und Amtsmütze, persönlich der Sache an. Er öffnete gewaltsam die Tür eines Landauers mit halbgeschlossenem Verdeck, hievte Tartarin wie ein Gepäckstück hinein und blieb dann in majestätischer Haltung mit trinkgeldheischender Hand vor dem Trittbrett stehen.

Tartarin fühlte sich gedemütigt. Voller Wut auf die Insassen des Wagens, die ihn nur *manu militari* aufgenommen hatten, tat er, als wären sie Luft. Mit zornigen Bewegungen und absichtlich rüdem Benehmen, als käme er geradewegs aus dem Paketschiff Dover–Calais, stopfte er sein Portemonnaie wieder in die Tasche und pflanzte seinen Eispickel neben sich auf.

«Bonjour, Monsieur», sagte eine sanfte Stimme, die er schon irgendwo gehört hatte.

Er hob den Kopf und erstarrte vor Schreck, als er geradewegs in das hübsche, rosig angehauchte Gesichtchen Sonjas blickte. Sie saß ihm gegenüber im Fond des Wagens, neben einem langen jungen Menschen, der ganz in Schals und Decken gehüllt war, so daß man von ihm nur die bleiche Stirn und ein paar feine, lockige Haarsträhnen sah, die goldig schimmerten wie die Fassung seiner Brille; das war zweifellos der Bruder. Sie waren von einer dritten Person begleitet, die Tartarin nur allzu gut kannte: Manilow, der Brandstifter des Zarenpalastes.

Sonja und Manilow! Die reinste Mausefalle!

Jetzt würden sie also ihre Drohung ausführen! Die steile, von Abgründen umgebene Brünigstraße bot die beste Gelegenheit dazu. In einer der blitzartigen Visionen, wie sie die Gefahr bis ins letzte erhellen, sah unser Held sich zerschmettert auf dem tiefsten Grund eines Felsenschlunds liegen oder am höchsten Ast einer Eiche baumeln. Fliehen? Wohin? Und wie? Nun setzten sich die Wagen in Bewegung und rollten unter den Klängen des Posthorns in langer Reihe davon, während ein Schwarm von Dorfbuben an den Türen hing und Edelweißsträußchen feilbot. In seiner Verstörung fühlte Tartarin sich geneigt, nicht erst den Angriff abzuwarten, sondern ihm zuvorzukommen, indem er dem neben ihm sitzenden «Kosaken» mit einem kräftigen Schlag seines Alpenstocks den Schädel spaltete. Doch bei näherer Überlegung hielt er es für klüger, davon abzusehen; die Mörderbande würde die grause Tat sicher erst später ausführen, wenn sie in unbewohnte Gegenden kämen, und vielleicht hatte er vorher noch Gelegenheit auszusteigen. Im übrigen schienen sie keine allzu bösen Absichten zu haben. Sonja lächelte ihn mit ihren schönen türkisblauen Augen freundlich an, der große junge Mann betrachtete ihn mit Interesse, und Manilow bemühte sich sogar, ihm auf der Bank möglichst viel Platz zu lassen, und bewog ihn, seinen großen Rucksack zwischen ihnen beiden abzustellen. Hatten sie im Gästebuch des Hotels Rigi-Kulm seinen Namen gelesen und ihren Irrtum erkannt?

Das wollte Tartarin feststellen, und so begann er in gemütlichem Ton: «Wie nett, daß ich Ihnen

wieder begegne, meine verehrten jungen Leute!
Aber erlauben Sie mir, mich vorzustellen. Sie wissen ja gar nicht, mit wem Sie es zu tun haben, *vé*,
während ich über Sie genau im Bilde bin.»

«Still!» bedeutete ihm die kleine Sonja, indem sie,
immer noch lächelnd, die Spitze ihres Wildlederhandschuhs flüchtig an die Lippen legte.

Dabei wies sie ihn mit einem Blick auf den
Kutschbock hinter seinem Rücken hin. Dort saßen
neben dem Kutscher der Manschetten-Tenor und
der dritte junge Russe unter demselben Regenschirm und unterhielten sich lachend auf italienisch.

Zwischen dem Polizeispitzel und dem Nihilisten
fiel Tartarin die Wahl nicht schwer.

«Kennen Sie diesen Menschen, *au moins?*» fragte
er ganz leise, während er seinen Kopf so nahe zu
Sonjas frischem Gesichtchen hinabbeugte, daß er
sein Spiegelbild in ihren hellen Augen sah. Die hellen Augen blickten plötzlich hart und grausam,
während sie mit einer Bewegung ihrer langen Wimpern «Ja» antwortete.

Unseren Helden überlief es kalt, aber es war wie
im Theater: das wonnige Kribbeln, das man verspürt, wenn die Geschichte aufregend wird und
man sich recht bequem in seinen Fauteuil zurücklehnt, um besser zu sehen und zu hören. Er persönlich war jetzt aus der Sache und von den schrecklichen Ängsten befreit, die ihn die ganze Nacht verfolgt und noch am Morgen daran gehindert hatten,
seinen Schweizer Kaffee mit Honig und Butter zu
genießen und auf dem Schiff der Reling nahezukommen. Nun, da er wieder aus voller Brust atmen

konnte, fand er das Leben schön und die kleine Russin mit ihrer Reise-Toque und der hochgeschlossenen Bluse, die ihre Arme eng umschloß und die zarte, aber elegante Büste abzeichnete, unwiderstehlich reizend. Und dabei noch so kindlich! Kindlich war ihr unbefangenes Lachen, der Pfirsichflaum ihrer Wangen und die anmutige Sorglichkeit, mit der sie den Plaid über die Knie ihres Bruders breitete. «Fühlst du dich wohl? Ist dir nicht kalt?» Es war nicht zu glauben, daß die kleine zarte Hand in dem feinen Wildlederhandschuh die seelische Kraft und den körperlichen Mut besessen hatte, einen Menschen zu töten!

Auch die anderen sahen durchaus nicht wild und grausam aus. Sie hatten alle das gleiche unbefangene Lachen – etwas gepreßt und schmerzlich auf den Lippen des Kranken, lauter und dröhnender bei Manilow, der trotz seinem struppigen Bart noch sehr jung war und zu Ausbrüchen überschwenglicher Lustigkeit neigte, wie ein Schuljunge, der in die Ferien fährt.

Auch der dritte Russe, welcher Bolibin genannt wurde und auf dem Kutschbock mit dem Italiener plauderte, schien sich glänzend zu amüsieren. Er drehte sich öfter zurück, um seinen Freunden zu übersetzen, was der falsche Sänger von seinen angeblichen Erfolgen an der Petersburger Oper berichtete, sein Glück bei den Damen, die Manschettenknöpfe, die ihm die ständigen Theaterbesucherinnen zum Abschied geschenkt hatten: ganz besondere Manschettenknöpfe, auf denen die drei Noten *la, do, re* eingraviert waren, also *l'adoré,* der Vergötterte. Dieser Kalauer erregte in der Kutsche

solche Heiterkeit, der Tenor warf sich so selbstgefällig in die Brust und zwirbelte sein Schnurrbärtchen mit so dummstolzer Miene, während er Sonja schöne Augen machte, daß Tartarin sich zu fragen begann, ob er es nicht doch mit ganz gewöhnlichen Vergnügungsreisenden und einem wirklichen Tenor zu tun hätte.

Mittlerweile rollten die Kutschen, immer im schnellsten Tempo, über Brücken und Stege, an kleinen Seen, blühenden Wiesen und schönen, regennassen Obstgärten vorüber. Auf den Feldern war niemand, denn es war Sonntag, und die Landleute, denen sie begegneten, trugen ihre Festtagskleider, die Frauen lange Zöpfe und Silberketten. Der Weg begann zu steigen, die Straße führte in großen Windungen durch Eichen- und Buchenwälder den Berg hinan. Zur Linken entrollte sich allmählich, bei jeder neuen Biegung, der weite, wunderbare Horizont, Flüsse, Täler, in denen Kirchtürme aufragten, und ganz zuhinterst der wie mit Reif bestreute Gipfel des Finsteraarhorns, das unter einer unsichtbaren Sonne weiß erglänzte.

Bald wurde das Bild düsterer und wilder. Zur Linken die dunkle Schlucht, in der ein schäumender Gießbach tobte, und auf dem beinahe senkrecht abfallenden Hang chaotisch durcheinander wachsende Bäume und Sträucher, verkrampft und verdreht; zur Rechten eine ungeheure überhängende Felswand, aus deren Spalten struppige Pflanzen hervorsprossen.

Jetzt wurde im Landauer nicht mehr gelacht. Alle reckten bewundernd den Hals und bemühten sich, den Gipfel dieses Granitblocks zu entdecken.

«Genau wie in den Wäldern des Atlas!» bemerkte Tartarin feierlich. «Mir ist, als wäre ich wieder dort.»

Da niemand seine Worte beachtete, fügte er hinzu: «Allerdings fehlt das Gebrüll der Löwen.»

«Haben Sie die Löwen brüllen gehört?» fragte Sonja.

Ob *er* die Löwen brüllen gehört hätte, er! Er antwortete mit nachsichtigem Lächeln: «Mademoiselle, ich bin Tartarin von Tarascon.»

Stellt euch diese Barbaren vor! Hätte er gesagt: «Ich heiße Dupont», wäre es für sie aufs gleiche herausgekommen. Sie kannten den Namen Tartarin nicht!

Doch er wurde nicht ärgerlich, und als Sonja fragte, ob ihm die Stimme des Löwen keine Angst eingeflößt hätte, erwiderte er: «Nein, Mademoiselle. Mein Kamel allerdings zitterte unter mir wie im Schüttelfrost, aber ich inspizierte die Köder, die ich

ausgelegt hatte, so ruhig, als hörte ich eine Herde
Kühe muhen. Aus der Ferne klingt es etwa so –
hören Sie.»

Um Sonja einen genauen Eindruck zu vermit-
teln, stieß er mit seinem tiefsten Baß ein gewaltiges
«Mööööh» aus, das dröhnend anschwoll und laut
vom Felsen widerhallte. Die Pferde bäumten sich.
In allen Wagen fuhren die Reisenden auf und spähten voller Entsetzen umher, um die Ursache der
furchtbaren Laute zu entdecken. Als sie den Alpinisten erkannten, dessen behelmter Kopf aus dem
halb zurückgeschlagenen Kutschendach heraussah,
fragten sie sich aufs neue: «Was für ein Rindvieh ist
denn das?»

Er schilderte inzwischen mit der größten Ruhe
Einzelheiten der Löwenjagd, die beste Art, das Tier
anzugehen, zu erlegen und abzuhäuten, das dia-
mantene Visierkorn seines Gewehrs, das ihm nachts
ein sicheres Zielen gestattete. Das junge Mädchen
hörte ihm mit gesenktem Kopf und leise zuckenden
Nasenflügeln sehr aufmerksam zu.

«Der berühmte Bombonnel soll ja auch noch jagen», warf der Bruder ein. «Sind Sie mit ihm bekannt?»

«Ja», erwiderte Tartarin ohne Begeisterung. «Er
ist ein ganz geschickter Kerl... Aber da gibt es andere Löwenjäger!»

Wer Ohren hat zu hören! Und er fuhr wehmütig
fort: «Ja, so eine Löwenjagd ist ein großes Erlebnis.
Wenn man das nicht mehr hat, dünkt einen das Leben schal und leer. Man weiß nicht, wie man die
Lücken füllen soll.»

Manilow, der Französisch verstand, ohne es zu

sprechen, schien Tartarin mit besonderem Interesse zuzuhören, wobei er seine niedrige Stirn, über die eine große Narbe lief, angestrengt runzelte. Doch bei den letzten Worten Tartarins lachte er und rief seinen Gefährten ein paar russische Worte zu.

«Manilow meint, wir gehörten derselben Bruderschaft an», dolmetschte ihm Sonja. «Wir machen ja gleichfalls Jagd auf große Raubtiere.»

«Pardi oui! Wölfe, Bären…»

«Ja, Wölfe, Bären und noch andere reißende Bestien!»

Nun begann das Gelächter aufs neue, ein lautes, nicht enden wollendes Gelächter, das aber diesmal schrill und böse klang – ein Gelächter, das sozusagen die Zähne fletschte und Tartarin daran erinnerte, in welch peinlicher, sonderbarer Gesellschaft er reiste.

Mit einem Mal hielten die Wagen an. Der Aufstieg wurde steiler, und die Straße holte an diesem Punkt zu einem weiten Umweg aus, um auf die Paßhöhe zu gelangen, die man zu Fuß über eine Abkürzung in zwanzig Minuten erreichen konnte. Der Pfad führte durch einen wunderschönen Buchenwald steil empor. Dem morgendlichen Regen und dem aufgeweichten, schlüpfrigen Gelände zum Trotz wünschten fast alle Reisenden die augenblickliche Aufhellung auszunützen. Sie verließen die Wagen und schlugen im Gänsemarsch den schmalen Schlittelweg ein.

Aus Tartarins Landauer, der als letzter fuhr, stiegen alle Männer aus, doch Sonja fand den Weg zu schmutzig und blieb sitzen. Als Tartarin – durch

seine schwerfällige Ausrüstung etwas verspätet –
den anderen folgen wollte, sagte sie mit halblauter
Stimme: «Bleiben Sie doch! Wollen Sie mir nicht
Gesellschaft leisten?» – und in so zärtlichem Ton!
Der arme Tartarin war davon ganz überwältigt und
dachte sich in aller Eile einen ebenso entzückenden
wie unwahrscheinlichen Roman aus, der sein altes
Herz heftig pochen ließ.

Er erkannte bald seinen Irrtum, als er sah, wie
das junge Mädchen sich weit zum Wagen hinaus-
beugte und besorgt Bolibin und den Italiener beobachtete, die lebhaft plaudernd hinter Boris und Manilow einherschritten. Am Eingang des Hohlwegs
zögerte der Tenor, als warnte ihn ein Instinkt,
sich allein der Begleitung der drei Russen anzuvertrauen. Doch schließlich gab er sich einen Ruck,
und Sonja sah ihm nach, während sie ihre Wange
mechanisch mit einem Sträußchen Zyklamen streichelte, den kleinen, süß duftenden Waldzyklamen,
deren Blätter in der Farbe der Blüten gefüttert sind.

Der Landauer ging im Schritt, der Kutscher, der
abgestiegen war, schlenderte mit ein paar anderen
voraus. Die fünfzehn Wagen des langen Zuges rollten leer und stumm dahin. Tartarin war in großer
Erregung, als ahnte er Böses. Er wagte seine Nachbarin nicht anzusehen, so sehr fürchtete er, ein
Wort, einen Blick zu erhaschen, die ihn zum Mit-
spieler oder zumindest zum Mitwisser des Dramas,
das er vorausahnte, hätten machen können. Doch
Sonja schien ihn kaum zu beachten. Sie sah mit starrem Blick ins Leere, während sie ihre zarte Wange
gedankenlos mit den kühlen Blüten liebkoste.

«So wissen Sie also, wer wir sind, ich und meine

Freunde», begann sie nach langem Schweigen. «Nun, was halten Sie von uns? Was sagen die Franzosen dazu?»

Unser Held wurde blaß und rot. Er legte keinen Wert darauf, durch ein paar unbedachte Worte so rachsüchtige Menschen gegen sich aufzubringen – doch wie konnte man andererseits mit Mördern paktieren? Schließlich zog er sich mittels eines Vergleichs aus der Affäre.

«Différemment, Mademoiselle, Sie sagten gerade, wir wären von der gleichen Bruderschaft, Ungeheuer-, Tyrannen-, Raubtierjäger, darum will ich Ihnen als Bruder in Sankt Hubertus antworten. Nun, meine Meinung ist, daß man sogar gegen reißende Bestien mit redlichen Waffen kämpfen soll. Unser berühmter Löwenjäger Jules Gérard pflegte Sprengkugeln zu benützen. Mir mißfällt das, und ich habe es nie getan. Wenn ich gegen Löwen und Panther auszog, dann stellte ich mich dem Tier von Angesicht zu Angesicht, mit einem guten doppelläufigen Gewehr – und dann piff-paff, eine Kugel in jedes Auge!»

«In jedes Auge!» rief Sonja.

«Ich habe nie mein Ziel verfehlt.»

Er spielte ihr die Szene vor, er glaubte, sie wirklich zu durchleben.

Das junge Mädchen betrachtete ihn mit naiver Bewunderung, während sie laut dachte: «Das wäre natürlich am sichersten...»

Im Gehölz über ihnen krachte und knackte es in den Zweigen. Jemand schlängelte sich mit so katzenhafter Geschmeidigkeit durch das Gestrüpp, daß Tartarin sich hätte einbilden können, wieder

im algerischen Buschwald auf der Lauer zu liegen.
Manilow brach aus dem Dickicht hervor und sprang
lautlos vom Waldrand auf die Straße hinunter, gerade neben den Wagen. Seine kleinen Augen funkelten in dem von Dornen und Zweigen blutig zer-
kratzten Gesicht, seine Haarmähne und sein Bart
troffen vom Regen, der von den Zweigen fiel. Er
hielt sich mit seinen kurzfingrigen behaarten Händen an der Wagentür fest und rief Sonja keuchend
ein paar russische Worte zu.

Sie wandte sich zu Tartarin und befahl: «Ihr Seil
– rasch!»

«Mein – mein Seil?» stammelte der Held.

«Schnell, schnell! Sie bekommen es bald wieder.»

Ohne jede weitere Erklärung half sie ihm mit
ihren feinen behandschuhten Fingern, sich von dem
berühmten Seil aus Avignon zu befreien. Manilow
ergriff es mit freudigem Grunzen, erklomm mit der
Beweglichkeit einer Wildkatze die steile Böschung
und verschwand wieder im Dickicht.

«Was ist los? Was hat er vor? Er sieht so grausam
aus...», murmelte Tartarin, der nicht alles zu sagen
wagte, was er dachte.

Manilow grausam? Ach, das zeigte, wie wenig er
ihn kannte! Es gab auf der ganzen Welt kein güti-
geres, sanfteres, mitleidvolleres Geschöpf als ihn!
Und als Beispiel dieser außergewöhnlichen Güte
erzählte Sonja mit ihren kindlich klaren blauen
Augen, wie ihr Freund einmal nach Ausführung
eines überaus gefährlichen Auftrags des Revolutionären Komitees in den zur Flucht bereitstehenden
Schlitten gesprungen war, dann aber dem Kutscher
drohte, er würde abspringen, mochte es gehen, wie

256

es wolle, wenn er weiterhin so auf sein Pferd einpeitschte und es über seine Kräfte antriebe – wo doch von der Geschwindigkeit des Pferdes Manilows Leben abhing!

Tartarin fand diesen Zug eines antiken Helden würdig. Doch dann überlegte er, wie derselbe Manilow, der nicht dulden wollte, daß man um seinetwillen ein Pferd peitsche, ungezählte Menschenleben mit der Gleichgültigkeit eines Erdbebens oder Vulkanausbruchs vernichtet hatte. Er wandte sich mit gespielter Arglosigkeit an Sonja: «Sind damals beim Anschlag auf den Winterpalast viele Menschen umgekommen?»

«Viel zu viele», antwortete Sonja traurig. «Und der einzige, der sterben sollte, ist entkommen.»

Sie blieb stumm mit gesenktem Haupt sitzen, als zürne sie, und sie war so wunderhübsch mit den langen goldenen Wimpern, die auf den zarten, rosig angehauchten Wangen pulsierten, daß Tartarin wieder dem Charme, der Jugendfrische dieser sonderbaren kleinen Person verfiel und herzlich bereute, sie gekränkt zu haben.

«Sie finden den Krieg, den wir führen, also ungerecht und unmenschlich?» fragte sie plötzlich. Ihr Hauch, ihr Blick – es war wie eine Liebkosung, und der Held fühlte sich schwach werden.

«Sie glauben nicht, daß jede Waffe gut und gerecht ist, um ein zu Tode gequältes Volk zu befreien?»

«Gewiß – gewiß...»

Je mehr Tartarin schwankte, desto eindringlicher wurden ihre Worte.

«Sie sprachen vorhin von der Leere des Lebens,

die es auszufüllen gilt. Glauben Sie nicht, daß es interessanter, daß es edler ist, sein Leben für eine große Sache aufs Spiel zu setzen, als Löwen zu jagen oder Gletscher zu besteigen?»

«Die Sache ist die…», begann Tartarin, völlig berauscht. Er verlor den Kopf, er fühlte nichts als den tollen, unwiderstehlichen Wunsch, die glühende kleine Hand, die sie ihm auf den Arm legte, wie oben auf Rigi-Kulm, als er ihr in der Dunkelheit in ihr Schühlein half, an sich zu reißen und zu küssen. Schließlich hielt er es nicht länger aus und nahm ihre behandschuhten Finger zwischen seine beiden Hände.

«Hören Sie zu, Sonja», sagte er mit gutmütig brummender, väterlicher Stimme, «die Sache ist die…»

Doch weiter kam er nicht. Der Wagen hielt jäh an. Man war oben auf dem Brünig angelangt. Reisende und Kutscher eilten auf ihre Sitze zurück, um die versäumte Zeit einzubringen und im raschen Galopp das nächste Dorf zu erreichen, wo man frühstücken und die Pferde wechseln sollte. Auch die drei Russen nahmen wieder ihre Plätze ein, doch der des Italieners blieb frei.

«Der Herr ist in einen der vorderen Wagen eingestiegen», erklärte Boris dem Kutscher, der sich nach dem Fahrgast erkundigte.

Und zu Tartarin, der seine Unruhe nicht zu verbergen vermochte: «Ihr Seil müssen Sie ihm selber abverlangen. Er wollte es bei sich behalten.»

Daraufhin erhob sich ein neues schallendes Gelächter im Landauer, und neue gräßliche Zweifel überkamen den armen Tartarin, der angesichts der

fröhlichen Laune und der unschuldigen Gesichter
der vermeintlichen Mörder nicht mehr wußte, was
er denken, was er glauben sollte. Während sie ihren
Patienten sorglich in Mäntel und Decken einhüllte,
denn die frische Höhenluft wurde durch die rasche
Fahrt noch fühlbarer, gab Sonja ihren Gefährten
auf russisch die mit Tartarin geführte Unterhaltung zum besten. Sie ahmte mit anmutiger Beto-
nung sein «Piff-paff» nach, und ihre Freunde wiederholten es sichtlich beeindruckt. Nur Manilow
schüttelte ungläubig den Kopf.

Die Poststation!

Ein großer Dorfplatz, darauf ein alter Gasthof
mit wurmstichigen Holzterrassen und einem verrosteten Wirtshausschild. Die lange Reihe der Wagen
hält an, und während man die Pferde ausspannt,
stürzen die ausgehungerten Passagiere ins Haus
und erstürmen einen grün ausgemalten, muffig rie-
chenden Saal im ersten Stock, wo die Table d'hôte
für höchstens zwanzig Personen gedeckt ist. Sie
sind aber sechzig an der Zahl, und es entsteht ein
fürchterliches Gedränge und Geschrei, heftige Aus-
einandersetzungen zwischen Reis und Zwetschgen.
Der Wirt verliert darob gänzlich den Kopf – als ob
die Post nicht jeden Tag um die gleiche Stunde
durchkäme und die gleiche Anzahl von Reisenden
mitbrächte. Er kommandiert seine Kellnerinnen
herum, die gleichfalls von chronischer Verwirrung
befallen sind, was ein ausgezeichneter Vorwand ist,
nur die Hälfte der auf der Karte verheißenen Ge-
richte zu servieren und phantasievolle Abrechnun-
gen zu erstellen, bei denen die silberglänzenden
Schweizer Sous fünfzig Rappen gelten.

«Könnten wir nicht im Wagen frühstücken?»
fragt Sonja, der dieser Krawall mißfällt.

Da niemand Zeit für sie findet, bedienen die jungen Leute sich selbst. Manilow erobert einen kalten
Braten, Bolibin schwenkt ein langes Brot und eine
Wurst durch die Luft. Doch der beste Furier ist Tartarin. Freilich, hier hätte er eine treffliche Gelegenheit, sich von seinen Gefährten zu trennen oder sich
zumindest zu vergewissern, ob der Italiener wieder
aufgetaucht sei, doch er denkt nicht daran, einzig
darum besorgt, der «Kleinen» ein gutes Frühstück
zu verschaffen und Manilow samt Konsorten zu
zeigen, was ein Mann aus Tarascon zu vollbringen
vermag.

Als er mit feierlichem Gesicht die Gasthaustreppe hinabsteigt, in den kräftigen Händen ein großes, mit Tellern, Gläsern, Servietten und auserlesenen Speisen beladenes Tablett, nicht zu vergessen den Schweizer Champagner mit seinem vergoldeten Pfropfen, klatscht Sonja übermütig Beifall.

«Wie haben Sie das nur angestellt?»

«Ich weiß nicht – man tut, was man kann, *té!* So sind wir eben in Tarascon.»

Ach, welch glückliche Minuten! Dieses fröhliche Déjeuner mit Sonja, beinahe
auf ihren Knien, wird im Leben unseres Helden
unvergessen bleiben. Ringsum eine Operettendeko-

ration: der Dorfplatz mit seinen grünen Bäumen, die Schweizerinnen in ihrer bunten Tracht, die je zwei und zwei wie Puppen darunter spazieren.

Wie herrlich schmeckt das Brot, wie würzig die Wurst! Sogar der Himmel blickt milder drein. Es regnet zwar noch, aber so leicht und leise, gerade nur ein paar einzelne Tropfen, um den Schweizer Champagner zu verdünnen, der einem südländischen Kopf gefährlich werden könnte.

Unter der Hotelterrasse spielt eine Bauernkapelle, zwei Riesen und zwei Zwerginnen in grellen, steifen Lumpen, als wären sie dem Bankrott eines Jahrmarkttheaters entkommen. Ihre rauhen Kehllaute vermischen sich mit dem Klappern von Tellern und Gläsern. Sie sind häßlich, blöd und schwerfällig. Tartarin ist von ihnen entzückt und wirft ihnen, zur Verblüffung der Dorfbewohner, die den ausgespannten Landauer umdrängen, ganze Hände voll Kleingeld zu.

«*Fife le Vranze!*» ruft eine meckernde Stimme, und aus der Menge löst sich ein hochgewachsener Alter in einer erstaunlichen blauen Uniform mit Silberknöpfen und bis auf den Boden reichenden Frackschößen. Auf dem Haupt trägt er einen gewaltigen Tschako, anzusehen wie ein Sauerkrautbottich mit einem Federbusch darauf, und derart schwer, daß der Alte beim Gehen mit den Armen balancieren muß wie ein Seiltänzer.

«*Fieux soltat royal – Charles tix.*»

Tartarin, der sich an Bompards Darlegungen erinnert, zwinkert ihm lachend zu.

«Das kennen wir, mein Lieber!»

Doch er schenkt ihm trotzdem eine Silbermünze

und reicht ihm ein randvolles Glas, das der Alte ebenfalls lachend und zwinkernd entgegennimmt, wenn er auch nicht weiß warum. Er schraubt seine mächtige Porzellanpfeife aus dem Mundwinkel heraus und leert sein Glas «Auf die Gesellschaft» – was Tartarin in seiner Überzeugung bestärkt, einen Kollegen Bompards vor sich zu haben.

Was tut's! Ein Trinkspruch ist so gut wie der andere.

Tartarin steht aufrecht im Wagen. Mit lauter Stimme und erhobenem Glas rührt er sich selber zu Tränen, indem er zuerst auf «Frankreich, mein Vaterland» trinkt und danach auf «die gastliche Schweiz»; es ist ihm «eine Ehre und ein Bedürfnis, ihr öffentlich für die Großmut zu danken, mit welcher sie den Besiegten und Verbannten Zuflucht gewährt». Schließlich wünscht er mit gedämpfter Stimme und gesenktem Glas seinen Reisegefährten eine baldige glückliche Rückkehr in ihre Heimat und daß sie dort liebe Verwandte, treue Freunde, ehrenvolle Berufe und das Ende aller Zwistigkeiten finden mögen – denn man kann das Leben nicht damit verbringen, einander aufzufressen.

Sonjas Bruder hört sich den Toast mit kaltem, spöttischem Lächeln hinter seiner hellen Brille an. Manilow fragt sich mit sorgenvoll gefurchter Stirn, wann der dicke *barin* endlich mit seinem Geschwätz aufhören wird, während Bolibin, der mit seinem platten, gelben, zerquetschten Tatarengesicht auf dem Kutschbock hockt, einem häßlichen Äffchen gleicht, das auf Tartarins Schultern geklettert ist.

Nur Sonja hört mit großem Ernst zu. Sie bemüht sich, diesen sonderbaren Menschen zu verstehen.

Meint er alles, was er sagt? Hat er alles getan, was er erzählt? Ist er ein Narr, ein Komödiant oder bloß ein Schwätzer, wie Manilow behauptet, der als Mann der Tat diesem Wort natürlich eine verächtliche Bedeutung verleiht?

Die Prüfung wird gleich stattfinden. Tartarin hat seinen Trinkspruch beendet und sich wieder hingesetzt, als nicht weit vom Gasthof ein Schuß knallt und gleich darauf noch ein zweiter. Augenblicklich springt er wieder auf und lauscht mit gespitzten Ohren und schnuppernder Nase.

«Wer hat da geschossen? Wo? Was ist los?»

In seinem erfinderischen Kopf spielt sich bereits ein ganzes Drama ab – ein bewaffneter Überfall auf den Wagenzug, eine wunderbare Gelegenheit, die Ehre und das Leben dieses reizenden Fräuleins zu verteidigen. Doch nein! Die Schüsse kommen vom Schützenhaus her, wo die Dorfjugend sich jeden Sonntag im Schießen übt. Da die Pferde noch nicht eingespannt sind, schlägt Tartarin scheinbar gleichgültig vor, einmal hineinzugucken. Er hat seine Gründe für diesen Vorschlag, und Sonja, die sofort zustimmt, hat die ihren. Unter der Führung des Alten von der Garde Royale, der unter seinem großen Tschako schwankt, überqueren sie den Platz und bahnen sich einen Weg durch die Menge, die ihnen neugierig folgt.

Mit seinem Strohdach und seinen Pfosten aus frisch behauenen Tannenstämmen gleicht das Schützenhaus, nur noch etwas rustikaler, dem Schießstand auf einem französischen Jahrmarkt, allerdings mit dem Unterschied, daß hier die Schützen ihre eigenen altertümlichen Büchsen mitbringen, mit denen sie recht gut umzugehen wissen. Tartarin steht mit verschränkten Armen da, beurteilt die einzelnen Schüsse, kritisiert mit lauter Stimme, gibt Ratschläge, schießt aber selber nicht. Die Russen beobachten ihn und machen einander Zeichen.

«Piff-paff...», spottet Bolibin, Tartarins Akzent nachahmend, und tut, als legte er an.

Tartarin dreht sich mit zornrotem Kopf nach ihm um.

«Jawohl, junger Mann! Piff-paff, und so oft Sie wollen!»

Rasch wird eine alte doppelläufige Flinte geladen, die schon Generationen von Gemsenjägern gedient haben muß. Piff-paff! Beide Kugeln sitzen im Schwarzen! Von allen Seiten werden Hurrarufe laut. Sonja triumphiert. Bolibin lacht nicht mehr.

«Aber das ist noch gar nichts», sagt Tartarin. «Warten Sie!»

Der Schießstand genügt ihm nicht mehr, er sucht ein Ziel, das er erlegen kann. Die Leute weichen erschrocken vor diesem sonderbaren Bergsteiger, diesem vierschrötigen, wilden Menschen zurück, der jetzt mit der Büchse in der Hand dem alten Soldaten verheißt, er würde ihm auf fünfzig Schritt Entfernung die Pfeife aus dem Mund schießen. Der Alte stößt Schreckensrufe aus und sucht sich in der Menge zu verstecken, über deren Häuptern sein zitternder Federbusch schwankt. Doch Tartarin braucht ein Ziel für seine Kugel. *Té pardi!* Wie in Tarascon!» Und der alte Mützenjäger schleudert mit der ganzen Kraft seiner «doppelten Muskeln» seine Mütze hoch in die Lüfte und schießt sie im Flug ab. «Bravo!» ruft Sonja und steckt das Zykla-

mensträußchen, das ihre Wangen streicheln durfte, durch das Löchlein, das die Kugel in den Mützenstoff gebohrt hat.

Mit dieser hübschen Trophäe steigt Tartarin wieder in den Wagen. Das Posthorn ertönt, der Konvoi setzt sich in Bewegung. Die Pferde traben mit höchster Geschwindigkeit nach Brienz hinunter. Es ist eine wunderschöne Bergstraße, knapp am Rande des Abgrunds in die Felsen gesprengt und nur durch Prellsteine in Abständen von jeweils zwei Metern von dem tausend Fuß tiefen Absturz getrennt. Doch Tartarin denkt nicht mehr an die Gefahr. Er sieht nicht einmal die schöne Landschaft, das Tal von Meiringen mit dem geradlinigen Fluß und dem See, der im lichten Wasserdunst gleißt, die Dörfer, die sich in der Ferne verlieren, und ringsum den gewaltigen Horizont von Bergen und Gletschern, die stellenweise mit dem Himmel verschwimmen – dieses ganze großartige Bild, das sich bei jeder Wegbiegung verändert, zusammenrückt, auseinanderstrebt wie die einzelnen Kulissen im Theater.

Von zärtlichen Gedanken erfüllt, betrachtet der Held sein hübsches Vis-à-vis im Fond der Kutsche. Er denkt, daß Ruhm allein nicht glücklich macht, daß es traurig ist, vor lauter Größe allein und einsam alt zu werden wie einstens Moses, und daß die zarte Blume aus dem Norden seinen kleinen Garten in Tarascon unendlich verschönen und erheitern würde. Das wäre noch etwas anderes als der ewige Baobab, *Arbor gigantea*, in seinem Resedatopf!

Und Sonja mit den klaren Kinderaugen und der nachdenklichen, eigensinnigen Stirn sieht ihn gleichfalls träumerisch an.

Aber wer kann wissen, was junge Mädchen träumen?

VII

Die Nächte von Tarascon – «Wo ist er?» – Ängste – Die
Grillen vom Cours rufen nach Tartarin – Das Marty-
rium eines großen Heiligen von Tarascon – Der Club
des Alpines – Was in der Apotheke vorging – «Mir nach,
Bézuquet!»

«Ein Brief, Monsieur Bézuquet! Er kommt aus
der Schweiz, *vé!* Aus der Schweiz!» schrie der Brief-
träger freudig von der anderen Seite des Platzes
und schwenkte etwas in der Luft. Er hatte es eilig,
denn es war bald Abend.

Der Apotheker, der in Hemdsärmeln vor seiner
Tür stand und Luft schöpfte, tat einen Satz, griff
mit aufgeregten Händen nach dem Brief und trug
ihn in sein nach Kräutern und Essenzen duftendes
Ladenlokal, öffnete ihn aber nicht, bevor der Brief-
träger, der sich zur Belohnung für die frohe Bot-
schaft an einem Gläschen des köstlichen Lakritzen-
elixiers erlabt hatte, erfrischt abmarschiert war.

Zwei Wochen lang wartete Bézuquet schon auf
diesen Brief aus der Schweiz, zwei Wochen lauerte
er angstvoll darauf. Nun war er endlich da! Schon
beim Anblick der kleinen markigen Schrift auf dem
Umschlag, des Poststempels «Interlaken» und des
großen violetten Aufdrucks «Hotel Jungfrau, Familie Meyer» schossen ihm die Tränen in die Augen,
und sein furchterregender Seeräuberschnauzbart,
aus dem ein dünnes, gutmütiges Pfeifen zu dringen
pflegte, begann zu zittern.

«Streng vertraulich! Nach Lektüre zerreißen!»

Diese Worte, die ganz groß geschrieben und im Telegrammstil der Pharmakopöe («Nur äußerlich, vor Gebrauch schütteln!») am Kopf der Seite prangten, wühlten ihn derartig auf, daß er laut zu lesen begann, wie man ja auch in einem bösen Traum laut spricht: «Etwas Furchtbares ist mir zugestoßen...»

Doch die Frau Mama Bézuquet, die im Salon nebenan ihr Nickerchen machte, hätte ihn hören können, und ebenso der Gehilfe, der hinten im Laboratorium mit lauten, rhythmischen Schlägen den Stößel in den großen Marmormörser fallen ließ. Bézuquet las also im Flüsterton weiter, buchstäblich mit gesträubtem Haar und totenblaß, zwei- oder dreimal hintereinander. Noch ein rascher Blick ringsum, ein Rascheln und Knistern – und der Brief liegt in hundert winzigen Fetzchen im Papierkorb. Aber man könnte ihn dort entdecken, die einzelnen Stückchen zusammensetzen... Während Bézuquet sich bückt, um sie wieder einzusammeln, ertönt eine zittrige Stimme: *Vé*, Ferdinand! Bist du da?»

«Ja, Mama», antwortet ihr schreckerstarrt der unglückselige Korsar, der mit seinem ganzen langen Körper unter dem Schreibtisch herumtastet.

«Was machst du, mein Schatz?»

«Ich – ich... Die Augentropfen für Mademoiselle Tournatoire!»

Die Mama schläft wieder ein, der Stößel des Gehilfen, der einen Augenblick geruht hatte, nimmt von neuem seine langsame rhythmische Bewegung auf, die das Haus und den ganzen von der Hitze des langen Sommertags ermüdeten Platz sanft einwiegt. Bézuquet marschiert jetzt mit großen Schrit-

ten vor seiner Tür auf und ab, wobei er abwechselnd rot und grün erstrahlt, je nachdem, an welcher seiner beiden gläsernen Apothekerkugeln er
gerade vorbeigeht.

Er hebt die Arme zum Himmel auf und stößt abgerissene Worte aus: «Unseliger – verloren – ver-
hängnisvolle Liebe – wie soll man ihn da heraus-
kriegen?» Und trotz seiner tiefen Verstörtheit begleitet er den Zapfenstreich der Dragoner, der von
der Kaserne herüberschallt, mit munterem Pfeifen.

«Hé adieu, Bézuquet!» ruft ihm ein Schatten zu,
der durch die aschgraue Dämmerung hastet.

«Wohin so eilig, Pégoulade?»

«In den Club, *pardi!* Nachtsitzung – wegen Tartarin und der Präsidentschaft... Sie müssen auch
kommen.»

«Té oui, ich komme!» erwidert der Apotheker,
von einem genialen Einfall durchzuckt.

Er geht hinein, schlüpft in seinen Gehrock, tastet
die Taschen ab, um sich zu vergewissern, daß er
den Hauptschlüssel und den amerikanischen Totschläger, ohne den sich kein Tarasconer nach dem
Abendläuten auf die Straße wagen würde, bei sich
hat. Dann ruft er: «Pascalon! Pascalon!» Aber nicht
zu laut, um die alte Dame nicht zu wecken.

Beinahe noch ein Kind und schon glatzköpfig,
als trüge er sein ganzes Haar in seinem lockigen
blonden Bart, zeichnete sich der Gehilfe Pascalon
durch die leidenschaftliche Seele eines fanatischen
Glaubenskämpfers aus. Daneben hatte er eine
hochgewölbte Stirn und die Augen einer verrückt
gewordenen Ziege. Seine runden Pausbäckchen
aber glichen zwei goldig knusprigen Brioches, wie

man sie in Beaucaire so gut zu backen versteht. Ihm vertraute der Club des Alpines bei den großen Festlichkeiten sein Banner an, und der Jüngling weihte dem P.C.A. die frenetische Hingabe, die glühende Vergötterung der Kerze, die sich in der Osterzeit stumm zu Füßen des Altars verzehrt.

«Pascalon», sagte der Apotheker ganz leise und so nah, daß er ihm mit dem Schnurrbart in die Ohren stach, «ich habe Nachricht von Tartarin. Es ist furchtbar...»

Und da er seinen Gehilfen erbleichen sah: «Mut, mein Kind, es kann noch alles gut werden. *Différemment*, ich vertraue dir jetzt die Apotheke an. Wenn jemand Arsenik verlangt, gib ihm keines. Gib auch niemandem Opium und auch keinen Rhabarber – gib überhaupt nichts. Wenn ich um zehn noch nicht da bin, schließ die Läden und leg die Bolzen vor. *Va!*»

Mit unerschrockenem Schritt tauchte er ins Dunkel des Tour de ville, ohne sich ein einziges Mal umzudrehen. Das gab Pascalon die Möglichkeit, sich auf den Papierkorb zu stürzen, ihn mit ungestümen, gierigen Händen zu durchwühlen und ihn zum Schluß auf der Schreibunterlage fest auszuklopfen, damit ja kein Fetzchen des geheimnisvollen Briefs verlorenginge.

Wer die Überschwenglichkeit der Leute von Tarascon kennt, wird sich leicht vorstellen, in welchen Zustand Tartarins plötzliches Verschwinden die kleine Stadt versetzt hatte. *Autrement, pas moins, différemment* hatten sie alle den Kopf verloren, um so mehr als man Mitte August schrieb und die Schädel unter der heißen Sonne kochten, als wollten sie ihre

Deckel sprengen. Von früh bis abends sprach man in der Stadt von nichts anderem. Man hörte nur noch den Namen Tartarin, von den verkniffenen Lippen der Damen im Federhut wie aus dem blühenden Mund der Grisetten, die nur ein Samtband in ihr Haar schlingen. «Tartarin, Tartarin...» Und in den von dickem weißem Staub bedeckten Platanen des Cours schienen die im gleißenden Licht vibrierenden Grillen sich an den beiden klangvollen Silben förmlich zu berauschen «Tar-tar – Tartar...»

Da niemand etwas wußte, war natürlich jeder bestens informiert und lieferte die einzig richtige Erklärung für das Verschwinden des Präsidenten. Es gab ausgefallene Versionen. Die einen behaupteten, er wäre in ein Trappistenkloster eingetreten oder er hätte die Dugazon entführt, während er anderen zufolge auf die Westindischen Inseln gereist war, um dort eine Kolonie namens Port-Tarascon zu gründen, oder auf der Suche nach Livingstone ganz Zentralafrika durchstreifte.

«Ah vaï! Livingstone ist seit zwei Jahren tot!»

Aber die Phantasie von Tarascon setzt sich über alle Berechnungen von Zeit und Raum hinweg. Und das Merkwürdige daran war, daß alle diese Geschichten vom Trappistenkloster, der Kolonisation, den weiten Reisen auf Tartarins eigene Ideen zurückgingen, auf Tagträume, wie er sie auch seinen guten Freunden mitzuteilen pflegte. Die wußten jetzt nicht, was sie glauben sollten, und je mehr sie sich im Grunde darüber ärgerten, nichts zu wissen, desto reservierter verhielten sie sich dem Volk gegenüber und setzten untereinander pfiffige Mienen auf und spielten die Eingeweihten. Excourbaniès hatte Bravida im Verdacht, Tartarins Pläne zu kennen, und Bravida seinerseits überlegte: «Bézuquet weiß sicher alles. Er schaut einen von unten her an, wie ein Hund, der einen Knochen davonträgt.»

Und tatsächlich litt der Apotheker Höllenqualen. Das Geheimnis, das ihm anvertraut war, peinigte ihn wie ein härenes Büßerhemd, es brannte und juckte ihm auf der Haut, ließ ihn im gleichen Augenblick rot und blaß werden und verlieh ihm einen schielenden Blick. Bedenkt, daß er aus Tarascon war, der Arme, und sagt, ob es in der ganzen Märtyrergeschichte ärgere Qualen gibt als das Geheimnis von Sankt Bézuquet, der etwas wußte und es nicht sagen durfte.

Darum hatte sein Gang, als er jetzt in die Sitzung eilte, ungeachtet der furchtbaren Nachrichten etwas Erleichtertes, Freieres an sich. Endlich durfte er sprechen, sein Inneres offenbaren, sein Herz ausschütten! In seiner Hast, sich von der Bürde zu befreien, warf er den Spaziergängern, die ihm auf dem Tour de ville begegneten, rätselhafte Andeutungen zu. Der Tag war so heiß gewesen, daß trotz der furchteinflößenden Dunkelheit und der ungewohnt späten Stunde – Viertel vor acht auf der Rathausuhr – unerhört viele Leute im Freien waren. Die gutbürgerlichen Familien saßen auf den Ruhebänken und genossen die Abendkühle, während ihre Häuser sich durchlüfteten. Die Sesselflechterinnen zogen Arm in Arm, in langen Reihen zu fünft oder zu sechst, lachend und schwatzend vorbei. In allen Gruppen sprach man von Tartarin.

«*Et autrement,* Monsieur Bézuquet, ist noch immer kein Brief gekommen?» wurde der Apotheker auf Schritt und Tritt gefragt.

«Doch, doch, Kinder, doch, doch. Lest morgen das *Forum…*»

Er beschleunigte den Schritt, aber die Leute liefen ihm nach und hängten sich an ihn. Das gab den ganzen Tour de ville lang eine unruhige Bewegung, ein herdenartiges Trippeln, das erst vor den weit geöffneten, hell erleuchteten Fenstern des Clubs zur Ruhe kam.

Die Sitzungen wurden im ehemaligen Bouillotte-Saal abgehalten, der lange grünbespannte Spieltisch diente jetzt dem Vorstand als Bureau. In der Mitte der Sessel des Präsidenten mit den schön gestickten Buchstaben P.C.A. auf der Rückenlehne, daneben der Stuhl des Sekretärs. An der Wand dahinter das entfaltete Banner über einem Reliefmodell der Alpines aus lackiertem Papiermaché, auf dem die einzelnen Berge mit ihren Namen und Höhenzahlen emporragten. Mit Elfenbein eingelegte Ehren-Alpenstöcke prangten, wie Billard-Queues gekreuzt, in den Ecken, und in einer Glasvitrine waren Kuriositäten ausgestellt, die man in den Bergen gefunden hatte: Kristalle, Feuersteine, Versteinerungen, zwei Seeigel, ein Salamander.

In Tartarins Abwesenheit nahm Costecalde, verjüngt und strahlend, den Platz des Präsidenten ein, auf dem Stuhl amtete Excourbaniès als Sekretär. Aber dieser kraushaarige, bärtige, behaarte Teufelskerl hatte ein unstillbares Bedürfnis nach Lärm und Bewegung. Für eine sitzende Tätigkeit war er nicht geschaffen. Beim kleinsten Anlaß fuchtelte er mit Armen und Beinen und stieß furchterregende Freudenschreie aus, «Hahaha!», ein wildes, überbordendes Gelächter, das immer mit dem fürchterlichen Kriegsruf endete: *«Fen dé brut!»* – was im Tarasconer Dialekt «Machen wir Lärm!» heißt. Seinen Spitznamen «der Gong» verdankte er seiner weithin schallenden Baßstimme, die einem tatsächlich die Ohren zersprengte.

Die übrigen Ausschußmitglieder saßen verstreut auf einem Roßhaardiwan, der um den ganzen Saal lief.

Als erster der ehemalige Bekleidungsoffizier Bravida, den in Tarascon jedermann den Kommandanten nannte: ein winziges, blitzsauberes Männchen, das seine knabenhafte Gestalt durch einen wilden, schnauzbärtigen Vercingetorix-Kopf wettmachte.

Als nächstes ein langes, krankhaft ausgemergeltes Gesicht, der Steuereinnehmer Pégoulade, der letzte Überlebende aus dem Schiffbruch der *Méduse.* Seit Menschengedenken hat es in Tarascon immer einen letzten Überlebenden aus dem Schiffbruch der *Méduse* gegeben. Einmal gab es sogar drei, die sich gegenseitig Betrüger schalten und niemals bereit waren, zusammenzukommen. Der einzige Echte war aber Pégoulade. Er hatte mit seinen Eltern im zarten Alter von sechs Monaten an der Unglücksfahrt teilgenommen, was ihn nicht hinderte, sie *de visu* bis in die kleinste Einzelheit zu schildern: die Hungersnot, die Rettungsboote, das Floß, und wie er den Kapitän, der sich retten wollte, an der Gurgel gepackt hatte: «Auf deinen Posten, Elender!» Mit sechs Monaten, *outre!* Im übrigen unausstehlich mit seiner ewigen Geschichte, die jeder seit fünfzig Jahren auswendig kannte und die er als Vorwand gebrauchte, um sich eine lebensüberdrüssige, weltabgewandte Miene zuzulegen. «Nach allem, was ich durchgemacht habe!» sagte er bitter und sehr zu Unrecht, denn diesem Erlebnis verdankte er seinen einträglichen Posten, der ihm unter jedem Regime erhalten blieb.

Neben ihm die Brüder Rognonas, sechzigjährige Zwillinge, die keinen Augenblick getrennt leben konnten, aber unaufhörlich stritten und einander der größten Ungeheuerlichkeiten beschuldigten. Dabei sahen sie sich so ähnlich, daß die beiden ruppigen alten Köpfe, die aus purer Antipathie stets in entgegengesetzte Richtungen schauten, mit der Inschrift IANVS BIFRONS in jeder Medaillensammlung hätten figurieren können.

Dann hier der Gerichtspräsident Bédaride, dort der Advokat Barjavel, der Notar Cambalalette und der fürchterliche Doktor Tournatoire, von dem Bravida behauptete, daß er noch einer Rübe Blut abgezapft hätte.

Angesichts der drückenden Hitze, die durch die Gaslampen noch größer wurde, hielten die Herren die Sitzung in Hemdsärmeln ab, was ihr viel von ihrer Feierlichkeit nahm. Allerdings war es nur eine Ausschußsitzung im engsten Kreis, was der perfide Costecalde ausnützen wollte, um die Wahlen auf einen möglichst frühen Termin festzusetzen, ohne Tartarins Rückkehr abzuwarten. Er triumphierte schon im voraus, so sicher war er, daß sein böser Streich gelingen würde. Als er nach Verlesung der Tagesordnung aufstand, um seine Intrige zu spin-

275

nen, verzerrte ein teuflisches Lächeln seine dünnen Lippen.

«Trau dem nicht, der vor seiner Rede lacht!» murmelte der Kommandant.

Costecalde tat, als hörte er nichts. Er zwinkerte Tournatoire, seinem getreuen Mitläufer, zu und begann mit hämischer Stimme: «Messieurs, das unqualifizierbare Verhalten unseres Präsidenten, der uns keinerlei Nachricht zukommen läßt...»

«Das ist nicht wahr! Der Präsident hat geschrieben!»

Bézuquet pflanzte sich wutschnaubend vor dem Vorstand auf. Doch im Bewußtsein, gegen das Reglement zu verstoßen, änderte er seinen Ton und bat mit korrekt erhobener Hand, ihm das Wort zu erteilen, da er eine dringende Mitteilung zu machen hätte.

«Reden Sie! Reden Sie!»

Costecalde, der ganz gelb geworden war und keinen Ton herausbrachte, erteilte ihm durch ein Kopfnicken das Wort.

Dann, erst dann begann Bézuquet: «Tartarin befindet sich am Fuß der Jungfrau und rüstet sich zu ihrer Besteigung. Er verlangt nach der Fahne!»

Verblüfftes Schweigen, das nur durch das heisere Keuchen der Mitglieder und das Knistern der Gasflammen zerrissen wurde. Dann ein donnerndes Hurra, Bravorufe, Beifallsklatschen und Getrampel, alles übertönt von Excourbaniès, dem «Gong», der seinen Kriegsruf ausstieß: «Ah, ah, ah! *Fen dé brut!*» – worauf die draußen harrende Menge mit lautem Geschrei antwortete.

Costecalde, gelber und gelber werdend, schwenkte

verzweifelt die Präsidentenglocke. Schließlich wischte sich Bézuquet den Schweiß von der Stirn und fuhr schwer keuchend, als wäre er in den fünften Stock hinaufgerannt, in seiner Rede fort.

Différemment, wie sollte man dem Präsidenten die Fahne zukommen lassen, die er anforderte, um sie auf den jungfräulichen Alpengipfeln aufzupflanzen? Man konnte sie doch nicht einfach einpacken, verschnüren und als gemeines Expreßpaket aufgeben?

«Niemals! Ah! Ah!» brüllte Excourbaniès.

Wäre es nicht vielleicht besser, eine Delegation zu entsenden, drei Vorstandsmitglieder, die man durch das Los bestimmte?

Man ließ ihn gar nicht ausreden. Kaum daß man Zeit gehabt hätte, *«Zou!»* zu sagen, war Bézuquets Antrag auch schon durch Akklamation angenommen. Die drei Delegierten, die das Los erwählte, waren in ebendieser Reihenfolge: 1. Bravida; 2. Pégoulade; 3. der Apotheker.

Nummer 2 jedoch protestierte. Die große Reise ginge über seine Kräfte, so krank und schwach, wie er sich seit dem Schiffbruch der *Méduse* fühlte, *péchère!*

«Dann fahre ich an Ihrer Stelle, Pégoulade!» donnerte Excourbaniès, während er sämtliche Glieder verrenkte. Doch auch Bézuquet wandte ein, daß er seine Apotheke nicht verlassen könne. Es ging um das Heil der Stadt. Ein Irrtum, eine Unvorsichtigkeit des Gehilfen, und ganz Tarascon war vergiftet, dahingerafft!

«Outre!» rief der Vorstand wie aus einem Mund.

Er könne also nicht mitkommen, fuhr der Apotheker fort, doch er würde Pascalon schicken. Pascalon würde die Fahne tragen. Damit kannte er sich aus! Hierauf neue Begeisterungsrufe, eine neue Explosion des «Gongs» und draußen auf der Straße ein so gewaltiges Toben des Volks, daß Excourbaniès sich am Fenster zeigen mußte, hoch über dem Geschrei und Getümmel, das er mühelos mit seiner Stimme übertönte: «Freunde und Mitbürger! Tartarin ist gefunden! Er steht im Begriff, sich mit Ruhm zu bedecken. Es lebe Tartarin!»

Ohne etwas anderes hinzuzufügen als seinen Kriegsruf, blieb er noch einen Augenblick am Fenster stehen und schwelgte in dem ungeheuerlichen Volkslärm, der unter den Bäumen des Cours ausbrach und sich in einer mächtigen Staubwolke erhob, während in den Zweigen ein ganzes Heer von Grillen ihre winzigen Klappern ertönen ließen, als wäre es hellichter Tag.

Bei diesen Tönen wankte Costecalde, der sich mit den anderen zusammen dem Fenster genähert hatte, mit verzerrtem Gesicht zu seinem Präsidentensessel zurück.

«*Vé*, Costecalde!» rief jemand. «Was fehlt ihm? Er ist ja ganz gelb!»

Man eilte zu ihm hin. Schon griff der fürchterliche Tournatoire zu seinem ärztlichen Besteck, doch der Büchsenmacher, der sich wie in Krämpfen wand, murmelte: «Nicht – lassen Sie nur... Ich kenne das... Es ist bloß der Neid...»

Armer Costecalde! Er schien sehr zu leiden.

Während sich diese Ereignisse abspielten, saß am anderen Ende des Tour de ville, in der Apo-

theke, Bézuquets Gehilfe am Schreibtisch seines
Meisters, setzte geduldig die Papierschnitzel zusammen, die der Apotheker im Papierkorb vergessen hatte, und klebte sie, richtig geordnet, auf
einen weißen Bogen. Doch zur vollständigen Re-
konstruktion fehlte noch viel. Das unlösbare Rätsel,
das schließlich vor ihm lag, glich mit seinen Lücken
und weißen Flecken am ehesten einer Landkarte
von Zentralafrika – eine *terra incognita*, die der arglose Bannerträger vergeblich zu ergründen suchte:

... wahnsinnig verliebt ... Laterne ... amerikanisches
Büchsenfleisch ... mich nicht losreißen ... Nihilistin!
... zu Tode ... furchtbarer Zustand ... dafür ihr
Bru ... Sie kennen mich doch, Ferdin ... meine liberalen
Anschauungen ... doch bis zum Zarenmord ...ckliche
Konsequenzen ... Sibirien ... aufgehängt ... liebe
sie wahnsinn ... Ach ... treuer Händedruck
Tar.... Tar...

279

VIII

*Denkwürdiger Dialog zwischen der Jungfrau und Tar-
tarin – Ein nihilistischer Salon – Duell mit Jagdmessern
Ein Alptraum – «Suchen Sie mich, Messieurs?» – Sonderbarer Empfang der Delegation aus Tarascon durch
den Hotelier Meyer*

Wie alle eleganten Hotels von Interlaken liegt
auch das Hotel Jungfrau, das von der Familie Meyer
geführt wird, auf dem Höhenweg, einer breiten,
von Nußbäumen gesäumten Promenade, die Tartarin vage an seinen lieben Tour de ville erinnerte;
allerdings minus Sonne, Staub und Grillen, denn
seit einer Woche hatte es nicht zu regnen aufgehört.

Er bewohnte ein sehr schönes Balkonzimmer im
ersten Stock, und wenn er sich morgens vor dem
kleinen, am Fensterriegel aufgehängten Handspie-
gel rasierte – eine alte Gewohnheit von seinen Reisen her –, war der erste Gegenstand, der ihm über
dem Kreis der dunklen Tannenwälder, jenseits der
Korn- und Kleefelder, in die Augen fiel, die Jungfrau, die ihre Spitze aus den Wolken herausstreckte
wie eine blendend weiße Schneewehe, über der immer der flüchtige Schein eines unsichtbaren Son-
nenaufgangs zu liegen schien. Dann entspann sich
zwischen dem rosigweiß schimmernden Alpengip-
fel und dem Bergsteiger aus Tarascon stets das
gleiche kurze Zwiegespräch, das nicht der Größe er-
mangelte.

«Tartarin, sind wir soweit?» fragte die Jungfrau
streng.

«Ich komme schon», antwortete der Held, mit dem Daumen unter der Nase, und beeilte sich, fertig zu werden.

Er griff rasch nach seinem großkarierten Sportanzug, der in den letzten paar Tagen ein unbeachtetes Dasein gefristet hatte, und zog ihn an, während er sich selber beschimpfte.

«Coquin de sort! Es ist wahrhaftig eine Affenschande...»

Doch aus den Myrtenbüschen vor den unter ihm gelegenen Parterrefenstern stieg eine leise, helle Stimme auf, und er eilte auf seinen Balkon hinaus.

«Guten Morgen!» rief Sonja, sobald sie ihn gewahrte. «Der Landauer wartet. Machen Sie schnell, Sie Faulpelz!»

«Ich komme schon!»

In fliegender Eile vertauschte er seine warme Wollwäsche mit einem steifgestärkten feinen Hemd und seine Knickerbockers mit der schlangengrünen Jacke, die sonntags bei der Platzmusik allen Damen von Tarascon den Kopf verdrehte.

Der Landauer stand mit stampfenden Pferden vor dem Hotel. Sonja saß schon neben ihrem Bruder, der trotz der heilsamen Interlakener Bergluft von Mal zu Mal blasser und abgezehrter wirkte. Doch sobald Tartarin einstieg, sah er, heute wie jeden Tag, wie zwei Männer, die auf einer Bank gesessen hatten, aufstanden und sich mit ihrem schweren, schaukelnden Gebirglerschritt der Kutsche näherten. Es waren zwei berühmte Bergführer aus Grindelwald, Rudolf Kaufmann und Christian Inebnit, die er für die Besteigung der Jungfrau engagiert hatte und die jetzt jeden Morgen nachsehen kamen, ob ihr Monsieur es heute wagen wollte.

Der Anblick der beiden Männer in ihren derben Nagelschuhen und ihren von Seil und Rucksack abgewetzten Filzjacken, ihre ernsthaften, redlichen Gesichter, die paar französischen Worte, die sie mühsam herausstotterten, während sie ihre breiten Filzhüte in den Händen drehten, das alles war für Tartarin eine wahre Qual.

Er mochte ihnen noch so oft sagen, sie sollten sich nicht umsonst bemühen, er würde ihnen Nachricht zukommen lassen: er fand sie jeden Morgen treulich am gleichen Platz und speiste sie mit einem Geldstück ab, dessen Größe der Ungeheuerlichkeit seiner Gewissensbisse entsprach. Die biederen Schweizer, die nichts dagegen hatten, auf diese Weise «die Jungfrau zu machen», steckten ihr Trinkgeld feierlich ein und schlugen wieder, mit resigniert gemessenen Schritten, den Heimweg zu ihrem Dorf ein, während Tartarin verwirrt und über seine Schwachheit verzweifelt zurückblieb. Doch dann kam die Fahrt in der frischen Bergluft, die blühenden Wiesen, die sich in Sonjas klaren Augen widerspiegelten, ein kleines Füßchen, das in der engen Kutsche unversehens seinen Schuh streifte... Zum Teufel mit der Jungfrau! Der Held dachte einzig an seine Liebe, oder vielmehr an das edle Ziel, das er sich gesetzt hatte: die arme kleine Sonja, die schuldlose Verbrecherin, die ein Übermaß an schwesterlicher Liebe aus der von Gesetz und Natur vorgezeichneten Bahn geschleudert hatte, auf den rechten Weg zurückzubringen.

Das war der Beweggrund, der ihn in Interlaken

im gleichen Hotel wie die Geschwister Wassiljew zurückhielt. Angesichts seines Alters und seiner väterlichen Miene konnte er nicht daran denken, die Liebe dieses Kindes zu erringen. Doch wenn er sie so sanft und tapfer sah, so großmütig gegen all die elenden Schurken ihrer Partei, so aufopfernd gegenüber ihrem Bruder, der, von Schwären bedeckt, von Grünspan zerfressen, von der Schwindsucht unerbittlicher zum Tode verurteilt, als sämtliche Kriegsgerichte es zu tun vermochten, aus den sibirischen Bergwerken zu ihr zurückgefunden hatte – ja, dann konnte er nichts anderes als Rührung empfinden!

Tartarin schlug den Geschwistern vor, mit ihm nach Tarascon zu kommen. Er würde sie in einem von Sonne durchfluteten Häuschen vor der Stadt unterbringen, der lieben kleinen Stadt, wo es niemals regnet, wo das Leben aus Gesang und Festen besteht. Er geriet in Begeisterung, trommelte eine Melodie auf seinem Hut wie auf einem Tambourin und stimmte den lustigen Nationalrefrain im Takt der Farandole an:

> *«Lagadigadeù*
> *La Tarasco, la Tarasco.*
> *Lagadigadeù*
> *La Tarasco de Casteù.»*

Während ein ironisches Lächeln die Lippen des Kranken noch schmäler werden ließ, schüttelte Sonja entschieden den Kopf. Für sie gab es weder Feste noch Sonnenschein, solange das russische Volk unter dem Tyrannen stöhnte. Wenn nur erst ihr Bruder wieder gesund wäre – ihre todestrauri-

gen Augen sagten etwas anderes –, konnte nichts
sie daran hindern, in die Heimat zurückzukehren,
um für die heilige Sache zu leiden und zu sterben.

«Aber wenn Sie diesen Tyrannen umlegen, *co-*
quin de bon sort, kommt sofort der nächste, und Sie
müssen wieder von vorn anfangen!» rief Tartarin.
«Und die Jahre vergehen, *vé!* Die schöne Zeit der
Jugend und der Liebe!»

Wenn Tartarin, wie es in Tarascon üblich ist,
amour mit drei r sagte und dabei die Augen verdrehte, daß man nur das Weiße sah, mußte Sonja
lachen. Doch sie erklärte gleich wieder im tiefsten
Ernst, sie würde nur den Mann lieben, der ihr
Vaterland befreite. Und wäre er so häßlich wie Bolibin, wäre er noch bäurischer und gröber als Manilow, sie war bereit, sich ihm ganz zu schenken, in
freier Liebe mit ihm zu leben, solange ihre Jugend
dauerte und der Mann sie haben wollte.

In freier Liebe! So bezeichneten die Nihilisten
die illegalen Verbindungen, die sie in gegenseiti-
gem Einverständnis eingingen. Und von dieser pri-
mitiven Ehe sprach Sonja, die Reine, die Unbe-
rührte, in aller Seelenruhe mit Tartarin, dem braven Bürger und zuverlässigen Wähler, der aber
durchaus geneigt gewesen wäre, den Rest seiner
Tage im besagten Stand der freien Liebe an der
Seite dieses reizenden Mädchens hinzubringen –
wenn sie nur nicht so abscheuliche mörderische
Bedingungen gestellt hätte.

Während sie über diese äußerst delikaten The-
men vertraulich miteinander plauderten, entrollten
sich vor ihnen Felder, Seen, Wälder, Berge, und bei
jeder Wegbiegung tauchte unvermutet irgendwo

im Hintergrund die weiße Spitze der Jungfrau auf, als wollte sie Tartarin die Freude an der entzückenden Spazierfahrt durch peinigende Gewissensbisse verderben. Zum Mittagessen kehrten sie heim und nahmen an der langen Table d'hôte Platz, wo die stummen Feindseligkeiten zwischen Reis und Zwetschgen unvermindert andauerten. Tartarin interessierte sich absolut nicht dafür. Er saß neben Sonja und wachte eifrig darüber, daß Boris von keiner Zugluft gestreift würde. Beflissen und väterlich ließ er alle seine verführerischen Eigenschaften als liebenswürdiger Mann von Welt und fürsorglich sanfter Gemütsmensch spielen.

Später trank man Tee bei den Russen, in dem kleinen Salon im Erdgeschoß, der geradewegs auf ein Stück Garten am Rande der Promenade hinausging – eine weitere beglückende Stunde für Tartarin, der sich flüsternd mit Sonja unterhielt, während Boris auf dem Diwan schlummerte. Der Samowar zischte leise, durch die halboffene Tür stahl sich der Geruch regennasser Blumen zusammen mit dem bläulichen Widerschein der Glyzinien ins Zimmer. Es fehlte nur ein bißchen Sonne und Wärme, um Tartarins Traum von der holden kleinen Russin, die bei ihm lebte und den Garten zum Baobab pflegte, wahrzumachen.

Dann sprang Sonja unvermittelt auf. «Schon zwei Uhr! Die Post!»

«Ich laufe hin», erklärte der brave Tartarin.

Am bloßen Klang seiner Stimme, an der theatralischen Entschlossenheit, mit der er seine Jacke zuknöpfte und nach seinem Stock griff, konnte man erkennen, wie bedeutsam diese scheinbar recht ein-

fache Aufgabe, die postlagernde Korrespondenz
der Wassiljews abzuholen, in Wirklichkeit war.

Da sie von den örtlichen Behörden wie von der
russischen Geheimpolizei streng überwacht werden, sind die russischen Nihilisten, vor allem ihre
Führer, zu gewissen Vorsichtsmaßnahmen gezwungen, zum Beispiel ihre Briefe und Zeitungen post-
lagernd unter ihren bloßen Initialen adressieren zu
lassen.

Boris machte jeder Schritt Mühe. So hatte Tartarin, um Sonja das lange Warten und die neugierigen Blicke am Postschalter zu ersparen, seit ihrer
Ankunft in Interlaken diesen täglichen Frondienst
auf eigene Gefahr übernommen. Das Postamt lag
nur zehn Minuten vom Hotel entfernt in einer breiten, belebten Straße, der Verlängerung der Promenade, die zu beiden Seiten von Cafés, Bierhallen
und Geschäften für die Feriengäste eingesäumt
war. In den Schaufenstern türmten sich Alpen-
stöcke, Gamaschen, Lederriemen, Ferngläser, Son-
nenbrillen, Feldflaschen, Rucksäcke, als seien sie
eigens ausgestellt, um den abtrünnigen Alpinisten
zu beschämen. Ganze Karawanen von Touristen
zogen vorbei, Pferde, Bergführer, Maultiere, blaue
Schleier, grüne Schleier. Die Lasten schaukelten im
Paßgang der Reittiere, die eisenbeschlagenen Berg-
stöcke klapperten im Takt gegen die Pflastersteine.
Doch dieses stets erneut festliche Bild ließ ihn
gleichgültig. Er spürte nicht einmal die frische
Schneeluft, die in einzelnen Windstößen von den
Bergen her wehte; er hatte genug damit zu tun, die
Polizeispitzel, die ihn zweifellos verfolgten, von sei-
nen Spuren abzulenken.

Der Anführer der Vorhut, der Heckenschütze, der sich, dicht an die Mauern gepreßt, in die feindliche Stadt einschleicht – sie wagen sich nicht mit größerer Behutsamkeit vor als Tartarin auf dem kurzen Weg vom Hotel zur Post. Beim mindesten Schritt, der hinter ihm erklang, blieb er vor einem Geschäft stehen, um aufmerksam die ausgestellten Photographien zu betrachten oder englische und deutsche Bücher durchzublättern, so daß der Spitzel gezwungen war, an ihm vorbeizugehen; oder er drehte sich jäh um – und stand Nase an Nase mit einer dicken Küchenmagd mit gefülltem Marktkorb oder einem harmlosen Touristen, einem alten Herrn von der Table d'hôte, der unter dem zornig blitzenden Blick des vermeintlichen Verrückten erschrocken das Trottoir freigab.

Vor dem Postamt, dessen Schalter merkwürdigerweise unmittelbar auf die Straße hinausgingen, spazierte Tartarin eine Weile lang hin und her und beobachtete die Physiognomien der Umstehenden. Dann aber stürzte er mit einem jähen Satz zum Schalter, stopfte Kopf und Schultern in die enge Öffnung und flüsterte undeutlich ein paar Silben, die man ihn, zu seiner Verzweiflung, unfehlbar wiederholen ließ. Sobald man ihm das geheimnisvolle Päckchen ausgehändigt hatte, kehrte er auf einem großen Umweg, von der Seite der Wirtschaftsräume her, ins Hotel zurück, wobei er die paar Briefe und Zeitungen in seiner Tasche krampfhaft umklammert hielt, fest entschlossen, sie beim leisesten Anzeichen von Gefahr zu zerreißen und hinunterzuschlingen.

Manilow und Bolibin kamen fast täglich zu

ihren Freunden, um die neu eingetroffenen Nachrichten zu hören. Aus Gründen der Sparsamkeit wie auch der Vorsicht wohnten sie nicht im Hotel.

Bolibin hatte eine Stelle in einer Druckerei gefunden, und Manilow, der ein geschickter Kunsttischler war, arbeitete für verschiedene Unternehmer. Tartarin konnte sie beide nicht leiden; der eine ging ihm mit seinen Grimassen und seiner spöttischen Miene auf die Nerven, der andere verfolgte ihn mit gehässigen Blicken, und beide nahmen in Sonjas Herzen zuviel Platz ein.

«Er ist ein Held!» sagte sie von Bolibin und erzählte, daß er drei Jahre lang ganz allein eine revolutionäre Zeitung gedruckt hatte, mitten in St. Petersburg. Drei Jahre, ohne ein einziges Mal sein Zimmer zu verlassen oder sich auch nur am Fenster zu zeigen. Schlafen tat er in einem großen Wandschrank, in den die Frau, die ihn versteckte, ihn allabendlich mitsamt seiner geheimen Druckerpresse einschloß.

Manilow hingegen hatte sechs Monate im Keller des Winterpalastes gehaust, um die richtige Gelegenheit abzupassen. Nachts hatte er auf seinem Dynamitvorrat geschlafen, was ihm mit der Zeit unerträgliche Kopfschmerzen verursachte, schwere nervöse Störungen, die durch die ständige Todesangst noch verschärft wurden. Alle Augenblicke mußte er sich vor der Polizei verbergen, die vage Vermutungen hatte, daß etwas im Gange sei, und unvermittelt aufzutauchen pflegte, um die im Palast beschäftigten Arbeiter zu kontrollieren. Bei seinen seltenen Ausgängen traf Manilow auf dem Admiralitäts-Platz einen Genossen vom Revolutionären Komitee, der im Vorbeigehen fast unhörbar fragte: «Fertig?»

«Noch nicht», antwortete Manilow, ohne die Lippen zu bewegen.

Dann endlich kam ein Februarabend, an dem er auf die gewohnte Frage sehr ruhig antwortete: «Fertig.»

Im gleichen Augenblick bekräftigte ein furchtbarer Krach seine Worte. Die Lichter im Palast löschten auf einen Schlag aus, alles war in tiefstes Dunkel getaucht, und aus dem Dunkel ertönten herzzerreißende Schmerzens- und Schreckensschreie, das Schmettern der Alarmsignale, das Getrampel von Soldaten und Feuerwehrleuten, die mit Tragbahren umherliefen.

Hier unterbrach Sonja ihren Bericht.

«Ist das nicht entsetzlich? So viele Menschenleben geopfert, soviel Mut, Energie, Können sinnlos vergeudet... Nein, nein, diese Massenmorde sind nicht das Richtige. Derjenige, den man treffen will, entkommt immer. Das einzig Richtige, das einzig Menschliche wäre, dem Zaren entgegenzutreten, wie Sie dem Löwen entgegentreten, eisern entschlossen, gut bewaffnet ihm aufzulauern, an einem Fenster, einer Wagentür, und wenn er dann vorbeikommt...»

«*Bé oui!* Gewiß, gewiß...», murmelte Tartarin verlegen und stürzte sich schleunigst in eine theoretische philosophische Diskussion mit einem der zahlreichen Anwesenden. Bolibin und Manilow waren ja längst nicht die einzigen Besucher der Wassiljews. Jeden Tag tauchten neue Gestalten auf: junge Menschen, Männer und Frauen, ausgehungerte Studenten, exaltierte Lehrerinnen, blond und rosig, mit der gleichen eigensinnigen Stirn und der gleichen grausamen Kindlichkeit wie Sonja. Alle waren sie Illegale, verbannt, manche sogar zum Tode ver-

urteilt, was aber ihren jugendlichen Überschwang
in keiner Weise minderte.

Sie lachten, sie redeten mit lauter Stimme, und
da sie fast alle Französisch konnten, fühlte Tartarin
sich unter ihnen bald sehr wohl. Sie nannten ihn
«Onkelchen». Es war, als fühlten sie das Kindliche,
Naive heraus, das in seinem Wesen lag und ihnen
gefiel. Vielleicht rühmte er sich ein bißchen gar zu
sehr seiner Jagdabenteuer. Er schob den Hemds-
ärmel bis über den Bizeps hinauf, um die Narbe zu
zeigen, die die Krallen eines Panthers auf seinem
Arm zurückgelassen hatten, und ließ die Mädchen
die Löcher unter seinem Bart abtasten, die angeblich von den Reißzähnen eines Löwen stammten.
Vielleicht ging er auch ein bißchen allzu vertraulich mit den Leuten um; er faßte sie um die Taille,
lehnte sich an ihre Schulter, nannte sie beim Vornamen, alles nach fünf Minuten Bekanntschaft.

«Hören Sie zu, Dimitri… Sie kennen mich doch,
Fjodor Iwanowitsch…»

Jedenfalls noch nicht lange. Aber sie mochten
ihn gut leiden, wegen seiner Unbefangenheit, seiner Gutmütigkeit, weil er zutraulich war und ihnen
zu gefallen suchte. Sie genierten sich nicht, vor
ihm Briefe vorzulesen, neue Pläne auszuhecken, Lo-
sungsworte zu erfinden, um die Polizei zu verwir-
ren. Dieses ganze Verschwörertum machte seiner
südländischen Phantasie großen Spaß; und wenn
ihm auch seiner Natur nach jede Gewalttat wider-
strebte, konnte er sich manchmal doch nicht ent-
halten, ihre Mordpläne mit ihnen zu besprechen.
Er billigte, kritisierte, gab Ratschläge, alles in seiner Eigenschaft als großer Häuptling, der oft auf

dem Kriegspfad wandelte und im Umgang mit sämtlichen Waffen ebenso erfahren war wie im Nahkampf mit den reißenden Bestien.

Als sie eines Tages in seiner Gegenwart von der Ermordung eines Spitzels sprachen, den ein Nihilist im Theater erstochen hatte, demonstrierte Tartarin ihnen sogar, daß der Stoß falsch geführt worden war, und erteilte ihnen eine Lektion im Messerstechen.

«So, von unten nach oben, *vé!* Da riskiert man nicht, sich zu schneiden.»

Er erregte sich über seine eigene Vorführung.

«Also nehmen wir an, *té*, ich hätte euren Tyrannen unter vier Augen vor mir, sagen wir bei einer Bärenjagd. Er steht dort, wo Sie jetzt sind, Fjodor, ich hier beim Teetisch, jeder mit seinem Jagdmesser... Jetzt ist es an uns beiden, Monseigneur! Einer von uns ist zuviel!»

Er stand auf seinen kurzen Beinen mitten im Salon, etwas eingeknickt, um besser losspringen zu können, und spielte ihnen, vor Anstrengung keuchend wie ein Holzhacker, einen regelrechten Kampf vor, den er mit einem Triumphschrei beendete, als er seinem Gegner, *coquin de sort*, das Messer bis zum Heft in die Eingeweide gestoßen hatte, von unten nach oben, versteht sich!

«So wird's gemacht, Kinder!»

Aber wer schildert seine Reue, seine Ängste, wenn er schließlich der magnetischen Anziehungskraft Sonjas und ihrer blauen Augen, wenn er der Berauschung, die von dieser verschwörerischen Jugend ausging, entronnen war und sich in seiner Nachtmütze ganz allein seinen vernünftigen Über-

legungen und seinem allabendlichen Glas Zucker-
wasser gegenübersah.

Différemment, in was schlitterte er da hinein?
Der Zar war nicht sein Zar, und diese ganzen Ge-
schichten gingen ihn nichts an. Wenn man ihn nun
eines schönen Tages festnahm, auswies, der mosko-
witischen Justiz auslieferte... *Boufre!* Mit diesen
Kosaken ist nämlich nicht zu spaßen. Und in der
Finsternis seines Hotelzimmers erschienen vor dem
Auge seiner Phantasie, die ja bekanntlich durch die
horizontale Lage angeregt wird, wie auf einem der
Faltbilderbogen, die man ihm in seiner Kindheit zu
Neujahr zu schenken pflegte, all die mannigfaltigen
grausamen Qualen, die seiner harrten: Tartarin in
den Kupferminen, wie Boris, bis zum Bauch im
Wasser arbeitend, mit giftzerfressenem Körper. Er
flieht, versteckt sich in der Tiefe der schneebedeckten Wälder, verfolgt von Tataren und ihren wölfi-
schen Hunden, die eigens auf diese Menschenjagd
abgerichtet sind. Von Hunger und Frost erschöpft,
wird er schließlich erwischt und zum guten Ende
zwischen zwei Zuchthäuslern aufgehängt. Ein nach
Branntwein und Tran stinkender Pope mit langem
öligem Haar gibt ihm den Todeskuß, während dort
unten in Tarascon, in der göttlichen Sonne, die
Menge, die undankbare, vergeßliche Menge, an
einem schönen Sonntagmorgen einen strahlenden
Costecalde auf den Sessel des P.C.A. erhebt.

Aus einem dieser Alpträume auffahrend, hatte er
seinen Verzweiflungsruf «*A moi,* Bézuquet!» ausge-
stoßen und dem Apotheker jenen streng vertrau-
lichen Brief, noch feucht von seinem Angstschweiß,
geschickt. Doch am nächsten Morgen genügte der

fröhliche Gruß, den Sonja zu seinem Fenster em-
porrief, um ihn wieder in alle Schwachheiten zu-
rückzuschleudern.

Als er eines Abends, nach einem zweistündigen
aufwühlenden Konzert mit den Wassiljews und
Bolibin, aus dem Kursaal heimkehrte, vergaß der
Unselige jegliche Vorsicht und sprach, während er
ihren Arm an sich drückte, das «Sonja, ich liebe
Sie!» aus, das er so lange zurückgehalten hatte.
Sie blieb ganz ruhig und sah ihn in dem bleichen
Licht der Gaslaterne vor dem Hotel, wo sie stehen-
geblieben waren, fest an. «Schön, dann verdienen
Sie mich», sagte sie mit einem hübschen Lächeln,
einem rätselhaften Lächeln, das ihre spitzen weißen
Zähnchen entblößte. Tartarin wollte gerade ant-
worten, sich durch einen heiligen Schwur zu jeder
verbrecherischen Wahnsinnstat verpflichten, als der
Hotelportier auf ihn zu trat.

«Sie haben Besuch, Monsieur – ein paar Herren.
Man sucht Sie.»

«Man sucht mich? *Outre!* Weshalb?»

Seite 1 des Faltbogens erschien vor seinem inneren Auge: Tartarin, verhaftet, nach Rußland ausge-
liefert... Angst hatte er, das läßt sich nicht leugnen,
aber er hielt sich heldenhaft. Rasch riß er sich von
Sonja los. «Fliehen Sie, retten Sie sich!» flüsterte er
ihr mit erstickter Stimme zu. Und dann stieg er,
kerzengerade aufgerichtet, mit stolzem Blick die
Treppe hinan, wie zum Schafott. Allerdings war er
so aufgeregt, daß er sich am Geländer festhalten
mußte.

Als er den Korridor betrat, sah er ganz hinten
vor seiner Tür zwei Gestalten, die durchs Schlüssel-

loch spähten, anklopften, immer wieder riefen: «Eh! Tartarin!»

Er tat zwei Schritte und fragte mit trockenen Lippen: «Suchen Sie mich, Messieurs?»

«Té pardi! Ja, Präsident!»

Ein kleines altes Männlein, ganz in Grau, das auf seiner Jacke, seinem Hut, seinem langen Gallierschnurrbart sämtlichen Staub des Tour de ville zu tragen schien, fiel unserem Helden um den Hals, und der Bekleidungsoffizier a.D. preßte die runzligen Wangen an seine glatte, ausgepolsterte Haut.

«Bravida! Nicht möglich! Was, auch Excourbaniès? Und dort, wer ist das?»

Ein Blöken antwortete ihm: «Cher Maî-aî-aître!», und der Gehilfe kam heran, wobei er mit einer langen, in ihrem oberen Teil in Wachspapier verpackten und mit Bindfaden verschnürten Stange an sämtliche Wände anstieß.

«Hé vé, Pascalon! Gib mir einen Kuß, Kleiner. Aber was schleppt er da? Leg es doch hin!»

«Auspacken!» soufflierte der Kommandant.

Der Junge entfernte rasch die Hülle, und vor Tartarins erschüttertem Auge entfaltete sich die Fahne von Tarascon.

Die Delegierten entblößten ihre Häupter.

«Präsident!» rief Bravida mit rauher, zitternder Stimme. «Sie haben die Fahne gefordert – wir bringen sie Ihnen. Té!»

Der Präsident machte große Augen. «Ich? Die Fahne?»

«Wie? Haben Sie denn nicht an Bézuquet geschrieben?»

«Ach ja – natürlich!» rief Tartarin, dem beim Namen Bézuquet alles klar wurde.

Er verstand alles und erriet das übrige. Aufs tiefste gerührt von der sinnreichen Lüge, die der Apotheker erdacht hatte, um ihn auf den Weg der Pflicht und Ehre zurückzurufen, stammelte er mit erstickter Stimme in seinen kurzen Bart: «Wie gut von euch, Kinder! Ihr wißt ja gar nicht...»

«Hoch der Präsident!» kreischte Pascalon.

Der Gong von Excourbaniès erklang, und sein Kriegsruf schallte bis in die tiefsten Keller des Hotels. Türen gingen, in allen Stockwerken zeigten sich neugierige Gesichter, die beim Anblick des Banners und der schwarzbehaarten, wild fuchtelnden Männer erschrocken wieder verschwanden. Noch nie hatte das friedliche Hotel Jungfrau einen solchen Radau vernommen.

«Gehen wir in mein Zimmer», sagte Tartarin etwas geniert.

Sie tasteten in der Nacht des Zimmers nach Zündhölzchen, als ein gebieterisches Pochen die Tür aufspringen ließ. In ihrem Rahmen war das rote, verquollene Gesicht des Hoteliers Meyer zu sehen. Er wollte eintreten, fuhr aber vor der Finsternis, in der fürchterliche Augen funkelten, zurück und sagte, die Zähne über seinem harten teutonischen Akzent zusammenbeißend: «Machen Sie keinen solchen Lärm, sonst lasse ich Sie alle von der Polizei einstecken!»

Bei dem brutalen Wort «einstecken» ertönte ein dumpfes Brummen aus der Tiefe des Zimmers. Der Hotelier wich einen weiteren Schritt zurück, fügte aber noch hinzu: «Man weiß, wer Sie sind! Man hat ein Auge auf Sie, und ich will solche Leute nicht in meinem Haus haben!»

«Monsieur Meyer», sagte Tartarin leise und höflich, aber sehr fest, «bitte meine Rechnung vorzubereiten. Die Herren und ich reisen morgen früh ab – auf die Jungfrau.»

O Heimat, o enges Vaterland im weiten Vaterland! Tartarin brauchte nur den Tonfall von Tarascon zu hören, der mit der heimatlichen Luft in den azurnen Falten des Banners webte, und schon war er von der Liebe und ihren Fallen befreit, seinen Freunden, seiner Mission, dem Ruhm wiedergegeben!

Und jetzt *zou!*

IX

«Zur Treuen Gemse»

Wie reizend war doch am nächsten Morgen der
Fußmarsch von Interlaken nach Grindelwald, wo
man im Vorbeigehen die beiden Bergführer abho-
len wollte, um zur Kleinen Scheidegg aufzusteigen.
Ja, reizend war dieser Triumphmarsch des P.C.A.,
der wieder in seine Gamaschen und seine Wander-
kleider geschlüpft war. Auf der einen Seite stützte
er sich auf die dürre Schulter des Kommandanten
Bravida, auf der anderen auf den kräftigen Arm
von Excourbaniès, und beide waren sie stolz darauf, ihrem lieben Präsidenten beizustehen, ihn
zu halten, ihm seinen Eispickel, seinen Rucksack,
seinen Alpenstock zu tragen, während der schwärmerische Pascalon wie ein junger Hund bald vor,
bald hinter ihnen, bald seitlich umherhüpfte und
das Banner schwenkte, das aber gebührend zusam-
mengerollt und eingepackt war, um Tumultszenen
wie die gestrigen zu vermeiden.

Die Fröhlichkeit seiner Gefährten, das Gefühl er-
füllter Pflicht, die Jungfrau, die wie eine schnee-
weiße Wolke dort drüben am Himmel stand – weniger wäre nicht genug gewesen, um unseren Helden
vergessen zu lassen, was er vielleicht auf immer
und ohne Worte des Abschieds verließ. Bei den letzten Häusern von Interlaken wurden seine Augen
feucht, und während er wacker fürbaß schritt, versuchte er sein Herz abwechselnd in den Busen von
Excourbaniès und den von Bravida auszuschütten.

«Hören Sie, Spiridion...» – «Sie kennen mich doch, Placide...» – denn dank einer Ironie der Natur hieß der unbezähmbare Militär Placide und das von materiellen Gelüsten erfüllte Rauhbein Spiridion.

Leider nimmt die Rasse von Tarascon, die eher galant als sentimental zu nennen ist, Herzensangelegenheiten niemals ernst. «Wer eine Frau und fünfzehn Sous verliert, der jammert einen um das schöne Geld», zitierte Placide, welcher immer ein Sprichwort bereit hatte, und Spiridion war ganz der gleichen Meinung. Was den unschuldigen Pascalon betraf, hatte er eine Heidenangst vor Frauen und wurde bis über die Ohren rot, als man vor ihm von der Kleinen Scheidegg sprach, denn er dachte, es handle sich um eine Dame von leichten Sitten. So war der arme Verliebte gezwungen, seine Herzensergießungen bei sich zu behalten, und tröstete sich selber, was immer noch das Sicherste ist.

Welcher Kummer hätte auch den Zerstreuungen dieser Wanderung widerstehen können! Der Weg führte durch ein enges, tiefes, düsteres Tal, den vielfach gewundenen, weiß schäumenden Bergbach entlang, dessen Tosen von den dicht bewaldeten, steilen Hängen, die das Tal von beiden Seiten einschlossen, wie Donner widerhallte.

Die Delegierten von Tarascon schritten erhobenen Hauptes, gleichsam von einem frommen Schrecken erfüllt, einher – wie etwa dazumal die Gefährten Sindbads des Seefahrers, als sie zu den Wurzelbäumen und den Mangobäumen, zu der ganzen gigantischen Flora der indischen Küsten gelangten. Da sie nur ihre eigenen kahlen, steinigen Berglein kannten, hätten sie nie gedacht, daß es so viele Bäume auf einmal auf so hohen Bergen geben könnte.

«Und das ist noch gar nichts! Wartet, bis ihr erst die Jungfrau seht!» rief der P.C.A., der in ihrer Bewunderung schwelgte und sich in ihren Augen größer werden fühlte.

Überdies kamen ihnen, fast als wollten sie die Szenerie aufheitern und ihren allzu imposanten Ton vermenschlichen, ganze Kavalkaden von Reitern und Wagen entgegen, große Landauer im flottesten Tempo, hinter den Fenstern wehende Schleier und Köpfe, die sich neugierig nach der um ihren Anführer gescharten Delegation umwandten. An der Straße aber waren in gewissen Abständen Buden aufgerichtet, wo man Holzschnitzereien kaufen konnte, oder kleine Mädchen in langen buntfarbigen Röcken und breit bebänderten Strohhüten standen stockfteif da und sangen dreistimmig, während sie Himbeer- und Edelweißsträußchen feilboten. Da und dort sandte auch ein Alphornbläser seine wehmütigen hohlen Töne zu den Bergen empor, wo sie noch lange aus allen Schluchten widerhallten und schließlich vergingen wie eine Wolke, die sich in der Luft auflöst.

«Schön ist das – wie Orgelklang», murmelte Pascalon mit feuchten Augen und der ekstatischen Miene eines Kirchenfensterheiligen.

Excourbaniès aber brüllte, ohne sich einschüchtern zu lassen, seinen Schlachtruf, und das Echo wiederholte endlos widerhallend seine tarasconischen Laute: «Hahaha! *Fen dé brut!*»

Doch nach zwei Stunden Marsch bekommt man die gleiche Szenerie satt, wenn sie auch noch so gut

arrangiert ist, grün auf
blauem Grund, dahinter
Gletscher, und das Ganze
wohlklingend wie eine
Spieldose. Das Tosen der
Wasserfälle, der dreistim-
mige Gesang, die bäuer-
lichen Holzschnitzer, die
kleinen Blumenmädchen
wurden unseren Freun-
den unerträglich. Am
meisten verdroß sie die
Nässe, der Dunst in dem
engen Tal, in das nie ein
Sonnenstrahl eindrang,
der aufgeweichte Boden,
die Wasserpflanzen.

«Hier kann man sich
den schönsten Katarrh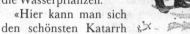
holen», sagte Bravida, seinen Rockkragen aufklap-
pend.

Dazu kamen noch körperliche Ermüdung, Hunger und schlechte Laune. Sie fanden keinen Gasthof, und Excourbaniès und Bravida, die sich mit
Himbeeren vollgestopft hatten, begannen grausam
zu leiden. Sogar Pascalon, dieser leibhaftige Engel,
der jetzt nicht nur die Fahne, sondern obendrein
noch den Eispickel, den Rucksack, den Alpenstock
schleppte, was die anderen ihm feige aufgebürdet
hatten, sogar Pascalon hatte seine Heiterkeit einge-
büßt und vollführte keine Luftsprünge mehr.

Als sie an einer Wegbiegung die Lütschine auf
einer gedeckten Brücke, wie man sie in diesen

schneereichen Gegenden antrifft, überquerten, wurden sie von mächtigen Alphornklängen empfangen.

«Nein! *Vaï!* Genug!» heulte die Delegation erbittert.

Der Musikant, ein riesenhafter Kerl, der am Straßenrand auf der Lauer lag, ließ das gewaltige Horn aus Tannenholz sinken. Es reichte bis auf den Erdboden und endete in einem Schalltrichter, der dem vorsintflutlichen Instrument die Lautstärke einer Kanone verlieh.

«Fragen Sie ihn doch, ob er nicht ein Wirtshaus weiß», sagte der Präsident zu Excourbaniès, der sich, mit großer Dreistigkeit und einem winzigen Taschenwörterbuch ausgestattet, zum Dolmetscher der Delegation ernannt hatte, solange sie in der deutschen Schweiz wären.

Doch bevor er noch sein Büchlein hervorziehen konnte, antwortete der Alphornspieler in ausgezeichnetem Französisch: «Ein Gasthaus, Messieurs? Selbstverständlich. Die ‹Treue Gemse› ist ganz nah von hier. Gestatten Sie mir, Sie hinzuführen.»

Unterwegs erklärte er ihnen, er hätte jahrelang in Paris gelebt, als Dienstmann an der Ecke der Rue Vivienne.

«Noch einer von der Gesellschaft!» dachte Tartarin, ohne aber seine erstaunten Gefährten aufzuklären. Dieser Kollege Bompards war ihnen übrigens von großem Nutzen, denn ungeachtet ihres zweisprachigen Wirtshausschilds sprachen die Wirtsleute von der «Treuen Gemse» nur einen fürchterlichen deutschen Dialekt.

Bald saß die Delegation aus Tarascon rund um eine gewaltige Omelette mit Bratkartoffeln und fand rasch das körperliche Wohlbehagen und die gute Laune wieder, die den Südländern so unentbehrlich ist wie die Sonne ihrem Land. Man aß und trank nach Kräften. Nach so manchem Trinkspruch auf den Präsidenten und seine Bergbesteigung fragte Tartarin, den der Name der Wirtschaft von Anfang an neugierig gemacht hatte, den Alphornbläser, der im Winkel der Gaststube seine Suppe löffelte: «Habt ihr denn hier Gemsen? Ich dachte, es gäbe keine mehr in der Schweiz.»

Der Mann zwinkerte ihm vielsagend zu.

«Viele hat es gerade nicht mehr, aber vielleicht könnte man ihnen welche zeigen.»

«Er sollte sie jagen können!» rief Pascalon voller Begeisterung. «Der Präsident hat noch nie sein Ziel verfehlt!»

Tartarin bedauerte, seine Büchse nicht mitgebracht zu haben.

«Warten Sie, ich werde mit dem Wirt reden.»

Es traf sich günstig, daß der Wirt ein alter Gemsenjäger war. Er stellte seine Büchse, sein Schießpulver, seinen Schrot zur Verfügung und machte sich sogar erbötig, die Herren zu einem ihm bekannten Lager zu führen.

Tartarin ließ sich von seinen Mit-Alpinisten überreden, die darauf brannten, die Kunst ihres Präsidenten leuchten zu lassen. Also vorwärts, *zou!* Auf eine kleine Verspätung kam es nicht an. Die Jungfrau würde ihnen nicht davonlaufen.

Sie verließen das Gasthaus durch die Hintertür und brauchten nur das Pförtchen des winzigen Ge-

müsegartens aufzustoßen, der nicht größer war als
das Gärtchen eines Bahnhofsvorstands, da waren sie
auch schon auf dem steilen, von tiefen Klüften zerrissenen Berghang zwischen Tannen und dornigem
Gestrüpp.

Der Wirt ging voran, und die Freunde sahen ihn
bald hoch oben am Hang, mit den Armen fuchtelnd
und Steine vor sich her werfend, zweifellos, um das
Tier aufzuscheuchen. Es war überaus mühsam, die
steilen Fels- und Geröllhalden hinaufzuklimmen,
besonders für Leute, die gerade gut gegessen hatten
und im Klettern nicht besser geübt waren als die
wackeren Alpinisten aus Tarascon. Dazu kam noch
die schwüle Gewitterluft, die hoch über ihren Köpfen schwere dunkle Wolken über den Bergfirst
trieb.

«*Boufre!*» stöhnte Bravida.

Und Excourbaniès brummte: «*Outre!*»

«Hätte ich fast gesagt!» fügte der artige Pascalon
blökend hinzu.

Doch ihr Führer bedeutete ihnen durch eine
brüske Handbewegung, zu schweigen und sich nun
nicht mehr vom Fleck zu rühren. «Unter den Waffen redet man nicht!» bemerkte Tartarin von Tarascon streng, und jeder ließ es sich gesagt sein, obwohl ja nur der Präsident bewaffnet war. Sie blieben wie angewurzelt stehen und atmeten kaum.
Plötzlich schrie Pascalon auf: «*Vé!* Die Gemse!»

Kaum hundert Meter über ihnen stand das anmutige Tier in seinem hellen falben Pelz, die Hör-
ner in die Luft gereckt, alle vier Füße eng nebeneinander auf einer Steinplatte, hart neben dem Abgrund, wie eine geschnitzte Figur vor dem Hinter-

grund des Himmels und sah sie furchtlos an. Tartarin legte mit genau abgemessenen Bewegungen die Büchse an, wie es seine Gewohnheit war. Er wollte gerade abdrücken – da war das Tier verschwunden.

«Das ist deine Schuld», sagte der Kommandant zu Pascalon. «Du hast gepfiffen.»

«Ich gepfiffen? Bestimmt nicht, *mon Commandant!*»

«Dann war es Spiridion.»

«Ah vaï! Nie im Leben!»

Immerhin hatten sie alle einen schrillen, langgezogenen Pfiff gehört. Tartarin stellte die Einigkeit wieder her, indem er sie belehrte, daß die Gemse beim Herannahen des Feindes ein gellendes Alarmsignal durch die Nüstern ausstößt. Dieser Teufelskerl von einem Tartarin kannte sogar die Gemsenjagd mit allen ihren Tricks! Auf den Ruf des Führers hin setzten sie sich wieder in Bewegung. Doch der Hang wurde steiler und steiler, die Felsen schroffer und schroffer, rechts und links öffneten sich jähe Abgründe. Tartarin hielt die Spitze und drehte sich alle Augenblicke nach seinen Delegierten um, um ihnen hilfreich die Hand oder die Flinte hinzustrecken. «Die Hand, die Hand, wenn's Ihnen nichts ausmacht!» bat der gute Bravida, der vor geladenen Waffen höllisch Angst hatte.

Wieder gab der Führer ein Zeichen, wieder blieb die Delegation stehen und reckte die Nasen in die Luft.

«Ich habe einen Tropfen gespürt», murmelte der Kommandant sehr beunruhigt.

Im gleichen Augenblick dröhnte ein Donnerschlag und lauter noch als der Donnerschlag die Stimme von Excourbaniès: «Achtung, Tartarin!»

Die Gemse sprang dicht an ihnen vorbei und setzte wie ein goldener Blitz über den Abgrund, so rasch, daß Tartarin nicht Zeit zum Anlegen fand, aber nicht so rasch, daß sie nicht das Pfeifen der Nüstern gehört hätten.

«Und ich kriege sie doch, *coquin de sort!*» verschwor sich der Präsident.

Doch die Delegierten protestierten. Excourbaniès wurde plötzlich sehr sauer und fragte, ob er vielleicht gelobt hätte, sie alle zu vernichten.

«Cher Maî-aî-aître», blökte Pascalon schüchtern, «ich habe sagen gehört, wenn man die Gemse am Abgrund in die Enge treibt, dann geht sie auf den Jäger los, und das soll ganz gefährlich sein!»

«Dann treiben wir sie also nicht in den Abgrund!» rief Bravida in schrecklichen Tönen.

Tartarin nannte sie allesamt Hasenfüße. Während sie noch stritten, verschwanden sie unvermittelt einander aus den Augen. Sie steckten in einer dichten, warmen Wolke, die nach Schwefel roch und ihnen die Sicht raubte. Sie riefen sich voller Besorgnis an.

«He, Tartarin!»

«Placide, sind Sie da?»

«Maî-aî-aître!»

«Ruhig! Nur Ruhe bewahren!»

Eine veritable Panik. Dann fuhr ein Windstoß in die Wolke und trug sie fort wie einen zerrissenen Schleier, so daß sie in Fetzen an den Dornensträuchern hängenblieb. Und plötzlich zuckte ein mächtiger Blitz, dem ein gewaltiger Donnerschlag

folgte, gerade unter den Füßen der Bergsteiger auf. «Meine Mütze!» schrie Spiridion. Der Sturm hatte sie entführt, in seinen senkrecht gesträubten Haaren knisterten elektrische Funken. Sie standen nun im Kern des Gewitters, sozusagen mitten in der Schmiede des Gottes Vulkan. Bravida besann sich als erster und lief, so schnell er konnte, davon. Die restlichen Delegierten wollten ihm nach, doch ein Aufschrei des P.C.A., der wahrhaftig an alles dachte, hielt sie zurück.

«Was fällt euch ein! Blitzschlaggefahr!»

Abgesehen von der sehr realen Gefahr, vor der er sie warnte, waren die steilen, zerklüfteten Hänge zum Laufen gänzlich ungeeignet. Jetzt stürzte auch noch das Wasser vom Himmel und verwandelte die Schluchten und Spalten in reißende Gießbäche und Wasserfälle. Es war ein trauriger Rückzug, wie sie mitten im strömenden Regen, zwischen Blitzen und Donnerschlägen, mühselig den elenden Weg hinunter krochen, rutschten, purzelten. Pascalon bekreuzigte sich und betete laut zu allen Heiligen, «Sainte Marthe, Sainte Hélène, Sainte Marie-Madeleine», wie in Tarascon, während Excourbaniès fluchte: *«Coquin de sort!»* und Bravida, welcher die Nachhut bildete, sich immer wieder besorgt umdrehte.

«Was zum Teufel verfolgt uns da? Hört ihr es nicht? Es pfeift und galoppiert, dann bleibt es wieder stehen...»

Das Bild von der wütenden Gemse, die auf die Jäger losgeht, wollte dem alten Krieger nicht aus dem Kopf. Ganz leise, um die anderen nicht zu ängstigen, teilte er Tartarin seine Befürchtungen mit. Dieser nahm nun tapfer den Platz der Nachhut ein und marschierte, bis auf die Knochen durchnäßt, aber erhobenen Hauptes, mit jener stummen Entschlossenheit, die uns das Bewußtsein einer unabwendbar bevorstehenden Gefahr verleiht, weiter. Als sie aber glücklich wieder im Gasthof angelangt waren, als er seine lieben Alpinisten in Sicherheit sah, wie sie sich in einem Zimmer im ersten Stock rings um den riesigen Kachelofen drängten, um sich auszuwringen und glattzustriegeln, während

aus der Küche schon der Duft des bestellten Glüh-
weins aufstieg, da fühlte der Präsident ein heftiges
Frösteln und erklärte mit bleichem Gesicht: «Ich
glaube, ich habe mir das Übel geholt.»

«Das Übel» – mit diesem bodenständigen, in seiner Kürze und Unbestimmtheit so beängstigenden
Ausdruck bezeichnet man in Tarascon sämtliche
bekannten Krankheiten, als da sind Pest, Cholera,
Gelbfieber, Schwarzfieber, Schlagfluß und alles übrige, wovon sich jeder wahre Tarasconer bei der geringsten Indisposition befallen glaubt.

Tartarin hatte sich das Übel geholt! Nun war
keine Rede mehr vom Weitergehen, und die Delegation verlangte es nur nach Ruhe. Man ließ rasch
Wärmflaschen ins Bett legen und reklamierte ungeduldig den Glühwein. Und tatsächlich! Schon
beim zweiten Glas fühlte der Präsident, wie eine
wohlige Wärme mit ihrem verheißungsvollen Prik-
keln seinen ganzen rundlichen Körper durchdrang.
Zwei Kissen in den Rücken gestopft, ein Federbett
über die Beine gebreitet, die Schneehaube über die
Ohren gezogen – ach, wie behaglich fühlte er sich
alsbald in diesem ländlichen Gemach mit den nach
Harz duftenden, aus Tannenholz gefügten Wänden
und den kleinen bleigefaßten Fensterscheiben, mit
welcher Wonne hörte er draußen das Unwetter toben, während seine lieben Mit-Alpinisten, jeder mit
seinem Glas in der Hand, das Bett umringten. In
den Bettdecken, Gardinen, Tischtüchern, in die sie
sich gehüllt hatten, während ihre nassen Kleider
vor dem Ofen dampften, glichen sie je nach ihrem
Typus wunderlichen Galliern, Sarazenen oder Rö-
mern. Die eigenen Leiden vergessend, fragte er sie

besorgt: «Alles in Ordnung, Placide? Haben Sie sich vorhin nicht unpäßlich gefühlt, Spiridion?»

Nein, Spiridion fühlte sich nicht mehr unpäßlich. Das war ihm vergangen, als er seinen Präsidenten so schwer erkrankt sah. Bravida, der die Moral den heimischen Sprichwörtern anpaßte, bemerkte zynisch: «Fremdes Leid lindert das eigene – und heilt es sogar!» Dann sprachen sie von ihrer Gemsenjagd und erhitzten sich bei der Erinnerung an gewisse gefährliche Momente, zum Beispiel als das gehetzte Tier sich wütend gegen sie gewendet hatte. So fabrizierten sie bereits in aller Treuherzigkeit, ohne jedes lügnerische Einverständnis, die Fabel, die sie bei ihrer Rückkehr berichten würden.

Pascalon, der hinuntergegangen war, um eine neue Runde Grog zu holen, kehrte ganz verstört wieder, einen nackten Arm aus dem blaugeblümten Vorhang reckend, den er mit einer schamhaften Gebärde, wie Corneilles Polyeucte, an sich drückte. Er rang sekundenlang um Atem, ehe er keuchend hervorstieß: «Die Gemse!»

«Nun, was ist mit der Gemse?»

«Sie ist unten – in der Küche... Sie wärmt sich am Ofen!»

«Ah vaï!»

«Du träumst!»

«Wollen Sie nachsehen, Placide?»

Da der tapfere Bravida zögerte, stahl Excourbaniès sich auf Zehenspitzen hinunter. Doch er war gleich wieder da, gänzlich niedergeschmettert. Es wurde immer schöner! Die Gemse trank Glühwein!

Den hatte sich das arme Tier redlich verdient nach dem tollen Lauf, den es auf dem Berg geliefert hatte. Sein Meister hatte es die ganze Zeit herumgehetzt und wieder zurückgerufen, während er sich gewöhnlich damit begnügte, es in der Gaststube vorzuführen, um den Reisenden zu zeigen, wie leicht sich eine Gemse dressieren läßt.

«Erschütternd!» sagte Bravida, der nichts mehr begriff, während Tartarin sich die Mütze tief in die Augen zog, um seinen Freunden die stille Heiterkeit, die ihn überkam, zu verbergen. Erkannte er doch auf Schritt und Tritt die gestellte Schweiz mit ihren Bühnentricks und ihren Komparsen, die Bompard ihm so beruhigend geschildert hatte!

X

Die Besteigung der Jungfrau – «Vé, Ochsen!» – Die Ken-
nedy-Steigeisen funktionieren nicht, die Sturmlaterne
auch nicht – Auftreten maskierter Männer in der Alpen-
clubhütte – Der Präsident in der Gletscherspalte – Er
läßt seine Brille darin zurück – Auf dem Gipfel! – Tar-
tarin ist zum Gott geworden

An diesem Morgen herrschte im Hotel Bellevue
auf der Kleinen Scheidegg ein lebhaftes Treiben.
Trotz Regen und Windstößen waren die Tische im
Freien, im Schutz der großen Terrasse gedeckt, inmitten einer ganzen Ausstellung von Bergstök-
ken, Feldflaschen, Ferngläsern und Kuckucksuhren.
Beim Frühstück konnten die Touristen zu ihrer
Linken, in einer Tiefe von etwa zweitausend Metern, das reizende Tal von Grindelwald, zur Rechten das Tal von Lauterbrunnen bewundern; und
just gegenüber, kaum einen Gewehrschuß entfernt,
ragte mit ihren gewaltigen unberührten Weiten, ihren Firnen und Gletschern die Jungfrau, und diese
ganze blendende Weiße, die ringsum die Luft
durchschimmerte und von ihr zurückgespiegelt
wurde, ließ die Gläser noch durchsichtiger, die
Tischtücher noch schneeiger erscheinen.

Seit einem Moment richtete sich aber die allgemeine Aufmerksamkeit auf eine lärmende, bärtige
Reisegesellschaft, die zu Pferd, zu Maultier, zu Esel,
ja sogar per Sänfte eingetroffen war und sich nun
mit einem üppigen Mahl für den weiteren Aufstieg
stärkte. Ihre geräuschvolle Fröhlichkeit stand in

scharfem Gegensatz zu den feierlichen, gelangweilten Mienen der illustren Reis- und Zwetschgenanhänger, die hier auf der Kleinen Scheidegg vereint waren: Lord Chippendale, der belgische Senator samt Familie, der österreich-ungarische Diplomat und einige andere. Man hätte meinen sollen, daß die bärtigen Leute, die an einem Tisch saßen, auch alle gemeinsam aufsteigen würden, denn sie befaßten sich sämtlich mit den Vorbereitungen zur Tour, das heißt, sie sprangen abwechselnd auf, liefen dahin und dorthin, um den Bergführern etwas ans Herz zu legen oder den Proviant zu inspizieren, und riefen einander von einem Ende der großen Terrasse zum anderen mit gewaltiger Stimme an: «Eh, Placide, *vé*, ob die Gänseleberpastete im Sack ist! Und vergessen Sie nicht die Sturmlaterne, *au moins!*»

Erst beim Aufbruch merkte man, daß es sich um eine einfache Führung handelte und nur einer aus der ganzen Gesellschaft aufsteigen würde, aber was für einer!

«Also, Kinder, sind wir nun soweit?» fragte der wackere Tartarin mit freudiger, triumphierender Stimme, in der auch nicht ein Schatten von Besorgnis über die allfälligen Gefahren der Tour zitterte. Seine letzten Zweifel bezüglich der wohl organisierten Inszenierung der Schweiz waren heute morgen angesichts der beiden Gletscher von Grindelwald verflogen: vor jedem befand sich ein Schalter und ein Drehkreuz mit der mehrsprachigen Aufschrift: «Eintritt zum Gletscher. Fr. 1.50.»

Er konnte also ohne jede Einschränkung diesen zur Apotheose gesteigerten Aufbruch genießen, die ungetrübte Freude, sich von den kecken kleinen Misses mit ihren knapp frisierten Knabenköpfchen beachtet, beneidet, bewundert zu sehen. Auf Rigi-Kulm hatten sie sich über ihn lustig gemacht, und jetzt gerieten sie in Begeisterung, während sie den kleinen Mann mit dem gewaltigen Berg verglichen, den er bezwingen wollte. Die eine zeichnete sein Porträt in ihr Album, eine andere bat um die Ehre,

314

seinen Alpenstock berühren zu dürfen. *«Tschimpegne! Tschimpegne!»* rief unvermittelt ein langer, betrübter Engländer mit ziegelrotem Gesicht, der mit der Flasche in der Hand auf unseren Helden zu trat. Und nachdem er mit ihm angestoßen und sein Glas geleert hatte, stellte er sich vor: «Lord Chippendale, Sir. *And you?»*

«Tartarin de Tarascon.»

«Oh yes – Tarterinn! Sehr gute Name für ein Pferd!» sagte Seine Lordschaft, die zweifelsohne ein berühmter *sportsman* von jenseits des Kanals war.

Auch der österreich-ungarische Diplomat, der sich vage erinnerte, den Bergsteiger irgendwo gesehen zu haben, kam herbei und reichte ihm sein Händchen im Halbhandschuh. «Freut mich! Freut mich sehr!» stotterte er einige Mal, und da er nicht mehr wußte, wie er loskommen sollte, fügte er hinzu: «Meine Empfehlung an die Gnädige!» – eine elegante Methode, die Vorstellung rasch hinter sich zu bringen.

Doch die Bergführer wurden ungeduldig. Wenn man noch an diesem Abend die Alpenclubhütte erreichen wollte, in der man nach der ersten Aufstiegsetappe die Nacht verbringt, war keine Minute zu verlieren. Tartarin vollführte zum Gruß eine kreisrunde Gebärde, lächelte den maliziösen Damen väterlich zu und rief dann mit Donnerstimme: «Pascalon, die Fahne!»

Schon flatterte sie im Winde, und die Klubmitglieder entblößten das Haupt, denn man spielt gern Theater in Tarascon. Unter den wohl zwanzigmal wiederholten Rufen: «Es lebe der Präsident! Hoch

315

Tartarin! Ah, ah, *fen dé brut!*» setzte sich die Kolonne in Bewegung. Voran die beiden Bergführer mit dem Rucksack, dem Mundvorrat, den Holzbündeln, hierauf Pascalon mit wallendem Banner und schließlich der Präsident inmitten der Delegierten, die ihn bis zum Guggigletscher begleiten sollten. Vor dem Hintergrund von nassen Tiefen, kahlen oder verschneiten Firsten erinnerte der feierlich einherschreitende Zug unter dem feuchten Klatschen der Fahne vage an Allerseelen auf dem Lande.

Doch mit einem Mal schrie der Kommandant im höchsten Schreck: «*Vé*, Ochsen!»

Ein paar Rinder weideten in dem spärlichen Gras, das noch hie und da in den Mulden wuchs. Der alte Soldat empfand vor diesen Tieren eine unüberwindliche nervöse Angst, und da man ihn nicht allein lassen konnte, mußte die ganze Delegation umkehren. Pascalon übergab die Fahne einem der Bergführer. Dann trennten sie sich mit einer letzten Umarmung und den letzten hastigen Ratschlägen, unter argwöhnischen Blicken auf die Kühe: «Also adieu, *qué!* Und bitte keine Unvorsichtigkeiten, *au moins!*» Den Präsidenten auf seiner gefährlichen Tour zu begleiten, das kam keinem in den Sinn. Es war einfach zu hoch, *boufre!* Und je mehr man sich näherte, desto größer schien alles noch zu werden. Die Abgründe vertieften sich, die Spitzen reckten sich in einem blendend weißen, unbezwinglich scheinenden Chaos empor. Es war viel bequemer, die Besteigung von der Kleinen Scheidegg aus zu beobachten.

Der Präsident des Club des Alpines hatte natürlich nie im Leben den Fuß auf einen Gletscher gesetzt. Auf den ausgedörrten, lavendelduftenden Hügeln seiner Heimat gab es nichts dergleichen. Und trotzdem überkam ihn, als er sich jetzt dem Guggigletscher näherte, ein Gefühl des *déjà-vu*. Es erinnerte ihn an gewisse Jagden in der Provence, ganz am Ende der Camargue, am Meeresufer. Da war das gleiche kurze, spärliche Gras, rostbraun, wie vom Feuer versengt; hie und da kleine, von magerem Schilf umgebene Wassertümpel, die Moräne wie eine wandernde Düne, Muschelscherben, Flugasche, dahinter der Gletscher mit seinen blaugrünen, mit weißen Kämmen gekrönten Wogen, wie ein stummes, erstarrtes Meer; und der Wind, der hart und schneidend von dorther wehte, hatte gleichfalls die Schärfe, die heilsame Frische der Meeresbrise.

«Nein, danke – ich habe meine Steigeisen», sagte Tartarin zum Führer, der ihm ein Paar dicke Wollsocken anbot, um sie über die Stiefel zu ziehen. «System Kennedy – verbessertes Modell – sehr bequem...»

Er schrie wie mit einem Tauben, um sich Christian Inebnit, der ebensowenig Französisch konnte wie sein Kamerad Kaufmann, besser verständlich zu machen, während er auf der Moräne saß und die Steigeisen, eine Art von eisernen Überschuhen mit drei gewaltig starken Spitzen, mittels ihrer Riemen anzuschnallen versuchte. Hundertmal hatte er sie ausprobiert, diese Kennedy-Steigeisen, hatte mit ihnen im Garten zum Baobab manövriert – doch jetzt passierte etwas gänzlich Unerwartetes. Unter dem Gewicht des Helden bohrten sich die Spitzen so tief ins Eis ein, daß alle Versuche, die Füße wieder her-

auszuziehen, nichts fruchteten. Er war an den Gletscher festgenagelt. Schwitzend, fluchend, verzweifelt mit Armen und Alpenstock telegraphierend, gelang es ihm endlich, seine Bergführer zurückzurufen, die in der Überzeugung, es mit einem erfahrenen Alpinisten zu tun zu haben, seelenruhig vorausgegangen waren.

Da es sich als unmöglich erwies, ihn zu entwurzeln, löste man die Riemen und ließ die Steigeisen einfach im Gletscher stecken. Sie wurden mit einem Paar groben Wollsocken vertauscht, und der Präsident setzte seinen Weg fort, wenn auch nicht ohne große Mühe und Anstrengung. Unerfahren in der Handhabung des Alpenstocks, stolperte er ständig darüber, und wenn er sich zu stark darauf stützte, rutschte die Spitze unter ihm weg. Er probierte es mit dem Pickel, aber der war noch schwieriger zu manövrieren. Und die Dünung des Gletschers wurde immer stärker, seine unbeweglichen Wogen stürzten, von der Wut eines versteinerten Orkans umhergeschleudert, immer wilder durcheinander und übereinander.

Es war nur eine scheinbare Unbeweglichkeit. Ein dumpfes Krachen, ein ungeheuerliches Magenknurren, mächtige Eisblöcke, die sich langsam verschoben wie die Teile einer Theaterdekoration, verrieten, daß die gewaltige starre Masse innerlich lebte und ihre Tücken hatte. Vor den Augen des Bergsteigers taten sich unter dem Druck seines Eispickels Spalten auf, bodenlose Abgründe, in denen die abgebrochenen Eisstücke endlos von Stufe zu Stufe kollerten. Tartarin fiel mehrmals hin. Einmal versank er sogar bis an die Brust in einem grünlichen Schlund, und nur seine breiten Schultern bewahrten ihn vor dem Hinabgleiten.

Da sie ihn so ungeschickt und gleichzeitig so seelenruhig und selbstsicher sahen, denn er lachte und sang und gestikulierte so munter wie kurz zuvor beim Frühstück, dachten die Bergführer, er hätte zuviel Champagner getrunken. Was hätten sie sonst denken sollen, angesichts des Präsidenten eines Alpenvereins, eines renommierten Bergsteigers, von dem seine Kameraden nur mit bewundernden Ausrufen und Gebärden sprachen? Mit der gleichen ehrerbietigen Festigkeit, mit der zwei Londoner *policemen* einen stark beschwipsten jungen Mann aus hohem Hause in einen Wagen verladen, packten ihn die wackeren Schweizer, jeder auf einer Seite, unter und bemühten sich, mit Hilfe von Rufen und Gesten seinen Verstand auf die Gefahren des Weges und die unbedingte Notwendigkeit, die Hütte vor Einbruch der Nacht zu erreichen, hinzulenken. Sie schreckten ihn mit Gletscherspalten, Lawinen und Erfrieren und zeigten mit ihren Pickeln bedrohlich auf die ungeheuren Eismassen, auf die steilen Firne, die sich vor ihnen wie eine strahlende Mauer bis zum Zenit zu erheben schienen.

Doch Tartarin machte sich darüber nur lustig. «*Ah vaï*, Gletscherspalten! *Ah vaï*, Lawinen!» Und er wollte sich vor Lachen ausschütten, er zwinkerte ihnen zu und stieß sie mit dem Ellbogen in die Seite, um diesen Führern zu verstehen zu geben, daß man ihm, Tartarin, nichts vormachen könnte, daß er in den ganzen Schwindel eingeweiht sei.

Schließlich brachte der Schwung der provenzalischen Lieder auch die Schweizer in Stimmung, und als sie einen Augenblick lang auf einem Felsblock rasteten, damit ihr Monsieur wieder zu Atem käme, jodelten die beiden auf ihre Art, aber nicht zu laut, um keine Lawine auszulösen, und nicht lange, denn es wurde allmählich spät. Man spürte das Nahen des Abends, nicht nur an der wachsenden Kälte, sondern auch an der eigentümlichen Verfärbung dieser ringsum aufgehäuften, überhangenden Eis- und Schneemassen, die selbst unter einem trüben Himmel einen schillernden Lichtschimmer bewahren, aber beim Erlöschen des Tages mit ihren geisterhaft fahlen Tönen eine Mondlandschaft vorgaukeln. Blässe, Starrheit, Schweigen – das ist der Tod. Selbst der gute Tartarin mit all seiner Wärme und Lebendigkeit begann seinen Elan zu verlieren. Doch da ließ der ferne Ruf eines Gletschervogels vor seinem inneren Auge das Bild einer von der Sonne versengten Landschaft erstehen: im glühenden Abendrot saßen die Jäger von Tarascon im dünnen Schatten eines Olivenbaums auf ihren leeren Jagdtaschen und wischten sich den Schweiß von der Stirn. Diese Erinnerung brachte ihm Trost.

Gleichzeitig zeigte Kaufmann ihm ein Stück weiter oben etwas, das wie ein Holzbündel im Schnee aussah. «Die Hütte.» Ja, das war sie. Es sah aus, als könnte man sie mit ein paar tüchtigen Schritten erreichen, doch sie brauchten noch eine gute halbe Stunde. Einer der Führer ging voraus, um Feuer zu machen. Die Nacht fiel jetzt rasch herab, der Wind blies schneidend über die leichenhafte Landschaft hin. Tartarin wußte kaum mehr recht, was geschah. Von dem starken Arm des Älplers gestützt, stolperte und torkelte er weiter. Trotz der Kälte hatte er keinen trockenen Faden mehr am Leib. Doch plötzlich züngelte eine helle Flamme vor ihm auf, und ein appetitlicher Geruch nach Zwiebelsuppe schlug ihm entgegen.

Sie waren angekommen.

Man kann sich nichts Primitiveres denken als die Schutzhütten, die der Schweizerische Alpenclub überall in den Bergen errichtet und unterhält – ein einziger Raum mit Bretterwänden und einem Bretterboden, der auf einer Seite pritschenartig erhöht ist und als Lager dient. Daneben bleibt gerade noch Platz für den steinernen Herd und den langen Tisch, der wie die ihn umgebende Bank auf den Holzdielen festgenagelt ist. Der Tisch war bereits gedeckt: drei Blechnäpfe, Zinnlöffel, der Spirituskocher für den Kaffee, zwei geöffnete Fleischkonserven aus Chicago. Tartarin mundete das Mahl köstlich, obwohl die Suppe nach Rauch schmeckte und der berühmte patentierte Sicherheitskocher, der garantiert einen Liter erstklassigen Kaffee in drei Minuten produzierte, nicht funktionieren wollte.

Zum Dessert sang er; das war die einzige Möglichkeit, sich mit seinen Führern zu unterhalten. Er sang heimatliche Melodien: *La Tarasque, Les filles d'Avignon*. Die Schweizer antworteten mit ihren eigenen Volksliedern: «Mi Vatter isch en Appezeller...» Es waren wackere Männer mit harten, wettergegerbten Zügen, wie aus Stein gehauen, moosartig wuchernden Bärten und den klaren Augen, die gewohnt sind, in weite Fernen zu blicken, wie sie auch die Matrosen haben. Das merkwürdige Gefühl, sich dem Meer und seiner Unendlichkeit zu nähern, das ihn unten am Guggi befallen hatte, ergriff Tartarin auch hier, angesichts dieser Gletscherseeleute, in der engen, niedrigen, verrauchten Hütte, die wahrhaftig dem Zwischendeck eines Schiffs glich, während unter dem Einfluß der Herdwärme der Schnee vom Dach tropfte und mächtige Windstöße an der Hütte rüttelten, daß die Pfosten krachten und die Lampe flackerte, bis sie jäh verstummten und wieder die ungeheure, überirdische Stille des Weltuntergangs herrschte.

Sie waren gerade mit dem Essen fertig, als draußen auf dem harten Boden schwere Schritte und laute Stimmen ertönten. Heftige Stöße ließen die Tür wackeln. Tartarin blickte erschrocken seine Führer an. Ein nächtlicher Angriff in diesen Höhen? Die Schläge wurden noch stärker. Der Held sprang auf und griff nach seinem Pickel. «Halt, wer da?» Doch schon waren zwei riesenhafte Yankees mit weißen Tüchern vor dem Gesicht und schweiß- und schneedurchtränkten Kleidern in die Hütte eingedrungen und hinter ihnen Bergführer, Träger, eine ganze Seilschaft, die vom Gipfel der Jungfrau zurückkehrte.

«Ich heiße Sie willkommen, Mylords!» rief Tartarin mit einer weit ausholenden, großzügigen Gebärde, deren die Mylords aber keineswegs bedurf-
ten, um es sich bequem zu machen.

Im Handumdrehen hatten sie den Tisch in Besitz genommen. Näpfe und Löffel wurden in heißem Wasser gespült, um den zuletzt Angekomme-
nen zu dienen, wie es in allen Alpenclubhütten Vorschrift ist. Die Nagelschuhe der Mylords dampften
vor dem Ofen, während sie selbst, die Füße in Stroh
gehüllt, sich über eine frische Zwiebelsuppe her-
machten.

Sie waren Vater und Sohn, diese Amerikaner,
zwei rothaarige Riesen mit harten, eigenwilligen
Gesichtern, echte Pioniertypen. Der Ältere hatte in
seinem frostgedunsenen, sonnverbrannten, rissigen
Gesicht ein Paar übergroße, ganz weiße Augen, und
an den unsicheren Bewegungen, mit denen er nach
Löffel und Suppennapf tastete, merkte Tartarin
bald, daß er den blinden Alpinisten vor sich sah,
von dem man ihm im Hotel Bellevue erzählt hatte
und an den er damals nicht glauben wollte; er wäre
in seiner Jugend ein berühmter Bergsteiger gewesen und wiederhole jetzt, seinem Alter und seinem
Gebrechen zum Trotz, alle seine einstigen Touren
mit seinem Sohn. So hätte er schon das Wetterhorn
und die Jungfrau gemacht und gedenke jetzt noch
das Matterhorn und den Montblanc anzugehen,
weil die Gipfelluft, der eisige Schneehauch dort
oben, ihm unbeschreibliche Freude bereite und
die Erinnerung an seine frühere Jugendkraft zu-
rückriefe.

«*Différemment*», fragte Tartarin einen der Träger – denn die Yankees waren nicht gesprächig und beantworteten alle seine Avancen nur mit *«Yes»* und *«No»*. – *«Différemment,* wie macht er es denn an gefährlichen Stellen?»

«Er hat einen sicheren Tritt, und dann ist ja der Sohn da, der ihm hilft, den Fuß richtig hinzusetzen. Jedenfalls ist er bis jetzt ohne Unfall durchgekommen.»

«Und die Unfälle sind ja nicht so gefährlich, *qué?*»

Nachdem Tartarin den verdutzten Träger zum Zeichen des Einverständnisses lachend auf die Schulter geklopft hatte, streckte er sich auf dem harten Lager aus, wickelte sich in seine Decke, zog die Schneehaube über die Augen und schlief, Licht und Lärm, Pfeifenrauch und Zwiebelgestank zum Trotz, sofort ein.

«Mossjee! Mossjee!»

Einer seiner Führer schüttelte ihn wach, während der andere kochend heißen Kaffee in die Näpfe goß. Es gab einiges Gebrumm und Gefluche von seiten der Schläfer, die Tartarin stören mußte, um erst zum Tisch und dann zur Tür zu gelangen. Dann war er draußen. Die jähe Kälte traf ihn wie ein Schlag. Er stand überwältigt und geblendet von dem zauberhaften Spiel des Mondes auf den weißen Flächen, den erstarrten Strömen, auf denen sich die Schatten der Spitzen, Nadeln und Firnblöcke tiefschwarz abzeichneten. Das war nicht mehr das blendende, flimmernde Chaos des Nachmittags und auch nicht das fahle Grau des Abends in seinen unendlichen Schattierungen, sondern eine geisterhafte Stadt mit dunklen Gassen und geheim-

nisvollen Durchlässen, mit verdächtigen Winkeln
zwischen prachtvollen Marmorbauten und verwit-
terten Ruinen, eine tote Stadt mit großen, veröde-
ten Plätzen.

Zwei Uhr früh! Wenn man tüchtig ausschritt,
würde man um die Mittagszeit oben sein. *«Zou!»*
rief der P.C.A. forsch und wollte schon losstürmen.
Doch seine Führer hielten ihn zurück. Von hier an
mußte man sich anseilen.

«Vaï, anseilen! Na schön, wenn es euch Spaß
macht!»

Christian Inebnit, der an der Spitze ging, ließ
drei Meter Seil zwischen sich und Tartarin; die
gleiche Distanz trennte diesen von dem zweiten
Führer, der den Proviant und die Fahne trug. Der
Held aus Tarascon hielt sich besser als am Vor-
tag. Seine Überzeugung mußte wahrhaftig felsen-
fest gegründet sein, wenn er darauf beharrte, die
Schwierigkeiten dieses Weges nicht ernst zu nehmen – sofern man den furchterregenden vereisten
Felsengrat, auf welchem sie sich mit größter Vorsicht fortbewegten, überhaupt einen Weg nennen
konnte; er war nur wenige Zentimeter breit und so
glatt, daß Christian mit seinem Pickel Tritte hinein-
hauen mußte.

Die feine Linie des Grats funkelte zwischen zwei
tiefen Abgründen. Aber wenn ihr meint, Tartarin
hätte Angst gehabt! Er verspürte kaum das leise,
wohlige Gruseln des jungen Freimaurers, der die ersten Prüfungen zu bestehen hat. Im übrigen setzte
er den Fuß ganz genau in die Vertiefungen, die der
vorangehende Führer ins Eis geschlagen hatte, und
tat ihm alles nach, was er ihn tun sah, mit der glei-

chen Seelenruhe, mit der er sich daheim in seinem Garten, zum großen Schrecken der Goldfische, auf der schmalen Einfassung des Bassins im Balancieren geübt hatte. An einer Stelle wurde der Grat so schmal, daß man nur rittlings weiterkonnte. Während sie sich, auf die Hände gestützt, langsam vorwärts arbeiteten, ertönte in der Tiefe zu ihrer Rechten eine ohrenbetäubende Detonation. «Lawine!» zischte Inebnit und verhielt sich unbeweglich, solange das vielfältige, gewaltige Echo, das die ganze Himmelsweite erfüllte, andauerte. Es endete mit einem lange dahinrollenden, donnernden Laut, der allmählich verhallte. Dann senkte sich wieder die Stille herab, die alles wie ein Leichentuch zudeckte.

Als der Grat glücklich passiert war, stiegen sie ein nicht allzu steiles, aber nicht enden wollendes Schneefeld hinan. Sie kletterten schon eine gute Stunde, als sich hoch über ihren Köpfen, auf den höchsten Spitzen, eine dünne rosige Linie abzuzeichnen begann, das erste Zeichen des neuen Tages. Als guter Südländer, der dem Dunkel feindlich gesinnt ist, stimmte Tartarin sein fröhliches Morgenlied an:

> *«Grand souleù de la Provenço*
> *Gai compaire dou mistrau...»*

Ein heftiger Ruck am Seil, von vorn wie von hinten, ließ ihn mitten in der Strophe verstummen. «St! St!» flüsterte Inebnit und wies mit dem Pickel auf die drohende Reihe der riesenhaften, wild durcheinander geworfenen Firnblöcke, die so wacklig auf ihren Kanten lagen, daß die kleinste Erschütterung einen Absturz auslösen konnte. Doch der Held aus

Tarascon wußte ja, was von der vermeintlichen Gefahr zu halten war. Ihm konnte man solche Bären nicht aufbinden! Mit laut schallender Stimme hob er aufs neue an:

«Tu qu'escoulès la Duranço
Commo un flot dé vin de Crau.»

Da die Bergführer sahen, daß man den Monsieur nicht vom Singen abhalten konnte, machten sie einen großen Umweg, um den Firnblöcken auszuweichen. Bald wurden sie von einer gewaltigen Gletscherspalte aufgehalten, deren abgrundtiefe Eiswände im ersten verstohlenen Morgenstrahl eisgrün schimmerten. Eine Schneebrücke führte hinüber, doch sie war so schmal, so zerbrechlich, daß sie sich beim ersten Schritt in einen weißen Staubwirbel auflöste und Inebnit wie Tartarin hinunterriß. Sie hingen beide an dem Seil, das Rudolf Kaufmann, der als dritter gehende Führer, nun unter Aufbietung seiner ganzen gewaltigen Kraft festhielt. Er klammerte sich krampfhaft an seinen tief ins Eis geschlagenen Pickel, doch wenn es ihm auch gelang, seine beiden Gefährten vor dem weiteren Absturz zu bewahren, vermochte er sie doch nicht in die Höhe zu ziehen. Zu weit vom Abgrund entfernt, um zu sehen, was darin vorging, hockte er mit zusammengebissenen Zähnen da und spannte alle seine Muskeln an.

Vom jähen Sturz betäubt, vom Schnee geblendet, hatte Tartarin einen Moment lang wild mit Armen und Beinen gezappelt wie ein zerbrochener Hampelmann. Nun hing er aufrecht über dem Abgrund, die Nase an der Eiswand, die sein warmer Atem glättete, in der Stellung eines Spenglers, der ein Fallrohr repariert. Über sich sah er den Himmel erblassen und die letzten Sterne vergehen, unter ihm lag der nachtschwarze Abgrund, aus dem ein eisiger Hauch aufstieg.

Doch sobald der erste Schock überwunden war, fand er seine kecke Fröhlichkeit wieder: «He, Papa Kaufmann, lassen Sie uns nicht ewig hier hangen, *qué!* Es zieht, und das verdammte Seil schneidet ein.»

Kaufmann konnte nicht antworten, es hätte ihn zuviel kostbare Kraft gekostet. Doch aus der Tiefe schrie Inebnit: *«Mossjee! Mossjee!* Pickel!»* – denn der seinige war beim Sturz verlorengegangen. Als das schwere Gerät unter unendlichen Mühen aus Tartarins Händen in seine Hände hinübergewechselt war, benützte er es, um Kerben in die Eiswand zu schlagen, so daß er sich festklammern konnte.

Da nun das Seil um die halbe Last erleichtert war, begann Rudolf Kaufmann mit unendlicher Vorsicht, mit genau berechneter Kraft, Tartarin langsam hochzuziehen, bis endlich die berühmte Mütze am Rand der Spalte erschien. Dann wurde auch Inebnit emporgehißt. Die beiden Gebirgler begrüßten einander mit der wortkargen Herzlichkeit, wie sie diesen schweigsamen Menschen eigentümlich ist. Sie waren beide tief erschüttert und zitterten von der körperlichen Anstrengung. Tartarin mußte ihnen seine Kirschflasche reichen, um sie wieder auf die Beine zu bringen. Er hingegen schien gar nicht aufgeregt, sondern pfiff ein lustiges Liedchen und schlug mit dem Fuß den Takt dazu. Die Führer waren beeindruckt.

«Brav, brav, Franzose», sagte Kaufmann und klopfte ihm auf die Schulter.

Tartarin lachte ihm ins Gesicht.

«Spaßvogel! Als ob ich nicht wüßte, daß es ganz ungefährlich ist!»

Einen solchen Touristen hatte noch kein Führer gesehen.

Sie machten sich wieder auf den Weg. Nun galt es, einen fast senkrecht aufsteigenden, riesigen Eiswall von sechs- oder achthundert Meter Höhe zu erklimmen. Man mußte mit dem Pickel Stufen hineinschlagen, was sehr zeitraubend war. Der Held aus Tarascon fühlte seine Kräfte schwinden. Das blendende Sonnenlicht, das von der ganzen weiten Schneelandschaft zurückgestrahlt wurde, tat seinen Augen weh, und die Brille hatte er in dem Abgrund verloren. Bald erfaßte ihn eine furchtbare Schwäche, das erste Anzeichen der Höhenkrankheit, die sich ähnlich auswirkt wie die Seekrankheit. Vollständig erschöpft, mit leerem Kopf und wankenden Knien stolperte er bei jedem Schritt. Die beiden Führer packten ihn wie gestern, jeder auf einer Seite, und schleppten ihn mehr, als sie ihn stützten, den Eiswall hinauf. Nun waren sie kaum mehr hundert Meter vom Gipfel entfernt. Doch obwohl hier oben die harte, feste Schneedecke das Gehen viel leichter machte, brauchten sie endlos lange, um diese letzte kurze Strecke zu bewältigen. Der P.C.A. konnte nicht mehr.

Mit einem Mal ließen ihn die braven Schweizer los, schwenkten ihre Hüte und begannen zu jodeln. Sie waren angekommen! Dieser unauffällige Punkt in der unberührten Weite des Raums, dieser weiße, etwas abgerundete Kamm war das Ziel und für den armen Tartarin das Ende der schlafwandlerischen Benommenheit, die ihn seit einer Stunde umfangen hielt.

«Scheidegg! Scheidegg!» riefen die Führer und zeigten ihm tief unten, in unglaublicher Entfernung, ein grünes Fleckchen, das aus dem Taldunst hervorleuchtete, und darauf das Hotel Bellevue, nicht größer als ein Spielzeugwürfel.

Von dort bis zu ihnen breitete sich ein wunderbares Bild aus: gewaltige, übereinander aufgetürmte Schneefelder, die in der Sonne golden oder orangefarben leuchteten und im Schatten ein tiefes, eiskaltes Blau annahmen, eine Anhäufung der wunderlichsten Eisformationen, Türme, Zinnen, Nadeln, Grate, riesenhafte Buckel, als ruhte darunter das längst verschollene Mastodon oder das Megatherium; dazwischen gewaltige Gletscherströme, die in unbeweglichen Kaskaden zu Tal stürzten, durchkreuzt von kleineren, gleichfalls zu Eis erstarrten Gießbächen, deren einheitlichere, von der heißen Sonne geglättete Oberfläche sich glänzender abhob – und das alles schillerte, flimmerte, blitzte in sämtlichen Farben des Regenbogens. Doch ganz oben, in den höchsten Höhen, dämpfte sich das Gefunkel zu einem kalten, farblosen, außerweltlichen Licht, das Tartarin ebenso unheimlich dünkte wie die unendliche Stille und Einsamkeit dieser weißen, geheimnisvoll verwinkelten Einöde.

Ein Rauchfähnchen, ein paar gedämpfte Detonationen stiegen vom Hotel auf. Man hatte sie dort unten bemerkt, man feuerte ihnen zu Ehren die Kanone ab, und bei dem Gedanken, daß man ihm zusah, daß alle, seine Vereinsbrüder, die Misses, die illustren Reis- und Zwetschgenanhänger ihre Fern-gläser auf ihn richteten, entsann sich Tartarin der Großartigkeit seiner Mission.

Da entriß er dich der Hand des Bergführers, o Banner von Tarascon, und ließ dich zwei- oder drei-mal im Winde flattern! Und dann steckte er seinen Eispickel in den Schnee und setzte sich, die Fahne in der Hand, den Blick aufs Publikum gerichtet, auf die eiserne Harke. Ohne daß er es merkte, geschah es, daß infolge einer der Luftspiegelungen, wie sie in diesen Höhen nicht selten auftreten, ein riesen-hafter Tartarin sich über ihm auf dem Himmel ab-zeichnete. Und wie er so breit und vierschrötig da-saß und der struppige Bart ihm, ins Märchenhafte vergrößert, aus der Schneehaube hervorwucherte, glich er einem der alten skandinavischen Götter, die der Sage nach in den Wolken thronen.

XI

*Heim nach Tarascon! – Am Genfersee – Tartarin plant
einen Besuch im Kerker von Bonivard – Kurzes Zwiegespräch unter Rosen – Die ganze Bande hinter Schloß
und Riegel – Der unglückselige Bonivard – Ein gewisses
Seil aus Avignon findet sich wieder*

Als Folge seiner Bergtour begann Tartarins Nase
zu knospen und sich zu schälen, seine Wangen wurden rissig. Er mußte fünf Tage lang sein Zimmer
im Hotel Bellevue hüten. Fünf Tage lang Um-
schläge machen und Salben schmieren! Er suchte
sich die Zeit zu vertreiben, indem er mit den Delegierten aus Tarascon ungezählte Partien Quadrette
spielte und ihnen einen langen, ausführlichen, de-
taillierten Bericht über seine Expedition diktierte,
welcher bei der Vereinssitzung vorgelesen und im
Forum veröffentlicht werden sollte. Als dann der allgemeine Muskelkater verschwunden war und auf
dem edlen Antlitz des P.C.A. nurmehr einige Blasen und Krusten sowie der schöne Farbton etruski-
scher Keramik zurückblieben, machte sich die Delegation mitsamt ihrem Präsidenten via Genf auf
den Heimweg nach Tarascon.

Übergehen wir die einzelnen Episoden der Reise,
die Verwirrung, welche die Söhne einer heißeren
Sonne mit ihrem Gesang, ihrem Geschrei, ihren
leicht überbordenden Gefühlen, ihrer Fahne und
ihren Alpenstöcken (denn seit der großen Tat des
P.C.A. hatten sie sich alle mit Alpenstöcken ausge-
rüstet, um die sich, in Brandmalerei ausgeführt, spi-

ralförmig die Namen berühmter Gipfel ringelten)
in den engen Eisenbahnwagen, auf Booten und an
den diversen Tables d'hôte in den Hotels hervor-
riefen.

Montreux!

Hier beschlossen die Delegierten auf Vorschlag
ihres Präsidenten einen oder auch zwei Tage zu
verweilen, um die berühmten Ufer des Léman zu
besichtigen; vor allem natürlich Schloß Chillon
und sein legendäres Verlies, in dem einst der große
Patriot Bonivard schmachtete und das von Byron
und Delacroix unsterblich gemacht wurde.

Im Grunde scherte sich Tartarin sehr wenig um
Bonivard; sein Erlebnis mit Wilhelm Tell hatte ihn
über die Schweizer Sagen aufgeklärt. Doch in Interlaken hatte er gehört, daß Sonja mit ihrem Bruder,
dessen Zustand sich noch weiter verschlechtert hatte, nach Montreux abgereist sei, und die historische
Pilgerfahrt bildete einen guten Vorwand, die hübsche kleine Russin wiederzusehen und sie vielleicht
zu bewegen, mit ihm nach Tarascon zu kommen.

Seine Gefährten glaubten natürlich ehrlich, daß
sie bloß hierherkämen, um dem großen Genfer
Bürger, dessen Geschichte ihnen der P.C.A. erzählt
hatte, ihre Ehrerbietung zu erweisen. Mit ihrer Nei-
gung zu theatralischen Aufzügen hätten sie am
liebsten unmittelbar nach ihrer Ankunft ihr Banner
entfaltet, um unter dem hundertfach wiederholten
Ruf «Hoch Bonivard!» in Reih und Glied nach
Chillon zu marschieren. Der Präsident sah sich genötigt, ihren edlen Eifer zu beschwichtigen. «Frühstücken wir erst einmal...» So bestiegen sie den
Omnibus irgendeiner Hotel-Pension Müller, der

wie viele andere an der Dampferlandestelle auf Gäste wartete.

«*Vé*, wie uns der Gendarm dort anstarrt!» sagte Pascalon, der sich mit der stets höchst unhandlichen Fahne herumschlug.

Bravida war beunruhigt.

«Warum sieht er uns wirklich so an, der Gendarm? Was will er von uns?»

«Er hat mich wohl erkannt», murmelte Tartarin bescheiden.

Und er lächelte von fern dem Waadtländer Polizisten im langen blauen Soldatenmantel zu, der dem zwischen den Uferpappeln dahinfahrenden Omnibus beharrlich mit dem Blick folgte.

In Montreux war an jenem Morgen gerade Markt. Den See entlang reihten sich kleine Buden mit Obst, Gemüse, billigen Spitzen und dem hell glänzenden Trachtenschmuck der Schweizerinnen, Kettchen, Schnallen, Spangen, die aussehen, als wären sie aus Schnee und Eis gemacht. Dazu das Treiben im kleinen Hafen, wo eine ganze Flottille von buntbemalten Ausflugsbooten auf Gäste wartete, das Verladen von Säcken und Fässern, die auf großen Segel-Brigantinen angelangt waren, die heiseren Pfiffe der Dampfer, das Geläute der Schiffsglocken und das lebhafte Hin und Her rund um die Cafés, Bierhallen, Blumenläden und Trödlerbuden, die den Kai säumen. Ein paar Sonnenstrahlen als Zugabe – und man hätte sich an irgendeinem Riviera-Badeort zwischen Mentone und Bordighera wähnen können. Doch eben, die Sonne fehlte, und die Leute aus Tarascon betrachteten das hübsche Bild durch den feuchten Dunst, der aus dem blauen

See aufstieg, die steinigen, engen Gäßchen hinaufkroch und sich über den Hausdächern mit den
schwarzen Regenwolken vereinigte, die zum Platzen dick zwischen den dunkelgrünen Bergen her-
vorquollen.

«*Coquin de sort!* Landseen liegen mir nicht!»
brummte Spiridion Excourbaniès, während er die
beschlagene Fensterscheibe abwischte, um die Aussicht auf die Gletscherberge zu genießen, die wie
weiße Wolken den Horizont gegenüber abschlos-
sen.

«Mir ebenfalls nicht!» seufzte Pascalon. «Dieser
ewige Nebel, das tote Wasser – man möchte weinen!»

Auch Bravida beklagte sich. Ihm machte seine
Gicht Sorge.

Tartarin tadelte sie streng. Bedeutete es ihnen
denn gar nichts, bei ihrer Rückkehr erzählen zu
können, sie hätten den Kerker Bonivards gesehen
und ihre Namen in die historischen Mauern einge-
ritzt, gleich neben die Namenszüge von Rousseau,
Byron, Victor Hugo, George Sand, Eugène Sue?
Doch mitten in seiner Tirade stockte der Präsident
unvermittelt und wurde ganz blaß. Er hatte eine
kleine Toque auf einem hochgesteckten blonden
Haarknoten vorbeihuschen sehen. Ohne den Omnibus, der wegen der ansteigenden Straße ohnehin langsam fuhr, anzuhalten, rief er den verdutzten Alpinisten zu: «Wir treffen uns im Hotel!» und
sprang ab.

«Sonja! Sonja!»

Er hatte Angst, sie nicht einzuholen, so rasch
eilte ihre feine Silhouette vor ihm her. Doch sie

wandte sich um und wartete auf ihn. «Ach, Sie sind's...» Kaum daß sie ihm die Hand gedrückt hatte, hastete sie auch schon weiter. Er trabte atemlos neben ihr her und entschuldigte sich weitläufig, daß er sie in Interlaken so unvermittelt verlassen hätte – die Ankunft seiner Freunde – die nicht länger aufzuschiebende Tour auf die Jungfrau, deren Spuren sein Gesicht noch heute trug... Sie hörte ihm zu, ohne zu antworten, ohne ihn auch nur anzuschauen, während sie noch schneller ging. Von der Seite gesehen, schien sie ihm blaß; ihre Züge hatten irgendwie die kindliche Weichheit verloren, es lag etwas Hartes, Unerbittliches in ihrem Ausdruck, das er bisher nur aus ihrer Stimme und ihrem gebieterischen Willen kannte. Aber ihre jugendliche Anmut, ihre blonden Locken bezauberten ihn wie eh und je.

«Und wie geht's Boris?» fragte Tartarin, den dieses Schweigen, diese Kälte allmählich in Verlegenheit brachten.

«Boris?»

Sie zuckte zusammen.

«Ach ja – Sie wissen es noch nicht... Also kommen Sie mit, rasch.»

Sie gingen durch eine ländliche Straße, vorbei an Weingärten, die sich vom Berg herab bis an den See zogen, an eleganten Villen, wohlgepflegten Gärten mit sandbestreuten Wegen, Terrassen, die von blühenden Schlingpflanzen und Kletterrosen umrankt, mit Petunien und Myrten in Blumenkästchen geschmückt waren. Ab und zu begegnete ihnen ein fremdländisches Gesicht mit eingefallenen Wangen und abgezehrten Zügen, wie man sie in

Menton, in Monaco antrifft; aber dort wird alles von der Sonne verschlungen, aufgesogen, während hier unter dem niedrigen, bewölkten Himmel das Leiden deutlicher zu sehen war, wie auch die Blumen frischer schienen.

«Kommen Sie», sagte Sonja, während sie ein Pförtchen in einer weißen Mauer aufstieß, über dem eine goldene Inschrift in kyrillischen Buchstaben erglänzte.

Zuerst begriff Tartarin nicht, wo er hingeraten war. Ein kleiner Park mit saubergehaltenen, kiesbestreuten Alleen, Kletterrosen zwischen hohen immergrünen Büschen, ganze Sträuße von gelben und weißen Rosen, die den engen Raum mit ihrem Duft und ihrem Glanz erfüllten; dazwischen, mitten in diesem wunderbaren Blühen, einige Steinplatten, aufrecht stehend oder im Grase ruhend, mit darauf eingeritzten Namen und Zahlen. Und hier die letzte, noch ganz neu:

BORIS DE WASSILJEW

22 JAHRE

Er lag erst seit wenigen Tagen da. Er war fast unmittelbar nach ihrer Ankunft gestorben und fand nun hier ein Stückchen Heimat wieder, unter all den Russen, Polen, Schweden, die auf diesem Ausländerfriedhof unter Blumen begraben lagen, den Brustkranken aus den kalten Ländern, die man hierher, ins Nizza des Nordens schickt, weil die südliche Sonne für sie zu heiß und der Übergang zu jäh wäre.

Einen Augenblick standen sie still und stumm vor der Weiße der neuen Grabplatte, die sich von

der Schwärze der frisch aufgegrabenen Erde abhob. Das junge Mädchen atmete mit gesenktem
Kopf den Duft der üppig blühenden Rosen ein und
kühlte ihre rotgeweinten Augen mit den zarten Blüten.

«Armes Kind!» sagte Tartarin bewegt.

Er nahm Sonjas Fingerspitzen in seine derben,
kräftigen Hände.

«Und was wird jetzt mit Ihnen geschehen?»

Sie sah ihm mit leuchtenden, trockenen Augen,
in denen keine Träne mehr zitterte, gerade ins Gesicht.

«In einer Stunde reise ich ab.»

«Sie reisen ab?»

«Bolibin ist schon in Petersburg. Manilow wartet
an der Grenze auf mich, um mich hinüberzubringen. Ich kehre in den Schmelzofen zurück. Man
wird von uns hören.»

Und während sie mit ihren blauen Augen Tartarins Blick festhielt, der verlegen abschweifte, zu
flüchten suchte, fügte sie ganz leise, mit einem halben Lächeln hinzu: «Wer mich liebt, folgt mir nach!»

Ah vaï, ihr nachfolgen! Er hatte viel zu große
Angst vor dieser Exaltiertheit! Die makabre Szenerie hatte seine heiße Liebe etwas abgekühlt. Andererseits konnte man sich nicht drücken wie ein
feiger Lump. Und der Held legte mit einer dramatischen Geste die Hand auf sein Herz und begann:
«Sonja, Sie kennen mich doch...»

Mehr brauchte sie nicht zu hören.

«Schwätzer!» murmelte sie achselzuckend.

Sie verschwand stolz und kerzengerade aufgerichtet zwischen den Rosen, ohne sich auch nur ein

einziges Mal umzusehen. Schwätzer! Kein Wort mehr, aber der Ton war so verächtlich, daß Tartarin bis unter seinen Bart errötete und sich verstohlen umsah, ob sie auch wirklich allein waren und niemand sie gehört hatte.

Glücklicherweise dauerten die Stimmungen unseres Helden nie lange an. Fünf Minuten später klomm er mit munteren Schritten die Terrassen von Montreux hinauf, um sich nach der Pension Müller umzusehen, wo seine Vereinsfreunde ihn sicher schon zum Déjeuner erwarteten. Seine ganze Person atmete tiefe Erleichterung, diese gefährliche Verbindung endgültig los zu sein. Während er so dahinschritt, sah man ihn immer wieder energisch mit dem Kopf nicken, denn er hielt sich in Gedanken selbst die überzeugende Rede, die Sonja nicht hatte anhören wollen: *Bé*, gewiß, die Tyrannei... Er sei bestimmt nicht dafür, aber zwischen Anschauungen und Taten bestünde noch ein kleiner Unterschied, *boufre!* Und müsse man denn immer gleich schießen? Auch ein Beruf, Tyrannenmörder! Wenn alle unterdrückten Völker ihn zu Hilfe riefen, wie die Araber sich an Bombonnel wenden, wenn ein Panther um ihr Dorf streift, da käme er ja nicht nach!

Eine Mietkutsche, die im Eiltempo vorbeifuhr, unterbrach jäh seinen Monolog. Er hatte gerade noch Zeit, sich aufs Trottoir zu retten. «Paß doch auf, Idiot!» Doch sein zorniger Aufschrei ging bald in helle Verblüffung über: *«Quès aco! Boudiou!* Nicht möglich!»* Nie werdet ihr erraten, wen er in dem alten Landauer erblickte: die Delegation, die Delegation in voller Stärke! Bravida, Pascalon und Excourbaniès saßen bleich, zerzaust, verstört, wie nach einem Handgemenge, im Fond und ihnen gegenüber zwei Gendarmen, den Revolver in der Hand. All diese unbeweglichen Profile im engen Rahmen der Wagentür hatten etwas Alptraumhaftes an sich. Angewurzelt wie kürzlich auf dem Gletscher (durch die Kennedy-Steigeisen) stand er da und sah der eilig davongaloppierenden Kutsche nach, die jetzt von einem ganzen Schwarm soeben der Schule entronnener Jungen mit ihren Bücherranzen auf den Rücken verfolgt wurde. Doch plötzlich brüllte ihm eine Stimme in die Ohren: «Und das ist der Vierte!» Im nächsten Augenblick fühlte er sich von hinten gepackt und wurde alsbald, an Händen und Füßen gefesselt, gleichfalls in eine Kutsche gehißt, zusammen mit ein paar Gendarmen, darunter einem Offizier, der seinen langen Kürassiersäbel kerzengerade zwischen den Beinen hielt, so daß der Griff ans Kutschenverdeck anstieß.

Tartarin wollte etwas sagen, alles erklären. Es mußte sich um ein Mißverständnis handeln. Er nannte seinen Namen, seine Heimat, berief sich auf seinen Konsul, einen schweizerischen Honighändler namens Ichener, den er einmal auf dem Markt von Beaucaire kennengelernt hatte – vergebens. Angesichts der hartnäckigen Stummheit seiner Wächter dachte er, es handle sich um einen neuen Trick in Bompards Zaubertheater, und zwinkerte dem Offizier bedeutungsvoll zu.

«Das ist alles nur Spaß, *qué? Vaï*, ich weiß doch, daß es nur Spaß ist!»

«Kein Wort – oder ich lasse Sie knebeln!» rief der Offizier und rollte so gräßlich die Augen, daß man hätte meinen können, er würde den Arrestanten augenblicklich auf seinen Säbel aufspießen.

Tartarin ließ sich's gesagt sein und rührte sich nicht mehr. Durch das Wagenfenster sah er kleine

341

Ausschnitte vom See vorbeiziehen – dazwischen hohe Berge in ihrem nassen Grün, Hotels mit verschiedenartigen Dächern und goldenen Inschriften, die man eine Meile weit lesen konnte, dazu auf den Berghängen, wie auf dem Rigi, ein Auf und Ab von Kiepen und Tragen; gleichfalls wie auf dem Rigi ein putziges kleines Bergbähnchen, ein gefährliches mechanisches Spielzeug, das beinahe senkrecht bis nach Glion hinaufklomm, und um die Ähnlichkeit mit *Regina montium* vollkommen zu machen, ein endloser Landregen, ein ständiger Austausch von Wasser und Nebel zwischen dem Himmel und dem See, wo Wolken und Wogen miteinander verschwammen.

Der Wagen fuhr über eine Zugbrücke, zwischen kleinen Verkaufsbuden mit Lederwaren, Taschenmessern, Pfropfenziehern, Taschenkämmen, durch ein niedriges Ausfalltor und hielt in dem grasbewachsenen Hof eines uralten Schloßturms, flankiert von runden Türmen mit steinernen Schilderhäuschen und schwarz gestrichenen Fenstergittern. Wo war er? Tartarin begriff es, als er den Gendarmerieoffizier mit dem Pförtner der Festung, einem dicken Kerl mit Zipfelmütze und einem großen verrosteten Schlüsselbund, verhandeln hörte.

«Einzelhaft, strenge Einzelhaft! Aber ich habe keinen Platz mehr, es ist alles mit den anderen belegt... Da müßte ich ihn schon in den Kerker von Bonivard stecken.»

«Ja, stecken Sie ihn in den Kerker von Bonivard. Das ist gut genug für ihn», befahl der Hauptmann.

Und so geschah's.

Das Schloß Chillon, von dem der P.C.A. seit zwei

Tagen unaufhörlich sprach und in das er jetzt dank
einer Ironie des Schicksals urplötzlich als Gefangener eingeliefert wurde, ohne zu ahnen warum, ist
eines der meistbesuchten historischen Denkmäler
der Schweiz. Nachdem es im Lauf der Jahrhunderte als Sommerresidenz der Grafen von Savoyen,
später als Staatsgefängnis, als Arsenal und als Mu-
nitionsdepot gedient hat, bildet es heute nur noch
ein Ausflugsziel für die Touristen, wie Rigi-Kulm
oder die Tellsplatte. Es besteht jedoch dort noch ein
Gendarmerieposten und ein Arrestlokal für Trun-
kenbolde und Missetäter; die sind allerdings im
friedlichen Waadtland so selten, daß das Gefängnis
fast immer leersteht und der Pförtner darin seinen
Holzvorrat für den Winter versorgt. Das Eintreffen
so vieler Gefangener hatte ihn bereits sehr ver-
drießlich gemacht; besonders ärgerte es ihn, daß er
nun das berühmte Verlies nicht mehr für Geld zeigen konnte, was ihm in dieser Jahreszeit ein stattliches Sümmchen eintrug.

Wütend stapfte er Tartarin voran, und dieser
folgte, ohne den geringsten Widerstand zu wagen.
Ein paar wacklige Stufen, ein modriger Gang, in
dem es nach Keller roch, eine mauerdicke Tür mit
riesigen Haspen, und dann standen sie in einem ge-
räumigen unterirdischen Gewölbe mit gestampf-
tem Lehmboden und ein paar plumpen römischen
Pfeilern, an denen noch die Ringe für die eisernen
Ketten waren, in welche die Staatsgefangenen früher gelegt wurden. Durch die schmalen Fensterspalten, die nur ein winziges Stück Himmel sehen
ließen, fiel zusammen mit der zittrigen Spiegelung
des Sees ein trübes Halblicht ein.

«So, da wären Sie jetzt daheim», sagte der Kerkermeister. «Gehen Sie nur nicht nach hinten. Dort sind die Fallgruben, durch die man spurlos im See verschwindet.»

Tartarin fuhr entsetzt zurück.

«Die *oubliettes! Boudiou!*»

«Tja, mein Lieber, man befiehlt mir, Sie in den Kerker von Bonivard zu stecken, da stecke ich Sie eben in den Kerker von Bonivard, nicht? Jetzt, wenn Sie etwas Geld hätten, könnte man Ihnen einige Erleichterungen verschaffen, zum Beispiel eine Decke und eine Matratze für die Nacht.»

«Vor allem etwas zu essen!» rief Tartarin, dem man glücklicherweise seine Börse nicht abgenommen hatte.

Der Pförtner brachte ein frisches Brot, Bier und eine Zervelatwurst, was der neue Gefangene von Chillon, der seit gestern nichts gegessen und viele Aufregungen erlebt hatte, heißhungrig verschlang. Während er im matten Dämmerlicht auf einer Steinbank saß und es sich schmecken ließ, musterte ihn der Kerkermeister mit wohlwollendem Blick.

«Meiner Treu, ich weiß nicht, was Sie angestellt haben und warum man Sie so streng behandelt...»

«*Eh, coquin de sort,* ich auch nicht!» unterbrach ihn Tartarin mit vollem Mund.

«Aber Sie sehen nicht wie ein böser Mensch aus, das ist einmal sicher, und Sie möchten doch einen redlichen Familienvater gewiß nicht um sein bißchen Verdienst bringen, wie? Ich habe oben eine größere Reisegesellschaft, die eigens hergekommen ist, um den Kerker von Bonivard zu besichtigen. Wenn Sie mir versprechen, daß Sie sich ruhig verhalten und nicht bei dieser Gelegenheit zu flüchten versuchen...»

Der wackere Tartarin gelobte es mit heiligen Eiden, und fünf Minuten später füllte sich sein Kerker mit seinen alten Bekannten von Rigi-Kulm und der Tellsplatte: Da waren der Ignorant Schwanthaler, der *vir ineptissimus* Astier-Réhu, das Mitglied des Jockey-Clubs Lord Chippendale mit seiner Nichte (hm, hm!), kurz sämtliche Teilnehmer der Cookschen Rundreise. Der arme Tartarin, der fürchtete, in seiner Schmach erkannt zu werden, verbarg sich hinter den Pfeilern und wich immer weiter vor der gemächlich vordringenden Gruppe zurück. Ihr voran schritt der Pförtner, welcher mit eintönig leiernder Stimme seine Sehenswürdigkeiten anpries: «An dieser Stelle wurde der unglückselige Bonivard...»

Sie kamen nur langsam vorwärts, weil die beiden Gelehrten, die über alles und jedes gegenteiliger Meinung waren, mit ihren Streitigkeiten alle aufhielten. Es sah aus, als wollten sie jeden Augenblick aufeinander losschlagen, der eine mit seinem Feldstuhl, den er wütend durch die Luft schwenkte, der andere mit seinem Reisesack, und das trübe Licht, das durch die schmalen Luftlöcher fiel, malte ihre Schatten in wunderlichen Verzerrungen an die Wölbung.

Tartarin war so weit zurückgewichen, daß er sich plötzlich ganz nahe bei dem Schacht befand, durch den man in früheren Zeiten unliebsame Gefangene ins Jenseits befördert hatte, ein tiefes, dunkles Loch, aus welchem der faulige Eiseshauch längst vergangener Jahrhunderte aufstieg. Erschrocken duckte er sich in den nächsten Winkel, doch die salpetertriefenden Mauern stachen ihn in die Nase, und er mußte laut niesen.

«*Tiens!* Bonivard in Person!» rief die freche kleine Pariserin, die Lord Chippendale für seine Nichte ausgab.

Doch der Held aus Tarascon geriet nicht so leicht aus der Fassung.

«Wirklich sehr nett, diese *oubliettes*», sagte er im natürlichsten Ton der Welt, als sei er gerade auch dabei, den Kerker zu seinem Vergnügen zu besichtigen.

Er mischte sich zwanglos unter die anderen Reisenden, die den Alpinisten von Rigi-Kulm, den Anstifter des famosen Balls, erkannten und mit einem Lächeln begrüßten.

«Ball, Monsieur! *Danser!*»

Die mollige kleine Frau Professor Schwanthaler stand mit ausgebreiteten Armen vor ihm, um ihn zu einem Tänzchen aufzufordern. Das fehlte ihm jetzt gerade noch! Da er nicht wußte, wie er sich von der tanzwütigen kleinen Fee losmachen könnte, bot er ihr den Arm und zeigte ihr galant sein eigenes Gefängnis: den Ring, an den die Kette des Gefangenen angeschmiedet wurde, die Spur, die seine Füße auf dem ewigen Rundgang um den Pfeiler in die Steinplatten eingedrückt hatten. Nie hätte sich die gute Dame träumen lassen, daß der höfliche Franzose, der sie so amüsant unterhielt, ebenfalls ein Staatsgefangener, ein unschuldiges Opfer der Justiz und der menschlichen Bosheit sein könnte. Ein schrecklicher Augenblick kam, als die Gruppe sich verabschiedete und der unselige Bonivard, der seine Dame bis zum Ausgang geführt hatte, mit weltmännischem Lächeln sagte: «Nein danke, ich komme nicht mit. Ich bleibe noch einen Moment hier.» Daraufhin verneigte er sich, und der Kerkermeister, der ihn scharf beobachtete, schloß ihn zur allgemeinen Verblüffung ein und legte die Bolzen vor die Tür.

Welche Schande! Der Schweiß brach ihm aus, als er die erstaunten Ausrufe der enteilenden Reisenden vernahm. Zum Glück wiederholte sich die Marter an diesem Tag nicht mehr. Wegen des schlechten Wetters kamen keine weiteren Besucher. Der Wind heulte jämmerlich unter den alten Bohlen, aus dem dunklen Schacht stieg ein Wimmern und Stöhnen auf, als fänden die Hingemordeten keine Ruhe, und der regengepeitschte See schlug so wild gegen die Mauern, daß er manchmal zu den Fensterspalten hereinspritzte. Von Zeit zu Zeit unterbrach die Glocke eines Dampfers oder das Plätschern seiner Räder die Gedanken des armen Tartarin, während der Abend sich trüb und grau in seinen Kerker hinabsenkte.

Wie war seine Verhaftung, seine Internierung an diesem unheimlichen Ort zu erklären? Vielleicht Costecalde? Ein Wahlmanöver in letzter Stunde? Oder gar die russische Polizei, die über seine unbedachten Worte, seine Freundschaft mit Sonja informiert war und seine Auslieferung forderte? Aber warum hatte man dann auch die Delegierten verhaftet? Was konnte man diesen Unglücklichen zur Last legen? Ihren Schrecken, ihre Verzweiflung vermochte er sich lebhaft vorzustellen, obwohl sie nicht wie er im Kerker Bonivards unter dem schweren Steingewölbe schmachteten, wo sich jetzt, beim

Herannahen der Nacht, riesige Ratten, Kakerlaken und mißgestaltete, haarige Spinnen zu regen begannen.

Doch hier erkennt ihr die Macht eines reinen Gewissens! Trotz Ratten, Kälte und Spinnen schlief der große Tartarin mitten im Grauen des Kerkers, den die Schatten einstiger Opfer durchgeistern, mit offenem Mund und geballten Fäusten den gleichen gesunden, lautstarken Schlaf wie in seinem Bett daheim oder in der Hütte des Alpenclubs. Er glaubte noch zu träumen, als ihn frühmorgens der Kerkermeister wachrüttelte.

«Aufstehen! Der Präfekt ist da. Er will Sie verhören.» Und mit einer gewissen Hochachtung fügte er hinzu: «Daß der Präfekt sich selbst bemüht... Sie müssen ja ein ganz verfluchter Verbrecher sein!»

Ein Verbrecher! Ach nein – doch nach einer Nacht in einem nassen, schmutzigen Keller, ohne die Möglichkeit, auch nur flüchtig Toilette zu machen, sieht man leicht so aus. Als Tartarin in dem einstigen Pferdestall des Schlosses, der jetzt als Gendarmerieposten eingerichtet ist (an den weißgekalkten Wänden hängen Gewehre), nach einem beruhigenden Blick auf seine zwischen Gendarmen sitzenden Vereinsmitglieder, vor dem Präfekten erscheint, fühlt er sich dem korrekten schwarzgekleideten Magistraten und seinem wohlgepflegten Bart gegenüber als verkommenes Subjekt.

«Sie heißen also Manilow – russischer Untertan – Brandstiftung in Petersburg – in die Schweiz geflüchtet – Mord...»

«Aber keineswegs! Das ist ein Irrtum, ein Mißverständnis...»

«Schweigen Sie oder ich lasse Sie knebeln!» brüllt der Hauptmann von gestern.

Der korrekte Beamte fährt fort: «Um diesem sinnlosen Leugnen ein Ende zu machen – kennen Sie dieses Seil?»

Sein Seil, *coquin de sort!* Das Seil mit dem eingeflochtenen Draht, das eigens für ihn in Avignon fabriziert wurde! Zur Verblüffung der Delegierten senkt er den Kopf und bekennt: «Ja.»

«Mit diesem Seil wurde im Kanton Unterwalden ein Mann erhängt.»

Tartarin beteuert entsetzt, daß er damit nichts zu tun hätte.

«Das werden wir gleich sehen.»

Und man führt den italienischen Tenor herein, den Polizeispitzel, den die Nihilisten auf dem Brünig an einem Eichbaum aufgehängt hatten und der wunderbarerweise von zufällig vorbeikommenden Holzfällern gerettet wurde.

Der Spitzel betrachtet Tartarin: «Nein, das ist er nicht.» Und anschließend die Delegierten: «Die auch nicht. Ein Irrtum.»

Der Präfekt fährt Tartarin zornig an: «Was machen Sie dann hier?»

«Das frage ich Sie, *vé!*» antwortet der Präsident mit der schönen Dreistigkeit der Unschuld.

Nach einigen kurzen Klarstellungen verlassen die der Freiheit wiedergegebenen Alpinisten aus Tarascon das Schloß Chillon, dessen bedrückende romantische Melancholie wohl niemand stärker empfunden hat als sie. Sie halten sich nur kurz in der Pension Müller auf, um ihr Gepäck und die Fahne abzuholen und das gestrige Déjeuner zu bezahlen, das zu essen sie keine Zeit mehr fanden; dann fahren sie mit der Eisenbahn nach Genf. Es regnet. Durch die triefenden Scheiben lesen sie die Namen der aristokratischen Ferienorte: Clarens, Vevey, Lausanne. Die roten Chalets, die Gärtchen mit den seltenen Ziersträuchern ziehen wie hinter einem nassen Schleier vorüber. Es tropft von den Zweigen, den Dächern, den Hotelterrassen.

In einem kleinen Abteil des langen schweizerischen Eisenbahnwagens sitzen die Alpinisten einander auf zwei Bänken gegenüber. Sie sehen mitgenommen und kleinlaut aus. Bravida ist besonders bitter. Er beklagt sich über alle möglichen Schmerzen und fragt Tartarin die ganze Zeit mit grausamer Ironie: *«Eh bé,* haben Sie jetzt den Kerker von Bonivard gesehen? Das war doch immer Ihr großer Wunsch, *qué?* Ich glaube, jetzt haben Sie ihn gesehen, *qué?»*

Excourbaniès, der zum erstenmal im Leben die Stimme verloren hat, betrachtet kläglich den See, der sie die ganze Zeit begleitet.

«Das viele Wasser! *Boudiou!* In meinem Leben nehme ich kein Bäd mehr!»

Pascalon, der sich noch nicht von dem Schrecken erholt hat, sitzt mit der Fahne zwischen den Beinen da. Er versteckt sich dahinter und äugt nur verstohlen rechts oder links hervor wie ein Hase, aus Angst, man könnte ihn wieder festnehmen. Und Tartarin? Oh, der erquickt sich, ruhig und würdevoll wie immer, an den südfranzösischen Zeitungen, dem großen Zeitungspaket, das ihm in die Pension Müller nachgeschickt wurde. Alle drucken sie den Bericht über seine Bergbesteigung aus dem

Forum ab, den Bericht, den er selbst diktiert hat, aber erweitert, durch großartige Lobsprüche ausgeschmückt. Doch plötzlich stößt der Held einen Schrei aus, einen fürchterlichen Schrei, der bis zum anderen Ende des Wagens schallt. Alle Reisenden fahren auf. Ein Zugzusammenstoß? Nein, es ist nur eine kurze Notiz im *Forum,* die Tartarin jetzt seinen Alpinisten vorliest:

«Hört euch das an: ‹Wie wir vernehmen, gedenkt der V.P.C.A. Costecalde, kaum von seiner schweren Gelbsucht genesen, die ihn mehrere Tage lang ans Bett fesselte, demnächst abzureisen, um den Montblanc, der noch höher ist als die Jungfrau, zu besteigen.› Oh, dieser Schuft! Er will mich um den Ruhm meiner Jungfrau bringen! Na warte nur, ich werde dir was blasen! Chamonix liegt ein paar Stunden von Genf entfernt. Ich mache den Montblanc vor ihm. Tut ihr mit, Kinder?»

Bravida protestiert. *Outre!* Er hat genug von solchen Abenteuern.

«Genug und übergenug!» brüllt Excourbaniès mit seiner tonlosen Stimme ganz leise.

«Und du, Pascalon?» fragt Tartarin milde.

Der Gehilfe blökt, ohne daß er den Blick zu erheben wagt: *«Maî-aî-aître...»* Auch der verleugnet ihn!

«Gut!» sagt der Held feierlich und böse. «Ich gehe allein, und die ganze Ehre gebührt mir. *Zou!* Gib mir augenblicklich die Fahne zurück!»

XII

*Das Hotel Baltet in Chamonix – Es riecht nach Knob-
lauch! – Über die Verwendung von Seilen bei Bergtou-
ren – Shake hands! – Ein Jünger Schopenhauers – Die
Hütte auf Grands-Mulets – «Tartarin, ich muß mit
Ihnen reden!»*

Die Kirchturmglocke von Chamonix schlug neun
Uhr. Der Abend war kalt und stürmisch, es goß
in Strömen. Schwarz und dunkel lagen Straßen
und Häuser. Nur hie und da tauchte eine hell beleuchtete Hotelfassade mit ihren Terrassen und
Gaslampen aus der sie umgebenden Finsternis, in
der die schneebedeckten Berge wie matte Planeten
in der Nacht des Weltraums schimmerten.
  Im Hotel Baltet, das zu den besten und meistbesuchten Gaststätten des Bergdorfs zählt, hatten sich
die zahlreichen Durchreisenden und Pensionäre,
von den Unternehmungen des Tages erschöpft,
nach und nach auf ihre Zimmer zurückgezogen. Im
großen Salon blieb nur noch ein englischer Pastor
zurück, der mit seiner Gattin schweigend Dame
spielte, während seine unzähligen Fräulein Töchter
in rohleinenen Latzschürzchen damit beschäftigt
waren, Einladungen zum nächsten evangelischen
Gottesdienst auszuschreiben. Vor dem Kamin, in
dem ein tüchtiges Holzfeuer brannte, saß ein aus-
gehöhlter, ausgeblaßter junger Schwede und starrte
trübsinnig in die Flammen, während er ein Glas
Grog nach dem anderen trank – Kirsch mit kochen-
dem Selterswasser. Von Zeit zu Zeit durchquerte

352

ein verspäteter Tourist in durchnäßten Gamaschen und triefendem Gummimantel den ganzen Salon, um das große, an der Wand hängende Barometer mittels Klopfen nach dem morgigen Wetter zu befragen, und ging dann bestürzt schlafen. Kein Wort, kein Laut, keine Lebensäußerung als das Knistern des Feuers, das Prasseln des Regens an den Scheiben und das zornige Tosen der Arve, die ein paar Meter vom Hotel entfernt unter ihrer Holzbrücke vorbeischäumte.

Plötzlich wurde die Tür aufgerissen. Ein silbern betreßter, mit Koffern und Decken beladener Portier führte vier zähneklappernde Touristen herein, die bei dem jähen Übergang von Kälte und Finsternis in die warme Helligkeit erschauerten.

«*Boudiou!* So ein Hundewetter!»

«Was zu essen, *zou!*»

«Wärmflaschen in die Betten, *qué!*»

Sie sprachen alle zugleich, aus der Tiefe ihrer Schals, Schneehauben, Ohrenklappenmützen heraus, und der Portier wußte nicht, wohin er zuerst hören sollte, bis ein kleiner Dicker, den sie den Präsidenten nannten, ihnen Stille gebot, um noch lauter als die anderen zu befehlen: «Zuerst einmal das Gästebuch!»

Er durchblätterte es mit kältestarren Fingern und las mit lauter Stimme die Namen der Reisenden, die in den letzten acht Tagen im Hotel abgestiegen waren: «Professor Dr. Schwanthaler und Frau – schon wieder! Astier-Réhu de l'Académie française...» Auf diese Weise entzifferte er zwei, drei Seiten. Hin und wieder erblaßte er, weil er einen Namen zu sehen glaubte, der dem gesuchten ähnelte, doch es stellte sich jedesmal als Irrtum heraus. Zum Schluß warf der kleine Mann das Buch mit triumphierendem Lachen auf den Tisch und tat einen jungenhaften Luftsprung, den man seinem Embonpoint gar nicht zugetraut hätte. «Er ist nicht hier, *vé!* Er ist nicht hergekommen. Anderswo kann er nicht abgestiegen sein. Reingefallen, Costecalde, *lagadigadeù!* Aber jetzt rasch an die Suppe, Kinder!» Und der wackere Tartarin grüßte höflich die anwesenden Damen und marschierte, gefolgt von der hungrigen, lärmenden Delegation, in den Speisesaal.

Jawohl, die Delegation! Ohne Ausnahme, sogar Bravida... Wie wäre es anders möglich gewesen? Was hätte man denn dort gesagt, wenn sie ohne Tartarin zurückgekommen wären? Das empfand jeder nur allzu deutlich. Als sie sich bei der Ankunft in Genf voneinander trennten, wurde das Bahnhofsbuffet Zeuge einer rührenden Szene: Tränen, Umarmungen, herzzerreißender Abschied von der Fahne – bis sie sich nach Beendigung besagter Verabschiedungen sämtlich in den Landauer quetschten, den der P.C.A. für die Fahrt nach Chamonix angeheuert hatte. Es ist ein wunderschöner Weg, den sie, in ihre Decken gewickelt, mit geschlossenen Augen und unter kräftigem Schnarchen zurücklegten, ohne sich weiter um die großartige Landschaft zu kümmern, die von Sallanches an im strömenden Regen an ihnen vorbeizog: Schluchten, Wälder, schäumende Wasserfälle und über allem die Spitze des Montblancs, der je nach den Windungen des Tales über den Wolken sichtbar wurde oder wieder verschwand. Unsere guten Leute aus Tarascon waren nachgerade mit Naturschönheiten übersättigt, es lag ihnen nur daran, die schlimme Nacht, die sie hinter den Riegeln von Chillon verbracht hatten, wieder gutzumachen. Auch jetzt noch, als man ihnen im Hotel Baltet an einem Ende des langgedehnten, leeren Speisesaals aufgewärmte Suppe und die Überbleibsel von der Table d'hôte servierte, aßen sie gierig, ohne zu reden, um möglichst bald ins Bett zu kommen. Doch plötzlich hob Spiridion Excourbaniès, der sein Mahl wie ein Schlafwandler verschlang, die Nase von seinem Teller auf und schnupperte in der Luft herum: *«Outre!* Hier riecht's nach Knoblauch!»

«Stimmt. Es riecht wirklich nach Knoblauch», bestätigte Bravida.

Neubelebt durch diesen Ruf der Heimat, dieses Aroma ihrer Nationalspeisen, das Tartarin seit langem nicht mehr eingeatmet hatte, drehten sie sich lüstern erregt auf ihren Stühlen um. Der Duft kam aus einem kleinen Nebenraum des Speisesaals, wo ein Reisender allein speiste – offenbar ein Gast von großer Distinktion, denn hinter dem Durchreichefenster zur Küche tauchte alle Augenblicke einmal die hohe Mütze des Küchenchefs auf, um der Kellnerin kleine, sorgfältig zugedeckte Schüsseln zu reichen, die sie in jene Richtung trug.

«Sicher jemand aus dem Süden», murmelte der sanfte Pascalon.

Der Präsident wurde beim Gedanken, es könnte Costecalde sein, ganz fahl im Gesicht.

«Gehen Sie doch nachsehen, Spiridion – dann werden wir es wissen.»

Ein dröhnendes Gelächter ertönte aus dem Ver-

steck, in das der tapfere Excourbaniès auf Befehl seines Anführers eingedrungen war, und jetzt zog er
einen langen Kerl mit großer Hakennase, lachen-
den Augen und einer Serviette um den Hals daraus
hervor.

«*Vé*, Bompard!»

«*Té*, der Schwindler!»

«*Hé*, adieu, Gonzague! Wie geht's?»

«*Différemment*, Messieurs, Ihr ganz Ergebener!»
Und Bompard schüttelte sämtliche Hände und setzte
sich an ihren Tisch, um sie an einem knoblauch-
gewürzten Pilzgericht teilhaben zu lassen, das die
Mère Baltet, die genau wie ihr Mann die Hotel-
küche nicht ausstehen konnte, mit eigenen Händen zubereitet hatte.

War es die heimatliche Speise oder die Freude,
einen Landsmann, den ergötzlichen Bompard mit
seiner unerschöpflichen Phantasie, gefunden zu haben? Ermattung und Schläfrigkeit waren auf einen
Schlag verschwunden, man rief nach Champagner,
und bald war zu sehen, wie sie alle mit schaum-
getränkten Schnurrbärten durcheinander schrien,
lachten, gestikulierten und einander in überströ-
mender Freundschaft umarmten.

«Ich verlasse Sie nicht mehr, *vé!*» rief Bompard.
«Meine Peruaner sind fort. Ich bin frei.»

«Frei! Dann kommen Sie morgen mit auf den
Montblanc?»

«Ach, Sie machen morgen den Montblanc?» erwiderte Bompard ohne jede Begeisterung.

«Ja, ich muß ihn Costecalde wegschnappen. Wenn
er dann herkommt – *uitt!* Kein Montblanc mehr
vorhanden! Sie tun doch mit, *qué*, Gonzague?»

«Natürlich – natürlich – das heißt, vorausgesetzt, das Wetter macht mit. Um diese Jahreszeit ist die Besteigung nicht immer sehr bequem...»

«Ah vaï! Was Sie nicht sagen!» Und der gute Tartarin kniff seine Äuglein zu einem Augurenlächeln zusammen, das Bompard übrigens nicht zu verstehen schien.

«Nehmen wir jedenfalls den Kaffee im Salon, da können wir den Père Baltet konsultieren. Der kennt sich aus. Er war früher Bergführer und ist siebenundzwanzigmal oben gewesen.»

Die Delegierten riefen wie aus einem Munde: «Siebenundzwanzigmal! *Boufre!*»

«Bompard übertreibt immer», sagte der P.C.A. streng und nicht ohne einen Anflug von Eifersucht.

Im Salon fanden sie die Pastorstöchter noch immer über ihre Einladungsschreiben gebeugt. Vater und Mutter dösten vor dem Damebrett, und der lange Schwede rührte mit der gleichen hoffnungslosen Bewegung in seinem Selterswasser-Grog herum. Der Eintritt der vom Champagner aufgekratzten Alpinisten aus Tarascon brachte, wie jedermann sich denken kann, den jungen Damen einige Zerstreuung. Die reizenden Einladungsschreiberinnen hatten noch nie gesehen, daß man seinen Kaffee unter so wildem Augenrollen und Gesichterschneiden zu sich nahm.

«Zucker, Tartarin?»

«Nein danke, Kommandant. Sie wissen doch – seit Afrika...»

«Natürlich, *pardon. Té,* da ist ja Monsieur Baltet!»

«Monsieur Baltet, *qué,* setzen Sie sich her zu uns!»

«Prosit, Monsieur Baltet! Ah, ah! *Fen dé brut!*»

Unter den lebhaften Freundschaftsbezeugungen all dieser Leute, die er noch nie im Leben gesehen hatte, lächelte der Père Baltet in seiner ruhigen Art. Er war ein stämmiger Savoyarde, groß und breit, mit rundem Rücken und langsamen Bewegungen. In seinem vollen, glattrasierten Gesicht funkelten zwei schlaue, junggebliebene Äuglein, die mit seinem kahlen Kopf kontrastierten, doch der stammte daher, daß ihn einmal im Gletscherschnee die Morgenkälte gepackt hatte.

«Die Herren wünschen den Montblanc zu machen?» fragte er, während er die Leute aus Tarascon mit einem gleichzeitig devoten und ironischen Blick maß.

Tartarin wollte antworten, doch Bompard fiel ihm ins Wort: «Es ist schon fast zu spät im Jahr, nicht wahr?»

«Aber nein doch», erwiderte der einstige Bergführer. «Der schwedische Herr dort steigt morgen auf, und Ende der Woche erwarte ich zwei Amerikaner, die ihn auch noch machen wollen. Der eine ist sogar blind.»

«Den kenne ich. Ich bin ihm auf dem Guggigletscher begegnet.»

«Oh, Monsieur ist bis zum Guggi gegangen?»

«Vor einer Woche, wie ich die Jungfrau gemacht habe.»

Unter den evangelischen Einladungsschreiberinnen entstand Bewegung. Alle Federn ruhten, alle Köpfe wandten sich Tartarin zu. Für diese Engländerinnen, die wild entschlossene Bergsteigerinnen und in jedem Sport bewandert waren, gewann

358

der dicke kleine Mann beträchtlich an Ansehen. Er war auf der Jungfrau gewesen!

«Eine schöne Tour!» bemerkte der Père Baltet, den P.C.A. mit einigem Erstaunen betrachtend, während Pascalon, den die Gegenwart der Damen furchtbar einschüchterte, tief errötend stammelte: *Maî-aî-aître,* erzählen Sie doch – die – Dingsda – die Gletscherspalte...»

Der Präsident lächelte erhaben: «Du Kind, du!» – begann aber nichtsdestoweniger seinen Absturz zu schildern; zunächst nur so nebenbei, gleichgültig, doch bald erhitzte er sich und führte das ganze Drama auf: das Zappeln am Strick über dem bodenlosen Abgrund, die Hilferufe mit gerungenen Händen... Die Fräulein erschauerten dabei und verschlangen ihn mit den kalten Augen der Engländerinnen, die sich kreisrund öffnen.

In der folgenden Stille erhob sich die Stimme Bompards: «Auf dem Chimborazo haben wir uns beim Überqueren der Gletscherspalten nie angeseilt!»

Die Delegierten sahen einander an. In punkto Tarasconade übertraf er sie alle! «O dieser Bompard, *pas moins!*» murmelte Pascalon mit naiver Bewunderung.

Doch der Père Baltet, der den Chimborazo ernst nahm, protestierte gegen diese Unsitte; wenn man ihn fragte, gab es keine Gletschertraversierung ohne Seil, und zwar ein Seil aus gutem, festem Manila-Hanf. Wenn einer einen falschen Tritt tut, halten ihn dann die anderen.

«Vorausgesetzt, das Seil reißt nicht, Monsieur Baltet», sagte Tartarin im Gedenken an die Matterhorn-Katastrophe.

Doch der Wirt erwiderte gewichtig, jedes Wort wägend: «Am Matterhorn ist das Seil nicht gerissen. Der Führer, der zuhinterst ging, hat es mit dem Eispickel durchgehauen.» Und als Tartarin empört auffuhr: «Entschuldigung, Monsieur, der Führer war im Recht. Er hat erkannt, daß es unmöglich wäre, die anderen zu halten; so hat er sich von ihnen gelöst, um sein eigenes Leben, das Leben seines Sohnes und das des anderen Touristen zu retten. Ohne seine Entschlossenheit hätte es sieben Todesopfer gegeben und nicht nur vier.»

Nun begann eine hitzige Diskussion. Tartarin fand, wenn man sich anseile, verpflichte man sich sozusagen auf Ehre, gemeinsam zu leben und zu sterben. Hingerissen durch die Anwesenheit der Damen, steigerte er sich in immer größere Exaltiertheit hinein und bekräftigte seine Worte sogleich durch die Tat.

«Wenn ich mich also morgen an Bompard anseile, *té*, dann ist das nicht eine einfache Vorsichtsmaßnahme, sondern ein Schwur vor Gott und den Menschen, mit meinem Kameraden eins zu sein und lieber zu sterben, als ohne ihn heimzukommen, *coquin de sort!*»

«Ich nehme den Schwur an, für mich wie für Sie, Tartarin!» schrie Bompard von der anderen Seite des Salontischchens.

Welch erhebender Augenblick!

Der Pastor sprang wie elektrisiert auf und kam herbei, um dem Helden auf echt englische Art die Hand zu schütteln, nämlich wie einen Pumpenschwengel. Seine Frau tat es ihm nach, und dann setzten sämtliche jungen Damen das *shake hands* mit einer Energie fort, die genügt hätte, um das Wasser ins fünfte Stockwerk hinaufzupumpen. Die Delegierten zeigten sich, wie ich gestehen muß, weniger enthusiastisch.

«*Eh bé!* Ich bin der gleichen Meinung wie Monsieur Baltet», sagte Bravida. «In solchen Situationen denkt jeder an seine eigene Haut, *pardi*. Ich finde diesen Eispickelschlag sehr vernünftig.»

«Sie setzen mich in Erstaunen, Placide!» bemerkte Tartarin streng.

Und ganz leise, dicht an seinem Ohr: «Nehmen Sie sich doch zusammen, zum Teufel! England hält die Augen auf uns gerichtet!»

Der alte Haudegen, der seit dem Ausflug nach Chillon sichtlich sauer reagierte, machte eine beredsame Geste: «Was soll mir schon England!» Vielleicht hätte er sich einen strengen Rüffel des über so viel Zynismus aufgebrachten Präsidenten zugezogen, wenn sich der junge Schwede mit der trostlosen Miene, von Grog und von Weltschmerz durchdrungen, nicht mit seinem schlechten Französisch in die Unterhaltung eingemischt hätte. Er persönlich fand auch, der Führer hätte richtig gehandelt, als er das Seil durchhaute: vier unglückliche Wesen, die überdies jung waren, also dazu verdammt, noch längere Zeit zu leben, mit *einer* Handbewegung ins Nichts, zur ewigen Ruhe zu befördern – welch edle, welch großmütige Tat!

Tartarin widersprach heftig: «Um Himmels willen, junger Mann! Wie können Sie in Ihrem Alter so wegwerfend, so zornig vom Leben sprechen! Was hat es Ihnen denn getan?»

«Nichts. Es langweilt mich.»

Er studierte in Christiania Philosophie und fand unter dem Einfluß der Gedanken von Schopenhauer und Hartmann das menschliche Dasein düster, sinnlos, chaotisch. Dem Selbstmord ganz nahe, hatte er auf das flehentliche Bitten seiner Eltern hin die Bücher zugeklappt und sich auf Reisen begeben, stieß aber überall auf die gleiche Langeweile, auf den gleichen finsteren Jammer dieser Welt. Tartarin und seine Freunde schienen ihm die ersten lebensfrohen Geschöpfe zu sein, denen er bisher begegnet war.

Der gute P.C.A. begann zu lachen: «Das liegt an der Rasse, junger Mann. In Tarascon sind wir alle so. Dort ist der liebe Gott zu Hause. Man singt und lacht von früh bis abends, und dazwischen tanzt man die Farandole – so – *té!*»

Und er vollführte einen Luftsprung, so leicht und graziös wie ein dicker Maikäfer, der seine Flügel ausbreitet.

Doch die Delegierten hatten nicht die stählernen Nerven, den unermüdlichen Schwung ihres Anführers. Excourbaniès brummte: «Jetzt packt's den Präsidenten! Das kann so gehen bis um Mitternacht!»

Bravida erhob sich wütend.

«Wir sollten schlafen, *vé!* Ich halte es mit meinem Ischias nicht mehr aus.»

Mit Rücksicht auf die morgige Bergtour willigte Tartarin ein. Den Kerzenleuchter in der Hand, stiegen die Helden aus Tarascon die breite Granittreppe hinan, die zu den Schlafzimmern führte, während der Père Baltet daran ging, für den Proviant, die Maultiere und die Bergführer zu sorgen.

«*Té*, es schneit!»

Das war das erste Wort des wackeren Tartarin, als er morgens beim Erwachen die Fensterscheiben mit Reif bedeckt und sein Zimmer von einem weißlichen Schein durchflutet sah. Doch als er seinen kleinen Rasierspiegel am Fensterriegel aufhängte, erkannte er seinen Irrtum: der Montblanc selber, der just gegenüber im strahlenden Sonnenlicht funkelte, verbreitete diese Helligkeit. Er öffnete das Fenster und ließ die scharfe, belebende Gletscherluft ein, die ihm das Geläute der Kuhglocken und die tiefen Töne des Hirtenhorns zutrug. Etwas Kraftvolles, urtümlich Ländliches, wie er es in der Schweiz nicht verspürt hatte, erfüllte die Atmosphäre.

Unten erwartete ihn eine ganze Versammlung von Bergführern und Trägern. Der Schwede saß bereits auf seinem Maultier; mitten unter den Neugierigen, die ihn umringten, stand auch die Familie des Pastors, all die munteren Fräulein in ihrer Morgenfrisur, um dem Helden, der durch ihre Träume gegeistert war, noch einmal die Hand zu schütteln.

«Großartiges Wetter! Machen Sie schnell!» rief der Wirt, dessen Schädel wie ein blanker Kieselstein in der Sonne glänzte.

So sehr Tartarin auch drängte, es war keine kleine Aufgabe, die Delegierten, die ihn bis zur Pierre-Pointue, wo der Maultierpfad endet, begleiten sollten, aus dem Schlaf zu reißen. Weder Bitten noch Vernunftsgründe vermochten den Kommandanten dazu zu bewegen, aus den Federn zu springen. Die Nachtmütze tief über die Ohren gezogen, die Nase zur Wand gewendet, begnügte er sich damit, den Beschwörungen des Präsidenten ein zyni-

363

sches Sprichwort aus Tarascon entgegenzuhalten:
«Wer im Ruf eines Frühaufstehers steht, darf bis
Mittag schlafen.» Was Bompard betraf, wiederholte
er die ganze Zeit: *«Ah vaï,* der Montblanc! Ist ja nur
ein Schwindel!» und erhob sich erst auf ausdrück-
lichen Befehl des P.C.A.

Endlich setzte sich der Zug in Bewegung und
durchquerte mit beträchtlichem Pomp die engen
Gäßchen von Chamonix: Voran Pascalon mit we-
hender Fahne auf dem Leittier, und als letzter der
Reihe, feierlich wie ein Mandarin zwischen den
Führern und Trägern, die zu beiden Seiten seines
Maultiers schritten, der wackere Tartarin, alpinisti-
scher denn je, mit einer ganz neuen Brille mit
rauchgeschwärzten, gewölbten Gläsern und seinem
berühmten Seil aus Avignon, das er erst kürzlich
zurückerobert hatte – man weiß um welchen Preis.

Er fand fast ebensoviel Beachtung wie die Fahne.
Hinter seiner bedeutsamen Maske jubilierte er und
amüsierte sich über das pittoreske savoyardische
Dorf, das so ganz anders war als die allzu sauberen,
allzu blanken Schweizer Dörfer, die nach Kinder-
spielzeug oder Souvenirs aus dem Basar aussahen.
Die protzigen fünfstöckigen Grandhotels mit ihren
funkelnden Inschriften stachen von den niedrigen
Hütten, in denen der Stall den meisten Platz ein-
nahm, ebenso schreiend ab wie die goldbetreßte
Portiermütze und der schwarze Frack des Maître
d'hôtel von dem savoyardischen Kopfputz der
Frauen und den breitrandigen Filzhüten der Köh-
ler. Auf dem Dorfplatz standen die ausgespannten
Landauer und Reisekutschen Seite an Seite mit
Mistkarren. Ein Rudel Schweine suhlte sich vor

dem Postamt, aus dem soeben ein Engländer im weißen Leinenhut trat, in der Hand ein Päckchen Briefe und eine Nummer der *Times*, die er beim Gehen las, ohne seine Korrespondenz anzusehen. All das durchquerte die Kavalkade aus Tarascon unter dem Getrappel der Maultiere, dem Kriegsgeschrei von Excourbaniès, dem die Sonne seine Stimme wiedergeschenkt hatte, dem näheren und ferneren Herdenläuten auf den Berghängen und dem Tosen des Gletscherbachs, der weißglänzend und funkensprühend in seinem Bett schäumte, als führte er nicht Wasser, sondern Sonne und Schnee.

Beim Ausgang des Dorfs lenkte Bompard sein Maultier näher an das des Präsidenten heran und sagte ihm unter wildem Augenrollen: «Tartarin, ich muß mit Ihnen reden!»

«Gleich, gleich», erwiderte der P.C.A., denn er war gerade in eine philosophische Auseinandersetzung mit dem jungen Schweden verwickelt, dessen rabenschwarzen Pessimismus er zu widerlegen suchte, indem er ihn auf die wunderbare Landschaft ringsum, auf die Matten mit ihren weiten Licht- und Schattenflächen, die dunkelgrünen Wälder und die blendend weißen Gletscher dahinter hinwies.

Nach zwei vergeblichen Versuchen, an Tartarin heranzukommen, mußte Bompard notgedrungen darauf verzichten. Nachdem sie die Arve auf einem Brücklein überquert hatten, bog der ganze Zug in einen schmalen Pfad ein, der sich zwischen Tannen sehr steil den Berg hinaufwand. Die Maultiere zeichneten mit ihren unberechenbaren launischen Hufen jede einzelne Windung hart am Rande des Abgrunds nach, und unsere Helden brauchten ihre ganze Aufmerksamkeit, um sich auf ihren Tieren im Gleichgewicht zu halten.

In der Pierre-Pointue-Hütte, wo Pascalon und Excourbaniès die Rückkehr der Gipfelstürmer abwarten sollten, war Tartarin zu sehr von der Bestellung des Menüs und der Versorgung der Träger und Führer in Anspruch genommen, um auf Bompards Geflüster zu hören. Aber sonderbar – und man erinnerte sich erst viel später daran –, trotz des herrlichen Wetters, des vorzüglichen Weins, der reinen Höhenluft auf zweitausend Meter über dem Meeresspiegel verlief das Frühstück in melancholischer Stimmung. Während nebenan die Bergführer lachten und scherzten, blieb es an Tartarins Tisch still. Man hörte nur die groben Teller und Gläser auf der hölzernen Tischplatte klirren und Messer und Löffel klappern. Ob es nun an der Gegenwart des trübseligen Schweden lag, an der sichtlichen Unruhe Bompards oder an einer unbestimmten bösen Vorahnung – das Trüpplein marschierte trist wie ein Bataillon ohne Musik auf den Bossonsgletscher zu, wo der eigentliche Aufstieg beginnt.

Als Tartarin den Fuß aufs Eis setzte, lächelte er unwillkürlich bei der Erinnerung an den Guggi und seine patentierten Steigeisen. Welcher Unterschied zwischen dem Anfänger von damals und dem erstklassigen Alpinisten, zu dem er sich inzwischen ausgewachsen hatte! Er stand fest und sicher in seinen schweren Schuhen, die der Hotelbursch noch heute morgen mit je vier dicken Nägeln beschlagen hatte, handhabte gewandt seinen Pickel, und wenn er einmal der Hand eines Führers bedurfte, war es nicht als Stütze, sondern um ihm den Weg zu weisen. Die geschwärzten Brillengläser dämpften die Rückstrahlung des Gletschers, den eine dünne Schicht Neuschnee bedeckte. Dazwischen breiteten kleine dunkelgrüne Seen ihre trügerisch glatte Eisfläche aus. Mit der größten Ruhe, durch eigene Erfahrung überzeugt, daß nicht die geringste Gefahr bestand, schritt Tartarin hart am Rand von Gletscherspalten dahin, deren schillernde Wände ins Bodenlose abstürzten, und sorgte sich inmitten der wild durcheinandergeworfenen Firnblöcke einzig darum, mit dem schwedischen Studenten Schritt zu halten, der ein unermüdlicher Fußgänger war; seine langen Beine trabten ebenso dünn und trocken und mit der gleichen Spannweite neben dem Alpenstock einher, der ein drittes Bein zu sein

schien. Ungeachtet des schwierigen Weges setzten sie ihre philosophische Diskussion fort, und auf der weiten, hallenden Eisfläche hörte man eine altvertraute, gemütliche Stimme atemlos beteuern: «Sie kennen mich doch, Otto!»

Bompard aber widerfuhr unterdessen ein Mißgeschick nach dem anderen. Noch am Morgen war er fest überzeugt gewesen, daß Tartarin seine Auf-

schneiderei nicht durchhalten und den Montblanc
ebensowenig machen würde, wie er die Jungfrau
gemacht hatte. Der arme Kurier hatte sich darum
nicht anders gekleidet als sonst. Er hatte weder
seine Schuhe nageln lassen, noch seine famose Erfindung, die bloßen Füße der Soldaten zu beschlagen, in die Tat umgesetzt. Nicht einmal einen Alpenstock hatte er mit, das kennt man am Chimborazo nicht. Einzig mit seinem Spazierstöckchen bewaffnet, das gut zu dem blauen Band auf seinem
Hütchen und zu seinem Ulster paßte, sah er mit
Grauen den Gletscher näherkommen, denn ungeachtet all seiner Erzählungen hatte der «Schwindler», wie man sich denken kann, noch nie einen
Berg bestiegen. Immerhin beruhigte es ihn ein wenig, als er von der Moräne aus beobachtete, wie
leicht Tartarin sich auf dem Eis bewegte, und so beschloß er, ihn wenigstens bis zur Grands-Mulets-
Hütte zu begleiten, wo man die Nacht verbringen
wollte. Es ging sehr mühsam. Beim ersten Schritt
lag er auf dem Rücken, beim zweiten auf Händen
und Knien, denn er war nach vorn gefallen. «Nein,
danke, das tue ich absichtlich», erklärte er den Führern, die ihm aufhelfen wollten. *A l'américaine, vé!*
Wie auf dem Chimborazo!» Die Stellung schien
ihm wirklich bequem, und so bewegte er sich, das
Hütchen tief im Nacken, auf allen vieren weiter,
während der lange Ulster über das Eis schleifte wie
ein graues Bärenfell. Dabei blieb er ganz ruhig und
erzählte den Leuten ringsum, in den Anden habe er
auf diese Weise einen zehntausend Meter hohen
Berg bestiegen. Wie lange er dazu gebraucht hatte,
sagte er allerdings nicht, aber nach der heutigen

Strecke zu schließen, mußte es ziemlich lange ge-
dauert haben, denn er traf erst eine Stunde nach
Tartarin in der Hütte ein, ganz von schmutzigem
Schnee durchtränkt und die Hände in den Woll-
handschuhen steif gefroren.

Verglichen mit der Guggihütte ist diejenige,
welche die Gemeinde Chamonix auf den Grands-
Mulets errichtet hat, wirklich komfortabel. Als
Bompard die Küche betrat, wo ein großes Holzfeuer loderte, waren Tartarin und der Schwede dabei, ihre Schuhe zu trocknen, während der Hüttenwart, ein ganz verschrumpfter Alter mit langen weißen Haarsträhnen, die Schätze seines kleinen Mu-
seums vor ihnen ausbreitete.

Eine traurige Sammlung von Andenken an sämtliche Katastrophen, die sich in den vierzig Jahren,
seit der Alte hier die Hütte bewirtschaftete, am
Montblanc ereignet hatten. Während er sie Stück
für Stück aus ihrem Glaskasten nahm, erzählte er
ihre jammervolle Geschichte. Dieser Tuchfetzen
mit ein paar Westenknöpfen daran bildete die Erinnerung an einen russischen Gelehrten, der auf dem
Brenvagletscher in ein Gewitter geraten war. Diese
Kinnbacken stammten von einem Mitglied der berühmten Gruppe von elf Bergsteigern und Trägern,
die in einem Schneesturm verschwanden. In der
rasch herabsinkenden Abenddämmerung und dem
bleichen Schein der Schneefelder hinter den Fenstern hatten diese traurigen Reliquien, diese monotonen Berichte etwas besonders Ergreifendes an
sich, um so mehr als die dünne Stimme des Alten an
den rührenden Stellen zu zittern begann; ja, als er
den grünen Schleier einer englischen Dame entfal-

tete, die im Jahr 1827 von der Lawine verschüttet wurde, kamen ihm tatsächlich die Tränen.

Tartarin mochte sich noch so vernünftig mit den Daten trösten und sich immer wieder sagen, daß es zu jener Zeit eben noch keine Gesellschaft gegeben hatte, die gefahrlose Bergbesteigungen organisierte – dieses savoyardische Klagelied bedrückte sein Herz, und er trat einen Augenblick vor die Tür, um wieder frei zu atmen.

Die Nacht war gekommen und hatte die Täler verschlungen. Die Bossonsspitzen traten in nächster Nähe bleich aus der Dunkelheit hervor, während der Gipfel des Montblancs unter der letzten Liebkosung der untergegangenen Sonne rosig erglühte. Dieses Lächeln der Natur ließ unseren Helden seine Heiterkeit wiederfinden, doch plötzlich stand ein Schatten hinter ihm. Es war Bompard.

«Oh, Sie sind's, Gonzague! Wie Sie sehen, schöpfe ich Luft. Der Alte ist mir mit seinen Geschichten auf die Nerven gegangen.»

«Tartarin», sprach Bompard und drückte ihm den Arm, als wollte er ihn zerquetschen, «ich hoffe, Sie haben jetzt genug und machen dieser lächerlichen Expedition ein Ende!»

Der große Mann riß beunruhigt die Augen auf.

«Was soll das heißen?»

Darauf malte ihm Bompard ein fürchterliches Bild der tausend Tode, die sie beide hier oben bedrohten: Gletscherspalten, Lawinen, Unwetter, Schneestürme...

Tartarin unterbrach ihn: *«Vaï*, Sie Spaßvogel! Und die Gesellschaft? Wird der Montblanc nicht ebenso verwaltet wie alle anderen Berge?»

«Verwaltet? Die Gesellschaft?» rief Bompard verdutzt. Er erinnerte sich an kein Wort seiner Tarasconade.

Als Tartarin ihm nun Wort für Wort wiederholte, was er von ihm, Bompard, erfahren hatte: die Schweiz wäre eine Aktiengesellschaft, die Berge würden bewirtschaftet, die Unglücksfälle inszeniert, begann Bompard zu lachen.

«Und das haben Sie tatsächlich geglaubt? Das war doch eine *galéjade*. Unter Landsleuten aus Tarascon, *pas moins*, weiß man ja, was vom Reden zu halten ist!»

«Dann war die Jungfrau also nicht präpariert?» fragte Tartarin erschüttert.

«Nicht im geringsten!»

«Und wenn das Seil gerissen wäre?»

«Ja, mein lieber Freund, dann...»

Der Held schloß erbleichend die Augen. Nachträglich packte ihn das Entsetzen, und einen Moment lang zauderte er wirklich. Diese arktische Katastrophenlandschaft mit ihrer Kälte, ihrer Düsternis, ihren Schluchten und Schlünden – die Lamentationen des alten Hüttenwarts klangen ihm noch in den Ohren... *Outre!* Doch plötzlich dachte er an die Leute daheim in Tarascon, an die Fahne, die dort oben auf dem Gipfel flattern würde... Er sagte sich, daß er mit tüchtigen Führern und einem bewährten Gefährten wie Bompard... Er hatte die Jungfrau gemacht. Warum sollte es beim Montblanc nicht gehen?

Er legte dem Freund seine große Hand auf die Schulter und begann mit mannhafter Stimme: «Jetzt hören Sie zu, Gonzague...»

XIII

Die Katastrophe

In pechschwarzer Nacht – einer Nacht ohne Mond, ohne Sterne, ohne Himmel – läuft über die mattschimmernde Weiße eines ungeheuren Schneehangs langsam ein langes Seil, an dem in regelmäßigen Abständen furchtsame, winzig kleine Schatten hangen. In etwa hundert Meter Entfernung zieht ihnen knapp über dem Erdboden der rote Fleck einer Laterne voraus. Die Eispickel hämmern laut auf dem harten Schnee. Ansonsten zerreißt nur das leise Krachen abbrechender Eiszapfen die tiefe Stille des Firnfelds, welche die Schritte der Seilschaft verschluckt. Dazu alle paar Minuten ein Aufschrei, eine erstickte Klage, der dumpfe Fall eines Körpers, und gleich darauf eine tiefe Stimme vom Ende des Seils: «Achtung, Gonzague, fallen Sie mir nicht hin!» Denn der arme Bompard hat sich nun doch entschlossen, seinen Freund Tartarin bis zum Gipfel des Montblancs zu begleiten. Seit zwei Uhr morgens – jetzt ist es nach der Repetieruhr des Präsidenten vier – schleppt sich der unglückselige Kurier mühsam am Seil vorwärts, wie ein richtiger Kettensträfling. Halb gestoßen und halb gezogen, schwankend und stolpernd, ist er obendrein gezwungen, die diversen Schmerzensrufe, die ihm sein Mißgeschick entreißt, zu unterdrücken, denn auf allen Seiten lauert die Lawine, und die mindeste Erschütterung, ein etwas stärkeres Vibrieren der kristallklaren Luft kann das Abrutschen der

Schnee- oder Eismassen auslösen. Stumm leiden –
gibt es für einen Mann aus Tarascon ein größeres
Martyrium?

Jetzt hält der Zug an. Tartarin erkundigt sich
nach dem Grund. Man vernimmt eine leise Auseinandersetzung, lebhaftes Flüstern. «Ihr Freund will
nicht weiter», berichtet der Schwede. Die Marsch-
ordnung ist unterbrochen, der menschliche Rosenkranz entspannt sich, schließt sich zusammen, und
jetzt stehen sie alle am Rand einer mächtigen
Spalte, was die Leute dort oben *roture* nennen.
Bisher hatte man ähnliche Hindernisse überwunden, indem man eine Leiter quer über den Riß
legte und auf allen vieren darüberkroch. Diese
Spalte ist aber viel zu breit, und der jenseitige Rand
liegt achtzig bis hundert Fuß höher. Man muß also
in die Kluft, die sich nach unten zu verengt, hin-
ab- und auf der anderen Seite wieder hinaufsteigen
und zu diesem Behuf mit dem Eispickel Stufen in
die Wand schlagen. Und Bompard weigert sich
starrsinnig.

Über den Abgrund geneigt, der in der Dunkelheit bodenlos erscheint, sieht er im dunstigen
Schein der kleinen Laterne, wie die Führer den Weg
bereiten. Tartarin, dem die Sache selbst nicht geheuer ist, sucht sich Mut zu machen, indem er seinem Freund zuredet: «Also los, Gonzague, *zou!*»
Und leise beschwört er ihn, an ihre Ehre zu denken,
an Tarascon, an die Fahne, den Club des Alpines...

«Ah vaï, der Club! Ich bin ja nicht Mitglied», antwortet Bompard zynisch.

Tartarin erklärt ihm, daß man ihm Fuß für Fuß
auf die Stufen setzen wird, nichts ist leichter.

«Für Sie vielleicht, aber für mich nicht.»

«Sie sagten doch, Sie wären es gewöhnt?»

«Bé oui, gewöhnt! Ich bin so manches gewöhnt. Zu rauchen, zu schlafen...»

«Vor allem zu lügen!» unterbricht der Präsident streng.

«Na, sagen wir übertreiben», erwidert Bompard, ohne sich im geringsten aufzuregen.

Immerhin entschließt er sich doch nach langem Zögern, auf die Drohung hin, daß man ihn einfach allein zurücklassen wird, die furchtbare Leitertreppe langsam, vorsichtig hinabzusteigen. Schwieriger ist das Hinaufklettern an der anderen Wand, die senkrecht und marmorglatt ist und höher aufragt als der Turm des Königs René in Tarascon. Von unten sieht die blinzelnde Laterne der Bergführer wie ein kriechender Glühwurm aus. Aber man darf nicht lange säumen. Der Schnee unter den Füßen ist nicht solid. Ein verdächtiges Glucksen und Plätschern rings um einen breiten Riß am Fuß der Eiswand, den man eher ahnt als sieht, weil ihm ein eisiger unterirdischer Hauch entsteigt, weist auf Schmelzwasser hin.

«Langsam, Gonzague, fallen Sie mir nicht!»

Dieser Satz, den Tartarin in zärtlichem, beinahe flehendem Ton wiederholt, erhält durch die gegenseitige Stellung der Bergsteiger eine besonders ernste Bedeutung, denn augenblicklich klammern sie sich, einer über dem anderen, mit Händen und Füßen an die Eiswand, durch das Seil und die Gleichartigkeit ihrer Bewegungen aneinandergekettet, so daß tatsächlich der Sturz oder die Ungeschicklichkeit eines einzigen sie alle in Gefahr bringen würde.

Und in was für eine Gefahr, *coquin de sort!* Es genügt zu hören, wie abgebrochene Eisstücke, immer wieder abprallend, in die Tiefe hinunterkollern und wie ihr Sturz von Stufe zu Stufe durch die Risse und unbekannten Abgründe zurückhallt, um sich vorzustellen, welch ungeheuerlicher Schlund darauf lauert, einen beim kleinsten Fehltritt zu verschlingen.

Doch was gibt es schon wieder? Jetzt hält der lange Schwede, der gerade über Tartarin schwebt, plötzlich an, so daß er mit seinen benagelten Absätzen die Mütze des P.C.A. berührt. Es hilft nichts, daß die Führer ihm zuschreien: «Vorwärts!», daß der Präsident ruft: «Weiter, junger Mann!» Es rührt sich nichts. Der Schwede beugt sich in seiner ganzen Länge über den Abgrund, und der erste Tagesschein beleuchtet seinen spärlichen Bartwuchs und den eigentümlichen Ausdruck seiner weit aufgerissenen Augen. Er winkt Tartarin zu.

«Wenn man sich jetzt fallen ließe – das wäre ein Sturz!»

«Outre! Sie würden uns alle mitreißen. Gehen Sie doch weiter!»

Der Schwede fährt ungerührt fort: «Welch herrliche Art, mit dem Leben abzuschließen! Durch die Eingeweide der Erde ins Nichts zurückzufinden, von Spalte zu Spalte zu rollen wie dieses Stück Eis unter meinem Fuß…»

Und er bückt sich erschreckend tief, um dem Eisklumpen zu lauschen, der, endlos von Wand zu Wand hüpfend, in die Tiefe kollert.

«Um Gottes willen! Passen Sie doch auf!» ruft Tartarin, bleich vor Entsetzen.

Krampfhaft an die schwitzende Wand geklammert, nimmt er seine gestrigen Argumente zum Lob des Daseins mit glühender Begeisterung wieder auf.

«Zum Teufel, es hat doch seine guten Seiten! Und in Ihrem Alter, ein stattlicher Bursche wie Sie – glauben Sie denn nicht an die Liebe, *qué?*»

Nein, an die glaubt der Schwede nicht. Die ideale Liebe ist eine Lüge der Dichter; die andere ein Bedürfnis, das er nie verspürt hat.

«Bé oui, bé oui! Es stimmt, daß die Dichter alle ein bißchen aus Tarascon stammen, sie übertreiben gern. Aber trotzdem, die *femellan,* wie man die Damen bei uns nennt, sind doch etwas Reizendes. Und dann bekommt man Kinder, hübsche kleine Dingerchen, die einem ähnlich sehen!»

«Ach, die Kinder sind eine Quelle des Schmerzes! Meine Mutter hat nicht aufgehört zu weinen, seit ich auf der Welt bin.»

«Hören Sie, Otto, Sie kennen mich doch…»

Und Tartarin müht sich mit seiner ganzen Seelenkraft, diesem Opfer Schopenhauers und Hartmanns neues Leben einzuflößen, es sozusagen *par distance* mit Massage aufzupulvern. Den beiden philosophischen Hampelmännern möchte er einmal in einer dunklen Gasse begegnen, *coquin de sort!* Da sollten sie dafür büßen, was sie der Jugend antun.

Man stelle sich bitte bei dieser philosophischen Unterhaltung die haushohe, eisgrüne, eiskalte, triefende Wand im ersten bleichen Morgenstrahl vor, mit der Leiter aus menschlichen Körpern, die sich an sie klammern, dazu die unheilverkündenden gurgelnden Töne, die aus den klaffenden weißen Tiefen aufsteigen, die Flüche der Führer, ihre Drohung, sich vom Seil zu lösen und die Kunden einfach ihrem Schicksal zu überlassen! Als Tartarin schließlich merkt, daß kein vernünftiges Argument diesen Irren von seinem Todesrausch abbringen kann, suggeriert er ihm die Idee, sich vom höchsten Gipfel des Montblancs hinunterzustürzen. Das wäre doch etwas anderes, etwas Spektakuläres! Ein herrliches Ende mitten in den Elementen! Aber hier unten, in diesem Keller? *Ah vaï,* das ist doch ein Blödsinn! Er sagt das in so brüskem und gleichzeitig eindringlichem Ton, mit so felsenfester Überzeugung, daß der Schwede sich überreden läßt; und nun gelangen sie endlich, einer nach dem anderen, an den Rand des furchtbaren Schlundes.

Sie machen halt, sie binden sich los, um einen Schluck zu trinken und einen Bissen zu essen. Inzwischen ist es Tag geworden. Ein kalter, bleicher Tag über einem grandiosen Rund von Nadeln und Zinnen, alles überragt vom Montblanc selbst, der noch immer fünfzehnhundert Meter höher liegt. Die Führer stehen abseits und besprechen sich unter häufigem Kopfschütteln. Vierschrötig und gewichtig, den Rücken in der braunen Jacke unter dem Rucksack gebeugt, könnte man sie in dieser weiß verschneiten Welt für Murmeltiere halten, die sich zum Winterschlaf zurückziehen. Bompard und Tartarin lassen den Schweden allein weiteressen und nähern sich frierend und besorgt der Beratung, gerade als der Anführer des Grüppleins mit bedenklicher Miene sagt: «Ja, seine Pfeife raucht er, da gibt's nichts zu sagen.»

«Wer raucht seine Pfeife?» fragt Tartarin.

«Der Montblanc, Monsieur. Schauen Sie nur hin.»

Und der Mann zeigt ihm ganz oben, auf der höchsten Spitze, ein weißes Rauchfähnchen, das gegen Italien hin weht.

«Et autrement, lieber Freund, was bedeutet das, wenn der Montblanc seine Pfeife raucht?»

«Ja, Monsieur, das bedeutet, daß dort oben ein furchtbarer Schneesturm tobt, der bald über uns kommen wird. Und das ist, weiß Gott, gefährlich.»

«Kehren wir um», sagt Bompard erbleichend.

Und Tartarin stimmt zu: «Ja, ja, gewiß! Keine törichte Eitelkeit!»

Nun mischt sich aber der Schwede ein. Er hat dafür bezahlt, daß man ihn auf den Montblanc führt, jetzt will er auch hin. Wenn niemand ihn begleitet, wird er eben allein gehen. «Feiglinge! Ihr seid Feiglinge!» ruft er den Führern zu und wiederholt die Beschimpfung mit der gleichen hohlen Geisterstimme, mit der er sich eben noch zum Selbstmord angetrieben hat.

«Sie werden gleich sehen, ob wir Feiglinge sind!» brüllt der Hauptführer. «Anseilen und los!»

Diesmal ist es Bompard, der energisch protestiert. Er hat genug, er verlangt, nach Hause gebracht zu werden. Tartarin unterstützt ihn mit Nachdruck.

«Sie sehen doch, daß der Junge verrückt ist!» ruft er, denn der Schwede ist bereits mit Riesenschritten davongeeilt, mitten durch die Schneeflocken, die der Wind schon aus allen Richtungen zusammenzutreiben beginnt.

Aber die Männer, die man Feiglinge geschimpft

hat, kann nichts mehr aufhalten. Die Murmeltiere sind zu heldischem Bewußtsein erwacht, und Tartarin kann nicht einmal erreichen, daß man ihm und Bompard einen Träger bis zur Grands-Mulets-Hütte mitgibt. Übrigens ist die Sache kinderleicht: nur drei Stunden Marsch, miteingerechnet den halbstündigen Umweg, um der *grande roture* auszuweichen, falls sie Angst haben, allein durchzusteigen.

«*Outre,* und ob wir Angst haben!» ruft Bompard ohne jegliche Scham, und die beiden Seilschaften trennen sich.

Jetzt sind die zwei Landsleute aus Tarascon allein. Durch das gleiche Seil verbunden, bewegen sie sich vorsichtig durch die Schneewüste. Tartarin, der vorangeht, tastet mit seinem Pickel feierlich den Weg ab, ganz durchdrungen von der Verantwortlichkeit, die auf ihm ruht und in der er Stärkung sucht.

«Nur Mut! Ruhig Blut! Wir schaffen es!» ruft er Bompard alle Augenblicke zu.

So verscheucht der Offizier in der Schlacht die eigene Furcht, wenn er mit erhobenem Degen seinen Leuten zuschreit: «Vorwärts, in Gottes Namen! Eine jede Kugel trifft nicht!»

Jetzt haben sie endlich die fürchterliche Spalte hinter sich, und bis zur Hütte gibt es kein nennenswertes Hindernis mehr. Aber der Wind pfeift und peitscht ihnen den nassen Schnee in die Augen. Unmöglich weiterzugehen, ohne vom Weg abzuirren.

«Rasten wir einen Moment», sagt Tartarin.

Ein riesenhafter überhangender Firnblock bietet

ihnen an seinem Fuß Schutz. Sie schlüpfen in die enge Höhlung, breiten die mit Gummi gefütterte Decke des Präsidenten aus und entkorken die Feldflasche mit Rum; allen anderen Proviant haben die Führer mitgenommen. Nun durchfließt sie ein wenig Wärme und Wohlgefühl, während die immer schwächeren Pickelschläge in der Höhe sie über den Fortschritt der Expedition unterrichten. Im Herzen des P.C.A. regt sich etwas wie Reue, daß er den Montblanc nicht bis zum Gipfel bezwungen hat.

«Wer wird es denn wissen?» entgegnet Bompard zynisch. «Die Träger haben die Fahne mitgenommen. In Chamonix wird man glauben, Sie wären oben.»

«Da haben Sie recht. Die Ehre Tarascons ist gerettet», erwidert Tartarin erleichtert.

Doch die Elemente toben immer erbitterter. Der Wind wird zum Orkan, der Schnee fällt in dicken Klumpen. Die beiden Freunde verstummen, von düstern Bildern gequält. Sie denken an das Beinhaus des alten Hüttenwarts, an seine jammervollen Geschichten, die Mär von dem amerikanischen Touristen, den man verhungert, zu Stein gefroren auffand, in der verkrampften Hand noch das Heft, in dem er seine Qualen aufzeichnete, bis zum letzten Todeskrampf, der den Bleistift abgleiten und die Unterschrift verrutschen ließ.

«Haben Sie ein Notizbuch bei sich, Gonzague?»

Und Bompard, der ohne weitere Erklärung begreift: «*Ah vaï*, ein Tagebuch! Wenn Sie glauben, ich ließe mich hier einfrieren wie der Amerikaner… Schnell, gehen wir weiter!»

«Ausgeschlossen! Der Sturm würde uns beim ersten Schritt wie Strohhalme davontragen, in den nächsten Abgrund schleudern.»

«Dann müssen wir rufen. Die Hütte ist nicht weit.»

Und Bompard richtet sich auf Knien und Händen auf, streckt den Kopf zur Höhle hinaus und brüllt in der Haltung einer muhenden Kuh auf der Weide: «Hilfe! Hilfe! Hierher!»

«Alarm! Alarm!» schreit Tartarin seinerseits in seinem tiefsten Baß, der wie Donner in der Höhle widerhallt.

Bompard packt ihn am Arm. «Um Gottes willen! Der Eisblock!»

Tatsächlich erbebt der ganze Block. Ein Hauch mehr, und die gewaltige Eismasse stürzt über ihnen zusammen. Sie rühren sich nicht, wie erstarrt in der erschreckenden Todesstille, die sie umgibt. Doch nun ertönt ein fernes Donnerrollen, das sich nähert, anschwillt, jetzt den ganzen Horizont ausfüllt und schließlich, immer gedämpfter von Spalte zu Spalte verhallend, in den Tiefen der Erde erstirbt.

«Die Armen!» murmelt Tartarin in Gedanken an den Schweden und die Bergführer, die zweifellos von der Lawine erfaßt und mitgerissen wurden.

Bompard schüttelt den Kopf.

«Wir sind nicht besser dran als sie.»

Sie befinden sich tatsächlich in einer verzweifelten Lage; weder wagen sie es, in ihrer zerbrechlichen Eishöhle ein Glied zu rühren, noch dem Schneesturm draußen die Stirn zu bieten.

Und um ihnen vollends den Rest zu geben, tönt aus dem Talgrund das Totengeheul eines Hundes herauf. Plötzlich ergreift Tartarin mit feuchten

Augen und zitternden Lippen die Hände seines Gefährten und sieht ihn bittend an: «Verzeihen Sie mir, Gonzague! Ja, verzeihen sollen Sie mir! Ich habe Sie vorhin beschimpft, Sie Lügner genannt...»

«*Ah vaï!* Was schadet's?»

«Ich habe noch weniger das Recht dazu als jeder andere, denn ich habe in meinem Leben viel gelogen. Jetzt, in meinem letzten Stündlein drängt es mich, meinem Herzen Luft zu machen, meine Betrügereien öffentlich einzugestehen!»

«Betrügereien? Sie?»

«Hören Sie mich an, mein Freund. Erstens habe ich nie einen Löwen getötet...»

«Das überrascht mich nicht», entgegnet Bompard ruhig. «Wer wird sich denn um so eine Kleinigkeit aufregen? Das liegt an unserer Sonne, wir kommen als Lügner zur Welt. *Vé!* Habe ich zum Beispiel je im Leben die Wahrheit gesagt? Sobald ich den Mund auftue, kommt es über mich wie ein Anfall. Die Leute, von denen ich rede, kenne ich nicht, in den Ländern bin ich nie gewesen, und das gibt ein solches Durcheinander von Erfindungen, daß ich mich selber nicht drin auskenne.»

«Das ist unsere Phantasie, *péchère*», seufzt Tartarin. «Wir lügen vor lauter Phantasie.»

«Aber unsere Lügen tun keinem Menschen weh, während ein übelwollender, neidischer Kerl wie Costecalde...»

«Sprechen wir nie von diesem Elenden!» unterbricht der P. C. A.

Und von einer jähen Wut gepackt: «*Coquin de bon sort!* Es kann einen wirklich rasend machen...»

Eine erschrockene Gebärde Bompards läßt ihn ver-

383

stummen. «Ach ja, die Erschütterung!» Und der arme Tartarin dämpft die Stimme, er darf seinen Zorn nur im Flüsterton herausbrüllen: «Es kann einen schon wütend machen, wenn man sozusagen in der Blüte seiner Jahre sterben muß, wegen eines solchen Schurken, der jetzt wohl gerade gemütlich seinen Kaffee trinkt...»

Doch während er so wettert, hört es draußen im Gegenteil zu wettern auf. Es schneit nicht mehr, es stürmt nicht mehr, das graue Gewölk zerreißt, am Himmel werden blaue Flecken sichtbar. Jetzt rasch los! Sie marschieren am Seil weiter, Tartarin wie vorhin an der Spitze. Er dreht sich noch einmal um und flüstert, den Finger an den Lippen: «Aber Sie wissen ja, Gonzague – was wir gesagt haben, bleibt unter uns!»

«Té pardi!»

Sie machen sich mit neuem Mut auf den Weg. Der frische Schnee, in dem sie bis zu den Knien versinken, hat die alten Spuren verschlungen, und Tartarin konsultiert alle fünf Minuten seinen Kompaß. Aber dieser Kompaß aus Tarascon, der wärmere Zonen gewöhnt ist, spielt nicht mehr mit, seitdem er in der Schweiz war. Die Nadel stockt, zappelt nervös, zeigt bald in diese, bald in jene Richtung. Sie marschieren der Nase nach und halten scharf Umschau. Jetzt müßten doch endlich die schwarzen Felsen der Grands-Mulets in dieser einförmigen, schweigenden Weite mit ihren Spitzen und Nadeln und Buckeln auftauchen, die sie von allen Seiten umgibt und blendet und auch ängstigt, denn die dicke weiße Watte kann tückische Spalten unter ihren Füßen verdecken.

«Kaltes Blut, Gonzague, nur immer kaltes Blut bewahren!»

«Das konnte ich nie», antwortet Bompard kläglich.

Er stöhnt und wimmert.

«Au, mein Fuß! Au, mein Bein! Wir haben uns verirrt! Wir sind verloren!»

Sie marschieren schon seit zwei Stunden mühsam ein sehr steiles Schneefeld hinauf, als Bompard erschrocken ausruft: «Tartarin! Der Weg steigt ja!»

«Eh, das merke ich, daß er steigt!» keucht der P.C.A., der langsam seinen Optimismus verliert.

«Pas moins, meiner Meinung nach müßte es bergab gehen!»

«Bé oui, was soll ich denn dagegen tun? Aber gehen wir jetzt einmal hinauf, vielleicht geht's auf der anderen Seite wieder hinunter.»

Es ging tatsächlich hinunter, und zwar ganz fürchterlich, über eine Reihe von Gletschern, von beinahe senkrecht abstürzenden Eisfeldern, und ganz am Ende dieses lebensgefährlichen weißen Gefunkels erblickte man in scheinbar unerreichbaren Tiefen auf der äußersten Spitze eines Felsens eine Hütte! Da sie den Weg zu den Grands-Mulets endgültig nicht mehr fanden, mußten sie diese Zuflucht unbedingt vor dem Einbruch der Nacht erreichen. Aber unter welchen Schwierigkeiten, welchen Gefahren!

«Lassen Sie mich nur nicht los, Gonzague!»

«Und Sie mich nicht, Tartarin!»

Diese Worte wechseln sie, ohne einander zu sehen, denn sie sind jetzt gerade durch einen Berggrat getrennt, hinter dem Tartarin verschwunden ist.

Beide wagen sich nur mit der größten Langsamkeit und Ängstlichkeit weiter, der eine noch bergauf, der andere schon bergab. Sie sprechen nicht einmal mehr miteinander, um ihre ganze Kraft und Aufmerksamkeit auf den Weg zu konzentrieren. Nur nicht ausgleiten, nur keinen Fehltritt! Da plötzlich, als Bompard kaum mehr einen Meter vom Grat entfernt ist, hört er seinen Gefährten verzweifelt aufschreien, während das Seil mit einem wilden Ruck angezogen wird und sich auf das äußerste spannt. Bompard will Widerstand leisten, sich anklammern, um seinen Gefährten vom Abgrund zurückzuhalten. Doch das Seil war offenbar alt, denn plötzlich reißt es mittendurch.

«Outre!»

«Boufre!»

Die beiden unheilverkündenden Schreie zerreißen im gleichen Augenblick die weite Einsamkeit. Und dann erschreckende Stille, Totenstille über der grenzenlosen Weite der unberührten Firne, die kein Laut mehr stört...

Gegen Abend traf ein Mensch, der undeutlich an Bompard erinnerte, eine gespensterhafte Gestalt mit gesträubten Haaren, von Schmutz und Wasser triefend, in der Grands-Mulets-Hütte ein. Man rieb seine erstarrten Glieder warm, labte ihn, legte ihn ins Bett, doch er brachte nichts hervor als ein paar abgerissene, von Schluchzen erstickte Worte: «Tartarin – verirrt – Seil gerissen...» So reimte man sich schließlich die entsetzliche Katastrophe zusammen.

Während der alte Hüttenwart lamentierte und in der Erwartung, daß sein Beinhaus um einige weitere Reliquien bereichert würde, seiner Unglückschronik ein neues Kapitel hinzufügte, machten sich der Schwede und die Bergführer, die heil von ihrer Expedition zurückgekehrt waren, mit Seilen, Leitern, den ganzen Rettungsutensilien auf die Suche nach dem unseligen Tartarin. Ach, leider vergebens! Bompard, der wie betäubt war, vermochte keinen präzisen Hinweis zu liefern, weder auf die

Art der Katastrophe noch auf die Stelle, wo sie sich ereignet hatte. Man fand bloß auf dem Dôme du Goûter ein Endchen Seil, das in einer Ritze zwischen zwei Eisblöcken festgeklemmt war, doch unbegreiflicherweise war es an beiden Enden glatt durchgeschnitten, wie mit einem scharfen Instrument. Die Zeitungen von Chambéry brachten ein

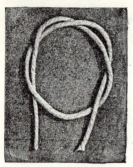

Faksimile davon, das wir hier wiedergeben. – Als man schließlich nach einer Woche gewissenhaftester Nachforschungen die traurige Gewißheit erlangt hatte, daß der Präsident unauffindbar, unwiederbringlich verloren wäre, machten sich die trostlosen Delegierten auf den Weg nach Tarascon. Sie nahmen Bompard mit, dessen erschüttertes Gehirn den furchtbaren Schock nicht zu überwinden vermochte.

«Reden Sie nicht davon!» rief er, wenn man auf das Unglück zu sprechen kam. «Reden Sie mir nie mehr davon!»

So hatte der Montblanc ein weiteres Opfer gefordert. Und was für ein Opfer!

XIV

Epilog

Einen Ort, der leichter zu beeindrucken wäre als Tarascon, hat es zu keiner Zeit, in keinem Land gegeben. Manchmal, wenn an einem festlichen Sonntag die ganze Stadt auf den Beinen ist, die Tamburine klingen, der Cours von einer fröhlich lärmenden Menge wimmelt, aus der die roten und grünen Röcke und die bunten Tücher der Mädchen von Arles hervorleuchten, wenn große grellfarbige Plakate Ringkämpfe von Männern und Halbmenschen oder Stierkämpfe ankündigen, wenn alles im schönsten Schwung ist – ja, dann genügt es, daß ein Spaßvogel schreit: «Achtung, toller Hund!» oder «Ein Ochse ist entkommen!», und schon läuft alles davon, man stößt und drängt sich und flüchtet erschrocken in die Häuser, alle Türriegel schnappen ein, die Fensterläden schlagen zu wie bei einem Gewitter, und Tarascon liegt stumm und verlassen da. Keine Katze läßt sich blicken, kein Laut ist zu vernehmen, sogar die Grillen ducken sich still in die Bäume.

So sah es auch an diesem Morgen aus, der aber weder ein Sonntag noch ein Feiertag war: die Geschäfte geschlossen, die Häuser wie ausgestorben, Plätze und Straßen durch ihre Stille und Leere gleichsam breiter geworden. *Vasta silentio,* so beschreibt Tacitus Rom bei den Begräbnisfeierlichkeiten des Germanicus, und diese Beschreibung der trauernden Urbs paßte um so besser auf Tarascon, als dort in der Kathedrale soeben eine Seelenmesse für Tartarin stattfand und die gesamte Bevölkerung ihren Helden, ihren Abgott, ihren Unbezwinglichen mit den doppelten Muskeln beweinte, der von den Gletschern des Montblancs nicht zurückgekehrt war.

Während nun die Totenglocke ihre düsteren Töne durch die menschenleeren Straßen hallen ließ, saß Mademoiselle Tournatoire, die Schwester des Doktors, die infolge ihres schlechten Gesundheitszustands nie das Haus verließ, fröstelnd in ihrem großen Fauteuil am Fenster und blickte hinaus. Das Haus von Doktor Tournatoire liegt am Chemin d'Avignon, fast genau gegenüber der Villa Tartarins, und der Anblick dieser illustren Stätte, deren Bewohner nie mehr zurückkehren würde, das auf ewig geschlossene Gartentürchen, alles bis zu den Schuhputzkästen der kleinen Savoyarden neben der Tür, bedrückte das Herz des armen kränklichen Fräuleins, das seit über dreißig Jahren eine heimliche Leidenschaft für den Helden von Tarascon nährte. Ach, die Geheimnisse eines altjüngferlichen Herzens! Ihre einzige Freude bestand darin, ihn regelmäßig zu bestimmten Stunden vorbeigehen zu sehen, sich zu fragen: «Wo will er jetzt hin?», die Veränderungen seines äußeren Menschen festzustellen, ob er sich jetzt als Bergsteiger kostümierte oder seine schlangengrüne Jacke trug. Jetzt würde sie ihn nie mehr sehen, und sie hatte nicht einmal den Trost, wie alle anderen Damen der Stadt in die Kirche zu gehen und für ihn zu beten.

Plötzlich lief Mademoiselle Tournatoires langes weißes Pferdegesicht zart an. Ihre farblosen, rosig

umränderten Augen weiteten sich zu unnatürlicher
Größe, während sie sich mit ihrer mageren, verrunzelten Hand ausgiebig bekreuzigte. Er war es! Ja,
tatsächlich, er und kein anderer stahl sich auf der
anderen Straßenseite die Mauern entlang! Zuerst
glaubte sie an eine Erscheinung, eine Halluzination
– aber nein, es war Tartarin in Fleisch und Blut,
bloß entsetzlich bleich, abgezehrt, zerlumpt, der
sich an der Mauer entlang drückte wie ein Bettler
oder ein Dieb! Doch um sein heimliches Erscheinen
in Tarascon zu erklären, müssen wir auf den Montblanc zurückkehren, zum Dôme du Goûter, und
zwar genau in dem Augenblick, als die beiden
Freunde sich zu verschiedenen Seiten des Dôme be-
fanden und Bompard spürte, daß das Seil sich
plötzlich spannte – wie durch den Sturz des daran-
hängenden Körpers.

In Wirklichkeit hatte sich das Seil zwischen zwei
Eisblöcken verfangen, und Tartarin, der den glei-
chen Ruck verspürte, glaubte ebenfalls, daß sein
Gefährte stürzte und ihn mit ins Verderben risse.
Nun also, in dieser Sekunde der äußersten Not –
mein Gott, wie soll ich mich ausdrücken? –, in der
Herzensangst ihrer Furcht, vergaßen alle beide den
feierlichen Schwur, den sie einander im Hotel
Baltet geschworen hatten, und schnitten beide im
gleichen Augenblick, mit der gleichen instinktiven
Bewegung, das Seil durch: Bompard mit seinem
Messer, Tartarin mit einem Schlag des Eispickels.
Und dann flüchteten sie, jeder überzeugt, daß er
seinen Freund dem Tode preisgegeben hatte, und
von der Ungeheuerlichkeit seines Verbrechens überwältigt, in entgegengesetzte Richtungen.

Zur gleichen Zeit, als das Gespenst Bompards in der Grands-Mulets-Hütte auftauchte, erschien ein ebenso gespenstiger Tartarin in der Cantine de l'Avesailles. Dank welchem Wunder, nach wie vielen Stürzen und Rutschpartien? Bloß der Montblanc hätte es sagen können, denn der arme P.C.A. lag zwei Tage in völliger Bewußtlosigkeit, unfähig, einen Laut von sich zu geben. Sobald sein Zustand es erlaubte, schaffte man ihn nach Courmayeur hinunter, was das italienische Chamonix ist. In dem Hotel, in dem er Logis nahm, um sich etwas zu erholen, war von nichts anderem die Rede als von einer entsetzlichen Katastrophe auf der französischen Seite des Montblancs: ein Gegenstück zum Unglück vom Matterhorn – auch hier war ein Alpinist zu Tode gestürzt, weil das Seil riß.

Tartarin war fest überzeugt, daß es sich um Bompard handle, und wagte, von seinem Gewissen gemartert, weder mit den Delegierten Verbindung aufzunehmen noch nach Hause zurückzukehren. Im vorhinein las er auf allen Lippen, in allen Augen die Frage: «Kain, wo ist dein Bruder Abel?» Doch da er mit seinem Geld und seinen Kleidern am Ende war und die ersten Septemberfröste die Hotels leerten, blieb ihm nichts anderes übrig, als abzureisen. Letzten Endes hatte ja niemand *gesehen*, daß er das Verbrechen beging! Nichts hinderte ihn, eine plausible Geschichte zu erfinden. Dieser Gedanke und die Ablenkungen der Reise gaben ihm etwas neuen Mut. Doch als er sich Tarascon näherte, als er die zarten Umrisse der Alpines unter dem blauen Himmel schillern sah, packte es ihn aufs neue: Gewissensbisse, Scham, Angst vor ge-

richtlicher Verfolgung. Und um den Eklat einer
aufsehenerregenden Ankunft am Bahnhof zu vermeiden, verließ er den Zug auf der letzten Station
vor Tarascon.

Ach, die schöne heimatliche Landstraße, auf der
man im knirschenden weißen Staub watete, diese
Straße, der nur die Telegraphenmasten und -drähte
Schatten spendeten, auf der er an der Spitze seiner
Alpinisten oder Mützenjäger so oft im Triumph in
die Stadt gezogen war – wie hätte sie ihn, den kühnen, schmucken Helden, in dem zerlumpten, unsau-
beren Landstreicher mit dem scheu umherirrenden
Blick erkannt? Trotz der späten Jahreszeit war es
glühend heiß, und die Wassermelone, die er einem
Marktfahrer abkaufte und im kurzen Schatten seines Pferdekarrens verzehrte, dünkte ihn köstlich er-
frischend. Der Bauer machte inzwischen seinem
Zorn gegen die Hausfrauen von Tarascon Luft, von
denen sich heute keine auf dem Markt gezeigt
hatte, «von wegen der Seelenmesse für einen aus
der Stadt, der irgendwo in den Bergen, weit weg, in
ein Loch gefallen sein soll. *Té*, wie die Glocken läuten! Man hört's bis hierher.»

Kein Zweifel mehr möglich: sie gelten Bompard,
diese schauerlichen Töne der Totenglocken, die ein
lauer Wind über die einsamen Felder trägt!

Welche Begleitmusik für den Einzug des großen
Mannes in seine Heimat!

Als dann das Gartentürchen sich rasch auftat
und rasch wieder zuklappte, als Tartarin wieder bei
sich zu Hause war, als er die schmalen, sauber ge-
rechten, von Buchsbaum eingefaßten Wege sah,
das Bassin, den Springbrunnen, die Goldfische, die

beim Geräusch seiner Schritte neugierig herbeischwammen, und schließlich den Riesen-Baobab in seinem Resedatopf – als er das alles sah, überkam ihn einen Augenblick lang ein gerührtes Wohlgefühl, und die wonnige Wärme seines Kaninchenställchens, die ihm nach so vielen Abenteuern und Gefahren gleichsam Schutz bot, umhüllte ihn. Aber die Glocken, diese vermaledeiten Glocken, begannen mit neuer Kraft zu läuten, und die düsteren, hohlen Klänge trafen ihn mitten ins Herz. Sie fragten in Trauertönen: «Kain, wo ist dein Bruder Abel? Tartarin, was ist aus Bompard geworden?» Da war es um seinen ganzen Mut geschehen. Unfähig, ein Glied zu rühren, sank er auf die sonnenglühende Einfassung des Bassins nieder und blieb, zur großen Aufregung der Goldfische, völlig vernichtet, wie aufs Haupt geschlagen, sitzen.

Nun läuten die Glocken nicht mehr. Auf dem Vorplatz der Kathedrale, wo es eben erst so lärmend zuging, herrscht wieder nurmehr das leise Geraune der Bettler, die links unter den unbeweglichen Steinheiligen sitzen. Nach Beendigung des Gottesdienstes hat sich ganz Tarascon in den Club des Alpines begeben, wo Bompard im Rahmen einer feierlichen Trauersitzung einen Bericht über die Katastrophe erstatten und die letzten Augenblicke des P.C.A. in allen Einzelheiten schildern soll. Außer den Klubmitgliedern haben noch einige Auserwählte, Vertreter der Armee, der Geistlichkeit, der Aristokratie, des Großhandels, im Saal Platz genommen. Die Fenster sind weit geöffnet, was der Städtischen Musikkapelle, die unten auf der Freitreppe Stellung bezogen hat, gestattet, ihre

heroischen oder wehmütigen Klänge in die Ergüsse
der Herren Festredner zu mischen. Rings um die
Musikanten drängt sich eine ungeheure Menschen-
menge. Sie stellt sich auf die Zehenspitzen und
reckt sich die Hälse aus, um ein paar Brocken der
Sitzung mitzubekommen, aber die Fenster liegen zu
hoch, und man hätte keine Ahnung, was drinnen im
Saal vorgeht, wenn nicht zwei oder drei kleine
Schlingel auf die Äste einer großen Platane geklettert wären und jetzt von dort oben Informationen
fallen ließen, wie man Kirschkerne aus der Höhe
des Kirschbaums spuckt.

«*Vé*, Costecalde quetscht ein paar Tränen heraus!
So ein Lump, wo er doch auf dem Präsidentensessel
sitzt! Und der arme Bézuquet putzt sich immerfort
die Nase! Er hat ganz rote Augen. – *Té*, sie haben
einen Trauerflor um die Fahne gebunden! – Jetzt
tritt Bompard mit den drei Delegierten an den
Tisch. – Er legt was auf den Tisch. – Jetzt redet er. –
Es muß sehr rührend sein, sie beginnen alle zu heulen...»

Tatsächlich, je weiter Bompard in seinem phan-
tasievollen Bericht fortschritt, desto größer wurde
auch die allgemeine Rührung. O ja, er hatte sein
Gedächtnis wiedergefunden und seine Phantasie
gleichfalls. Nachdem sie beide, er und sein berühmter Gefährte, ohne Bergführer auf der Spitze des
Montblancs angelangt waren – denn aus Angst vor
dem schlechten Wetter hatten sich alle geweigert,
ihnen zu folgen – und fünf Minuten lang ganz allein die Fahne vom höchsten Gipfel Europas hatten
flattern lassen, berichtete er jetzt tief bewegt von
ihrem gefahrenträchtigen Abstieg und dem Absturz

des Präsidenten, nach welchem er, Bompard, sich an einem zweihundert Fuß langen Seil in die Gletscherspalte hinabgelassen hatte.

«Über zwanzigmal, Messieurs – was sage ich? –, über neunzigmal habe ich diesen eisigen Schlund ausgelotet, ohne bis zu unserem unglücklichen Präsidenten vordringen zu können. Ich konnte nur Spuren seines Sturzes entdecken, ein paar Überbleibsel, die an Unebenheiten der Wände hängengeblieben waren.»

Bei diesen Worten breitete er auf der Tischdecke verschiedene Gegenstände aus: das Bruchstück eines Kiefers, einige Barthaare, einen Fetzen Westenstoff, eine Hosenträgerschnalle – fast wie im Beinhaus von Grands-Mulets.

Angesichts dieser Reliquien vermochte die Versammlung ihre schmerzliche Hingerissenheit nicht mehr zu meistern. Noch die härtesten Herzen, die Parteigänger Costecaldes, die würdigsten Persönlichkeiten, wie der Notar Cambalalette und der Doktor Tournatoire, vergossen tatsächlich Tränen, so dick wie Glasstöpsel. Die Damen stießen herzzerreißende Wehrufe aus, die von dem brüllenden Schluchzen von Excourbaniès und dem Blöken von Pascalon übertönt wurden, während die Musikkapelle die Szene mit den getragenen, schmerzensvollen Klängen eines Trauermarsches begleitete.

Als Bompard sah, daß die Rührung, die Erregung ihren Gipfel erreicht hatten, wies er mit einer dramatischen Gebärde auf die traurigen Überreste hin, die wie *corpora delicti* auf dem Tisch lagen, und beschloß seine Rede mit folgenden Worten: «Dies, meine Herrschaften und liebe Mitbürger, ist alles, was ich von unserem geliebten und berühmten Präsidenten finden konnte. Den Rest wird uns der Gletscher in vierzig Jahren zurückgeben.»

Er wollte zum Nutzen der Unwissenden die jüngste wissenschaftliche Entdeckung bezüglich des regelmäßigen Vorrückens der Gletscher erläutern, doch das Knarren der Hintertür unterbrach ihn. Und wer trat ein? Tartarin! Bleicher als eine Erscheinung von Home, stand er dem Redner gerade gegenüber.

«*Vé*, Tartarin!»

«*Té*, Gonzague!»

Und so eigenartig ist diese Rasse, so leicht betört von unwahrscheinlichen Berichten, von dreisten, rasch widerlegten Lügen, daß der Eintritt des großen Mannes, dessen Bruchstücke noch auf dem Tisch herumlagen, nur mäßiges Erstaunen hervorrief.

«*Allons*, es war ein Mißverständnis!» rief Tartarin strahlend, erleichtert, und legte dem Mann, den er ermordet zu haben glaubte, die Hand auf die Schulter. «Ich habe den Montblanc eben von zwei Seiten gemacht, auf der einen hinauf, auf der anderen hinunter. Das gab Anlaß, an mein Verschwinden zu glauben.»

Er sagte aber nicht, daß er die zweite Seite auf dem Rücken gemacht hatte.

«Ein verflixter Kerl, dieser Bompard!» rief Bézuquet.

«Aber packend war seine Geschichte doch!»

Und man lachte nun und drückte einander die Hände, während draußen die Musikkapelle, die man vergeblich zum Schweigen zu bringen suchte, sich darauf versteifte, Tartarins Begräbnismarsch zu Ende zu spielen.

«*Vé*, wie gelb Costecalde ist!» flüsterte Pascalon dem Kommandanten Bravida zu. Der Büchsenmacher erhob sich gerade, um Tartarin, dessen gutmütiges Gesicht vor Freude strahlte, aufs neue den Präsidentenstuhl zu überlassen.

Bravida, der auf alles einen Spruch wußte, betrachtete den gestürzten Costecalde, der zum Gemeinen degradiert war, und antwortete leise: «Wer hoch hinaus will, kann tief fallen.»

Und die Sitzung nahm ihren Fortgang.

Nachwort

Unsere Vorstellungen von Literatur werden im allgemeinen von wenigen berühmten Namen getragen. So verkörpern etwa Chateaubriand, Victor Hugo, Musset, Balzac, Stendhal, Baudelaire, Rimbaud, Flaubert und Zola das 19. Jahrhundert in Frankreich. Nach ihnen grenzen wir Epochen ab und definieren die Begriffe Romantik, Realismus, Symbolismus oder Naturalismus. Aber über diesen Giganten vergessen wir allzu leicht andere Gestalten: Xavier de Maistre, George Sand, Mérimée, Barbey d'Aurevilly, Maupassant, Jules Renard, Loti usw. Der Ruf der Zweitrangigkeit, der diesen anhaftet und mit dem wir unsere mangelhaften Kenntnisse entschuldigen, trifft sie oft zu Unrecht: auch sogenannte Kleinmeister sind noch immer Meister, und zumindest in ihren besten Werken zeigen sie sich manchmal den Größten ebenbürtig. Auch spiegeln sie häufig das Bild ihrer Epoche getreuer wider als ihre genialen Zeitgenossen, und sei es nur, weil bei diesen alles immer durch das Prisma ihrer eigenwilligen Persönlichkeit gebrochen erscheint.

Alphonse Daudet muß heute unter die Schriftsteller der zweiten Gattung eingestuft werden. Dem war allerdings nicht immer so. Sowohl das breite lesende Publikum des 19. Jahrhunderts als auch berufene Kritiker und Fachgenossen zögerten nicht, ihn im selben Atemzug mit Flaubert und Zola zu nennen, die er übrigens persönlich kannte. Einige seiner Romane wie «Fromont jeune et Risler aîné»,

«Jack», «Le Nabab» und «Sapho» wurden sehr rasch Welterfolge, im Gegensatz zu den heute bekannteren Werken «Le Petit Chose», «Les Lettres de mon moulin» und «Tartarin de Tarascon», die sich langsamer durchsetzten. «Alphonse Daudet is at the head of his profession», schrieb 1888 kein Geringerer als Henry James in «Partial Portraits».[1] Aber auch Pierre Loti, Joseph Conrad, Jules Renard, ja sogar Marcel Proust widmeten ihm längere Betrachtungen. Zum Drama «L'Arlésienne», seinem einzigen nachhaltigen Bühnenerfolg, komponierte Georges Bizet eine eingängige Begleitmusik. In den achtziger Jahren des Jahrhunderts, ja noch in seiner letzten Lebensspanne, als unheilbares Leiden ihn körperlich fast lähmte, war Daudet eine beherrschende Figur der literarischen Szene von Paris, geachtet, regsam, wohlhabend und einflußreich, mit allem, was schon damals an öffentlichen Ehrungen, aber auch an Klatsch und Skandal, ja sogar offener Anfechtung zu solchem Ansehen gehörte. Einer seiner erbittertsten Feinde war der Schriftsteller Octave Mirbeau, der ihn des wiederholten Plagiats und der völligen Stümperhaftigkeit bezichtigte («Les Grimaces», 1883), Anschuldigungen, die bis heute dann und wann wieder aufflammen. Zu seiner Popularität trug unter anderem die Presse bei. Gleich seinem englischen Zeitgenossen Dickens veröffentlichte er viele seiner Romane zuerst in Zeitungen, was ihm nebst ansehnlichen Honoraren auch ganze Stöße von Leserbriefen eintrug. Doch auch mit feuilletonistischen Beiträgen, Theaterkritik und dergleichen belieferte er jahrelang die Pariser Blätter.

Dieser Nimbus aus Ruhm und Polemik ist längst verblaßt, und im kulturellen Bewußtsein seiner Nation fristet Daudet heute ein eher kümmerliches Dasein. Fast so gut bekannt wie die Fabeln La Fontaines sind noch immer einige der Geschichten aus «Les Lettres de mon moulin», allen voran «La chèvre de M. Seguin» und «Le secret de maître Cornille». Außerdem ein paar ausgewählte Seiten aus «Le Petit Chose» und «Tartarin de Tarascon» in Schulbüchern und, wenn es hoch kommt, ebenfalls in Anthologien, die eine oder andere Erzählung aus den «Contes du lundi». Der Rest seiner riesigen Produktion – die Edition Ne Varietur seiner sämtlichen Werke umfaßt zwanzig Bände – ist weitgehend vergessen.

Ziemlich verlegen um ein Urteil sind heute auch viele Literaturhistoriker. Klischeehaft tauchen immer wieder ähnliche Charakterisierungen auf. Man billigt ihm «charme» und eine große «sensibilité» zu. Ferner weist man auf die starke meridionale Färbung seiner Schriften hin, was aber nur auf ganz bestimmte Werke zutrifft: «Le Petit Chose», «Les Lettres de mon moulin», die Tartarin-Trilogie, «L'Arlésienne» und «Le Trésor d'Arlatan» haben ganz oder teilweise die Provence, das Land seiner Herkunft, als Hintergrund und sind bis tief ins Sprachliche hinein von südlicher Art durchwirkt. Die großen Romane seiner Reifezeit dagegen haben vorwiegend Paris zum Schauplatz und gelten den Sitten seiner Gesellschaft, wie dies zum Teil schon ihre Untertitel – «mœurs parisiennes» – bezeugen. Daudets Ruhm gründete vornehmlich auf diesen Werken.

Noch schwieriger scheint es aber, Daudets Stellung innerhalb der wichtigsten literarischen Strömungen und Schulen seiner Zeit zu umgrenzen. Eigentlich realistisch sind nur die sogenannten Pariser Romane. Den Frühwerken mit ihrem starken lyrischen Grundton wird dieses Attribut kaum gerecht, und als naturalistisch ließen sich höchstens einzelne Stellen in den Romanen der mittleren Periode bezeichnen. Die Probleme des Großstadtproletariats, die Daudet oft in seine Gesellschaftsbilder einflicht, machen diese allein noch nicht zu Darstellungen im Sinne Zolas. Naturalismus ist eine Doktrin, die zu nüchterner, sachlich genauer Aufzeichnung verpflichtet. Daudet dagegen läßt immer wieder und oft bis zur Rührseligkeit Gefühlstöne aufklingen – eine menschlich verständliche Regung, künstlerisch gesehen jedoch ein nicht unerheblicher Makel. Endlich nennt man Daudets Stil noch impressionistisch, ein Epitheton, das ihn wiederum nur zum Teil kennzeichnet. Nur hier und dort, an lyrischen Stellen – und diese gehören zu den besten in seinem Werk –, wirkt seine Sprache wie eine rasche und leicht hingetupfte Pinselschrift.

Bleibt noch der Eindruck des Menschen selbst, den man, wie bei allen Großen, gerne hinter den äußeren Fakten des Lebens sucht. Im Falle Daudets erweckt dieses biographische Bemühen sehr bald ein gewisses Unbehagen. Schuld daran sind in erster Linie einige seiner engsten Verwandten und Verehrer, die von jeher versucht haben, seine Persönlichkeit in einem Mythos der reinen Lauterkeit und Güte des Herzens zu verklären: durch Vertuschung unliebsamer Tatsachen, Vernichtung be-

lastender Dokumente, ja, wenn nötig, sogar durch
Verfälschung von Textstellen. Zu dieser Versüß-
lichung seines Lebensbildes hat allerdings auch der
alternde Dichter selber beigetragen, so durch die unglücklichen Worte «Marchand de bonheur», mit denen er sich öfter im Gespräch mit Edmond de Gon-
court und andern Freunden, aber auch in seinem
letzten Roman, «Soutien de famille», beschrieben
hat.[2] Endlich hat sein Ruf indirekt durch das politi-
sche Engagement seines Sohns Léon gelitten. Léon
Daudet (1868–1942) gründete 1908 zusammen mit
Charles Maurras die rechtsextreme Bewegung «Ac-
tion française». Alphonse Daudet selbst war poli-
tisch farblos. Verächtlichkeit gegenüber anderen
Rassen, die gelegentlich in seine Beschreibungen
einfließt, übersteigt kaum das Vorurteil, das zu seiner Zeit im französischen Bürgertum weit verbreitet war. Dem Umstand, daß er sich gesprächsweise
bisweilen als Antisemiten bezeichnete, steht das
überraschende Zeugnis Theodor Herzls gegenüber,
der ihn im Winter 1894/95 besuchte und mit ihm
den Entwurf seines Buches «Der Judenstaat» be-
sprach. Daudet soll davon begeistert gewesen sein
und Herzl ermuntert haben, denselben Gedanken
auch noch in belletristischer Form auszuspinnen,
eine Anregung, die Herzl einige Jahre später mit
dem Roman «Altneuland» quittierte.[3]

Was sich schließlich hinter solch echter und vor-
geblendeter Episodik zeigt, ist einfach das Bild
eines Menschen in seiner ganzen Größe und mit
seinen Schwächen zugleich. – Alphonse Daudet
wurde 1840 in Nîmes geboren; er war das fünfte
Kind seiner Eltern. Der Vater arbeitete im Seiden-

handel, geriet aber bald nach Alphonse' Geburt in finanzielle Bedrängnis. Als eingefleischter Royalist schrieb er diese Rückschläge zeit seines Lebens der Revolution von 1848 und dem Übergang des Landes zur Republik zu. Nach dem völligen Zusammenbruch seines Gewerbes siedelte er mit den Seinen nach Lyon über, einer Stadt, die dem empfindsamen jungen Alphonse grau, düster und freudlos vorkam.

Zu den authentischen Zügen seiner Kindheit, wie sie «Le Petit Chose» schildert, gehört zweifellos das dauernde Gefühl der Demütigung, das ihn ob der Armut seiner Eltern, aber auch wegen seines kleinen Körperwuchses quälte. In Lyon verspotteten ihn die reicheren Bürgersöhne, ein Lehrer gab ihm den Spitznamen «le petit chose», der kleine Dingsda. Autobiographisch ist ferner der erschreckende Mangel an Elternliebe, der in dem Buch spürbar wird. So fremd muß ihm sein stolzer und leicht aufbrausender Vater gewesen sein, daß er ihn fast immer nur Monsieur Eyssette nennt, und so fern fühlte er sich auch seiner Mutter, einer enttäuschten und still in sich gekehrten Frau, daß sie meist bloß Madame Eyssette heißt... Ein gewisser Entgelt für diese fehlende Nestwärme wurde Alphonse zum Glück in der aufopfernden Freundschaft seines älteren Bruders Ernest zuteil. Im Roman nennt er ihn später dankbar überschwenglich seine Mutter, la mère Jacques. «La reconstruction du foyer», die elterliche Familie wiederaufzubauen, die sich inzwischen aufgelöst hat, bleibt lange Zeit das wichtigste Vorhaben der beiden Burschen. Früh schon – nämlich in der verlassenen väterlichen

Fabrik – hatte Daniel Eyssette alias Alphonse aber auch gelernt, sich mit sich selber zu beschäftigen und in einsamen Robinsonaden seine Vorstellungskraft zu üben. Ganz natürlich und ebenfalls sehr früh kamen ihm so aber auch Dichterpläne. Schriftstellerei sollte für Daudet bis zuletzt ein Mittel der Selbstbehauptung bleiben, der Versuch, durch Anerkennung und Beliebtheit das schicksalhafte Unrecht aufzuwiegen, das ihm in seiner Jugend widerfahren war. Daher vielleicht ein gewisser kindlicher Reiz – im besten Sinne des Wortes –, der vielen seiner Werke eignet. «J'ai bien peur que tu sois un enfant toute ta vie», hatte Daniel Eyssette ein Geistlicher, der Abbé Germane, prophetisch vorausgesagt.

Das geschah in einem Provinzgymnasium, wo der schmächtige Jüngling als «pion» oder Studienaufseher viel zu früh ganze Horden wilder Altersgenossen zu beaufsichtigen hatte. In Wirklichkeit spielte diese Marter sich in Alès ab, im Roman in Sarlande in den Cévennen. Nach seiner jähen Abreise aus Alès Ende 1857 – im Roman nach einem Rausschmiß durch eine ungerechte Schulleitung – fuhr er nach Paris, wo ihn Ernest mit rührender Sorge aufnahm. Und dort begann er sogleich, seine literarischen Ideen in druckbares und verkäufliches Wort umzusetzen. Das Erstaunliche an dem jugendlichen Abenteuer war, daß es gelang. Schon mit achtzehn Jahren fand er für sein erstes Werk, den Gedichtband «Les Amoureuses», einen Verleger. Und seit 1858 folgten weitere Veröffentlichungen in Buchform, dazu kurze Geschichten und lyrisch-phantastische Improvisationen, wie sie Zeitungen damals suchten, ferner erste Theaterstücke, von denen eines im berühmten Odéon mehrere Wochen lang über die Bühne ging.

Erste Erfolge bedeuteten aber noch lange nicht Meisterschaft, und Daudet selber wußte dies auch. Sein Schreiben jener Jahre war ein vielversprechendes Tasten, ein Erforschen seiner eigenen schöpferischen Möglichkeiten, das ihm im übrigen ein ziemlich sorgloses Leben in der literarischen Boheme der Hauptstadt ermöglichte. Damals verband er sich mit Marie Rieu, eine Beziehung, die ihn später bis zu seiner Heirat mit Julia Allard im Jahre 1867 schwer belastete.

Der entscheidende künstlerische Durchbruch gelang Daudet erst kurz nach seiner Vermählung. In rascher Folge schrieb er damals «Le Petit Chose» (1868) und «Les Lettres de mon moulin» (1869). «Aventures prodigieuses de Tartarin de Tarascon» erschien als Zeitungsroman 1869, mit geringfügigen Änderungen als Buch 1872. Dazu kam, ebenfalls 1872, das Theaterstück «L'Arlésienne» nach der gleichnamigen Kurzgeschichte in «Les Lettres de mon moulin». Auf das fiebrige Schaffen dieser Jahre der Selbstfindung folgte dann nochmals eine kurze Zeit der Unsicherheit und des Suchens neuer Ausdrucksformen. Der einzige bleibende Ertrag dieser Periode ist die Kurzgeschichtensammlung «Contes du lundi».

Eine zweite Wende in Daudets Laufbahn leitete 1874 «Fromont jeune et Risler aîné» ein, der erste seiner sogenannten realistischen Romane. An diesen reihten sich in regelmäßigen Abständen «Jack», «Le Nabab», «Les Rois en Exil» und «Numa Roumestan». In diesen Werken meisterte Daudet

anspruchsvolle Gestaltungsprobleme mit weitver-
ästelten Handlungsabläufen, breiten Sittengemäl-
den und porträtartigen Einzelstudien. So schildert
«Le Nabab» (1877) in seinem Kern das Schicksal
des gutgläubigen Neureichen Bernard Jansoulet,
der in Paris nach Freundschaft und Ansehen lechzt
und dabei im sozialen Morast der Kapitale ver-
sinkt. Das Buch ist aber auch eine eindringliche
Darstellung der Pariser Gesellschaft des Zweiten
Kaiserreichs in ihrer wesentlichen Schichtung:
Welt der Politik und der Hochfinanz, liberale Berufe, höherer Bürgerstand, Künstlerkreise und ein-
faches Volk der niedrigen Angestellten und Arbeiter.

In seinen letzten Lebensjahren, zwischen 1882
und 1897, erhielt Daudets Schaffen nochmals eine
neue Dimension. Er, der bisher jede Form der Stellungnahme zu sozialen oder politischen Fragen
ängstlich umgangen hatte, schrieb nun eine ganze
Reihe richtiger «romans à thèse». So ist «L'Evan-
géliste» unter anderem eine heftige Anklage gegen
religiösen Fanatismus, «Sapho» (1884) – eine seiner
besten und geschlossensten Leistungen – die Aufzeichnung einer «skandalösen» Liebschaft, «L'Immortel» eine zynische Demaskierung des Literaten-
tums im Umkreis der Académie française. Durch
seine leidenschaftliche Verfechtung bestimmter Anliegen brachte Daudet in diese Romane allerdings
immer häufiger einen lehrhaft-moralisierenden
Ton. Was sein Wirken jener Zeit ferner überschat-
tete, war eine sich zusehends verschlimmernde un-
heilbare Krankheit. Daudet litt an einer lange ver-
heimlichten Syphilis, die damals in ihre dritte und

besonders schmerzvolle Phase trat. Alle seine letzten Schriften hat er buchstäblich diesem Leiden abgerungen.

In diese Zeit gehört freilich auch «Tartarin sur les Alpes» (1885), ein Buch, mit dem der Dichter an einen seiner ersten Erfolge anknüpfte und damit gleichsam in den Jungbrunnen seiner besten Schaffenszeit eintauchte. Seine unmittelbare Entstehung verdankte der Band freilich dem finanziell verlockkenden Angebot eines Verlegers, seinen heiteren Ton zum Teil einer vorübergehenden Besserung in Daudets körperlichem Befinden.

Nach der Vollendung des «Immortel» nahm Daudets Schaffenskraft rasch ab. «Port-Tarascon» ist ein zweites und klägliches Anhängsel zum ersten Tartarin-Roman. Der einst so lebensfrohe und tatenhungrige Held ist darin zum langweiligen Menschenfreund und Helfer geworden. Einzig in einigen Kurzgeschichten lebte Daudets frühere Gestaltungsfähigkeit nochmals auf.

Daudets innerstes Anliegen als Dichter verraten wohl am deutlichsten seine noch stark romantisch gefärbten Frühwerke «Le Petit Chose» und «Les Lettres de mon moulin». Bald wie eine halb verschüttete Erinnerung, bald wie eine ferne Hoffung tragen seine Gestalten in sich das Wissen um ein reines Glück. Dieses kann sich erfüllen in der Liebe – der des Kindes in der Familie oder zwischen Mann und Frau – oder, allgemeiner gesagt, im vollkommenen Einklang zwischen dem Einzelnen und seiner Umwelt. Solche Seligkeit gönnt uns das Schicksal aber meist nur in kargen Dosen, oft bloß als flüchtige Ahnungen. Unheil, Armut, verschmähte Liebe, Geiz und Mißgunst der andern, aber auch eigenes Versagen vergällen sie fortwährend, und so wird Leben geradezu eine Erfahrung des Leidens. Leiden ist das Bewußtsein der Ausgestoßenheit aus einem Urschoß des Einsseins und der Geborgenheit. Daudets spätere Werke handeln fast allein noch von den mannigfachen Gefährdungen dieses Glücks. Paris, Symbol der Großstadt schlechthin, wird zum eigentlichen Leidbringer; es verkörpert Machtstreben und Laster jeglicher Art.

Einzig Dichter und Träumer vermögen die verlorene Einheit wieder herzustellen, etwa im Zustand jener «jolie griserie de l'âme», von dem die «Lettres de mon moulin» berichten. Daudet ist recht glücklich in seiner verfallenen Mühle, mindestens solange das Getriebe des Alltags oder Post aus Paris seine Stille nicht stören. Versponnen in seine Träume, genießt er Stunden einer wehmütigen und dennoch angenehmen Heiterkeit.

Das Erwachen aus solchem Spintisieren kann jedoch grausam sein. Eines von Daudets schönsten Werken, die Altersnovelle «Le Trésor d'Arlatan», klingt aus mit den Worten: «Ce trésor d'Arlatan ne ressemble-t-il pas à notre imagination, composite et diverse, si dangereuse à explorer jusqu'au fond? On peut en mourir ou en vivre.» Tatsächlich kann das ferne Wunschbild, nach dem wir uns verzehren, entweder beleben oder verderben. In der «Arlésienne» stirbt der Held aus Liebesgram, der Scherenschleifer in «La diligence de Beaucaire» steht am Rande der Verzweiflung.

Tragik als Gegenpol des Glücks ist also, wie Dau-

det wohl weiß, ebenfalls in unser Sehnen einge-
woben. Leider aber – und hierin liegt wohl seine
größte dichterische und menschliche Schwäche –
wagt er es nicht immer, die letzten harten Folgerun-
gen aus diesem unlöslichen Dualismus zu ziehen.
Am liebsten läßt er dessen Gewalt gar nicht voll auf
sich eindringen. Wo er ihn aufzeigt, geschieht es oft
in Rahmenerzählungen, Geschichten also, die nicht
eigene, sondern vermittelte Erfahrung wiedergeben. Er selber, Daudet, braucht diesen Rahmen, die
vorgeschobene Person oder die entlehnte Anekdote,
wie ein schützendes Geländer vor einem Abgrund
oder einem reißenden Strom.

Was er für sich selber wählt, ist oft Flucht in
einen Kompromiß, Rettung in kleinbürgerliche Sicherheit oder in die biedermeierliche Idylle. So fast
peinlich im «Petit Chose», der Geschichte, wo er
sich am persönlichsten gibt. Daniel Eyssette hat
zwar den großen Ehrgeiz gekannt, denn er wollte ja
einst Dichter werden, heiratet aber am Schluß die
reichlich spießige Mademoiselle Pierrotte und mit
ihr zugleich den schwiegerelterlichen Porzellan-
laden. Mit dem Dichten ist es damit natürlich aus.
Dieser Schluß hat etwas ausgesprochen Muffiges,
riecht nach stickiger Stubenluft. Da war die kleine
Ziege des Herrn Seguin mutiger, hat sie doch wenigstens einen Tag lang die große, berauschende
Freiheit gekostet, ehe der böse Wolf sie in den Bergen fraß.

Daudets letzte Romane triefen buchstäblich von
Mitgefühl und guten Absichten: Mitgefühl für
die Armen und Unterdrückten. Flaubert kennt die
letzte Tragik des Lebens ebenfalls. Aber indem er

seine Gefühle ausspart und weniger sagt, sagt er mehr. «Un peu trop de papier, mon fils», soll er Daudet getadelt haben, als dieser ihm seinen «Jack» zusandte. So berichtet mindestens Daudet in der «Histoire de mes livres».

Und dennoch ist auch Daudet ein großer Dichter, obwohl es etwas schwerer fällt, seine Größe zu zeigen. Vielleicht gilt es dazu vorerst, auf den ständigen Vergleich mit Flaubert und andern zu verzichten, da dieser seiner Eigenart nie gerecht wird. Seine Eigenart aber ist vor allem eine ungemein feine erzählerische Begabung. Vielleicht besaß er sie eben deshalb in so hohem Grade, weil er früh gelernt hatte, genau hinzuhören und scharf zu beobachten, wo es ihm an eigenem Erleben gebrach.

Als Erzähler verfügt er über einen unverwechselbaren Tonfall, eine ureigene Sprache. Er soll diese auch im freien mündlichen Vortrag besessen haben. Zeitgenossen rühmten ihn als einen begnadeten, witzigen «causeur». Und eben die Eigenschaften, die den Reiz einer mündlichen Mitteilung ausmachen, zeichnen auch seine geschriebenen Darstellungen aus. Seine Sprache ist schmiegsam, wandelbar und reich an verschiedensten Tönen, bald lyrisch verhalten, bald episch breit, plastisch, feierlich, ironisch, pointiert. In den Frühwerken vor allem wird immer wieder der Leser angesprochen, ins erzählerische Geschehen einbezogen und zu eigener Stellungnahme herausgefordert. Nie ist die stilistische Scheidung zwischen Rede und Schreibe so gering – oder so klug überspielt worden – wie im «Petit Chose», in den «Lettres de mon moulin» oder in «Tartarin de Tarascon».

Diese Sprache hat ihr (außerliterarisches) Vorbild in der Sprache des Volkes. Flaubert – wenn ein letzter Seitenblick auf ihn doch noch gestattet ist – hat eine vollendete Kunstsprache geschaffen, eine Sprache in der Sprache gleichsam. Die Schreibweise Daudets ist dem Volkston abgelauscht, was keineswegs nachgeahmt heißt. Was Daudet aus der Volkssprache übernimmt, sind nur ihre größten Qualitäten, ihre Unmittelbarkeit vor allem. Das meint der Ausdruck «littérature debout», den Daudet selbst in der «Histoire de mes livres» in bezug auf «Tartarin de Tarascon» prägt: einen Ton des spontanen Erzählens. Daudet hat die Volkssprache zu ihrer höchsten Vollendung gebracht.

Abgesehen von wenigen Kurzgeschichten zeigen keine Werke das erzählerische Können Daudets so schlackenlos und beglückend wie die beiden Tartarin-Romane. Man ist versucht, sie seinen größten epischen Wurf zu nennen.

Die Vorstufe zu «Aventures prodigieuses de Tartarin de Tarascon» ist eine Skizze «Chapatin le Tueur de lions» aus dem Jahre 1863. Sie verbindet Erinnerungen des Autors an eine Algerienreise mit den Schrullen eines jagdbesessenen Vetters. Schon in dieser Embryonalform enthält die Geschichte viele Episoden des späteren Romans, erreicht aber dessen Komik noch nicht. 1869, nach der Niederschrift des «Petit Chose» und der «Lettres de mon moulin», griff Daudet den Stoff nochmals auf und schrieb ihn im wesentlichen zu der heute vorliegenden Fassung um. Einzig der Titelheld der damals veröffentlichten Version hieß noch nicht Tartarin, sondern Barbarin. Zu seinem endgültigen Namen mit der glücklichen Alliteration (Tartarin – Tarascon) kam der Löwenjäger in der Buchform von 1872 durch den empörten Protest einer Familie in Tarascon, die tatsächlich Barbarin hieß...[4] Die Stadt Tarascon war lange Zeit nicht entzückt über ihr literarisches Denkmal.

Entscheidend im Werdegang der Geschichte war also die Umwandlung, die sie 1869 erfuhr. Erst damals, zur selben Zeit, als er mit dem «Petit Chose» und den «Lettres de mon moulin» seine eigene Persönlichkeit fand, brachte Daudet auch Tartarin richtig zum Leben. Dieser Erfolg erklärt sich gleich wie das Gelingen der beiden andern Werke: Bei der Neubearbeitung erfüllte Daudet seinen Helden mit so viel von seiner eigenen Substanz, daß er von einer ursprünglichen, flachen Karikatur zu einer der unvergeßlichen komischen Figuren der Weltliteratur wurde.

Wenn aber «Tartarin» im selben schöpferischen Schub und im gleichen Prozeß der Selbstfindung entstanden ist wie «Le Petit Chose» und «Les Lettres de mon moulin», so sind die Unterschiede zwischen den drei Werken doch beträchtlich. «Le Petit Chose» ist das bekenntnishafteste – und eben darum wohl humorloseste – von allen. In den «Lettres de mon moulin» tritt Daudets eigene Persönlichkeit am stärksten zurück, zeigt sich am ehesten noch im Lyrisch-Stimmungshaften. «Tartarin de Tarascon» hält zwischen den beiden die ideale Mitte.

Daudet ist also im wesentlichen «le petit chose» und Tartarin zugleich. Aber während er in seiner

Jugendgeschichte noch gerührt hinter seinem eigenen Schicksal steht, vermag er im Tartarin sich selbst gleichsam von außen zu sehen und so seine Tugenden und Schwächen zu objektivieren. Daher der schalkhafte Zug des ganzen Buches, die Möglichkeit des Lachens, die Gnade der Komik, die es durchzieht. Zwischen Daudet und Tartarin liegt die Distanz der Ironie. Und wenn der Salonheld aus der provenzalischen Kleinstadt zugleich oft an eine Maskenfigur mit grob verzerrten Zügen gemahnt, so schließt das Selbstkritik noch immer nicht aus: «Qui se masque se démasque», besagt ein französisches Sprichwort.

Daudet... Tartarin... Wie der verhinderte Löwentöter, so hatte auch Daudet eine Doppelnatur, kannte den Höhenflug der Gedanken und die romanhaften Träume Don Quichottes und daneben die kleinlichen, feigen Ängste Sancho Pansas, wozu noch Tartarins gefährliche Gabe der verbalen Übertreibung kam. Was bei diesem reine Prahlerei und Großmäuligkeit ist, sublimierte sich bei Daudet allerdings auch in seiner dichterischen Begabung, bedingte sein erzählerisches Tun. Doch wie dem immer sei, gegen *einen* Vorwurf schützt der Dichter auch Tartarin, den der Lügenhaftigkeit. Wenn Tartarin und mit ihm alle Südländer übertreiben, so einzig aus einer überbordenden Phantasie, die ihrerseits eine Folge des heißen Klimas ist. In «Numa Roumestan», wo dieses Thema ebenfalls eine zentrale Rolle spielt, aber anders moduliert wird, heißt es von einer erregten Volksmenge, die in der römischen Arena ihren Deputierten feiert: «chez cette race exubérante, l'effet n'est jamais en rapport avec la cause, grossie par des visions, des perceptions disproportionnées». Als Daudet sich vorübergehend mit dem Gedanken trug, einen Roman über Napoleon zu schreiben, schwebte ihm vor, dessen Maßlosigkeit ebenfalls aus dem Überschwang des südlichen Temperaments zu erklären. In «Tartarin» ist all dies viel harmloser: «Der Mann aus dem Süden lügt nicht: er täuscht sich. Er sagt nicht immer die Wahrheit, aber er glaubt sie zu sagen. Seine Lüge ist keine richtige Lüge, es ist eine Art Luftspiegelung.» Das ist natürlich Humor, doch ein Humor, der, wie alle große Komik, letztlich auf einem ernsten, ja oft tragischen Grund beruht.

Eigentlich tragikomisch sind darum alle besten Szenen des Romans, so jene, wo Tartarin am Rande der Stadt Algier, inmitten von Gemüsepflanzungen, die er bei trübem Sternenlicht für die Sahara hält, statt eines Löwen einen unschuldigen Zwergesel totschießt. Oder jene, wo er bei seiner ruhmlosen Rückkehr trotz aller Listen und Steinwürfe das traurige Kamel nicht los wird, das ihm wie eine schauerliche Erinnerung allein von seinen Strapazen verbleibt. Und tragikomisch par excellence ist die Episode mit der tückischen Baia. Daudet selbst hat Liebe, soweit sie Leidenschaft war, ausschließlich als die sinnliche Verfallenheit eines sensiblen und verwundbaren Mannes an eine grausam eigensüchtige Frau erfahren. Fast leitmotivisch kommt deshalb in seinem Werk immer wieder die «femme fatale» vor, von Irma Borel im «Petit Chose» bis zu Fanny Legrand in «Sapho» und Madeleine Ogé in «Le Trésor d'Arlatan». Wo solche Circen den Mann nicht in den Tod treiben, wie in der «Arlésienne», versklaven sie ihn zumindest und lähmen ihn in all seinem sonstigen Tun. Auch im «Tartarin» ist diese Möglichkeit durchaus keimhaft angelegt, doch dem allgemeinen heiteren Gefälle der Geschichte folgend, löst auch dieser Konflikt sich ins Groteske und in Gelächter auf. Baia entpuppt sich als eine Hure aus Marseille, von der sich Tartarin ohne allzuviel Herzenspein zu lösen vermag.

Humor ist also nicht tötend, ja nicht einmal verletzend. Güte und Nachsicht schimmern in ihm immer wieder durch. Soweit es nicht die Milde des Autors ist, rettet den Helden freilich auch seine eigene Natur. Nichts macht so dickhäutig wie Verschrobenheit. Vor Spott und Schmach, die andere knicken würden, schützt ihn dauernd sein eigenes weltfremdes Träumen.

Humor ist in der französischen Literatur, im Unterschied zur deutschen und englischen, nach Rabelais und Molière verhältnismäßig selten geworden. An seine Stelle ist weitgehend der kältere Esprit getreten. «Tartarin de Tarascon», verkappter Schelmenroman und Antiheldenepos zugleich, ist eine wohltuende Ausnahme von dieser Regel. Bei einem andern Südfranzosen, Marcel Pagnol, blüht etwa hundert Jahre später ein ganz ähnlicher Humor nochmals auf. Vielleicht eben wegen seiner gütigen Komik hält man «Tartarin de Tarascon» oft auch für ein Jugendbuch. Zu Recht und zu Unrecht. Die wundersamen Abenteuer dieses Provenzalen vermögen, wie andere vermeintliche Kinder- und Jugendbücher – «Robinson Crusoe», «Gulliver's Travels» –, Leser jeglichen Alters zu ergötzen.

Daß Alphonse Daudet auf den ersten noch einen zweiten Tartarin-Roman folgen ließ, ist an sich nicht verwunderlich. Verwunderlicher ist, daß «Tartarin sur les Alpes» gegenüber «Tartarin de Tarascon» nicht abfällt, hat ihn doch zunächst das finanzielle Angebot eines Verlegers ausgelöst. Bücher, die nur im Hinblick auf Publikumserfolg und Geldgewinn zu Fortsetzungen ausgezogen werden, haben diese Qualitätskonstanz gewöhnlich nicht. Im Falle des Tartarin müssen die Dinge günstiger gelegen haben: die Aussicht auf ein stattliches Honorar war nur der zündende Funke. In Wirklichkeit war in Daudets Geist die Tartarin-Inspiration noch nicht voll ausgeschöpft. Die Möglichkeit zu einer Fortsetzung lag in ihm bereit – was man leider fünf Jahre später von der zweiten Fortsetzung, «Port-Tarascon», nicht behaupten kann.

Wenn also «Tartarin sur les Alpes» seinem Vorgänger würdig an der Seite steht, so sind die beiden Werke in Substanz und Ton doch merklich anders. «Tartarin de Tarascon» ist eine große Farce, eine «galéjade», wie Daudet selber ihn mit einem provenzalischen Wort bezeichnet hat. «Tartarin sur les Alpes» dagegen ist eine Satire. «Tartarin de Tarascon» rührt an traumhafte menschliche Erfahrung und erzeugt befreiendes Lachen; «Tartarin sur les Alpes» ist geistreiche Unterhaltung, die man schmunzelnd oder lächelnd genießt. Der erste Roman wirkt grobschlächtig – im Sinne einer Monumentalskulptur –, der zweite ist raffinierter geschrieben, in einer ironischen Sprache mit lyrischen Einlagen, Rückblenden und Nebenthemen. Der erste ist eine lose zusammengefügte Folge von spröden, holzschnittartigen Szenen; im zweiten laufen die Handlungsfäden feiner und komplizierter. Zwei seiner Figuren kommen schon bzw. wieder in andern Werken vor, in der Art von Balzacs «personnages reparaissants»: der lausige Reisebegleiter Bompard (aus «Numa Roumestan») und der pedantische Akademiker Astier-Réhu (in «L'Immortel»). Dazu treten «zeitbedingte» Veränderungen: Tartarin hat «Jahrringe» angesetzt, ist aber im übrigen so leutselig-geschwätzig und tatendurstig wie je. Ferner ist der Deutsch-Französische Krieg von 1870/71 übers Land gegangen. Auch Tarascon hat sich damals mit viel Getöse zum Kampf gerüstet, freilich ohne den Feind je selber zu sehen. Daudet hat davon in der Kurzgeschichte «La défense de Tarascon» in den «Contes du lundi» eigens berichtet, ruft die Ereignisse aber im Roman nochmals kurz in Erinnerung. Und seither übt sich das Männervolk der Stadt ständig in Turn- und Schießvereinen, auf eine künftige Rache hin. Die Zeiten, man spürt es, sind härter geworden. Europa überzog sich mit Eisenbahnlinien und Fabrikbauten, und Daudet selber hatte inzwischen realistische Romane geschrieben... Kein Wunder deshalb, daß er zum Gegenstand seiner Satire die schweizerische Fremdenindustrie nahm, die damals blühte. Die Wahl dieses Themas ist der geniale Griff dieses Romans.

Die Schweiz als Reiseland ist im wesentlichen eine Entdeckung des späten 18. Jahrhunderts. Einheimische und fremde Dichter besangen ihre Wasserfälle und Älplerfeste und die rauh-schlichten Sitten ihrer noch unverdorbenen Bewohner: Haller, Geßner, Klopstock, Rousseau, Goethe, Schiller,

Madame de Staël, Victor Hugo. Der englische Maler William Turner reiste etliche Male in ihre Berge, um dort Lawinen, Steinschläge und andere Schauerlichkeiten festzuhalten. Gegen die Mitte des 19. Jahrhunderts wich das andächtige Staunen über dieses neue Arkadien allerdings immer mehr einem nüchternen Geschäftsdenken. Anstelle der Holzhütten machten sich protzige Hotelpaläste breit. Viele Schweizer wurden reich. War es ihnen zu verargen? Ihre Ahnen hatten, weil das karge Land sie nicht zu ernähren vermochte, als Söldner in fremden Ländern ihr Blut vergossen. Nun kamen die Fremden in *ihr* Land und zahlten Geld für seinen Anblick, ohne Blut zu fordern. Damit aber verzerrte sich auch das Bild der Schweiz in der Literatur.

In den sechziger Jahren dürfte der Engländer John Ruskin einer der letzten gewesen sein, die die Schweiz noch immer für die Wiege eines neuen goldenen Zeitalters hielten. Im Vorwort zur zweiten Auflage von «Sesame and Lilies» von 1865 wirft er nämlich in harten Worten den Franzosen und Engländern vor, sie hätten die Schweizer – «incapable by circumstances and position of ever becoming a great commercial nation» – mit ihrem merkantilen Geist verseucht: «We English, had we loved Switzerland indeed, should have striven to elevate, but not to disturb, the simplicity of her people, by teaching them the sacredness of their fields and waters, the honour of their pastoral and burgher life...»

Daudet macht in seiner Karikatur aus der Schweiz ein richtiges Postkartenland mit lauter

Chalets, Edelweißverkäufern und Bergbahnen, auf das zudem ein kalter Dauerregen rieselt. Die Hotels gehören allesamt Besitzern namens Müller und Meyer – eine Baedekerhuldigung mit umgekehrten Vorzeichen. Erst im benachbarten Savoyen entschärft sich sein Spott ein bißchen, sei es aus patriotischen Gründen, sei es, weil die Häuser dort endlich etwas schmutziger sind. Das ganze Schweizerland, so verrät Bompart, sei «truqué», das heißt gefälscht, «machiné comme les dessous de l'Opéra». Selbst die Gletscherspalten seien ein Trug. Und so verliert Tartarin, wie einst im über- und verzivilisierten Algerien, nacheinander all seine Illusionen. Sogar Wilhelm Tell hat es anscheinend nie gegeben...

Dabei sind die Gletscherspalten bei seiner Besteigung der Jungfrau durchaus echt, ja sogar gefährlich. Doch hier bewahrt Tartarin abermals sein fehlender Realismus: er fürchtet die Gefahr nicht, weil er sie nicht für wirklich hält. So retten angeblich Schutzengel die kleinen Kinder. Erst am Montblanc, wo er die wahren Tücken der Berge erkennt, befällt ihn endlich Angst. So ergeht es in der Ballade dem Reiter auf dem Bodensee, oder einem Schlafwandler, den man jäh aufschreckt.

Aber die Satire trifft mit ihren Seitenhieben auch die fremden Kurgäste auf ihrer von Cook organisierten Tour, so die ewig zerstrittenen Gelehrten Astier-Réhu und Schwanthaler. Der vom Weltschmerz Schopenhauers angekränkelte schwedische Philosophiestudent steht für Daudets eigenen Sohn Léon, der damals eine ähnliche Krise durchlief. Die Geschichte der russischen Nihilisten gar

liest sich wie die Parodie eines modernen Spionage-
thrillers, und die Besteigung der Jungfrau mit dem
Sturz in die Gletscherspalte läßt, in makabrer Ver-
ulkung, an die tragische Eroberung des Matter-
horns durch Edward Whymper denken, die damals
noch in vieler Erinnerung war.

Doch neben Unterschieden gibt es zwischen den
beiden Büchern auch auffallende Ähnlichkeiten. So
wiederholen sich in «Tartarin sur les Alpes» alle
wichtigen Motive seines Vorgängers in der gleichen
Reihenfolge. Wieder geht der Held, aufgestachelt
von der Mißgunst und den Intrigen seiner Mitbürger, auf Reisen und findet dort die Welt anders,
poesieloser, trivialer, als er sie sich vorgestellt hat.
Und beidemal entrinnt er nur mit knapper Not den
Schlingen einer gefährlichen Liebe. Sonja, der hübsche Todesengel, entspricht der plumperen Baia in
Algier. Und beidemal reift Tartarin nach bitteren
Enttäuschungen zu einer weiseren Lebenshaltung
heran.

Denn unterzukriegen ist er ja nicht. In allen Prüfungen erweist er sich als so unverwüstlich wie das
Leben selbst. Sind also die Tartarin-Romane letztlich ein Hymnus auf das Leben? Ist wahrhaft unsterblich nur das Leben selbst?

Hugo Meier

Anmerkungen zum Nachwort

[1] Hinweis bei Murray Sachs: «The Career of Alphonse Daudet», Harvard University Press, 1965. Wir verdanken dieser hervorragenden Studie noch einige weitere Aufschlüsse, hauptsächlich bibliographischer Art.

[2] Aus den genannten Gründen sind sowohl die Biographien, die sein Bruder Ernest und seine Söhne Léon und Lucien ihm gewidmet haben, wie seine autobiographischen Schriften («Trente ans de Paris», «Notes sur la vie») nur von beschränktem Aussagewert. Vom Vorwurf der Beschönigung der Wahrheit muß hingegen «Le Petit Chose» ausgenommen werden. Diese Geschichte seiner Jugend ist ein Dichtwerk und daher nicht als ein strenges Bekenntnis zu lesen.

[3] Cf. Murray Sachs, op. cit., p. 221

[4] Cf. Murray Sachs, op. cit., p. 68

Inhalt

Tartarin von Tarascon 5

Tartarin in den Alpen 159

Nachwort 399

Anmerkungen zum Nachwort 425